Für meinen Dad,
der mich die Liebe zum Film gelehrt hat

Ian Moore ist ein bekannter britischer Comedian und trat im Fernsehen und auf großen Stand-up-Bühnen auf, bevor er begann, seinen originellen Blick auf die Welt in Bücher zu verpacken und damit sehr erfolgreich wurde. Ebenso wie sein Held Richard lebt auch der Autor im französischen Loire-Tal, gemeinsam mit seinen drei Söhnen, seiner Frau und einer lustigen Ansammlung wilder und weniger wilder Tiere. «Mord & Croissants» war sein erster Krimi und stieg sofort auf die *Times*-Bestsellerliste ein, in «Mord & Fromage» ermittelt sein Held Richard ein zweites Mal im Loire-Tal.

Die Autorin und Diplomübersetzerin **Barbara Ostrop** arbeitet seit 1993 als literarische Übersetzerin aus dem Englischen, Französischen und Niederländischen und zählt Liebes- und Familienromane, Spannung, Historisches und Jugendromane sowie Fantasy zu ihren Schwerpunkten. Inzwischen hat sie über hundert Bücher ins Deutsche übertragen.

Stimmen zu *Mord & Croissants:*
«Gutes Essen und ein Krimi zum Totlachen. Was kann man sich in diesen dunklen Zeiten noch wünschen?»

Mark Billingham

«*Mord & Croissants* ist die Antwort des Loire-Tals auf *Mord im Orient-Express*: frech, raffiniert und überraschend – wie der Autor selbst. Ich würde ihn morgen heiraten (Richard, den Protagonisten; und Ian Moore auch).»

Cally Beaton

«*Mord & Croissants* ist ein weitaus lustigeres Buch, als eine Geschichte über einen blutigen Mord es sein dürfte.»

Josh Widdicombe, BBC's Mock the Week

IAN MOORE

KRIMINALROMAN

Aus dem Englischen
von Barbara Ostrop

Rowohlt Taschenbuch Verlag

Die Originalausgabe erschien 2022 unter dem Titel «Death and Fromage»
bei Farrago/Duckworth Books Ltd., Richmond.

2. Auflage März 2024

Deutsche Erstausgabe
Veröffentlicht im Rowohlt Taschenbuch Verlag,
Hamburg, März 2024
Copyright © 2024 by Rowohlt Verlag GmbH, Hamburg
«Death and Fromage» Copyright © 2022 by Ian Moore
Redaktion Nadia Al Kureischi
Die Nutzung unserer Werke für Text- und Data-Mining
im Sinne von § 44b UrhG behalten wir uns explizit vor.
Covergestaltung ZERO Werbeagentur, München,
nach dem Original von Duckworth Books, UK
Satz aus der Le Monde Livre Std
bei Dörlemann Satz, Lemförde
Druck und Bindung CPI books GmbH, Leck
ISBN 978-3-499-01202-0

1

Richard Ainsworth fühlte sich wie ein Fisch auf dem Trocke-
nen. Und wenn er den ausgezeichneten Sauvignon Blanc
weiter in diesem Tempo herunterkippte, würde man ihn wohl
noch hinausschmeißen, und dann säße er wirklich auf dem Tro-
ckenen. Ein Degustationsmenü, um den Eröffnungsabend des
Restaurants *Les Gens Qui Mangent* zu feiern, und das gerade jetzt,
da Valérie d'Orçay ihre Rückkehr angekündigt hatte: Es war
zu schön, um wahr zu sein. Und das stimmte leider. Jetzt saß
Richard also einsam und allein an einem Zweiertisch mitten
zwischen sämtlichen Lokalgrößen des Val de Follet im Umkreis
von fünfzig Kilometern und fühlte sich, wie Humphrey Bogart
es ganz plastisch in *Casablanca* beschrieben hatte – «wie ein
Mann, dem man einen Tritt in den Magen versetzt hat».

Er versuchte, auf den nächsten Schluck Wein zu verzichten,
und widerstand einen Moment lang der Verlockung des schim-
mernden Kristallglases. Dann aber knurrte er: «Zum Teufel
damit», und ergab sich dessen Charme. Sofort stand ein Kellner neben ihm, schneller als eine Wespe beim Picknick, und
schenkte nach, eine Mischung aus Servilität und Verachtung im
Gesicht. *Ein Pariser Kellner*, dachte Richard, *der die geheime Kunst
erlernt hat, erlesensten Service zu bieten und gleichzeitig einen unbe-
zwingbaren Groll auszustrahlen.*

«A töp-öp, Monsieur?», fragte der wieselflinke kleine Mann,
ohne zu ihm hinunterzuschauen. Er meinte wohl einen Top-up,
womit er sich anschickte nachzuschenken. Sein Versuch, Eng-

lisch zu sprechen, bewies seine Herkunft aus Paris zweifelsfrei. Nur ein Profi, der für den schicken Einweihungsabend aus der Hauptstadt geholt worden war, konnte so angeberisch sein.

«Danke, nur zu.» Richard sprach mit gezwungener Herzlichkeit. Eigentlich hatte er auf Französisch antworten wollen, nur um dem Mann klarzumachen, dass er sich nicht herumschubsen ließ, aber seine Reaktion war ganz spontan auf Englisch erfolgt, und genau das hatte der verdammte Kellner mit seiner Pariser Ausbildung vorhergesehen. Woher hatte er überhaupt gewusst, dass Richard Engländer war? Richard lief schließlich nicht mit einer Melone auf dem Kopf herum und war nicht mit einer Teekanne bewaffnet. Seit seinem Umzug nach Frankreich hatte er sich sehr große Mühe mit der Landessprache gegeben, und inzwischen beherrschte er sie gerade im richtigen Maße fließend. Ihm war klar, dass man jemandem, der mehrere Sprachen beherrschte, hier niemals richtig über den Weg traute – schon gar keinem Engländer –, und witzige Übersetzungen waren immer eine gute Möglichkeit, beim Kennenlernen das Eis zu brechen. Manchmal tat er sogar so, als wäre er sprachlich unbeholfener, als er es tatsächlich war, nur um ins Gespräch zu kommen. Vielleicht erkannte der Kellner ihn an seinem Anzug, den er heute seit Jahren zum ersten Mal trug und dessen Schnitt sehr englisch war, wie man ihm gesagt hatte. Ob das ein Kompliment war oder das Gegenteil davon, war ihm nicht klar gewesen, doch er hatte lieber nicht nachgehakt. Der englische «Stil» wurde von den Franzosen sehr bewundert, ob ein bei Debenhams erstandener Anzug von der Stange dafür auch zählte, konnte er allerdings nicht sagen. Normalerweise trug er Sachen, die an einem Mann mittleren Alters nicht weiter auffielen: gepflegt und zurückhaltend. Vielleicht würde schon ein gezogener Faden genügen, um das gefürchtete Urteil «er lässt sich gehen» zu provozieren, das einem seit Kurzem alleinstehenden Mann eines gewissen Alters stets drohte. Heute Abend hatte er sogar auf das Band verzichtet, mit dem er sich seine Lesebrille um den Hals hängte. Das Resultat war, dass er sie jetzt ständig verlegte, doch den Vorschlag hatte Valérie gemacht, und so bezahlte er diesen Preis gern.

Richard hatte den Verdacht, dass vielleicht gar nicht der Anzug seine englische Herkunft verriet, sondern eine ganz bestimmte Ausstrahlung von Verunsicherung. Das, was ihn von allen Franzosen im Raum unterschied, ließ sich genau definieren. Eine gewisse Verlegenheit in diesem Gourmettempel verriet seine Wurzeln. Während die Franzosen eine solche Umgebung als gegeben hinnahmen und so taten, als hätten sie ein Anrecht darauf, fühlte Richard sich hier fehl am Platz. Er kam sich seiner Umgebung unwürdig vor, fast so als wäre er ein Hochstapler, der jederzeit auffliegen könnte. Bildlich ausgedrückt, war seine britische Natur so auffällig wie eine englische Saveloy-Brühwurst auf einer Servierplatte mit Gratin Dauphinois.

Gleichwohl genoss er sein Leben an einem Nebenfluss der Loire sehr und mochte seine Rolle als fast schon exotischer Ausländer in dieser stillen, langsam vor sich hin plätschernden Welt. Eine der Einheimischen, die etwas alberne Jeanine, die die *boulangerie* der Stadt führte, behauptete, er sähe dem Earl of Grantham aus *Downton Abbey* ähnlich, doch Richard hatte die Serie nie gesehen. Dennoch bemühte er sich seitdem beim täglichen Kauf seines Baguettes immer um ein würdevolles Auftreten, fand das allerdings ziemlich anstrengend, da es so gar nicht sein Stil war. Sonst gab er sich gern ein wenig geistesabwesend und verwirrt, was er mit einer liebenswerten Höflichkeit verband. Nur war er eben heute Abend verstimmt, das war alles; etwas fehlte. Was das war, war natürlich für jedermann offensichtlich, da der Platz ihm gegenüber mit seinem glänzenden Besteck und dem leeren Teller laut verkündete, dass er «versetzt» worden war.

Verdammt!, dachte er und zerbrach beinahe den zierlichen

Stiel seines Weinglases. Wann würden die jämmerlich wenigen Frauen in seinem Leben, nämlich derzeit drei – seine von ihm getrennt lebende Ehefrau, seine anspruchsvolle Tochter und seine nicht erschienene Tischpartnerin –, wann würden sie endlich aufhören, alles, was er sagte, wörtlich zu nehmen, und stattdessen zwischen den Zeilen lesen? Nach außen hin hatte er nicht überschwänglich reagiert, als Valérie verkündete, sie werde ins Val de Follet ziehen, aber er hatte auch nicht gerade das abweisende Gesicht einer steinernen Statue gemacht. Er dachte, in so einer Situation würde Coolness erwartet.

«Another töp-öp, Monsieur?»

Richard spannte sich an, erneut bereit zu einer französischen Antwort auf die Frage dieser Klette, doch dann ließ er die Schultern sacken und sagte mit schwacher Stimme auf Englisch: «Wirklich, jetzt schon? Na gut, warum nicht?»

Der Kellner hielt die Flasche inzwischen ziemlich weit unten in der Hand und schenkte den Wein mit einer fachmännischen Drehung ein. Dann stellte er den Pouilly-Fumé in den Eiskübel zurück, legte die Weinserviette um den schlanken Hals der Flasche, nickte vornehm, schlug praktisch die Hacken zusammen und schlängelte sich mit kleinen, zierlichen Schritten zwischen den Tischen hindurch, um sich ein anderes Opfer zu suchen, das er bedrängen konnte. Richard betrachtete die Flasche missmutig, tatsächlich ein Didier Dagueneau, was ihn immerhin aufmunterte. Es gab schlimmere Arten, versetzt zu werden, und er sollte stolz darauf sein, hier vor Ort so viel Ansehen zu genießen, dass er zu diesem Abend eingeladen worden war. Er entschied, nicht mehr auf grimmigen Bogart zu machen, der sich über Ingrid Bergmans Ausbleiben ärgert, sondern sich stattdessen einen Touch von Cary Grant in *Die große Liebe meines Lebens* zu geben. Hier nimmt der Versetzte es viel gutmütiger hin, dass Deborah Kerr nicht zum Rendezvous am Empire State Building erscheint. Das munterte Richard eine Weile auf: Wie schon von Jugend an fand er auch jetzt wieder Trost im Golden Age des Hollywood-Kinos, einer wunderbaren Zuflucht vor der Realität. Und er beschloss: Wenn er schon hier war, konnte er auch seinen Spaß haben.

Das Degustationsmenü war bisher ziemlich gut gewesen. Er hatte den Überblick über die Zahl der Gänge verloren, möglicherweise acht, aber vielleicht auch mehr. Eine schwindelerregende Zirkusshow mit gebratenen Jakobsmuscheln, Wachteleiern und ingwergewürztem *pois-gourmand*-Sorbet als Vorspeisen, Kiwi-Granita als Gaumenreiniger, *raviolis de joue de veau avec soubise à l'oignon* als Hauptgang ... Richard war kein Experte. Normalerweise ging er kulinarische Events dieses Kalibers mit einer Beklommenheit an, die an Angst grenzte, daher hatte er keine Ahnung, ob das hier für einen Michelin-Stern reichen könnte oder nicht. Hingegen wusste er genau, dass er nach acht Gängen – oder waren es sogar neun? – alles andere als satt war. Tatsächlich, dachte er schuldbewusst und bemüht, nicht ganz so englisch zu sein, hatte er immer noch einen ziemlichen Appetit.

«Monsieur?» Der Kellner war zurück, die Nase so hoch oben, dass er sie vielleicht noch an einem der Luftkanäle stoßen würde, die unverkleidet über die Decke verliefen, wie es wohl derzeit im Restaurant-Design angesagt war: überall Rohre und Röhren. Das Centre Pompidou hatte so einiges auf dem Gewissen. «Wir servieren gleich das Dessert.» Wieder auf Englisch und mit grässlichem Akzent. «Hätten Monsieur gern Rotwein, oder möchten Sie bei dem weißen bleiben?»

Richard erkannte die Falle sofort. «Das Dessert ist mit Ziegenkäse, oder?»

«Richtig, Monsieur.» Die Nasenflügel zuckten.

«Dann bleibe ich bei diesem ausgezeichneten Sauvignon Blanc, danke. Wie von der Natur gewollt», fügte er großartig auf Französisch hinzu.

Der Kellner zog die Augenbrauen hoch und schnippte aus irgendeinem Grund mit den Fingern, als wäre er ein unzufriedener Flamencotänzer. Dann glitt er davon.

Der kleine Sieg beflügelte Richard, wie es so die Art von kleinen Siegen ist. Er sinnierte oft, dass sie der eigentliche Wesenskern des Lebens waren, der *moteur*, wie die Franzosen sagen würden. Wenn das Leben ein Krieg war und eine Niederlage daher unvermeidbar, verliehen ihm kleine Siege zwischendurch zumindest den Anschein, als wäre der Ausgang spannend. Jetzt, da der Wein seine Wirkung richtig entfaltete, betrachtete er Valéries Nichterscheinen ebenfalls als einen kleinen Sieg, auch wenn ihm klar war, dass selbst ein gewiefter Politiker stolz wäre auf einen solchen Dreh, die Dinge darzustellen. Er wusste, dass sie den Abend schwelgerisch genossen und im Mittelpunkt der Aufmerksamkeit gestanden hätte. Ihre Eleganz, Gelassenheit und Schönheit hätten jede andere Frau im Saal vor Neid erblassen lassen, während die Männer den Blick nicht von ihr gewandt hätten. Und dank ihres Berufs hätte sie den Kellner mit einem perfekt ausgeführten, tänzerischen Roundhouse-Kick einen Kopf kürzer machen können. Na ja. Er trank noch einen Schluck Wein und schenkte sich dann selbst nach. Noch ein kleiner Triumph.

«Richard?» Mit einem schuldbewussten Blick stellte er die Flasche in den Weinkühler zurück, da er annahm, der Sicherheitsdienst wolle ihm dafür auf die Finger hauen, dass er irgendeine Weinausschankregel gebrochen hatte.

«Ja? Ah, Noel.» Er entspannte sich. Noel Mabit war ein eigenartiger kleiner Mann und heute fast selbst wie ein Kellner gekleidet – ziemlich ungewöhnlich für einen Franzosen, da man hier in einem formellen Rahmen Formlosigkeit vorzog. Noel beugte sich zu Richard vor, die Hände zusammengepresst. Der wusste nicht recht, was ihm an Noel Mabit eigentlich missfiel; das wusste keiner so genau, nicht einmal die leidgeprüfte

Madame Mabit, die ihren Mann gern einmal ihren Appendix nannte, denn sie würde ihn nicht vermissen, wenn er fehlte. Nur war er eben immer da. Er saß in jeder Kommission und war bei jedem Anlass dabei wie ein Kleinstadtminister ohne Portfolio. Er beschwatzte andere, sich aufstellen zu lassen, schien aber selbst nicht *wirklich* etwas zu tun.

«Richard, tut mir schrecklich leid, dass ich dich stören muss.» Er warf einen demonstrativen Blick auf den Platz gegenüber, auf dem eigentlich Valérie hätte sitzen sollen. «Kennst du Monsieur Auguste Tatillon schon?» Er deutete auf die Person, die hinter ihm stand.

Richard hatte die Bekanntschaft des Herrn zwar noch nicht gemacht, aber doch schon genug von ihm gehört. Sein Ruf als einer der bissigsten Restaurantkritiker Frankreichs sorgte dafür, dass er wie ein Damoklesschwert über der kulinarischen Welt schwebte, allmächtig und vernichtender Zerstörung fähig. Sein Wort konnte Erfolg oder Scheitern bedeuten. Wie ein Chefkoch es ausgedrückt hatte, der keineswegs für übertriebenen Respekt bekannt war: Tatillons Stift war schärfer als ein japanisches Küchenmesser. Mit gelangweilter Miene stand Tatillon hinter Noel, die Lippen vorgeschoben, der Blick kalt.

«Wir hatten noch nicht das Vergnügen.» Richard stand auf und reichte dem Kritiker die Hand. Der Mann war größer, als Richard bewusst gewesen war, und schlank, fast schon mager. Er sah so aus, als könnte er eine anständige Mahlzeit gut vertragen.

«Sehr erfreut», quäkte Tatillon, sah aber absolut nicht danach aus.

«Monsieur Tatillon hat morgen beruflich in Saint-Sauver zu tun und möchte gleich hier übernachten», sprudelte Noel los. «Ich habe deine reizende Pension vorgeschlagen, Richard. Du hast doch bestimmt ein Zimmer frei ...» Unwillkürlich deutete er auf den leeren Stuhl. Richards Bed & Breakfast, das er allerdings lieber französisch *chambre d'hôtes* nannte, hatte ihm sein

Ansehen in der Gemeinde überhaupt erst verschafft, und dafür war er dankbar. Kurzfristige Buchungen mochte er allerdings nicht, denn sie bedeuteten, dass er umplanen musste, und das bereitete ihm Unbehagen. Andererseits war vollkommen klar, dass Valérie, die das letzte freie seiner drei Gästezimmer gebucht hatte, nicht kommen würde, und Richard könnte stolz darauf sein, stiege der berühmte Auguste Tatillon in seinem *Les Vignes* ab, selbst wenn er dann damit rechnen müsste, dass die Qualität seiner Frühstückscroissants mächtig unter Druck geriete.

«Natürlich», antwortete er. «Es wäre mir eine Ehre.»

Noel klatschte entzückt in die Hände. «Monsieur ist äußerst liebenswürdig», sagte Tatillon mit einem gequälten Gesichtsausdruck und einer Stimme, als hätte Richard ihm gerade das Trommelfell mit einem Fischmesser durchbohrt. Er zog sich wieder an seinen eigenen Tisch zurück.

«Wie wundervoll!» Noel konnte gar nicht an sich halten. «Auguste Tatillon! Hier in Saint-Sauver! Du enttäuschst uns doch nicht, Richard, oder?»

Richard überging das «uns». «Ist dieser Kritiker dann also bedeutender als Sébastien Grosmallard?»

«Als wer?» Noel folgte mit dem Blick Tatillon, der zwischen den Tischen hindurchglitt, als führe er auf Rollschuhen.

«Sébastien Grosmallard, Noel. Unser gefeierter Dreisternekoch. Unser Gastgeber.» Die Lampen wurden gedimmt. «Und da kommt er.»

Eine der Türen zur Küche ging auf, und Licht fiel in das Halbdunkel des Saals. Aus dem strahlenden Hintergrund löste sich eine Gestalt: der massige Körper des feurigen Sébastien Grosmallard, Enfant terrible der französischen Küche. Inzwischen war er allerdings, sehr zu seinem eigenen Bedauern, ein Enfant terrible in den mittleren Jahren, aber immer noch die Geißel des kulinarischen Establishments. Er trat durch die Tür ein, und das Licht im Saal wurde wieder ein wenig aufgedreht. Er trug seine weiße Kochkleidung, der oberste Knopf seiner Jacke stand offen, während sein mächtiger Körper die anderen fast sprengte. Seine Stirn war schweißnass, das schulterlange, lockige Haar klebte an den Schläfen, und er sah erschöpft aus. Mit der rechten Hand hielt er einen Teller hoch, und unter seinem linken Arm klemmte ein kleinerer, jüngerer Mann, dessen Beine in der Luft schwebten.

Alle im Saal applaudierten, und so auch Richard. Das war wahrlich ein Auftritt – ganz Grosmallard, würde man später sicher sagen. Der Applaus verstummte, und Grosmallard nickte dankbar.

«*Mesdames et Messieurs*», dröhnte er, und seine tiefe, sonore Stimme hallte fast von den freiliegenden Rohren wider. «Ich bin nach Hause gekommen!» Der Applaus begann von Neuem. Er hob den linken Arm, ließ den kleineren Mann auf die Beine fallen und wartete, bis der Applaus wieder verstummt war. «Dies hier», er hielt den Teller hoch, «ist das Gericht, dem ich meinen Ruf verdanke! *Parfait de fromage de Chèvre de Grosmallard!*» Er verbeugte sich zu mehr Applaus, und nun verströmten die Lampen des Restaurants ihren ganzen Glanz. Plötzlich wimmelte es im Saal von Kellnern und Kellnerinnen, die sich im Halbdunkel in Position gebracht hatten, und sie stellten die gefeierte Speise vor jeden einzelnen Gast. «Nur hat dieses Dessert», rief Grosmallard über den Lärm hinweg, «diesmal mein Sohn zubereitet, Antonin!» Er klemmte sich den kleinen Mann, offenbar Antonin, wieder unter den Arm, doch die meisten Leute waren vollkommen damit beschäftigt, die Pracht vor ihren Augen verblüfft anzustarren. Sie als ein simples Ziegenkäseparfait zu beschreiben, wäre eine Untertreibung.

Auf dem weißen Teller lag tatsächlich ein Ziegenkäseparfait, eierförmig und marmorglatt. Daneben leuchtete eine kleine Rote-Beete-Himbeer-Tarte, so zart wie ein paar Schneeflocken.

Zu einem theatralischen Hingucker wurde das Ganze jedoch durch den letzten Touch, den zentralen Blickfang des Desserts, nämlich durch die Rote-Beeren-Coulis, die sich unter diesen beiden Elementen ausbreitete. Auf dem Teller bildete sie einen perfekten Handabdruck, einen absolut vollkommenen, blutroten Handabdruck. Es war überwältigend.

Alle beugten sich über ihr Essen, und Schweigen senkte sich über den Saal. Die Leute waren beeindruckt. Richard war an sich kein Fan von Food Art, aber das hier war ein erstaunliches Werk, selbst wenn es ihn an den realen blutigen Handabdruck auf der Wand seines B&B erinnerte, durch den er erst vor Kurzem mit Valérie bekannt geworden war. Er wusste gar nicht, wo er anfangen sollte; es schien eine Schande, ein solches Bild zu zerstören, und er spürte, dass die anderen Gäste ebenfalls zögerten, bevor alle kollektiv tief Luft holten, ihren Mut zusammennahmen und begeistert zuschlugen. Doch plötzlich veränderte sich die Atmosphäre im Saal. Richard vernahm ein Murmeln, ein unzufriedenes Murren. Es nahm seinen Ausgang an Tatillons Tisch, und bald wurde das übellaunige Stimmengewirr lauter.

«Er hat das Rezept geändert», rief ein aufgeregter Dinnergast.

«Was für ein Sakrileg!», schrie ein anderer. Richard glaubte sogar, eine Frau in Ohnmacht fallen zu sehen.

Es brodelte im Raum vor Zorn, Chaos brach aus, verstummte jedoch sogleich, als ein Schrei aus der Küche durch die Rohre wanderte und den Raum nicht nur ausfüllte, sondern von allen Seiten umfasste. Es war ein urtümliches Heulen, das einem das Blut in den Adern gefrieren ließ.

«Du hast mich getötet!», schrie die gequälte Stimme. «Du. Hast. Mich. Getötet!»

Richard griff zittrig nach seinem Wein und wollte gerade davon trinken, da wurde ihm das Glas aus der Hand genommen.

«Hab ich was verpasst?», fragte Valérie und trank einen Schluck. Der Wein und die Lichter spiegelten sich in ihren glänzenden Augen.

2

Langsam sickerten die Gäste aus dem inzwischen düster daliegenden Restaurant und begaben sich auf den Parkplatz. Ihr leises Flüstern mochte an Schweigen grenzen, sprach aber Bände. Tratsch und Spekulationen waren gut und schön, jetzt war jedoch nicht die richtige Zeit dafür; dies hier würde die Stadt bis ins Innerste erschüttern. Richard bemerkte, dass Noel Mabit sich noch herumdrückte, vermutlich um im Nachgang seine Dienste anzubieten, aber niemand wollte mit ihm reden. Das Personal räumte die Tische ab, bemüht, nicht zu viel Lärm zu machen; selbst Richards verhasster Kellner wirkte schockiert. Richard entdeckte Auguste Tatillon, der ihn an der Tür erwartete, ein kleines, elegantes Lederköfferchen in der Hand. Er hätte an jemanden erinnert, der evakuiert worden war, wäre nicht seine distanzierte, selbstherrliche Art gewesen. Er machte ein Gesicht wie ein strenger Lehrer, der von seinem Lieblingsschüler enttäuscht worden ist.

Valéries Miene verströmte kaum mehr Wärme. «Das ist einfach lächerlich!», sagte sie immer wieder. «Ehrlich, französische Männer!» Nach einem Blick auf Richard verbesserte sie sich: «Männer!», weitete sie die Kategorie aus. Richard hatte nach zu viel edlem Sauvignon Blanc nicht die leiseste Ahnung, womit er diesen Tadel verdient hatte, doch da er das bei Frauen eigentlich nie wusste, konnte er einen gewissen Trost darin finden.

«Übrigens, was war mit deinem Auto los?», fragte er, um vom Thema seiner vage angedeuteten Schuld abzulenken.

«Das weiß ich nicht», antwortete sie wegwerfend. «Ich habe angehalten, um kurz mit Passepartout spazieren zu gehen, und danach ist das Ding nicht wieder angesprungen. Ich musste warten, bis jemand mich hierher abschleppen konnte.» Wie üblich wechselten sie zwischen Englisch und Französisch, doch aufgrund ihrer Gereiztheit war Valéries französischer Akzent diesmal deutlicher zu hören.

Richard hatte Passepartout ganz vergessen, Valéries verwöhnten Chihuahua, der sie überallhin begleitete und der Richard stets mit einer argwöhnischen Überheblichkeit beäugte, die durchaus an Kellner und Restaurantkritiker erinnerte. «Und wo ist Passepartout jetzt?»

«Er ist in deinem Auto …»

Richard setzte an, um sie zu unterbrechen.

«Ja, genau, Richard, ich bin in dein Auto eingebrochen. Das war ganz einfach. Ich weiß gar nicht, wieso du dir die Mühe machst, es abzuschließen.» Sie verlor die Geduld. «Ach, das ist einfach lächerlich!», sagte sie zum x-ten Mal. «Und alles nur wegen ein bisschen albernem Käse.» Ein vorbeigehender Gast hörte Valéries Worte und sah sie an, als hätte sie gerade eine Gotteslästerung ausgestoßen. *Wir sind hier in Frankreich*, sagte sein Blick. *So etwas wie einen «albernen Käse» gibt es hier nicht.*

Die gedrückte Atmosphäre wurde von einem erneuten Geheul aus der Küche durchbrochen, von dem die Flügeltür im Saloon-Stil, die die Vorgänge dahinter weitgehend verbarg, nahezu erzitterte. Dann schwang die Tür mit so viel Wucht auf, dass sie fast gegen die Wand gedonnert wäre, und verfehlte dabei nur knapp eine mit Tellern beladene Kellnerin. Erneut stand die eindrucksvolle Gestalt von Sébastien Grosmallard im Durchgang. Er sah aus wie ein Stier, der am liebsten alles auf die Hörner nehmen würde, was ihm in den Weg kam. Seine Augen waren feuerrot, fast als hätte er geweint, und in der Linken hielt er eine Weinflasche. «Ich bin ruiniert!», schrie er – allerdings war es eher ein kehliges Brüllen. «Ruiniert!» Er sah sich im Saal nach einem Opfer um, das er angreifen könnte.

«Monsieur Ainsworth?» Auguste Tatillon tippte Richard auf die Schulter, den gleichen hochnäsigen Ausdruck im Gesicht wie vorhin, doch mit einem ängstlichen Blick auf Grosmallard, der noch immer schnaubend auf der anderen Seite des Saals stand. «Dürfte ich unseren Aufbruch vorschlagen? Monsieur Grosmallard hat ein feuriges Temperament, einen Skandal vor der Brust und empfindet intensiven Hass auf den bescheidenen Kritiker.»

«Ja, ja natürlich», antwortete Richard hastig, obwohl er den Blick nicht von dem berühmten Chefkoch wenden konnte, dessen gewaltige Gestalt in der Tür schwankte wie King Kong auf dem Empire State Building. «Darf ich Sie vorstellen, dies ist …»

«Gleich, in Ihrem Auto – verzeihen Sie, Madame, aber können wir jetzt bitte gehen?» Tatillon strebte Richtung Eingang, Richard folgte ihm. Doch als er sich umdrehte, stellte er fest, dass Valérie sich nicht von der Stelle gerührt hatte. Sie missbilligte Grosmallards Mätzchen und sah aus, als hätte sie vor, ihm das zu sagen, ein leichtes Lächeln auf den Lippen, die Augen fast schon voll Mitleid für das beklagenswerte Geschöpf vor ihr. Das war der Koch in ihren Augen: ein verwundetes Tier.

«Männer!», sagte sie erneut, so laut, dass Grosmallard es hätte hören können, doch er war zu sehr mit seiner eigenen Verzweiflung beschäftigt, um Notiz zu nehmen. Richard kehrte um, ergriff Valérie sanft am Ellbogen – so sanft, dass bei ihr kein Kampfkunst-Reflex einsetzte – und führte sie zur Tür, wo ein sichtbar erschütterter Auguste Tatillon sie erwartete.

Die Nachtluft war noch warm, doch so sauber, dass Richard sie wie einen Schlag empfand und sich noch ein bisschen benebelter fühlte als eben im Restaurant. «Der Wagen steht dort drüben», erklärt er, betont energisch, damit die anderen keinen Verdacht schöpften. Er hatte mit der Schnauze zur Straße geparkt, damit niemand mitbekam, dass er im Auto schlafen wollte, zumindest bis die Wirkung des Weins verflogen war.

«Nein, stimmt nicht, Richard, ich habe ihn umgeparkt. Ich wollte nicht, dass Passepartout gestört wird.» Sie hängte sich bei ihm ein und führte Richard und Tatillon in die entgegengesetzte Richtung. Richard fing Tatillons Blick auf und bemühte sich, auf typisch französische Manier mit den Schultern zu zucken. Damit räumte er ein, dass er hier nichts zu sagen hatte. «Ich übernehme das Steuer», erklärte Valérie in einem Tonfall, der keine Widerrede duldete.

Gleich darauf verließen sie den Parkplatz unter Valéries Flüchen, die auf das uralte Schaltgetriebe von Richards zerbeulter Ente schimpfte. Tatillon saß so zusammengesackt, wie seine Größe es gestattete, auf dem Beifahrersitz, während Richard sich mit dem würdelosen unbequemen Platz auf der Rückbank begnügen musste, direkt neben Passepartout, der wie immer wenig erfreut wirkte, ihn in seiner Nähe zu haben.

«Grosmallard weiß doch nicht, wo Sie wohnen, oder?», fragte Tatillon, vergeblich bemüht, die Nervosität aus seiner Stimme zu verbannen. Der Mann kam Richard verängstigt vor und hatte nichts mehr von dem eiskalten kulinarischen Scharfrichter, der selbst den berühmtesten Meisterkoch das Fürchten lehrte. Tatsächlich zitterte Tatillon jetzt sogar.

«Nein, ich denke nicht.» Richard war sich absolut sicher, dass Sébastien Grosmallard die meisten seiner hiesigen Gäste nicht kannte. Und wo Richard wohnte, wusste er mit Gewissheit nicht, doch hin und wieder konnte ein bisschen inszenierte Bedeutsamkeit nicht schaden. «Machen Sie sich seinetwegen wirklich so große Sorgen?»

Richard wollte dem Kritiker beruhigend die Hand auf die Schulter legen. Unglücklicherweise tat er es aber gerade in dem Moment, in dem Valérie ein wenig zu schnell um eine Kurve fuhr, sodass der Wagen sich nach rechts neigte. Richard verfehlte Tatillons Schulter knapp und erwischte ihn stattdessen am Kopf, wo er zu seinem Entsetzen das Toupet des Mannes verschob. Sofort rutschte er verlegen zurück, das Haarteil hatte sich jedoch an seiner Hand verfangen. Erschreckt versuchte er, es abzuschütteln, doch nun regte Passepartout sich auf, da er das Teil als einen geringfügig kleineren Rivalen betrachtete, und bellte knurrend los. Um einen Kampf mit dem Hund zu vermeiden, warf Richard das Toupet wieder nach vorn, wo es an der beifahrerseitigen Hälfte der Windschutzscheibe hängen blieb. Es sah beinahe so aus wie ein totgefahrenes Tier, und alle schauten betreten weg. Selbst Passepartout vergrub den Kopf tief in seinem teuren Reisekissen. Sehr langsam pflückte Tatillon die falschen Haare von der Windschutzscheibe, betrachtete sie und seufzte resigniert. Zum ersten Mal, seit Richard ihn kannte, wirkte er menschlich.

«Vielleicht erkennt Grosmallard mich so nicht mehr», sagte Tatillon langsam, jetzt ganz ohne Erhabenheit und abgehackte Konsonanten, «selbst falls er wissen sollte, wo Sie wohnen.»

«Männer!», wiederholte Valérie, diesmal allerdings weit weniger giftig. «Ohne das Ding sehen Sie sowieso besser aus, wenn Sie mich fragen», fügte sie gleichgültig hinzu.

Tatillon glättete das Toupet in den Händen, was für Richard so aussah, als streichelte er ein Meerschweinchen. «Danke, Madame.» Tatillon klang müde. «Ich würde Ihnen durchaus recht geben, aber das hier ist meine Verkleidung, wenn Sie so wollen. Trage ich dieses Teil, bin ich Auguste Tatillon» – nun sprach er wieder mit der abgehackten, verächtlichen Stimme – «der Furcht einflößende Restaurantkritiker.» Er schaute zum Seitenfenster, das ihn spiegelte. «Ohne das Toupet brauche ich nichts vorzuspielen», fügte er leise und ein wenig melodramatisch hinzu.

Was für eine peinliche Situation, dachte Richard. Er spürte, dass Valérie eine scharfzüngige Bemerkung über Männer und ihre absurde Eitelkeit auf der Zunge lag. Dem würde er zwar durchaus zustimmen, doch er hatte das Gefühl, ein Themenwechsel könnte die Luft reinigen.

«Du hättest mir eine Nachricht schicken sollen, als du die Autopanne hattest», sagte er. «Dann hätte ich dich abgeholt.» Wäre er richtig nüchtern gewesen, hätte er vielleicht eher bemerkt, dass die Atmosphäre im Wagen eisig wurde. «Allein zu essen, hat mir nicht gerade Spaß gemacht. Ich weiß nicht, wie Sie das machen, Monsieur Tatillon. Ich habe mich sehr befangen gefühlt …»

Tatillon wandte ihm den Kopf zu, um zu antworten, wurde jedoch unterbrochen.

«Ich habe dir sechs SMS geschickt, Richard, und zwei Nachrichten auf die Mailbox gesprochen. Mir scheint, du hast dich *großartig* amüsiert.»

Das war es also. Männer hatten sie enttäuscht, oder in diesem Fall, *ein Mann*, wobei Richard stellvertretend für sein ganzes Geschlecht stand.

«Er konnte sie so oder so nicht empfangen», murmelte Tatillon, der noch immer wehmütig aus dem Fenster schaute. «Grosmallard hasst die sozialen Medien, und so lässt er in seinen Restaurants teure Störsender installieren.»

«Oh», sagte Valérie, und in diesem Laut war vielleicht sogar ein Ansatz von Reue verborgen.

«Das finde ich eigentlich bewundernswert.» Richard unterbrach das kurze Schweigen erneut.

Tatillon hörte auf, mit dem Gesicht zum Fenster Trübsal zu blasen, und wandte sich den anderen zu. «Bei Grosmallards wunderbarsten Gerichten steht zunächst einmal der Geschmack im Mittelpunkt, und so muss es sein, gleich darauf folgt die dramatische Präsentation. Es geht um das Theatralische, das Visuelle. Deshalb hasst er Smartphones so sehr. Wenn sich jeder die Bilder auf Instagram anschauen könnte, ginge die Dramatik verloren, die Überraschung.» Er erwärmte sich jetzt für sein Thema und zeigte eine echte Passion, für die er seine übliche eisige Überlegenheit ablegte.

«Wenn Grosmallard in Hochform ist, ist das Essen überragend, aber außerdem erzählen seine Gerichte eine Geschichte, die über das Geniale des Geschmacks hinausgeht!»

«Das hab ich irgendwo gelesen!», sagte Richard, der ganz gefangen war.

«Ich habe es geschrieben», erklärte Tatillon, der auch ohne Toupet nicht ganz von seiner Großtuerei ließ.

«Ich verstehe. Und was war mit dem heutigen Dessert nicht in Ordnung? Warum das Tamtam? In meinen Augen sah es überwältigend aus.»

Tatillon schüttelte traurig den Kopf. «Das Drama war vorhanden, kein Zweifel, aber der Geschmack … nicht.»

«Mir hat es geschmeckt.»

«Sogar das Parfait?»

«Ja», antwortete Richard mit dem nervösen Gefühl, dass er gerade bei einer Prüfung durchfiel.

«Aber der Ziegenkäse …»

«Ja?»

«Es war veganer Ziegenkäse!» Vor Zorn konnte Tatillon sich kaum beherrschen. «Laut zu erklären, man wäre ‹nach Hause› gekommen, und dann sein Zuhause mit Fake-Käse zu beleidigen!» Die letzten Worte spie er heraus. «Veganer Ziegenkäse ist eines Sternerestaurants weder vom Geschmack noch von der Konsistenz her würdig. Es ist Hochstapelei.»

«Ich verstehe.» Tatsächlich verstand Richard es nicht.

«Nach all diesen Jahren hat man uns eine Rückkehr zu altem Ruhm versprochen. Stattdessen haben wir eine …» Er suchte nach Worten für seine Empörung. «Wir haben einen Witz bekommen, eine Komödie, eine Farce!»

Richard vermutete, dass Tatillons Restaurantkritik nicht gerade Lob in den höchsten Tönen enthalten würde, und nachdem er Grosmallards aufschäumende Art erlebt hatte, war er nur froh, dass er nicht dabei sein würde, wenn der Koch sie las. Er erwog, den Mann zu verteidigen, doch ihm fehlte die Expertise. Schließlich rettete ihn sein Handy, auf dem jetzt Valéries Nachrichten eintrafen und das verschiedene Pieptöne von sich gab, darunter einen, den er nicht kannte.

«Das war mein Handy», sagte Valérie und hielt vor Richards Tor. Alle stiegen aus, Richard unter ziemlichen Verrenkungen. Tatillon öffnete die Heckklappe und nahm sein Köfferchen heraus, während Valérie unter Passepartouts Kissen eine kleine Reisetasche hervorzog. «Das Gepäck habe ich in meinem Wagen gelassen», sagte sie. «Wir können es morgen holen.» Etwas verriet Richard, dass sie ohnehin zum Restaurant zurückkehren würde, doch das war jetzt nebensächlich, denn plötzlich wurde ihm klar, dass er Valéries Zimmer in einem Anfall von Groll an Tatillon vergeben hatte.

«Naaa dann», sagte er gedehnt, um noch ein paar Sekunden länger darüber nachdenken zu können, wo er Valérie unterbringen sollte.

«Oh, wie schade.» Valéries Gesicht wurde beim Blick auf ihr Handy von unten beleuchtet. «Mein Termin morgen ist abgesagt. Leider ist der Besitzer verstorben. Das ist wirklich ein Jammer.»

«Der Besitzer? Hast du also, äh, du weißt schon …?» Richard versuchte, sich zu zügeln.

«Ja, ich bin auf der Suche nach einem Haus.» Das wusste er bereits. «Und morgen hätte ich ein erstes Objekt besichtigt.» Es war eine kühle Bemerkung, fast wie eine Presseerklärung, und er fing ihren Blick auf, konnte ihn aber nicht deuten. «Ich muss aus Paris raus.» Wieder folgte ein verlegenes Schweigen, doch Valérie brach es. «Der arme Monsieur Ménard», sagte sie sanft.

«Ménard? Haben Sie Ménard gesagt?» Tatillon wartete vor dem Tor darauf, dass jemand es öffnete.

«Ja, anscheinend ist er heute Abend gestorben.» Valérie nahm Passepartouts Tasche und reichte sie Richard.

«Wahrscheinlich ist es ganz gut so», bemerkte der Kritiker sarkastisch. «Er war Sébastien Grosmallards Käselieferant.»

3

Richard stand wie üblich hinter der Frühstückstheke und gab sich beschäftigt. Alte Filme waren seine Zuflucht, aber nachdenken konnte er am besten, wenn er in der Küche seines Bed and Breakfast stand, entweder auf die schwere Eichentheke gestützt wie ein Gastwirt der Tudorzeit oder aber eifrig bemüht, einen nicht vorhandenen Kaffeering wegzuwischen. Das wirkte so, als wäre er geistig anwesend, was er aber nicht war. Er verhielt sich, als stünde er für alle eventuellen Kundenwünsche bereit, machte dabei aber ein so abweisendes Gesicht, dass die Gäste es sich hoffentlich zweimal überlegten, bevor sie ihn ansprachen. Das Frühstück war ohnehin beinahe vorbei, was ganz gut war, da er den Kopf voller Sorgen hatte.

Derzeit hatte er angenehme Gäste, die nicht so anspruchsvoll waren wie sonst oft. Da war das Schwulenpaar, das früh aufgestanden war, weil die beiden an diesem Tag so viele Châteaus wie möglich besichtigen wollten. Es waren zwei sehr gut aussehende Männer Anfang dreißig, die Messieurs Jean und Olivier Fontaine. Als Richard nach draußen gegangen war, um seine Hühner zu füttern, eine Zeit, die er für wirklich tiefes Nachdenken reservierte, hatten sie ihren Tisch abgeräumt und ihr Geschirr gespült. Ihr Zimmer war immer ordentlich und makellos. Zwei wirklich formvollendete Gäste, davon hätte er gern mehr – und Madame Tablier sowieso. Junge heterosexuelle Paare waren anders, so jedenfalls seine Erfahrung. Wenn ihre Beziehung noch frisch war, hatte der männliche Teil oft das Bedürfnis, sich auf die Brust zu trommeln, das heißt, sich im Tonfall eines Alphatiers zu beschweren, während der weibliche Teil, das musste man ihm lassen, meist eher verlegen dreinschaute. Außerdem trugen junge heterosexuelle Männer heutzutage immer absurde Polarforscherbärte, was auf verstopfte Waschbecken hinauslief und den nie endenden Zorn der eindrucksvollen Madame Tablier herausforderte, seiner *femme de ménage*, die wie eine Mischung aus einer rüden Bäuerin und einem Nachtklub-Rausschmeißer auftrat.

Familien waren allerdings die schwierigsten Gäste. Eine saß gerade am Ecktisch. Aus dem Augenwinkel beobachtete er sie. Wie so oft handelte es sich um Partner, die beide arbeiteten und sich daher selten sahen. Sie waren für eine Woche aus Paris gekommen, zusammen mit ihren Kindern, die sie sogar noch seltener sahen. Es schmerzte Richard, Familien zu beobachten, deren Mitglieder einander nicht kannten, die sich dann aber für ein paar Tage zwangen, eine Gruppe zu bilden. Auch Madame Tablier war nicht scharf auf Familien. Familien bedeuteten Kinder, und Kinder bedeuteten Krümel auf ihrem strahlend sauberen Fliesenboden oder Fingerabdrücke an den Wänden. Jetzt trat sie durch die Flügeltür herein und klapperte dabei mit ihrem alten Blecheimer. Sie machte ein so finsteres Gesicht, als wäre sie dazu eingeteilt worden, nach einem besonders ausschweifenden Musikfestival aufzuräumen. Die Mutter der Familie, eine stark geschminkte, zierliche Frau mit blondem Kurzhaarschnitt, sagte «*Bonjour*», und ihr Mann – schütteres Haar und ein No-Name-Rugby-Shirt mit hochgeklapptem Kragen – schloss sich ihr an. Beide sahen ihre Kinder auffordernd an, einen Jungen und ein Mädchen, schick gekleidet, die Haare noch feucht, aber gekämmt, und Schokoaufstrich um den Mund verschmiert. Der Nachwuchs ignorierte seine Eltern.

«Wie sagt man, Kinder?», fragte die Mutter. Ihre Miene ließ

vermuten, dass sie das Kindermädchen rausschmeißen würde, sobald sie wieder zu Hause waren.

«*Bonjour*, Madame», intonierten sie im Chor.

«Hä? Ach so, ja.» Madame Tablier war einen Moment lang überrumpelt. «*Bonjour*. Also, passt auf, dass ihr nichts auf dem Boden verkleckert.» Sie entfernte sich zur schmalen Treppe, stieg ein paar Stufen hinauf, musste aber kehrtmachen, um Auguste Tatillon vorbeizulassen. Genervt stapfte sie anschließend mit klapperndem Eimer die Treppe hoch.

Tatillon hatte sein Toupet aufgesetzt, und so war auch seine Hochnäsigkeit zurück. Inzwischen war Richard allerdings überzeugt, dass das gar keine hochmütige Pose war, sondern dass er den Kopf steil erhoben halten musste, damit das Haarteil nicht herunterrutschte. Wieder mit demselben gleitenden Gang wie am Vorabend trat Tatillon zur Frühstückstheke.

«Guten Morgen, Monsieur Tatillon, ich hoffe, Sie haben gut geschlafen.» Das waren immer die ersten Worte, die Richard morgens an einen Gast richtete, und manchmal verwendete er sie auch mehrmals, da er nicht auf Small Talk stand.

«Na ja, ich bin natürlich lang aufgeblieben, da ich den Artikel über Grosmallard schreiben musste.»

«Ist er Ihnen gut von der Hand gegangen?»

«So gut, wie das bei einem Nachruf eben möglich ist», erklärte er unheilvoll. «Allerdings klingt das jetzt vielleicht geschmacklos; heutzutage kann man sich nie sicher sein.» Er beugte sich vertraulich vor. «Wegen, äh, gestern Abend, Monsieur …» Er brach ab und zeigte zur Decke. Richard folgte dem langen, knochigen Zeigefinger und schaute hinauf.

«Wegen gestern Abend?» Dann begriff Richard, dass Tatillon in Wirklichkeit sein Haar meinte. «Ah so, ja, ich verstehe. Oh nein. Ihr Geheimnis ist bei mir sicher aufgehoben. Diskretion ist mein zweiter Vorname.»

«Und ist Diskretion auch der zweite Vorname Ihrer Frau?»

Tatillon hätte kaum noch näher an Richard heranrücken können.

Meiner Frau, überlegte Richard. Was um alles in der Welt hatte Clare damit zu tun. Dann wurde er rot. «Oh», sagte er. «Sie meinen Madame d'Orçay, sie ist … äh, sie ist sozusagen eine alte Freundin der Familie.»

Tatillon lehnte sich zurück, ein raubtierhaftes Funkeln in den Augen, das Richard an Shir Khan aus dem *Dschungelbuch* erinnerte. «Wie interessant», schnurrte der Kritiker und leckte sich die Lippen.

Richard beachtete ihn nicht. «Nun zum Frühstück, Monsieur. Ich habe verschiedene Brotsorten und frische Croissants. Schließlich kommt es nicht allzu oft vor, dass ein berühmter Restaurantkritiker bei uns logiert … Außerdem habe ich das hier vorbereitet.» Er öffnete die Ofentür und holte einen warmen Teller heraus, der mit einer Speiseglocke aus Edelstahl abgedeckt war. «Ein im Ofen gebackener, frisch gesammelter Pilz, gefüllt mit Rührei von frei laufenden Hühnern, das alles auf einem Bett aus zerkleinerten Balsamico-Tomaten und mit frischem Schnittlauch bestreut.» Er hob die Glocke mit dem Schwung eines versierten Zauberers hoch. «Voilà», sagte er triumphierend.

«Ja.» Tatillon beugte sich erneut vertraulich vor, er musste ein weiteres Geheimnis enthüllen. «Haben Sie vielleicht Nutella?», flüsterte er. «Ich liebe dieses Zeug. Ich kann gar nicht genug davon bekommen. Einfach nur etwas Nutella auf Toast, danke.» Er wandte sich seinem Tisch zu und wollte losgehen, drehte sich aber noch einmal halb um. «Nicht Ihre Frau, sagen Sie? Sonderbar – Sie zanken sich, als wären Sie verheiratet.»

Richard setzte die Glocke wieder auf den Teller und stellte den Teller zurück in den Ofen, dabei überging er die neidischen Blicke der Pariser Familie. Das stimmte wohl, dachte er – Valérie und er stritten sich wie ein altes Ehepaar. Sie war ungewöhnlich reizbar gewesen, aber sie hatte ja auch eine Autopanne gehabt, da durfte man gereizt reagieren. Und wie es dann mit Grosmallard weitergegangen war … dass sein berühmtes Dessert mit veganem Käse zubereitet worden war, bedeutete doch gewiss nicht das Ende der Welt? Natürlich kannte Richard die allgemeine Haltung der Franzosen zu veganem Essen ganz genau; sie war vergleichbar mit der britischen Haltung gegenüber Menschen, die erst die Milch in den Teebecher gossen, bevor sie das heiße Wasser dazugaben: *Danke, nein danke.* Nun war allerdings Fabrice Ménard, der Käselieferant, der *berühmte* Käselieferant, gestorben. Es war ein ziemlich eigenartiger Zufall, aber vielleicht steckte auch einfach gar nichts dahinter. Richard kannte Ménard, wie sich Geschäftsleute des gleichen Ortes eben so kennen. Trotz seines riesigen unternehmerischen Erfolgs, sogar im internationalen Maßstab, war der kleine Mann immer schüchtern gewesen und körperlich recht schwach.

Das hatte Richard Valérie am Vorabend erzählt, als sie ihm die Nachricht auf ihrem Handy zeigte. Sie kam von Hugo Ménard, dem Sohn:

Die Immobilie steht nicht mehr zum Verkauf. Mein Vater ist tot, und wir sind nicht länger zur Veräußerung gezwungen.
H. MÉNARD.

Selbst in Richards Augen war das eine Nachricht, die viele Fragen aufwarf und das Thema keineswegs abschloss. Zunächst einmal war sie mit unziemlicher Hast verschickt worden, aber außerdem schien sie auch anzudeuten, dass Ménard senior nichts von dem anstehenden Immobilienverkauf auf seinem eigenen Grund und Boden gewusst hatte. Oder interpretierte Richard da zu viel hinein? Und was hieß «Wir sind nicht länger zur Veräußerung gezwungen»? Der Senior führte ein florierendes

Geschäft, im Tal des Ziegenkäses war er der König der Käsemacher. All diese Fragen waren zweifellos interessant, und Richard kannte Valérie gut genug, um sich darüber im Klaren zu sein, dass sie sie nicht auf sich beruhen lassen würde. Er wusste auch, dass sie ihn mit in die Sache hineinziehen würde. Natürlich würde er sich nach Kräften dagegen sträuben, verwickelt zu werden, und groß in Szene setzen, dass er Valérie nur widerstrebend nachgab. Doch insgeheim, gar nicht so tief verborgen, genoss er all das – in tiefen Zügen. Deswegen hatte er in der Nacht nicht geschlafen. Und außerdem, weil Valérie d'Orçay im Nachbarzimmer geschlummert hatte, im Bett seiner Tochter. Dass sie zudem in seiner Gegend auf Immobiliensuche ging, hatte seiner Nachtruhe auch nicht gerade gutgetan.

Die Pariser Familie erhob sich vom Tisch, und die Kinder kassierten einen weiteren Rüffel, diesmal weil sie die Stühle über den Boden zurückgeschoben hatten, statt sie anzuheben. Sobald sie weg waren, nahm Richard den Frühstücksteller wieder aus dem Ofen. Wenn Tatillon das Gericht nicht wollte, konnte Richard es auch ebenso gut selbst essen. Er nahm die Glocke ab, aber jetzt ohne jeden Schwung, da seine Bemühungen umsonst gewesen waren.

«Ach, Richard!» Wie immer hatte Valérie die Tür geöffnet, ohne dass er sie bemerkt hatte. «Ist das für mich? Es sieht köstlich aus. Morgen, Monsieur.» Sie nickte Tatillon zu, der sie auf ihrem Weg zum Tisch mit offenem Mund anstarrte, eine Scheibe Nutella-Toast auf halbem Wege in der Luft. Heute Morgen war sie ganz Audrey Hepburn. Sie trug eine schwarze Caprihose, schwarze Ballerinas und einen Matrosenpullover in Übergröße. Die Sonnenbrille war auf den Kopf geschoben, das Haar zu einem losen Knoten geschlungen, und über ihrem Arm hing eine Strohtasche mit Passepartout darin, dem ultimativen Accessoire. Der Nutella-Toast schwebte immer noch komisch dicht vor Tatillons Mund, während er ihr nachschaute. In einem

Comic wäre jetzt sein Toupet hochgeschwebt und hätte sich einmal um sich selbst gedreht.

Während Richard nun doch Valérie das gebackene Frühstück servierte, gewann Tatillon seine Fassung allmählich zurück. «Ich setz mich gleich zu dir», sagte Richard so laut, dass Tatillon es hören konnte. «Ich koche nur noch einmal Kaffee.»

«Könnte ich bitte auch noch eine Schale Wasser für Passepartout bekommen?»

«Kommt sofort.» Die Zeit, als Richard Valérie hatte klarmachen wollen, Haustiere seien im Frühstückssalon nicht willkommen, und übrigens auch nicht im Gästezimmer, war längst vorbei. Damals hatte Valérie ihn so angesehen, als verstünde sie die Hausordnung zwar ganz genau, aber Passepartout sei nun einmal kein Haustier, sondern ein Familienmitglied, und daher träfe die Regel auf ihn nicht zu. Es war eine der vielen Schlachten, die sie geschlagen hatten und in denen Valérie aufgrund ihrer unerschütterlichen Speziallogik den Sieg davongetragen hatte. Doch schließlich zählte nicht der Sieg, das hatte Richards Vater ihm oft erklärt, entscheidend war, dass man überhaupt am Wettkampf teilnahm. Selbst wenn eine Niederlage unausweichlich war.

Tatillon erhob sich lässig von seinem Tisch und bedeckte den Teller mit seiner Serviette. Gemächlich schlenderte er zu Valérie und vergewisserte sich dabei mit einem Blick, dass Richard es auch sah. «Madame, Sie sehen heute Morgen ganz reizend aus», begann er scheinbar lässig.

«Danke», antwortete sie, wie das nur eine Frau kann, die so etwas ständig hört.

«Madame, heute Abend bin ich zum Dinner in ein anderes Restaurant eingeladen. Ach ja, das Leben ist nichts als Arbeit! Trotzdem würde ich mich sehr freuen, wenn Sie sich mir anschließen würden. Man kann hoffen, dass es erfolgreicher wird als der vorangegangene Abend.»

Valérie strahlte Tatillon an. «Es wäre mir ein Vergnügen, Monsieur, vielen Dank.» Sie schaute auf ihre Uhr, während Tatillon sich mit Siegermiene Richard zuwandte. «Haben wir heute Abend Zeit, Richard?», fragte sie. Er sah ihr Gesicht nicht, da Tatillons enttäuschte Miene es verdeckte.

«Ja, ich denke schon. Das ist sehr nett von Ihnen, Monsieur. Schreiben Sie wieder eine Kritik?», fragte er, ohne seine Freude über seinen Triumph zu kaschieren.

«Ja», antwortete Tatillon ausdruckslos und wandte sich zur Treppe. «Dann sehe ich Sie also beide heute Abend.» Er machte sich nicht die Mühe, seine Verärgerung zu verbergen.

Richard setzte sich mit zwei Kaffees zu ihr.

Madame Tablier stapfte mit klirrendem Eimer die Treppe hinunter und heftete den Blick sofort auf Passepartout. «Ah, Sie sind also zurück, ja?» Sie zog die Augen zusammen. «Mir sind in den Gästezimmern gar keine Hundehaare aufgefallen.»

«Bonjour, Madame.» Valérie stand auf und küsste sie auf beide Wangen, was sie vollständig entwaffnete. «Ich habe gestern Nacht in Richards Haus geschlafen ...»

«Im Zimmer meiner Tochter», fügte Richard schnell hinzu.

«Hm, es geschehen wieder so sonderbare Dinge, genau wie letztes Mal, schätze ich. Jedenfalls mag ich den Kerl nicht, dem ich gerade auf der Treppe begegnet bin. Er hat Nutella-Fingerabdrücke auf meinem Geländer hinterlassen ...» Vor sich hin grummelnd ging sie nach draußen.

«Also, Richard», sagte Valérie, nun plötzlich eindringlich. «Ich habe jedenfalls beschlossen, trotzdem zur Immobilie Ménards zu fahren.» Er tat so, als wollte er sie unterbrechen. «Diskutieren ist völlig zwecklos», kam sie ihm zuvor. «Der Tonfall der Nachricht, die ich gestern Abend erhalten habe, gefällt mir gar nicht.»

«Oder das Tempo, mit dem sie eintraf.»

«Oder das Tempo, genau, Richard.»

«Du möchtest also selbst nachschauen.»

«Genau, ich möchte selbst nachschauen. Oh.»

«Wirst du dann behaupten, du hättest die Nachricht nicht gesehen?»

Sie senkte den Blick. «Leider habe ich schon geantwortet. Ich sagte, wie leid es mir tue und so weiter.»

«Ah. Dann kannst du nicht einfach auftauchen, oder?» Sie saßen kurze Zeit schweigend da, und Valérie stocherte in ihrem Essen herum.

«Hör mal», sagte Richard ruhig. «Ich habe mich vor ein paar Wochen mit Ménard unterhalten. Wir haben darüber geredet, ob er mich mit seinem berühmten Joghurt beliefern könnte ...»

«Und?» In ihrem Blick blitzte Erregung auf.

«Und das war's schon. Es war einfach eine dieser höflichen Plaudereien beim Aperitif. Sie hat zu nichts geführt.» Sie machte ein enttäuschtes Gesicht. «Aber», begann er, schob dann aber hastig ein: «Ihr seid euch nie persönlich begegnet, oder?»

«Nein, nie.»

«Nun, da wir ohnehin in der Gegend vorbeikommen, wenn wir dein Auto abholen, könnte ich einfach hereinschauen und ihn fragen, ob er noch einmal darüber nachgedacht hat ...» Er trank triumphierend einen großen Schluck Kaffee, der viel zu heiß für einen großen Schluck war.

«Oh Richard!», rief sie aus und legte die Gabel aus der Hand. «Einfach genial!»

4

K nisternde Erregung strahlte von Valérie ab wie statische
Elektrizität. War sie am Vorabend verstimmt und gereizt
gewesen, hatte das nur angedauert, bis sie die Nachricht von
Fabrice Ménards Tod erhielt. In Verbindung mit dem Veganer-
Käse-Skandal im Restaurant war sie sofort zu dem Schluss gelangt, dass hier etwas nicht mit rechten Dingen zuging. Ihre
beinahe kindliche Lust auf Abenteuer war in Richards Augen
sehr anziehend, obgleich er selbst beinahe das genaue Gegenteil
war und durchaus stolz darauf. Sie hoffte auf spannende Ver-
wicklungen und verhielt sich wie ein Kind am ersten Tag der
Sommerferien. Natürlich war für sie, die Kopfgeldjägerin, die
aufregende Jagd buchstäblich das Lebenselixier; sie brauchte sie
wie ein Süchtiger das High. Allerdings wusste Richard, dass diesem bestimmten Abenteuer bald dasselbe widerfahren würde,
was dem alten Ménard zugestoßen war: Sein Ende war nah. Er
hatte ein etwas schlechtes Gewissen, weil er sein Wissen vorläufig für sich behielt, denn es war in der Gegend allgemein
bekannt, dass Fabrice Ménard an einer Herzschwäche litt. Doch
wie der Löwe im *Zauberer von Oz* brachte Richard es nicht über
sich, Valérie aufzuklären.

«Hast du gut geschlafen?» Richard fiel keine bessere Frage
ein. Sie fuhren über dieselbe Landstraße, die sie am Vorabend
genommen hatten, nur saß diesmal Richard am Steuer.

«Was? Oh ja, ja, haben wir, danke.» Passepartout schien auf
der Rückbank zustimmend zu nicken. «Aber du hättest mir

sagen sollen, dass du ausgebucht bist, Richard, dann hätten wir uns irgendwo ein anderes Zimmer gesucht …»

«Oh, nein!» Sofort spürte er, dass seine Reaktion eher nach Panik klang als nach großmütigem Charme. Dieser Eindruck verstärkte sich noch, als er den Blick von der Straße nahm und der Wagen sich in derselben Kurve schräg legte wie schon am Vorabend. «So etwas kommt nicht infrage», antwortete er so ruhig wie David Niven unter Beschuss und richtete den Wagen wieder gerade.

Valérie kicherte. «Was für ein alberner Mann», sagte sie, und Richard errötete. «Warum tragen Männer überhaupt Perücken?»

Erleichtert, dass nicht er selbst gemeint war, dachte Richard über die Frage nach. «Verleugnung, nehme ich an. Über so etwas musste ich mir nie Sorgen machen.» Er merkte, dass das Fishing for Compliments war, so wie Männer im mittleren Alter das nun mal taten, und tadelte sich innerlich.

«Du hast wunderbares Haar, Richard. Ein Glatzkopf würde dir nicht stehen. Manchen Männern jedoch schon.» Das musste genügen. «Nein, ich denke eher, sie verstecken etwas, vielleicht sogar vor sich selbst. Mit dem Toupet auf dem Kopf ist dieser Mann ein ganz anderer Mensch; er fühlt sich stärker.» Sie hielt inne und dachte darüber nach. «Das ist wie bei der Busenvergrößerung: Machen die Frauen das um ihrer selbst willen oder für andere Leute? Beides, denke ich.»

Richard verwarf den Gedanken, Valéries Kompliment neu gewendet zu erwidern, und konzentrierte sich stattdessen auf die Straße.

«Es wundert mich, dass es mir nicht gleich aufgefallen ist», sinnierte er so leise, dass er beim Motorengeräusch kaum zu hören war. «Normalerweise springen einem die Dinger direkt ins Auge, meist ist so was ziemlich offensichtlich. Das Toupet, meine ich, nicht die, äh …» Valérie schien ihn nicht zu hören.

«Meinst du, es ist vielleicht wie bei einem Gebiss? Gegen Abend hält die Haftcreme nicht mehr so gut, etwas in der Art?»

«Ob er wohl sein Toupet wieder aufgesetzt hat, um die Kritik zu schreiben?», dachte Valérie laut nach. «Wetten, dass?» Sie bückte sich und holte ihr riesiges Smartphone aus der Handtasche. Wenig später hatte sie gefunden, was sie suchte. «Auguste Tatillon, Connoisseur. Frankreichs oberste Autorität für kulinarische Exzellenz. Ein alberner Mensch.»

«Na ja, so sind Kritiker nun mal.» Während seiner Laufbahn als Filmhistoriker hatte Richard viele Vertreter dieses Berufsstands kennengelernt. Manche waren begeisterte Cineasten, andere dagegen wie Geier, die im Dunkeln hockten und auf einen gescheiterten Film hofften, weil sie sich von Verrissen wie von Kadavern ernährten. Sie taten so, als hätten sie die Weisheit mit Löffeln gefressen, doch Richard empfand sie im Allgemeinen als eitel und freudlos. Er persönlich hatte noch nie einen Film gesehen, an dem nicht zumindest *irgendetwas* Gutes gewesen wäre, und genauso mochte er es.

«Ah, seine jüngste Kritik ist online», sagte Valérie, nun wieder ganz aufgeregt. «*Les Gens Qui Mangent,* Saint-Sauver.» Sie hielt inne. «Oje.»

«Was?»

«Die Überschrift lautet: ‹Der König ist tot. Aber war er jemals lebendig?›»

«Au. Das wirkt geschmacklos, in Anbetracht der Umstände.» Richard verzog das Gesicht.

Valérie las stumm.

«Und?», fragte Richard.

«Oh, tut mir leid. Okay.» Sie räusperte sich. «‹Ich war fast schon zu spät für meinen Zug. Wie üblich wimmelte es im Gare Montparnasse vom Treibgut einer verwahrlosten Stadt.› Er hält sich für Victor Hugo. ‹Ich hatte nicht mehr die Zeit, zum Lunch in meine übliche Brasserie im 14. Arrondissement zu gehen, und kaufte mir deshalb in der Bahnhofshalle ein in Folie verpacktes Sandwich. Es war ein Schinkenbaguette, ein schlichtes *jambon beurre*. Leider war das Brot schwammig und der Schinken eine Beleidigung. Das arme Schwein war umsonst gestorben, und die Butter war nicht besser als geronnene Milch.›»

«Meinst du, er muss jede Mahlzeit kritisieren, die er isst? Das ist doch gewiss sehr ermüdend.»

«Möchtest du den nächsten Satz hören?», fragte Valérie. Sie schürte die Spannung.

«Ja, mach weiter.»

«‹Dennoch war es die beste Mahlzeit, die ich an diesem Tag zu mir genommen habe.›»

«Das ist hart.»

Valérie fuhr fort: «‹Die Gerichte eines großen Küchenchefs, oder jedes Kochs, jedes Menschen, der Essen für andere zubereitet, sind ein Spiegel seiner Persönlichkeit – eine Erweiterung seiner selbst. Was so jemand auf dem Teller anrichtet, ist letztlich seine Seele; er gibt das Innerste seines Seins preis, den eigentlichen Kern seines Wesens. Daher ist die Trauer groß, wenn ich erkläre, dass Sébastien Grosmallard nicht länger das Enfant terrible der französischen Küche ist. Jetzt ist er nur noch *terrible* – nämlich schrecklich. Eine leere Hülle von einem Menschen ohne innere Lebenskraft, ein Zombie-Chefkoch. Sein Stern schwindet nicht, sondern brennt gewaltsam aus und zerstört dabei andere Sterne, die hätten leuchten können …›»

Richard schüttelte den Kopf. «Tja, er hat mir gesagt, es würde ein Nachruf werden.»

«Es ist schlimmer als das.»

«Ich fand das Menü ziemlich gut. Die gebratenen Jakobsmuscheln in Champagnersauce mit Spargel waren …»

«‹… wie Flusskiesel nach einer Umweltkatastrophe.›»

«Oh. Na ja, die Kalbswangenravioli …»

«‹… waren so wenig durchgegart, dass die Tränen der Trennung vom Muttertier noch nicht auf der Wange getrocknet waren.›»

«Verflixt. Und die Zwiebel-*Soubise*?»

«‹Schmeckte wie der Inhalt einer Ölwanne.›»

Richard schwieg eine Weile und verarbeitete die Worte. «Na ja, wie schon gesagt, ich fand es ziemlich gut.»

«Ja, Richard, aber du bist Engländer», sagte Valérie mitfühlend, so als wäre seine Meinung damit automatisch null und nichtig.

«Was heißt das?» Er konnte nicht verbergen, dass er verletzt war.

«Das bedeutet, dass du Essen anders siehst, das ist alles. Für Franzosen hat Essen Eventcharakter. Es ist eine Kunst. Für die Engländer ist es dagegen einfach nur Treibstoff – ihr tankt nach und macht weiter. Das ist alles.»

Richard wünschte, er fände Argumente dagegen. Es war ein Stereotyp, und die Dinge veränderten sich, oder zumindest wurden britische Pubs inzwischen Gastropubs genannt, wenn sie ein Fleischbüfett mit *Jus* servierten statt mit Soße. Er erinnerte sich an die Geschichte, dass sein Großvater als junger Mann ein Pub unter Protest verlassen hatte, weil auf der Kreidetafel mit den Mittagsgerichten stand, die Fritten der *Fish and Chips* seien «dreimal frittiert». «Ich bezahle nicht für alte Fritten», hatte der Großvater gerufen und war hinausgestürmt. «Ich will kein verpfuschtes Essen.»

«Na gut», sagte Richard mürrisch. «Das gestern Abend war ziemlich guter Treibstoff.»

Eine Weile schwiegen sie erneut. Richard war stumm, da ein wenig gekränkt – schließlich war er nicht für das kulinarische Erbe seiner Nation verantwortlich. Und Valérie schwieg, weil sie keine Ahnung hatte, dass sie Richard verletzt hatte.

«Interessant …», sagte sie langsam, brach dann aber ab.

«Was ist interessant?», knurrte er schließlich.

«Das Dessert, bei meinem Eintreffen der Anlass dieser lächerlichen Posse ...»

«Ich will mir gar nicht ausmalen, was er darüber geschrieben hat!»

«Er schreibt, es habe den Abend gerettet», sagte sie überrascht.

«Wirklich? Ich wette, Grosmallard würde dem widersprechen.»

«Ah, nein. Entschuldige, ich hatte den Absatz noch nicht zu Ende gelesen. Soll ich ihn vorlesen?»

«Wenn du glaubst, mein kulinarisches Begriffsvermögen reicht aus, um ihn zu verstehen.»

«Wovon redest du, Richard?»

«Nichts. Schieß los.»

Sie räusperte sich erneut. «‹Wir schleppten uns also dem Ende entgegen wie Marathonläufer, die sich unerträglich quälen. Als Dessert war das Gericht vorgesehen, dem Grosmallard sein Renommee in der gastronomischen Welt zu verdanken hatte, das heißt also, in Frankreich.›»

«Tss, tss, tss», machte Richard laut.

«‹Das *parfait de fromage de chèvre de Grosmallard*, wie er es inzwischen nennt. Und hier zumindest loderte eine Flamme.›»

«Na ja, das klingt doch positiv.»

«‹Eine alte Flamme ...›»

«Oh.»

«‹Es war eine Erinnerung an alten Ruhm, ein Denkmal seiner Vergangenheit, interessant, so wie das Kolosseum oder der Parthenon interessant sind, aber trotzdem eine Ruine. Eine wohlbekannte Touristenattraktion, die nicht mehr die Anziehungskraft von früher besitzt. Mein erster Gedanke war, Grosmallard hätte das Dessert ruhen lassen sollen, statt bei seinen Gästen Erinnerungen an glücklichere Zeiten zu wecken, doch dann bemerkte ich einen Geniestreich, der mich veranlasste, meine Meinung zu ändern. Der ‹Käse› in dem Parfait war veganer Käse, nicht einmal echter Ziegenkäse, auf den man in dieser Gegend hier doch so stolz ist. Veganer Ziegenkäse! Im Loire-Tal! Ein Geniestreich, sage ich! An diesem Abend ging es Grosmallard gar nicht darum, seinen Ruhm wiederauferstehen zu lassen. Wir waren getäuscht worden. Hier ging es vielmehr um Sébastien Grosmallards Zukunft, und diese Zukunft sieht offensichtlich vor, dass er in einem altmodischen Kult-Kastenwagen auf der Place de la République steht und als Kantinenersatz für Büroangestellte kurzlebige Fast-Food-Trends serviert. Billige Häppchen, im Gehen zu essen, für leichtgläubige Arbeitssklaven, die glauben, wenn sie veganen Käse essen, könnten sie sich ein paar Stunden Posieren im Fitnessstudio sparen. Sébastien Grosmallard hat endlich seine Zukunft gefunden; daher ist die Zeit gekommen, seine Vergangenheit zu vergessen.›»

Richard pfiff durch die Zähne. «Teufel noch mal! Und er erwähnt gar nicht, dass Grosmallards Sohn das Dessert zubereitet hat?»

«Nein, hat er das?»

«So klang es gestern Abend. Ich dachte, ihn hätte er gemeint, als er rief: ‹Du hast mich getötet.› Seinen Sohn.»

«Oder» – Valérie packte Richard am Arm – «er hat Ménard gemeint. Den Käselieferanten!» Sie konnte ihre Erregung nicht verbergen.

«Hör mal», begann er, denn inzwischen kam es ihm so vor, als ginge die Sache zu weit. Er wollte den Absturz nicht erleben, der unvermeidlich bevorstand, wenn sie sich noch weiter in all das hineinsteigerte. «Es gibt da was wegen Fabrice Ménard. Er war krank, und zwar schon eine ganze Weile. Eine Herzgeschichte, wegen der er behandelt wurde. Der Tod wird wohl leider eine natürliche Ursache haben.» Er lenkte den Wagen auf den Parkplatz der Fromagerie Ménard. «Mach dir einfach keine zu großen Hoffnungen», fügte er lächerlicherweise hinzu.

Sie packte ihn am Arm und grub ihm die Fingernägel ins Fleisch. «Richard», sagte sie. «Schau doch!»

Richard schaute, und ihm wurde mulmig zumute. Auf dem Parkplatz wimmelte es von Autos und Menschen: Ein Krankenwagen, die Feuerwehr und drei oder vier Polizeiwagen, alle standen kreuz und quer, als hätte große Eile geherrscht. Alles, was in Frankreich Noteinsätze fuhr, war vertreten, sogar die Police Nationale, die für Verbrechen zuständig war. Sollte Ménard eines natürlichen Todes gestorben sein, schoss man jedenfalls mit Kanonen auf Spatzen.

5

Richard riss das Lenkrad herum und fuhr eine so schneidige Kurve, dass der alte Citroën beinahe umgekippt wäre. Er wollte schnellstmöglich weg.

«Wohin fährst du denn?», zischte Valérie, die jedoch abgelenkt war, weil sie sich besorgt nach Passepartout umschaute.

«Also, wir bleiben ja wohl nicht hier?» Richard meinte das als rhetorische Frage, da er einen Moment lang vergessen hatte, dass es so etwas in einem Gespräch mit Valérie nicht gab.

«Und warum nicht?»

«Weil es hier von Polizei wimmelt, das ist doch klar!»

«Ja und?»

Richard brachte den Wagen zum Stehen und sah sie an. Von Kindheit an hatte für ihn die Regel gegolten – und da sprach er wohl für die Mehrheit aller Bürger –, dass man besser die entgegengesetzte Richtung einschlug, wenn man Polizisten auf einem Haufen sah. Vielleicht war das die typische spontane Reaktion des durchschnittlichen Spießers, der völlig grundlos ein schlechtes Gewissen hat, doch so war es nun mal: *Lass dich in nichts hineinziehen, niemand soll den Eindruck haben, du seist in etwas verwickelt, lass dich nicht sehen.*

«Na ja, sie haben viel zu tun», sagte er matt.

Ein Schatten fiel auf sie, als ein Milchtankwagen auf den Parkplatz einbog. Rasch sprang Valérie aus dem Auto und ging zur Käserei, die jetzt von dem riesigen Tankfahrzeug verdeckt wurde. «Eine natürliche Todesursache», sagte Richard spöttisch.

«Verdammt noch mal.» Im Rückspiegel sah er Passepartouts Gesicht; darin las er die Frage: *Was hattest du denn erwartet?* Jetzt steckte Richard in der Zwickmühle. Sollte er im Auto bleiben und auf Valéries Rückkehr warten, oder sollte er ihr folgen? Eigentlich bestand seine Rolle darin, ihr einen Vorwand für ihr Kommen zu liefern, also sollte er ihr wohl tatsächlich folgen. Außerdem, warum um Himmels willen war so viel Polizei da? In dem Wettrennen zwischen *Tod durch natürliche Ursache* und *Da ist etwas faul* hatte Letzteres die Nase eindeutig vorn.

«Okay, Kleines», sagte er, als wäre Passepartout in Wirklichkeit Ingrid Bergman. «Ich geh da rein.» Der dramatische Abschied eines Helden, nur leider nicht ganz perfekt, weil er zurückkehren musste, um für den wenig begeisterten Chihuahua das Fenster ein Stück weit herunterzukurbeln.

Er konnte Valérie nicht sehen, und so musste er eine Entscheidung treffen. Es sollte nicht so wirken, als hielte er sich versteckt, um zu spionieren, aber er wollte auch nicht lässig herumschlendern, denn das hätte ebenfalls Aufmerksamkeit erregt. Also beschloss er, als Tarnung bei seiner Geschichte mit dem Joghurt zu bleiben, und wandte sich zum Verkaufsbüro. Obwohl überall so viele Uniformierte herumwimmelten, war kaum etwas zu hören, da alle ihre Arbeit ruhig und gelassen erledigten. Die Sonne spiegelte sich in den beiden riesigen Fermentationstanks, die neben einem Wellblechschuppen standen. Wären hier nicht überall Einsatzkräfte, könnte es ein ganz normaler Sommertag sein. Der Fahrer des Tankwagens ließ sich die Lieferung von einer Angestellten im weißen Overall mit weißen Schuhen und einem weißen Haarnetz abzeichnen. Was immer dem armen Fabrice Ménard zugestoßen sein mochte, mit dem Leben und mit dem Käse ging es weiter.

Als Richard die Tür des Verkaufsbüros öffnete, war Valérie nirgends zu sehen. Tatsächlich war der Raum menschenleer und die Empfangstheke nicht besetzt. Sonst saß oft Ménards Frau

Elisabeth an der Rezeption, wenn sie nicht im Hauptgeschäft in der Stadt war. In den letzten fünfzehn Jahren war das Geschäft, genau wie das internationale Renommee der Firma, enorm gewachsen, aber dennoch waren die Ménards zumindest dem Geist nach immer noch ein kleiner Familienbetrieb, und so hatten sie es auch weiter halten wollen. Die Tür hinter der Empfangstheke stand offen, und Richard sah noch mehr Beamte in Uniform, weitere weiß gekleidete Mitarbeiter und zusätzlich ein paar Menschen in der gleichen Art Overall wie die Käsemacher, nur waren diese Überzüge hellblau. *Spurensicherung,* dachte er. *Was ist da los?*

«Kann ich Ihnen helfen, Monsieur?»

Richard fuhr herum. In der Tür stand ein untersetzter Mann, die Sonne im Rücken. Er trat vor, zwar nicht lächelnd, aber aggressiv sah er auch nicht aus; eher umgab ihn eine Aura des Lebensüberdrusses, vielleicht war es Erschöpfung. Sein Anzug war ein wenig zu groß für ihn, zerknittert und dunkelblau, und seine abgetragenen, hellbraunen Wildlederschuhe passten überhaupt nicht dazu. Der oberste Knopf seines weißen Hemds stand offen, und vom Wellen schlagenden Kragen hing eine lose, fleckige Streifenkrawatte schlaff herab. Sein dunkles Haar war an der Seite gescheitelt, und in seinem etwas zu borstigen Schnurrbart hingen Croissantkrümel. Insgesamt wirkte er schlampig, vielleicht sogar, als hätte er sich aufgegeben, und seine traurigen braunen Augen bestätigten diese Einschätzung.

«Ich bin Commissaire Henri LaPierre. Und wer sind Sie?» Er reichte Richard die Hand, aber ohne jede Herzlichkeit.

«Joghurt», stieß Richard in Panik heraus.

Die meisten Leute hätten einen derart zusammenhanglosen Wortfetzen wohl kommentiert, doch LaPierre zuckte mit keiner Wimper. «Ich verstehe», seufzte er. «Nicht mein Gebiet, tut mir leid.»

Richard schaffte es irgendwie, sich zu sammeln, und entschuldigte sich. «Bitte verzeihen Sie», begann er. «All diese, äh, Aktivität hat mich ein wenig durcheinandergebracht. Ich bin Richard Ainsworth und führe hier in der Nähe ein *chambre d'hôtes*.»

«Daher der Joghurt», merkte LaPierre an, holte eine fettige Papiertüte aus der Jackentasche und biss erneut von seinem Croissant ab. «Entschuldigen Sie, aber ich habe noch nicht gefrühstückt. Und Tote schlagen mir immer auf den Magen. Sind Sie Engländer?»

«Ja», antwortete Richard ein wenig zu fröhlich. «Das hat vermutlich mein Nachname verraten.»

«Der Name und Ihr Akzent, ja.» LaPierre lächelte immer noch nicht, und so wusste Richard nicht, ob er seinen Akzent verspottete, wie es manchmal geschah, oder ob es eine Kritik war. Aber das lief auf dasselbe hinaus. «Haben Sie Monsieur Ménard gekannt?»

«Fabrice? Nun, wie man die Nachbarn dieser Kleinstadt eben so kennt, wir hatten gelegentlich miteinander gesprochen – beruflich. Was ist mit ihm?», fügte er unschuldig hinzu.

«Also, Monsieur Ainsworth – sind Sie zimperlich?» Der Commissaire wartete die Antwort nicht ab. «Nein, dann kommen Sie bitte mit.»

Richard folgte LaPierre durch den Empfangsbereich. Die Sache gefiel ihm überhaupt nicht. Das Bild, das Engländer sich von französischen Polizisten machen, beruht ganz auf den Filmen mit Inspektor Clouseau, und mit seinem Schnurrbart beschwor LaPierre diese Assoziation herauf. Aber weiter ging die Ähnlichkeit auch nicht. LaPierre war eher der verbissene Cop, unbestechlich, ein Terrier, der niemals losließ, bis er … Richard schüttelte den Kopf. *Konzentrier dich, Mann*, ermahnte er sich. *Du bist kein Privatdetektiv, der undercover für eine Lady spioniert, sondern du bist hier, um dich nach organischem Ziegenmilchjoghurt zu erkundigen.*

«Sie sprechen von zimperlich?», erkundigte er sich nervös. «Was meinen Sie damit? Was ist passiert?»

«Ich muss Ihnen leider sagen, dass Fabrice Ménard sich gestern das Leben genommen hat.» Er blieb stehen und wandte sich Richard zu.

«Wirklich?»

«Sie sind überrascht, Monsieur?», kam es wie aus der Pistole geschossen.

«Na ja, das bin ich, ja.»

«Warum?»

«Ich dachte, es wäre sein Herz …»

«Aber es überrascht Sie nicht, dass er tot ist. Ich frage mich, warum?»

Richard spürte, wie ihm der Schweiß ausbrach. «Na ja, wegen des ganzen Treibens hier dachte ich, es muss etwas Schlimmes passiert sein.»

LaPierre zog die Augen zusammen.

«Außerdem …»

«Ja, Monsieur?»

«Sie haben es mir gerade eben gesagt. An der Rezeption.»

LaPierres Augen schossen von einer Seite zur anderen. «In der Tat», erwiderte er, drehte sich wieder um und schritt durch die Werkshalle voran, in der die Mitarbeiter schweigend ihren täglichen Verrichtungen nachgingen.

«Schauen Sie», sagte Richard, der nun neben dem kleineren Mann herging, «ich bin zwar nicht zimperlich, aber ich würde die Leiche lieber nicht sehen, wenn es Ihnen recht ist. Das geht mich eigentlich nichts an.»

LaPierre blieb erneut stehen. «Die Leiche ist längst weg; sie wurde gestern Nacht gefunden. Nein, ich meinte, dass Sie einen starken Magen brauchen.»

«Das klingt furchtbar.» Richard bereute es ernstlich, mit Valérie hergekommen zu sein. Wo war sie überhaupt? Er holte tief

Luft, als sie hinten aus dem Tor traten und den Weg zu einem älteren, kleineren Gebäude einschlugen. Welches Grauen ihm dort auch immer vor Augen kommen würde, er würde die Sache hinter sich bringen.

«Es liegt an den Ziegen, Monsieur», erklärte ein sichtlich mitgenommener LaPierre. «Ich ertrage den Geruch nicht; mir wird schlecht davon.» Tatsächlich wirkte sein Gesicht ein wenig grünlich, wie er da mit einem schmuddeligen Taschentuch vor der Nase stand und auf ein Dutzend meckernde Ziegen in einem Stall zeigte.

«Deshalb darf man nicht zimperlich sein?», fragte Richard ungläubig.

«Das da ist schlimm genug.»

Vielleicht ist er nicht so hartnäckig, wie ich dachte, überlegte Richard. Er schaute sich in dem Gebäude um. Der Ziegenstall lag am Rand, und eine Tür führte auf eine Wiese hinaus. Trotzdem wurden die Tiere von einer Angestellten gefüttert, sie trug einen weißen Overall und Gesichtsmaske. Man sah Kühlschränke, glänzend saubere Marmortische und einen alten Fermentationsbehälter, der viel kleiner war als jene neben der eigentlichen Fabrik. Er wirkte nicht viel größer als der Warmwasserspeicher eines Mehrfamilienhauses.

«Hier hat wohl alles angefangen», sagte Richard, und tatsächlich fühlte er sich wie in einem Aktivmuseum.

«Und hier hat auch alles geendet», erwiderte LaPierre, die Nase in seinem Taschentuch. «Wie schon gesagt, er wurde gestern Nacht aufgefunden, den Kopf in diesem Tank dort drüben.»

«Der Fermentationsbehälter», merkte Richard hilfsbereit an.

«Sie scheinen eine Menge darüber zu wissen, Monsieur.» LaPierres Augen verengten sich erneut.

«Ich mag Ziegenkäse», brummte Richard abwehrend.

«Seine Füße ragten oben heraus; so wurde er gefunden, von seinem Sohn.»

Beide verstummten, als das Bild ihnen vor Augen trat. Es war mit Sicherheit eine schreckliche Todesart, ertrunken in fast schon zu Ziegenkäse fermentierter Milch. Außerdem war die Vorstellung tatsächlich recht absurd, auch wenn der Gedanke Richard mit einem schlechten Gewissen erfüllte. «Woher wissen Sie eigentlich, dass es Suizid war?»

«Er hat auf einem Zettel eine Nachricht hinterlassen. Dann ist er diese Leiter dort hinaufgestiegen.» LaPierre deutete auf ein paar schmale Stufen, die man wohl kaum als Leiter bezeichnen konnte. «Er hat Brieftasche und Ehering abgelegt und eine kurze Nachricht hinterlassen.» Er holte ein kleines Notizbuch hervor und las vor: «Ich habe euch hintergangen. Das halte ich nicht länger aus.»

«Mehr nicht?»

«Ja. Dann ist er wohl reingeklettert, mit dem Kopf voran. *Fin*», fügte er überflüssigerweise hinzu.

«*Ich habe euch hintergangen …*», dachte Richard laut nach.

«Das bezieht sich wohl auf das, was im Restaurant passiert ist, mit dem veganen Käseersatz, meine ich.»

LaPierre wandte sich ihm langsam zu. «Darüber wissen Sie Bescheid?»

«Na ja», stammelte Richard, «ich war da.»

«Sie waren da?»

«Ja.»

«Mit wem?»

«Tatsächlich war ich allein.»

«Sie waren dort, aber Sie waren allein?»

«Ja. Ich bin versetzt worden, falls Sie es genau wissen wollen.»

LaPierre entspannte sich; anscheinend wusste er alles über Erfahrungen dieser Art. Er zuckte mit den Schultern.

«Monsieur le Commissaire?» Die Stimme kam von hinten, und Richard drehte sich um. In der Tür stand Elisabeth Ménard. Madame Ménard war groß, geringfügig größer, als ihr Mann gewesen war, und sie sah außerdem gut aus. Sie hatte immer erklärt, auch als Ehefrau eines Bauern, Ziegenbesitzers und Käsemachers werde sie sich so elegant kleiden, wie ihr das möglich sei, und angeblich hatte sie ein Vermögen dafür ausgegeben. Ihr Haar war blond gefärbt, aber nicht übertrieben, und ihr Make-up zeigte, dass sie geweint hatte, und zwar viel.

«Madame», gab LaPierre zurück.

«Madame Ménard», unterbrach ihn Richard. «Mein aufrichtiges Beileid wegen Fabrice. Es muss ein furchtbarer Schock sein.»

Sie sah ihn an, als versuchte sie, ihn einzuordnen, lächelte dann matt und nickte ihm zu. «Monsieur le Commissaire», wiederholte sie. «Ich fühle mich jetzt wieder kräftiger, falls Sie mit der Befragung fortfahren wollen.»

«Natürlich, Madame», antwortete LaPierre, während sie sich schon wieder abwandte. Er warf Richard einen Blick zu, mit dem er andeutete, sie hätten noch mehr zu besprechen, doch jetzt sei nicht der richtige Moment. «Monsieur Ainsworth.» Er zog die Nase kraus. «Haben Sie eine Visitenkarte oder irgendetwas mit Ihrer Telefonnummer darauf, bitte?»

«Ja, natürlich.» Richard kramte in seinen Jackentaschen.

«Sie dort!» Der Polizist wandte sich an die Angestellte, die noch immer die Ziegen fütterte. «Würden Sie diesen Herrn bitte zum Parkplatz führen. Achten Sie darauf, dass er nichts anfasst. Auf Wiedersehen, Monsieur!»

Richard fand die Unterstellung, er könnte etwas anfassen, ein wenig beleidigend. Glaubte der Commissaire wirklich, er würde versuchen, auf dem Weg nach draußen ein paar Joghurts mitgehen zu lassen? Er folgte der Angestellten zurück durch die Werkshalle, dann in den Empfangsbereich und schließlich auf den Parkplatz. Sie brachte ihn bis zum Auto. Offensichtlich nahm sie ihre Aufgabe ernst, darauf zu achten, dass Richard die Fabrik auch wirklich verließ.

Dann wandte die «Angestellte» sich ihm plötzlich zu und legte Gesichtsmaske und Haarnetz ab. «Ich hab dich nicht versetzt!», erklärte sie herausfordernd. «Ich hab dir doch gesagt, dass ich eine Autopanne hatte.»

6

Als Richard vor dem verlassen daliegenden Restaurant *Les Gens Qui Mangent* parkte, herrschte im Wagen frostiges Schweigen. Im Seitenspiegel sah er nur wenige hundert Meter entfernt noch immer die Fermentationstanks der Fromagerie Ménard. Beim Zurücksetzen auf den freien Stellplatz neben Valéries Sportwagen sah er außerdem, dass Valérie neben ihm auf dem Beifahrersitz schmollte.

«Ich habe nicht gesagt, dass du mich versetzt hast», verteidigte sich Richard. Er zog die Handbremse an und schaltete den Motor aus.

«Doch, hast du. Ich hab dich gehört.»

«Okay, ich hab gesagt, dass du mich versetzt hast, aber ich hab einfach nur Small Talk gemacht, verstehst du, ein Band geknüpft.»

«Ein Band geknüpft?» Sie sah ihn zweifelnd an.

«Ach, du weißt schon. Ich habe versucht, zu …» Er beendete den Satz nicht. Kurze Zeit herrschte Schweigen. «Ich meine, rein theoretisch hast du mich ja wirklich versetzt … weil du, äh, du warst nicht da.» Sie warf ihm einen bösen Blick zu. «Jedenfalls», fuhr er eilig fort, «handelt es sich um Selbsttötung und nicht um Herzversagen. Anscheinend hat die Sache mit dem veganen Zeugs ihn sehr mitgenommen.»

«Ich glaube nicht daran», erklärte sie schlicht.

«Woran glaubst du nicht? An Selbstmord? Warum denn nicht? Seine gesundheitliche Verfassung war schlecht, und er war in einen Käseskandal mit einem Sternekoch verwickelt. Das klingt belanglos, aber hier … na ja.» Sie wirkte nicht überzeugt. «Vielleicht hatte er sogar Schulden – warum sonst hätte er das Haus auf dem Farmgrundstück verkaufen wollen?»

Das riss Valérie aus ihrer Verstimmung. «Richard, ja natürlich, der Hausverkauf! Ich hatte nur mit dem Sohn zu tun, Hugo. Warum hat er mir so schnell Bescheid gegeben? Die Leiche seines Vaters kann ja noch nicht einmal kalt gewesen sein.»

«Gerade auch wo sie in dem antiken Fermentationsbehälter lag.» Richard hatte vergessen, dass seine Art von fein geschliffenem britischem Sarkasmus von Valérie abprallte wie ein Gummipfeil. «Tut mir leid», sagte er kleinlaut.

Valérie überging sowohl die Bemerkung als auch die Entschuldigung. «Stimmt, der Fermentationsbehälter. Das ergibt keinen Sinn; warum hat er es denn auf diese Weise gemacht? Seine Füße müssen oben rausgeschaut haben! Wie melodramatisch. Richard, wir müssen den Todeszeitpunkt herausfinden.»

Richard seufzte. «Du glaubst also nicht, dass es Selbstmord war?»

«Nein», erwiderte sie energisch. «Und Commissaire Henri LaPierre übrigens auch nicht.»

«Wie kommst du denn um Himmels willen auf die Idee?»

«Er war dir gegenüber so misstrauisch. Warum sollte er irgendjemanden verdächtigen, wenn es Suizid war?»

«Wie bitte? Er soll mir gegenüber misstrauisch gewesen sein?»

«Du warst allein im Restaurant.» Sie warf ihm einen Blick gespielter Zerknirschung zu. «Und in der *fromagerie* warst du ebenfalls allein. Er glaubt, dass du herumschnüffelst. Natürlich fragt er sich, warum du das tust. Ja, er hat dich im Blick, denke ich. Als Verdächtigen.»

«Als Verdächtigen!», rief er aus. «Bei einem Selbstmordfall?

Du hast dich doch als Käsemacherin verkleidet, nicht ich – wahrscheinlich ist das hier sogar gesetzlich verboten! So oder so, der Commissaire hat den Abschiedsbrief.»

«Was stand in diesem Brief?»

«Es ist eigentlich nur ein Zettel. Dort steht: ‹Ich habe euch hintergangen. Das halte ich nicht länger aus.›»

«Es wird Zeit, dass alle Bescheid wissen», fügte sie energisch hinzu.

«Wovon redest du?»

Valérie zog den abgerissenen Teil eines Zettels aus ihrer Jackentasche.

«‹Es wird Zeit, dass alle Bescheid wissen.›» Sie sah ihn triumphierend an. «Vor diesem Satz muss das andere gestanden haben: ‹Ich habe euch hintergangen. Das halte ich nicht länger aus.›»

«Wo hast du das gefunden?», fragte Richard beeindruckt.

«Es lag unter der Einstreu der Ziegen. Jemand, vermutlich der Mörder, hatte die ganze Notiz, riss den letzten Satz in Panik ab und warf dieses Papier den Ziegen zum Fressen hin. Sie haben es aber nicht angerührt.» Sie beendete den Satz wie ein Staatsanwalt, der einen Zeugen widerlegt hat.

Richard dachte darüber nach. «Aber warum? Es gibt keinen Mörder.» Er klang nicht überzeugt. «Selbst mit dem letzten Satz wäre es immer noch eine plausible Abschiednachricht. Wenn du verstehst, was ich meine? Der abgerissene Teil des Zettels beweist nicht, dass es kein Selbstmord war.»

«Stimmt, aber er provoziert Fragen, die der Mörder lieber vermeiden wollte!» Sie genoss die Sache enorm, das merkte Richard. «Richard!» Sie packte ihn plötzlich am Arm und deutete auf das Restaurant. «Schau doch!»

Die Haustür war heftig aufgestoßen worden und schwang immer noch in den Angeln. Heraus kam der schmächtige Antonin Grosmallard, dicht gefolgt von einer rothaarigen Frau mit

Brille, die Mappen mit Akten trug. Ganz offensichtlich stritten sich die beiden.

«Wer ist das, Richard?»

«Nun ja, der Mann ist Antonin. Grosmallards Sohn; am Abend wurde verkündet, er hätte das Dessert zubereitet.»

«Und die junge Frau?»

Richard schaute genauer hin. «Ich weiß es nicht», antwortete er. «Vielleicht ist es Grosmallards Tochter Karine. Ich habe sie noch nicht kennengelernt.»

«Sie ist sehr hübsch», bemerkte Valérie ohne Zögern, eine einfache Tatsache, die sie ohne Neid konstatierte.

«Mag sein», antwortete Richard zurückhaltend, da er schon vor langer Zeit gelernt hatte, seine Meinung über Frauen vor anderen Frauen verborgen zu halten. Letztlich war es aber egal, da Valérie ihm ohnehin nicht zuhörte, sondern bereits aus dem Wagen sprang und über den Parkplatz zu den Streitenden vor dem Haus eilte. *Nur zu,* dachte Richard, der Zeit zum Nachdenken brauchte.

Er lehnte den Kopf gegen das Seitenfenster und schaute auf Valéries flotten Wagen, der direkt neben seinem stand. Wie hieß er noch mal genau? Ein A 1979 Renault Alpine A310 mit V6-Motor, hatte sie gesagt. Er sah schnittig, elegant und sogar schön aus, vielleicht auch gefährlich. Seine gelbe Lackierung stach sofort ins Auge. Der Wagen war die perfekte Entsprechung Valéries, genau wie Richards Ente, sein eigener Ausdruck motorisierter Nostalgie, haargenau zu Richard passte: zerbeult, schlammfarben, abgenutzt, angerostet, ziemlich unpraktisch, mit Sicherheit zuverlässig und mit einer Tür, die für Menschen wie Valérie leicht aufzubrechen war. Er bemerkte, dass ihr Autoschlüssel oben aus ihrer Handtasche herauslugte, die sie im Auto gelassen hatte, und warf einen Blick auf Valérie, die inzwischen im Gespräch mit Grosmallards Kindern war. Dann sah er auf Passepartout, der ein misstrauisches Gesicht machte.

Richard konnte selbst nicht sagen, warum er Valérie nicht vollkommen vertraute. Zum Teil lag es an ihrem Beruf – vermutlich erforderte der Job der Kopfgeldjägerin notwendigerweise ein gewisses Maß an Unaufrichtigkeit –, aber außerdem konnte er nicht recht glauben, dass sie sich für ihn interessierte, auch wenn sich ihr Interesse zu seiner Enttäuschung als rein platonisch erwiesen hatte. Im Kern war sein gewisses Misstrauen gegenüber Valérie fehlendem Selbstvertrauen geschuldet, und vielleicht wurde es Zeit, daran etwas zu ändern. Einen Blick auf ihren Wagen zu werfen, könnte ein guter Anfang sein, falls der das überhaupt nötig hatte. Er empfand Valérie bei allem, was sie tat, als so zupackend und tüchtig, dass er sich kaum vorstellen konnte, die Reparatur eines Autos würde sie überfordern. Es sei denn natürlich, sie wäre am Vorabend von etwas anderem aufgehalten worden und hätte absichtlich am Motor herumgepfuscht wie die Nonnen in *The Sound of Music – Meine Lieder, meine Träume*, die am Wagen des deutschen Soldaten die Verteilerkappe entfernt hatten, damit er ihn nicht starten konnte. Hoffentlich war es nicht so, und sei es auch nur, weil er nicht wusste, was eine Verteilerkappe war, wo sie am Motor saß oder was er tun müsste. Er wusste nicht einmal, ob der Motor in einem 1979 Renault Alpine A310 mit V6-Motor vorn oder hinten saß.

Er beschloss, die Frage auf seinem Handy zu googeln, und fand heraus, dass es ein Wagen mit Heckmotor war. Außerdem erfuhr er, dass der gleiche Motor im DeLorean DMC-12 Dienst tat, und dieser Wagen war in *Zurück in die Zukunft* als Zeitmaschine verwendet worden. Das wäre die perfekte Ausrede, sollte Valérie sehen, dass er an ihrem Wagen herumfummelte. Er schnappte sich Valéries Schlüssel und wich beim Aussteigen Passepartouts Blick sorgfältig aus.

Bequem vom Schalensitz des Sportwagens gestützt, empfand er ein Gefühl, das ihm sonst fremd war: das Gefühl von Macht.

Er «stand» nicht so auf Autos wie manch andere Menschen, aber hinter dem Steuer eines Sportwagens fühlte er sich eindeutig anders als in seinem eigenen Auto. Jetzt verstand er, warum für manche Männer in der Midlife-Crisis ein schnittiger Sportwagen die erste Eingebung war. Auf der Suche nach dem Hebel für die Motorklappe fummelte er eine Weile unter dem Lenkrad herum, bis er ihn schließlich fand. Er ging zur Schnauze des Wagens und zog den Haubendeckel, oder wie das hieß, hoch. Dann verfluchte er sich, weil er vergessen hatte, dass der Motor bei diesem Wagen hinten saß, und wollte den Deckel wieder zuschlagen. Im Stauraum lag ein großer Koffer, wie Valérie ja angekündigt hatte, und wo noch Platz war, lagen die Bestandteile des Wagenhebers verstreut. Nur dass es kein Wagenheber war. Richard hatte oft genug *Der Schakal* gesehen, um zu wissen, worum es sich handelte. Er schloss den Kofferraum und setzte sich wieder hinters Steuer. Diesmal machte er sich jedoch nicht mehr die Mühe, nach dem Heckklappenöffner oder dem Motorhaubenhebel zu suchen, oder wie auch immer dieses Ding genannt wurde. Er steckte den Schlüssel in die Zündung und drehte ihn.

Ein leises Grollen ertönte, und der Motor sprang sofort an. Jetzt fühlte Richard sich gar nicht mehr so mächtig.

Valérie öffnete die Tür, ein strahlendes Lächeln im Gesicht. «Oh, Richard, er ist gleich beim ersten Mal angesprungen! Wie geschickt du bist!»

Er lächelte matt.

«Also», fuhr sie fort, «das war sehr interessant. Die beiden tun mir wirklich leid. Es klingt so, als wäre Sébastien Grosmallard ein Ungeheuer – der Junge schlottert offensichtlich vor Angst vor ihm.»

«Und die Tochter? Dann war das also Karine, oder?»

«Ja, sie ist wirklich umwerfend. Sie betet ihren Vater an. Tatsächlich ist sie diejenige, die ihn überhaupt erst überredet hat, das Restaurant zu eröffnen; ohne sie würde der große Grosmallard ‹seinen Namen einfach nur für die Bordmenüs von Flugzeugen hergeben›, so ihr Bruder. Allerdings hat er sofort hinzugefügt, das sei die Sorge seines Vaters und nicht seine eigene Meinung. Ich glaube, diese Sache hat sie alle verletzt, aber die jüngere Generation vielleicht sogar noch mehr als das ‹Genie›.» Das letzte Wort betonte sie übertrieben stark, sodass Richard keinen Zweifel mehr hegte, wie sie den großen Grosmallard sah. «Jedenfalls», fuhr sie fort, inzwischen durch die gesammelten Informationen nur noch erregter, «bist du wirklich tüchtig, Richard. Ich wusste gar nicht, dass du dich mit Autos auskennst. Wir treffen uns bei dir zu Hause.»

«Ich muss erst noch was in der Stadt besorgen», erwiderte Richard, bemüht, genauso aufgekratzt zu klingen wie sie.

«Kein Problem.» Sie strahlte. «Bis dann.»

Er nickte, stieg aus und setzte sich in seine Ente. Sie fuhr mit röhrendem Motor los, und Richard folgte ihr langsam. In seinem eigenen Auto fühlte er sich eindeutig anders, weniger mächtig und dominant. Dieser Eindruck verbesserte sich auch nicht durch die Tatsache, dass er nun außerdem noch der Chauffeur ihres Chihuahuas war.

7

Die Abendsonne schien warm ins Val de Follet und auf die Glastür des Restaurants, hinter der Richard, Valérie und der von seinem Toupet gekrönte Auguste Tatillon darauf warteten, zu ihrem Tisch geführt zu werden. Als Erstes fiel Richard an diesem Restaurant auf, wie stark es sich von *Les Gens Qui Mangent* unterschied. Während die Ausstattung in Grosmallards Restaurant eine Art steife, altmodische Modernität anstrebte, fühlte man sich im *Garçon!* entspannter. Der Stil war vielleicht klassischer, eine Mischung zwischen Art déco und einem amerikanischen Diner, doch die Wirkung war nicht so streng wie bei Grosmallard mit seinen Rohren aus gebürstetem Metall und der direkten Beleuchtung. Selbst die Servicekräfte waren weniger förmlich. Sie trugen zwar die unvermeidlichen schwarzen Hosen und weißen Hemden, doch am Kragen stand der oberste Knopf offen, und die Krawatte war gelockert. Diese absichtsvolle Abwandlung der Tradition gestattete es den Gästen, sich ebenfalls ein wenig lockerer zu geben. Man fühlte sich hier ganz anders als im Ambiente des Vorabends, wo das Personal eine gefängniswärterähnliche Feindseligkeit ausgestrahlt hatte.

Auf der kurzen Fahrt zum Restaurant war Tatillon schwer einzuschätzen gewesen – nicht dass Richard allzu sehr versucht hätte, sich mit ihm zu unterhalten. Manchmal verhielt der Mann sich wie der bedeutende Kritiker, als der er sich fühlte, und sprach mit hochtrabender, herablassender Stimme. Dann wieder fiel ihm ein, dass Richard und Valérie nicht nur seine geladenen Dinnergäste waren – nun ja, zumindest Valérie –, sondern dass sie ihn auch ohne sein Haarteil gesehen hatten, seinen Schutzschirm und Schild. Sie hatten die ungeschützte Schwachstelle des gepanzerten, boshaften Kritikers gesehen, und so verfing seine zur Schau gestellte Gönnerhaftigkeit bei ihnen nicht; sie erzeugte nur ein verlegenes Schweigen. Trotz allem war Richard wider Willen vom Toupet des Kritikers beeindruckt. Es verschmolz nahtlos mit seinem natürlichen Haar und musste ein Vermögen gekostet haben, auch wenn die Beleuchtung in Restaurants gewiss eine große Hilfe für haarmäßig Andersbegabte darstellte. Insgeheim musste Richard auch zugeben, dass sie Glück hatten, überhaupt zum Restaurant gelangt zu sein, da Valéries Auto Startschwierigkeiten gehabt hatte. Vielleicht hatte er ihr in dieser Hinsicht unrecht getan.

Sie wurden zu einem Tisch in einer dunkleren Ecke des Restaurants geleitet, einem Tisch für vier Personen. Dort manövrierte Tatillon Valérie zu einem Stuhl bei der Wand und setzte sich neben sie. Richard spannte sich in Erwartung ihrer Reaktion an, begriff aber schnell, dass sie dieser Sitzordnung anscheinend schweigend zustimmte, denn sonst müsste der berühmte Kritiker sein *menu dégustation* wohl durch einen Strohhalm schlürfen. Richard setzte sich Valérie gegenüber, und sie warf ihm ein aufmunterndes Lächeln zu, um ihm zu bedeuten, dass sie die Situation im Griff hatte. Falls es sich tatsächlich um eine Situation handelte; Richard war sich da nicht ganz sicher.

Sie bestellten Getränke und warteten schweigend auf deren Eintreffen, was zum Glück schnell geschah. Die Kellnerin stellte sie behutsam auf den Tisch und eilte davon, ohne ihre Bestellungen aufzunehmen; sie hatten noch nicht einmal eine Speisekarte bekommen.

«Verzeihen Sie mir», sagte Tatillon, als bliebe ihnen etwas anderes übrig, «ich habe bereits für uns bestellt.» Er musterte den Gästeraum, als könnte ein Fauxpas beim Interieur den

Geschmack des Entrées beeinträchtigen, wirkte dann aber zumindest dem Anschein nach zufriedengestellt. Sein winziges Notizbüchlein, das er absichtsvoll neben die Messer gelegt hatte, blieb vorläufig leer. Der Kritiker strahlte Erregung aus, ob das aber an seiner Liebe für Speisen, Restaurants und die französische Gastronomie oder vielmehr an seiner Begeisterung für die Macht lag, die ihm seine Stellung hier verlieh, war schwer zu sagen.

«Also ich muss sagen, hier fühlt man sich ganz anders als in dem Restaurant von gestern Abend», sagte Richard, um das Schweigen zu brechen, das schon wieder peinlich wurde. «Prost», fügte er hinzu und hob sein kleines Glas Muskateller.

«Natürlich», schnaubte Tatillon, als redete er mit einem Idioten. Dann wurde er weicher, da ihm erneut klar wurde, dass diese Show bei den beiden nicht verfing. «Es sind beinahe zwei verschiedene Welten und gewiss zwei verschiedene Epochen. Guy Garçon, das Wunderkind der französischen Küche, ist die Zukunft. Und Sébastien Grosmallard ist leider die Vergangenheit.»

«Ihre Welt kommt mir sehr brutal vor, Monsieur Tatillon.» Valérie wirkte nicht angetan.

«Bitte, nennen Sie mich doch Auguste», schleimte Tatillon. Mit seiner Art erinnerte er Richard an das Comic-Stinktier Pepé le Pew. «Es ist tatsächlich eine brutale Welt, Valérie – darf ich Sie so nennen?» Er wartete die Antwort nicht ab. «Die Helden kommen und gehen. Es ist wie ein Kampf, eine Odyssee.»

«Dann gibt es also keine Heldinnen?», fragte sie kühl.

«Aber ich dachte, Grosmallard sei das Enfant terrible des Kochens?» Richard bedauerte sofort die Wortwahl «kochen», doch als er merkte, dass Tatillon dabei zusammenzuckte, beschloss er, das Wort künftig häufiger zu verwenden.

«Das stimmt. Aber das trifft auch auf Guy Garçon zu! Es gilt für beide.» Er stellte diesen Garçon ziemlich groß raus.

«Können sie beide Enfants terribles sein?», hakte Valérie boshaft nach.

«Und auch noch über verschiedene Epochen hinweg?»

«In der Tat. Sébastien Grosmallard ist ein Enfant terrible im Rahmen des Establishments. Seine Speisen sind – waren – frech, verspielt und frühreif, aber *innerhalb* akzeptierter Regeln.»

«Und Guy Garçon?» Erfreut bemerkte Richard, dass Valérie, die die Nuancen eines Gesprächs öfter überhörte, jetzt jedenfalls so aussah, als wäre sie auf einer Wellenlänge mit ihm und betrachtete das alles wie er als Mumpitz.

«Guy Garçon ist ein Enfant terrible, und zwar als ein *Gegner* des Establishments. Seine Kreationen *brechen* die akzeptierten Regeln!»

«Auf eine freche, verspielte und frühreife Weise?», fragte Richard.

«Genau.» Tatillon klang so, als hätte er in einer Diskussion der Genies triumphiert, und Richard bemerkte, dass Valérie die Augen verdrehte, um anzudeuten, dass das hier schlimmer als Mumpitz war. «Er ist wie ein Graffiti-Künstler, der Slang auf die Fassade der Académie Française sprüht, aber … aber … in wunderschöner Kalligrafie!» Der Vergleich schien ihm sehr zu gefallen, und er hielt ihn in seinem Notizbuch fest. Richard hielt ihn für Unsinn. Die Mitglieder der Académie Française, die gefürchteten intellektuellen Verteidiger der französischen Sprache, waren wie eine mittelalterliche Schar von Rittern, und wer sich ihren Mauern mit einer Dose Farbspray näherte, würde wahrscheinlich unter der Guillotine landen, bevor er auch nur den Deckel abgenommen hätte.

«Nun, ich habe ihn im Fernsehen gesehen.» Was Richard an Wissen besaß, wollte er auch herzeigen. «Er wirkt sehr enthusiastisch.»

«Pah, im Fernsehen!» Tatillon spie das Wort nicht einfach nur heraus, er schleuderte es hervor, als würde ein Fremdkörper durch das Heimlich-Manöver aus den Atemwegen gestoßen. «Das ist Kinderkram, Snacks für die Massen. Er macht das als Werbung für seine Restaurantkette, mehr nicht. Ein notwendiges Übel.»

«Und Monsieur Grosmallard hat sein Bordmenü-Sortiment. Ist das ebenfalls ein notwendiges Übel?», fragte Valérie scheinbar unschuldig.

«Es ist ...» Er lächelte in sich hinein. «Es ist tödlich!» Das notierte er ebenfalls.

«Voilà, Messieurs et Madame.» Die Kellnerin kam mit dem Essen. «*Croque garçon de pâtes à la truffe du poste?*», fragte sie, was Richard und Valérie mit einem verständnislosen Blick beantworteten.

«Für Monsieur», sagte Tatillon und deutete auf Richard.

«*Brochette d'huîtres et litchis en couronne d'épines avec crème de cresson?*»

«Madame.»

«Und als Letztes *vol-au-vent aux cuisses de grenouille, gambas sirènes et jus de girolles.*» Sie stellte den Teller geschickt vor Tatillon, der die Nase in die Höhe gereckt hatte, als wollte er an der Decke schnüffeln. Auch Richard war nicht entgangen, dass er das raffinierteste Gericht sich selbst vorbehalten hatte. Der Vol-au-vent war ein Hingucker, denn oben ragten muskulöse Froschschenkel heraus, als spränge die Tiere in einen See. Die *gambas sirènes* waren Riesengarnelen, deren Schwanz noch dran war, sodass sie wie tauchende Meerjungfrauen aussahen, vermutlich aber geschlechtslose Riesengarnelen-Meerjungfrauen, die teilweise in Soße getunkt waren. Das Ganze sah aus wie ein Gemälde, und vermutlich war darin eine Geschichte verborgen, doch ihm war nicht klar, welche. Tatillon schnüffelte daran, und seine Augen glommen vor Entzücken.

Valéries Gericht, die *brochette d'huîtres et litchis en couronne d'épines avec crème de cresson,* war genauso theatralisch. Die

Kressesuppe bildete eine Lache in einer flachen Schale, in deren Mitte drei miteinander verflochtene Rosmarinzweige als Spießchen dienten. Zwei waren mit Austern bestückt und das dritte mit Litschis, und das Ganze war so zu einem Reif zusammengelegt, dass es wie eine Dornenkrone aussah. Rundum waren einige Granatapfelkerne verstreut, vermutlich als Blutstropfen.

Richard dagegen hatte das Gefühl, zu kurz gekommen zu sein. Der *croque garçon de pâtes à la truffe du poste* sah aus wie die schickere Variante eines Croque Monsieur, einfach nur wie ein dicker Käse-Schinken-Toast mit einer Anspielung auf den Namen des Chefkochs und ein paar Trüffelschnipseln. Das «Sandwich» erinnerte an einen großen, mit Brotkrumen bestreuten Raviolo und war so aufgebläht, dass es aussah wie ein gut gefüllter rechteckiger Briefumschlag. Diese Wirkung wurde noch durch ein kleines Sülze-Quadrat in der Ecke betont, das als Briefmarke fungierte. Die Trüffelraspel waren, das musste er zugeben, so raffiniert arrangiert, dass sie wie die Beschriftung mit einer Adresse aussahen. Richard durchbohrte den Umschlag, und der geschmolzene, dampfende Käse rann heraus. Darin schwammen kleine Streifen scharfer Chorizo, die aussahen wie Gesteinsbrocken im Lavastrom eines Vulkans. Sein Teller bot trotzdem einen eindrucksvollen Anblick, im Vergleich zu den anderen beiden Gerichten kam es ihm allerdings so vor, als hätte er etwas von der Kinderkarte bekommen. Und der liebe Gott mochte wissen, was sein alter Granddad von alldem gehalten hätte.

Ohne weitere Einleitung begannen sie zu essen. Richard verbrannte sich gleich die Zunge am Käse, und so schenkte er sich beiläufig ein Glas Wasser aus der Karaffe ein. Valérie wusste anscheinend nicht, wo sie anfangen sollte, denn die Dornenkrone war zwar zweifellos eine künstlerische Leistung, doch dem Essen konnte man aus keiner Richtung beikommen. Tatillon kaute bereits an einem Froschschenkel, Tränen in den Augen.

Wahrscheinlich schmerzte es ihn, die sinnliche Meerjungfrau-
enszene auf seinem Teller zerstören zu müssen. Doch Richard
bemerkte unwillkürlich, dass er fünf Minuten später immer
noch am selben Froschschenkel kaute. Wie Valérie gesagt hatte,
war Richard kein Experte, aber dennoch wusste er, dass das kein
gutes Zeichen war.

«Madame, dürfte ich jetzt die Teller tauschen?», fragte Tatillon in seinem hochtrabenden Kritiker-Tonfall. «Es ist wichtig,
dass ich alle Gerichte koste.»

Valérie hatte es geschafft, einen Teil der Krone aufzubrechen,
doch dadurch war die anfängliche Wirkung nicht nur verloren
gegangen, sondern jetzt sah das Ganze aus wie eine winterliche
Hecke im Sumpf. Sie wirkte erleichtert, ihren Teller loszuwer-
den. Keiner bat darum, von Richards aufgemotztem Käsetoast
kosten zu dürfen.

Beim Essen wurde naturgemäß wenig gesprochen. Richards
Eindruck war, dass sich über die Präsentation nicht meckern
ließ, dass das Essen an sich aber nicht besonders lecker war. Er
hatte das Gefühl, dass Valérie es genauso sah, doch Tatillon war
schwerer zu deuten. Er machte ein Pokerface, und vermutlich
gehörte das zu seinem professionellen Auftreten. Die Teller
wurden abgetragen, und es wurde nachgeschenkt, während ihr
Gastgeber sich ein paar kurze Notizen machte.

«Die Dornenkrone war interessant, finden Sie nicht?» Tatillon richtete die Frage an keinen von ihnen im Besonderen,
sodass sie beinahe rhetorisch klang. Das bestätigte sich, als er
sie selbst beantwortete und sich dabei ein paar Notizen machte.
«Er war Grosmallards talentierter Schützling, wissen Sie? Unruhig ist das Haupt, das die Krone trägt – das sagt er.»

«Der König ist tot, lang lebe der König? So in etwa?», warf
Richard ein.

«Genau, etwas in der Art. Vermutlich fühlt er sich mit seinem neuen Spitzenrang unwohl – und damit, dass er eine ganz

bestimmte Person entthront hat. Als Chefkoch kann er seine Emotionen und seinen inneren Aufruhr und sogar sein Leid nur durch das Genie seines Essens ausdrücken.»

Was sollte man auf diese Darstellung antworten? Keiner der beiden anderen hatte gewusst, dass Grosmallard Garçon ausgebildet hatte, und die Entscheidung, zum gleichen Zeitpunkt und in derselben Kleinstadt ein neues Restaurant zu eröffnen, wirkte dadurch absonderlich, um das Mindeste zu sagen. Tatsächlich hinterließ es den Eindruck von Aggressivität, wie wenn brünstige Hirsche miteinander kämpfen. Richard spürte, wie Valéries Absatz unter dem Tisch sein Schienbein streifte, um ihn auf das Gesagte aufmerksam zu machen. Mit geweiteten Augen verarbeitete sie die neue Information. *Garçon und Grosmallard, na?*, schienen sie auf Valéries nicht sonderlich subtile Weise zu sagen.

«Sehen Sie es nicht genauso, Madame?» Tatillon beugte sich zu Valérie vor.

«Austern lassen mich kalt.» Sie wandte den Blick nicht von Richard und sagte es mit einer Stimme, in der selbst Tatillon die mitschwingende Warnung erkannte.

Der Hauptgang verlief ähnlich. Valérie bekam *croustillants de tête de veau à la mangue, baptisée de sauce gribiche*, die trotz des Namens Kalbskopf delikat aussahen, aber, wie sie sich beschwerte, «zu salzig» waren. Auguste Tatillon aß *pascade au boudin noir et pommes en sauce bordelaise,* was recht normal klang – Blutwurst und Apfel auf einer Art Pfannekuchen, serviert mit einer Rotweinsoße. Aber das alles war so arrangiert, als eifere man einer Rachekarte zum Valentinstag nach. Die Blutwurst war in herzförmige Stücke geschnitten, die aber zerbrochen waren, und Soße troff von ihnen herab. Richard hatte etwas bekommen, was letztlich nichts anderes als aufgehübschte Fish and Chips war, *Fûtreau d'anguille au vin blanc served with beignets de fleurs de courgettes.* Erneut lief die Präsentation dem

Geschmack den Rang ab. Die Aalstücke waren so geformt, dass sie wie Fûtreaux aussahen, die historischen Holzboote auf der Loire, und die frittierten Zucchiniblüten waren als Segel aufgesteckt. Schon wieder ein Gericht wie von der Kinderkarte. Ein Wunder, dass die Kellnerin ihm noch keine Buntstifte und ein Platzset zum Ausmalen gegeben hatte.

«Auguste! Auguste Tatillon!» Ein junger Mann, gekleidet wie ein Chefkoch, trat zum Tisch, mit strahlendem Lächeln und ausgebreiteten Armen. «Sie hätten mir sagen sollen, dass Sie kommen. Oh, na ja, das ging wohl nicht. Sie sind der Typ lautloser Meuchelmörder! Wie geht es Ihnen, mein Freund?»

Tatillon stand auf und vergewisserte sich dabei mit einem unauffälligen Rundumblick, dass sich auch alle nach ihnen umsahen und diese Begegnung der Giganten der französischen Küche verfolgten. Er lächelte bescheiden und streckte die Hand aus. «Monsieur Garçon, es ist mir immer ein großes Vergnügen», sagte er steif.

Garçon drohte ihm scherzhaft mit dem Finger. «Ah, dann arbeiten Sie also. Das merke ich doch!» Er wandte sich Valérie und Richard zu. «In seiner Freizeit ist er ein schnurrendes Kätzchen», scherzte er und streckte die Hand aus. Madame, Monsieur – Guy Garçon. Nennen Sie mich bitte GG.» Dabei sprach er die beiden Buchstaben sehr französisch aus. Garçon war vielleicht Anfang dreißig. Ein ungebärdiger Haarschopf umwucherte sein freundliches Gesicht wie ein Atompilz, doch seine Augen wirkten ein wenig so, als hätte er Hintergedanken. Er sah gut aus, war nicht besonders groß und ein bisschen pummelig. Entweder nahm er gerade ab, oder er setzte im Gegenteil Gewicht an. Eine Schlacht, deren Ausgang noch nicht feststand.

«Möchten Sie sich nicht zu uns setzen, Monsieur?», fragte Valérie.

«Das ist sehr freundlich von Ihnen, Madame, danke. Nur für ein paar Minuten. Ich möchte den Meuchelmörder hier nicht stören!» Er sagte es ganz locker, aber dass er das Wort bereits zum zweiten Mal verwendete, entging weder Valérie noch Richard. Garçon setzte sich neben Richard, wandte sich aber an Tatillon. «Ich habe von gestern Abend gehört – waren Sie da?»

«Haben Sie meine Kritik nicht gelesen?» Tatillon wirkte ehrlich gekränkt.

«Ich lese keine Kritiken, Auguste, das wissen Sie doch.» Das warme Lächeln wurde plötzlich kühl.

«Ja, ich war da. Es war ein Desaster.»

Garçon schüttelte bestürzt den Kopf. «Das ist wirklich schade», sagte er aufrichtig. «Entschuldigen Sie bitte.» Er wandte sich den beiden anderen zu. «Sébastien Grosmallard hat mich alles gelehrt, was ich kann. Er ist für mich ein Gott.» Er wandte sich wieder an Tatillon. «Stimmt es, dass der Käsefabrikant Ménard sich das Leben genommen hat? Genau wie damals die arme Angélique.»

«Wer war Angélique?», fragte Valérie.

«Angélique war Grosmallards Frau, seine Muse, wenn Sie so wollen.»

«Und haben Sie sie gut gekannt?»

«Ja.» Er seufzte betrübt. «Sie war sehr schön und stammte von altem Geldadel ab. Die Tochter eines Politikers. Sébastiens Speisen waren wie sie, raffiniert und geschmackvoll.»

«Und sie hat ebenfalls Selbstmord begangen?» Valérie ließ sich das durch den Kopf gehen. «Es war gewiss nicht leicht, mit Monsieur Grosmallard zusammenzuleben oder für ihn zu arbeiten?»

«Nein, Madame, das war es nicht!» Er stieß ein dumpfes Lachen aus, als ihn eine Erinnerung überkam. «Ich bin einmal drei Tage und Nächte am Stück aufgeblieben, um ein neues Gericht zu vervollkommnen. Und es war wirklich vollkommen, dazu stehe ich. Der Chef kostete meine Kreation, und ich schwöre, dass ich Tränen in seinen Augen sah. Ich dachte, es wären Tränen der Freude, aber nein …» Bei der Erinnerung schüttelte er sanft den Kopf. «Er warf mein Gericht auf den Boden! ‹Du kochst wie ein Mädchen!›, rief er. Ha! Danach habe ich ihn eine ganze Woche nicht mehr gesehen.»

«Den Charakter formen, so hätte mein Dad das genannt», sagte Richard zu niemandem im Besonderen und bevor Valérie in Gelächter ausbrechen konnte.

Garçon sah wehmütig ins Leere. «Letzten Endes», sagte er langsam, «ist es einfach nur Essen, wissen Sie.»

Tatillon machte ein Gesicht, als hätte man ihm einen tödlichen Stromstoß versetzt, so schockierend war diese Bemerkung für ihn, doch in diesem Moment kam die Kellnerin zurück, und er setzte rasch wieder sein Pokerface auf.

«Die Desserts, Madame, Messieurs.» Garçon erhob sich zum Gehen, beobachtete aber noch aufmerksam, wie der Nachtisch aufgetragen wurde. Das Dessert sah hinreißend aus, aber, und das wussten sie alle, außerdem auch sehr vertraut. Mit einigen wenigen kleineren Schnörkeln war es die berühmte Grosmallard-Nachspeise, die am Vorabend gekidnappt worden war. Alles war da, das delikate Parfait, die zarte Tarte und das Drama des blutroten Handabdrucks. Schweigend schauten sie auf die Teller.

«Ich konnte nicht anders», flüsterte Garçon den Tränen nahe. «Ich nenne es *l'hommage est un plat qui se mange froid.*» Damit ging er langsam davon.

Die Hommage ist ein Gericht, das kalt serviert wird – und es war bei Weitem das Beste, was sie an diesem Abend gegessen hatten.

8

Richard errechnete, dass genau fünfzehn Stunden und siebenunddreißig Minuten vergangen waren, seit sie im Garçon! ihr Dessert aufgegessen hatten. Sie hatten es in einer Art ehrfürchtigem Schweigen verzehrt, geradezu benommen vom Geschmack, der Köstlichkeit und schieren Unverfrorenheit der Kreation. Dass das Dessert die Mahlzeit gerettet hatte, stand außer Frage. Dass es eingeschlagen war wie die sprichwörtliche Bombe, noch weniger. Als sie jetzt draußen auf der *terrasse* des Café de Tasses Cassées im Zentrum von Saint-Sauver saßen, hatten sie immer noch Mühe, den vorangegangenen Abend zu verarbeiten.

Es war Mittag, die Sonne hatte ihren höchsten Stand erreicht, und die Temperatur stieg, während der Wochenmarkt sich langsam dem Ende entgegenneigte. Passepartout auf dem Schoß, saß Valérie im Schatten eines großen Sonnenschirms, Richard ihr gegenüber. Vor ihm auf dem Tisch stand ein eiskalter Pastis, an dem sich ein paar Wassertropfen nach unten schlängelten. Valérie beachtete ihren Perrier nicht und wischte stattdessen ungeduldig auf ihrem Smartphone herum. Richard wusste, sie wartete auf Tatillons Kritik des Vorabends, die bereits geschrieben sei, so hatte er vorhin versichert, als sie ihn am Bahnhof absetzten. Mehr als das hatte er nicht verraten. Er hatte sich bereits darauf vorbereitet, in die Pariser Gesellschaft zurückzukehren, und daher die Nase so hochgereckt, dass er in Gefahr stand, rückwärts umzukippen.

«Monsieur?»

Richard blickte auf und blinzelte gegen die Sonne, er machte die Silhouette eines kleinen Mannes aus, der als Kellner gekleidet war. In letzter Zeit hatte er diese Uniform so oft gesehen, dass er sich nicht sicher war, ob es sich nicht um ein Trugbild handelte. Der Kellner beugte sich vor, sodass nun sein Gesicht zu erkennen war. Wie sich zeigte, stand dort René Dupont, der Besitzer des Café de Tasses Cassées, ein Mann, der so wenig dafür geschaffen war, im Gastgewerbe zu arbeiten, wie ein Elefant dazu, Modellflugzeuge zu bauen. Richard und René kannten sich inzwischen seit beinahe vier Jahren, aber noch nie hatte René Richard «Monsieur» genannt.

«René?»

Der Mann schnalzte missbilligend mit der Zunge und flüsterte dann: «Herr im Himmel, Richard, ich versuche das Niveau zu heben – helfen Sie doch mal mit.»

«Oh, sicher.» Richard setzte sich gerade. «Entschuldigung.»

«Monsieur?», wiederholte René, diesmal ein wenig schärfer. «Ihr Essen.» Er ließ den Teller praktisch auf den Tisch fallen, worauf Passepartout empört knurrte. «Bon appétit», sagte René lustlos.

«Danke.» Richard war von dem Theater verwirrt. «René», flüsterte er zurück, «warum? Warum wollen Sie das Niveau heben?»

Der Mann seufzte. Es war ein tiefer, anklagender Seufzer, mit dem er sich unverhohlen darüber beschwerte, wie grausam ihn das Schicksal zu den Mühen eines Sisyphus verdammt hatte. «Es ist wegen dieser neuen Restaurants hier, nicht wahr? Die mit ihren Michelin-Sternen haben die Erwartungen enorm gesteigert.» Er schüttelte betrübt den Kopf. «Jetzt wollen alle es schickimicki.» Er beugte sich erneut zu Richard vor und vergewisserte sich mit einem Blick, dass sonst niemand zuhörte. «Und es geht nicht nur um den Fraß, sondern auch um den Service …»

«Monsieur, könnte ich bitte Salz haben?» Der Ruf kam von einem Nebentisch und erklang aus dem Mund eines Mannes mit Krawatte und Panamahut.

Langsam sah René sich nach dem Gast um, der seinen Wunsch mit aller Höflichkeit geäußert hatte. «Gleich», knurrte er drohend. «Ich hab nur ein einziges Paar Hände!» Er wandte sich wieder Richard zu. «Sehen Sie, was ich meine? Und jetzt genießen Sie Ihr Essen.»

Richard blickte auf ein trist aussehendes Käse-Omelett mit Fritten hinunter und fing dabei Valéries Blick auf. Ihre Meinung über die Engländer und ihr Verhältnis zum Essen wurde durch die unansehnliche, beinahe graue Eierspeisenscheibe auf seinem Teller noch bestätigt. Das Zeug sah aus wie ein Kinderfrisbee, der nach jahrelangem Herumliegen im Garten ausgeblichen und verwittert ist. Richard tat ausdrücklich so, als wäre er mit Renés Bemühungen unzufrieden, wusste aber insgeheim, dass dies für ihn die beste Mahlzeit seit Tagen sein würde. Schlichte Kost, die man ohne Vorspiegelung von Vornehmheit verdrücken konnte und bei der man nicht Hintergrund, Motive und psychisches Gepäck des Kochs analysieren musste. Um das hier zu essen, brauchte er nicht auf eine «Reise» zu gehen, eine moderne Wendung, die er beinahe ebenso sehr verabscheute wie «jemandem die Hände reichen».

Er aß einen Happen, und es war, das durfte er sagen, durch und durch schlecht. Er genoss jeden Bissen. Dabei wurde ihm nicht zum ersten Mal klar, dass er niemals ein Aristokrat sein könnte, der bei jeder Mahlzeit des Tages verfeinerte Speisen und erlesene Kost zu sich nimmt. Er könnte aber auch nicht, als Gegenentwurf, jeden Tag dieses Omelett essen. Er war ein Jedermann; er wechselte gern, und nach zwei Tagen sternegekrönter Haute Cuisine rutschte nichts besser herunter als ein Teller voll gutem, altmodischem Fraß, selbst wenn es französischer Fraß war, also die Lightversion von Fraß.

Als er fertig war, legte er das Besteck auf den Teller, und jetzt konnte er nicht mehr verbergen, wie sehr er die fade, geschmacklose, gummiartige Unanständigkeit der Mahlzeit genossen hatte. Als er aufschaute, sah er, dass Valérie und Passepartout ihn mit offenem Mund anstarrten, ein Inbild unermesslichen Ekels. «Soll ich den Nachtisch bestellen?», fragte er lässig, da er beschlossen hatte, sie nicht zu beachten. «Vielleicht zieht er ein Ziegenkäseparfait mit blutroter Hand aus dem Hut!»

«Isst du oft hier?» Valérie machte ein Gesicht, als könnte sie ihre Freundschaft mit Richard noch einmal überdenken. Der seinerseits war jetzt, da er endlich Eier mit Fritten im Bauch hatte, mutiger als zuvor.

«Bis vor Kurzem gab es hier kein anderes Restaurant», antwortete er. «René hat dem Lokal neues Leben eingehaucht.»

Das verblüffte Valérie offensichtlich. «Aber ein eigenartiger Name ist es schon, das Café des Tasses Cassées. Für die Provinz, meine ich.» Tasses Cassées hieß *Scherbentassen*.

«Na ja, da gibt es eine Geschichte», erzählte Richard genüsslich, während er seinen Teller mit einem Stück Baguette sauber wischte. «Früher hieß das Lokal Chez Rémi. Aber Rémi hat sich beim Glücksspiel verschuldet, und der Anspruch wurde auf René übertragen, der anscheinend eine Art Spezialist für das Eintreiben von Spielschulden ist.» Er bemerkte nicht, dass Valérie sich sichtlich anspannte. «Bevor René die Schulden jedoch eintreiben, das heißt also das Chez Rémi übernehmen konnte, wanderte er für ein paar Jahre in den Knast …»

«Wegen kulinarischer Verbrechen?» Wie triumphierend griff Valérie endlich nach ihrem Glas mit Perrier.

Richard machte ein verwirrtes Gesicht. Offensichtlich kannte er Valérie d'Orçay nicht sonderlich gut, und das war ja auch naheliegend. Sie hatten erst ein einziges Abenteuer zusammen bestanden – oder sollte man von einem Kriminalfall sprechen? Wie auch immer man es nun nannte, die Sache lag erst einige

Wochen zurück, und damals hatte Valérie wie eine fest entschlossene Persönlichkeit gewirkt, die zwar eindeutig eine Expertin für Faustfeuerwaffen, Nahkampf, teure Mode, Sportwagen und die gnadenlose Verfolgung von Schuldnern, weggelaufenen Ehemännern und Kriminellen war, sich aber nie reizbar und scharfzüngig gegeben hatte. Diesmal strahlte sie jedoch etwas anderes aus. Sie wirkte irgendwie geistesabwesend, als wäre sie von etwas belastet. Nachdem Richard sein Leben lang Menschen beobachtet hatte, entweder in Filmen oder in der Wirklichkeit, ging er davon aus, dass er einen gewissen Einblick in die Verfassung eines Menschen hatte. Außerdem war er aber auch sehr englisch, und so beschloss er, sich zumindest vorläufig nicht dazu zu äußern.

«Jedenfalls sollte Rémi das Lokal für ihn führen, bis René wieder freikäme», fuhr er fort. «Aber die Bank hat eine Zwangsversteigerung durchgesetzt, ihm die Immobilie abgenommen und sie billig verkauft.»

«Ich kann mir nicht vorstellen, dass Monsieur René darüber sehr glücklich war.»

«Oh doch, durchaus. Irgendein Typ aus Paris kaufte der Bank das Lokal ab, taufte es auf Café des Tasses Cassées um und nahm ‹Verbesserungen› vor. Jetzt gab es Bagels, Cappuccino Frappé, Sushi, so was alles.»

«Und so ist die Kundschaft nach und nach ausgeblieben?» Der Gedanke schien sie zu betrüben.

«Oh nein! Der Laden wurde von Anfang an boykottiert. Dabei hatte man eigentlich gar nichts gegen das Essen, sondern vor allem gegen die Namensänderung. Rémi war praktisch bei jedem in der Stadt verschuldet; der Name des Lokals war wie ein Schuldschein.»

Valérie lächelte über diese Darstellung, was Richard ermutigte.

«Na ja, als René aus dem Knast kam, bot er dem Kerl aus

Paris, der inzwischen unbedingt wegwollte, einen Bruchteil dessen, was der Mann damals bezahlt hatte, und das war auch nur ein Bruchteil des eigentlichen Wertes. Dann übernahm er das Lokal.»

«Und Rémi?»

«Der arbeitet in der Küche, um seine Schulden abzustottern.»

Sie nickte erneut lächelnd.

«Und du wirst mit Vergnügen hören, dass sie jetzt kein Sushi mehr anbieten.»

«Ich mag Sushi!»

«Nicht die Sorte, die René macht. Die würdest du verabscheuen!»

Diesmal lachte sie laut und hob das Gesicht der Sonne entgegen. Ihre feinen Gesichtszüge und das energische Kinn verliehen ihr zusammen mit der Sonnenbrille das Aussehen einer klassischen Schönheit. «Und René?», fragte sie bedächtig. «Hat er das Schuldeneintreiben aufgegeben?»

Diesmal lachte Richard. «Ha! Angst vor der Konkurrenz? ‹Diese Stadt ist nicht groß genug für uns beide.›» Er merkte, dass sie diesmal nicht mitlachte. «Diese Stadt ist nicht groß genug für uns beide», wiederholte er lahm. «Walter Huston zu Gary Cooper, *Der Mann aus Virginia*, 1929.»

«Ich spiele mit dem Gedanken, mich zur Ruhe zu setzen, Richard. Es wird allmählich zu gefährlich.» Sie sah ihn eindringlich an, als suchte sie seinen Rat.

«Ist irgendwas passiert?» Wider Willen klang er besorgt.

«Ich habe letztes Mal einfach nur ein paar Fehler gemacht …»

«Als du weg warst?»

«Ja. Und als die Sache beendet war, gab es keinen Ort mehr, an den ich hätte gehen können. Kein Zuhause, wo ich einmal in Ruhe und Sicherheit hätte nachdenken können.»

«Du bist obdachlos?»

«Ich habe eine Wohnung in Paris, aber …»

«Aber die ist nicht sicher?» Er schaute sich um, als hielte er plötzlich jeden Marktgänger für einen potenziellen Mörder.

«Wahrscheinlich ist es dort inzwischen okay, aber hier ist es sicherer, denke ich. Ich weiß, es klingt albern, aber sie hätten beinahe Passepartout massakriert, und weißt du, was ich gedacht habe?»

«Dass ich euch beide beschützen könnte?» Richard nickte bedächtig. Mit geschwollener Brust genoss er das Kompliment für seine Männlichkeit.

«Ha! Nein!» Beim Lachen verspritzte Valérie beinahe Perrier aus der Nase. «Ich habe an deine Henne gedacht, deine tote Henne.»

«Oh, stimmt.» Richard tat so, als lachte er mit. «Du meinst Ava Gardner, die von der sizilianischen Mafia grausam erdrosselt wurde?» Tatsächlich hatte er den Zwischenfall noch immer nicht verwunden; ein solches Ereignis zeichnet einen Menschen.

«Ja, Ava Gardner. Hast du sie ersetzt?», fragte sie behutsam.

«Nein, noch nicht. So was darf man nicht überstürzen.» Er strich mit dem Finger über den Rand seines Glases. «Schau mal, du sagst, du wünschst dir Sicherheit und so, aber gleichzeitig bist du scharf darauf, aus einem Suizid einen Mord zu machen – so sieht der Ruhestand eigentlich nicht aus.»

Sie beugte sich vor und ergriff seine Hand. «Ach Richard, ich möchte trotzdem ein aufregendes Leben!» Sie stand rasch auf. «Okay, ich hab noch etwas zu tun, während du dein Glas austrinkst. Ich bin in fünf Minuten zurück. Bis dahin vertraue ich dir Passepartout an.» Sie flitzte los, offensichtlich aufgemuntert vom Gedanken an Mord, Aufregung und eine Jagd. Er sah ihr nach, wie sie in der Menge verschwand, und blickte dann auf den kleinen Hund, der seinem Blick ausnahmsweise nicht mit der üblichen Unverschämtheit begegnete, sondern so resigniert, als rechnete er damit, dass sich diese Art Situation nun regelmäßig einstellen würde. Richard gefiel die Vorstellung eigentlich.

«Prost», sagte er und hob sein Glas.

«Jetzt reden Sie also schon mit Hunden, Monsieur?» Als Richard aufblickte, hatte er den zerknautschten Commissaire LaPierre vor sich, auf dessen Hemdbrust sich womöglich sogar noch mehr Krümel breitmachten als beim letzten Mal.

«Commissaire, wie laufen die Ermittlungen?»

«Woher wissen Sie, dass es sich um Ermittlungen handelt?» Seine Frage klang eindeutig wie eine Drohung.

«Hä?»

«Als ich Sie zum letzten Mal gesehen habe, gingen wir von einem Suizid aus, jetzt jedoch …»

«Jetzt jedoch?»

«Jetzt haben wir es mit Ermittlungen zu tun!»

«Es war also Mord?»

«Offensichtlich. Monsieur Ménard wurde von hinten erschlagen. Das konnte der Gerichtsmediziner erst sehen, als der Ziegenkäse von der Leiche gewaschen war.»

Beide verstummten bei dieser Vorstellung. Richard dachte darüber nach, wie schlimm eine Leiche stinken musste, wenn noch eine getrocknete Ziegenkäsekruste dazukam. Hoffentlich hatte der Gerichtsmediziner einen starken Magen und kein Käsebrot als Lunch eingepackt. Bei dem Gedanken überlief ihn ein Schauder.

«Sie wirken nicht überrascht, Monsieur Richard Ainsworth! Es handelt sich um Mord, doch Sie wirken nicht überrascht. Ich frage mich, warum.»

«Nun, Sie haben es mir gerade gesagt.» Richard kam es so vor, als hätten sie dieses Gespräch schon einmal geführt, klang aber trotzdem wider Willen abwehrend.

Der Commissaire beugte sich zu ihm vor. «Ich habe Sie im

Auge, Monsieur. Wo auch immer ich hingehe, Sie sind ebenfalls da.» Er beugte sich noch tiefer zu Richard hinunter. «Wo auch immer», wiederholte er.

Richard schluckte. «Na ja, ich lebe hier.»

«Nun, das werden wir sehen», bemerkte LaPierre rätselhaft. Er nickte Richard kurz zu, nickte dann absurderweise auch Passepartout zu und tippte sich an die Nase, als wollte er andeuten, dass Richards offensichtliche Geistesstörung ihr Geheimnis bleiben werde. Dann ging er ins Innere des Lokals davon, um Freude unter weiteren Menschen zu verbreiten, die eigentlich genug mit ihrem eigenen Kram zu tun hatten. Als Valérie sich ein paar Minuten später einen Stuhl heranzog und ihn damit aufschreckte, schüttelte Richard noch immer den Kopf. Sie setzte sich eilig hin.

«Richard», sagte sie atemlos. «Ich habe ein Geschenk für dich.»

Sie bückte sich nach etwas und stellte einen braunen Karton mitten auf den Tisch. Der Karton war mit Klebeband verschlossen, doch entlang der Seiten waren Löcher in der Pappe. Durch eines davon konnte Richard ein Auge erkennen; gelegentlich blinzelte es, und durch ruckhafte Kopfbewegungen veränderte sich der Winkel. Dann erklang ein Geräusch, das er in seiner allgemein recht stillen Welt als ungemein beruhigend empfand: das leise, zufriedene Gackern eines Huhns, das an einen Bruce Lee in Zeitlupe erinnerte. Einen Moment lang überkam Richard Rührung.

«Ich glaube, sie hat schon ein Ei gelegt – das machen sie manchmal», sagte er leise. «Danke.»

«Und, Richard», fuhr Valérie fort, ohne den Moment auch nur ansatzweise zu würdigen, «Tatillons Kritik ist draußen!»

9

I ch glaube, ich nenne sie Olivia», sagte Richard, der noch immer in die Schachtel spähte. «Nach Olivia de Havilland.»

«Das ist nett», sagte Valérie, die ihm nicht zuhörte. «Und jetzt konzentrier dich bitte, Richard, ich lese dir die Kritik vor.»

«Sie ist vor gar nicht so langer Zeit gestorben.» Diesmal war er derjenige, der nicht zuhörte.

«Wer ist gestorben?»

«Olivia de Havilland. Sie ist hundertundvier geworden. Die letzte Hollywoodlegende», fügte er traurig hinzu. «Die letzte Verbindung …»

«Oh, das weiß ich doch!» Wie üblich bemühte Valérie sich nicht, ihre Gereiztheit zu verbergen. «Also, hier steht …»

«Wirklich? Du hast von Olivia de Havilland gehört?» Richards Überraschung war so echt wie ihre Verärgerung. Bisher waren Valéries Kenntnisse über das goldene Zeitalter des Kinos ähnlich unbedeutend gewesen wie sein Wissen über das japanische Kabuki-Theater – eine Art unbestimmte Ahnung von seiner Existenz, jedoch bar jeder Vorstellung von Einzelheiten und vor allem bar jeder Neigung, daran etwas zu ändern. Dass sie von Ms de Havilland, der zweifachen Oskar-Gewinnerin und einem der Stars in *Vom Winde verweht,* nicht nur wusste, sondern von seiner Überraschung über diese Tatsache ehrlich verletzt wirkte, machte ihn sprachlos. Diese Frau war wirklich voller Widersprüche.

«Natürlich habe ich von Olivia de Havilland gehört!», fuhr

sie ihn an. «Sie war meine Nachbarin in Paris. Manchmal habe ich ihr in der Patisserie an der Rue Bénouville ein Millefeuille geholt.» Richards Mund stand so weit offen, dass er drohte, mit dem Kinn die Tischplatte zu streifen. Er versuchte zu sprechen, um Valérie noch das eine oder andere winzige Detail über die bedeutende Frau zu entlocken, doch er brachte kein Wort heraus. Seit seinem Umzug nach Frankreich hatte er den brennenden Ehrgeiz gehabt, Olivia de Havilland persönlich kennenzulernen, doch wie üblich hatte sein Timing nicht gestimmt. Sie war gestorben, bevor er dazu gekommen war.

«Olivia de Havilland.» Das war schon der ganze Gesprächsbeitrag, zu dem er fähig war.

«Sie war eine sehr nette Dame. Sie hatte einen Kater namens Errol.»

«Ein Kater namens Errol», wiederholte er verträumt. Dann kam er plötzlich wieder richtig zu sich und fragte: «Sie hatte einen Kater namens Errol?»

«Ja.»

«Wir hatten so viel gemeinsam.»

«Du und der Kater?»

«Nein! Olivia de Havilland und ich. Sie hat ihre Haustiere ebenfalls nach Filmstars benannt. Errol. Errol Flynn.»

Valérie blickte verständnislos zurück, und etwas anderes hatte er auch nicht erwartet.

«Also wirklich», fuhr er kopfschüttelnd fort. «Was für ein Tag; du warst mit Olivia de Havilland befreundet, und gegen mich besteht Mordverdacht. Ich weiß nicht, ob ich für das Maß an Aufregung geschaffen bin, nach dem du dich sehnst.»

Richard sah Valérie bei seinen Worten nicht an, sondern hatte den Blick auf eines der Atemlöcher geheftet, da er bei seiner neuesten Henne nach einem Hauch von Hollywood Ausschau hielt. Doch dann wurde ihm zunehmend bewusst, dass Valérie ihn intensiv musterte.

«Wer», sagte sie langsam, «hat dich des Mordes beschuldigt?»

Richard schaute nicht auf. «Na ja, nicht ausdrücklich, er hat nur gesagt, dass er mich im Auge hat.» Endlich begegnete er ihrem strengen, aber beschützenden Blick, der Blick einer Mutterhenne. «Aber er mag mich eindeutig nicht.»

«Wer mag dich nicht?»

«Commissaire LaPierre. Ich kann nur sagen, dass das auf Gegenseitigkeit beruht. Er ist wie einer dieser Polizisten in Filmen, schlecht gekleidet, alleinstehend, verbissen und absolut unbestechlich. Einen korrupten Cop dagegen erkennt man im Film immer auf Anhieb; die sehen, ich weiß nicht, irgendwie abgewetzt aus.» Er bemerkte, dass sie ihn erneut streng musterte, wie eine Lehrerin, die gerade eine ungewöhnlich schlechte Ausrede für eine fehlende Hausaufgabe gehört hat.

«Wann hast du ihn gesehen?», fragte sie. Ihr ernster Tonfall löste bei Richard sofort Alarmstimmung aus.

«Gerade eben. Als du losgegangen bist, um Olivia zu kaufen. Jetzt ist er drinnen im Lokal. Er hat mir gesagt, Ménard habe sich überhaupt nicht selbst getötet, sondern sei vor seinem Tauchbad auf den Hinterkopf geschlagen worden.»

«Wusste ich's doch!», rief sie triumphierend aus und stand dabei auf. «Los, komm!»

«Äh? Wo gehst du hin? Und warum brechen wir auf?»

«Ich möchte nicht, dass man uns belauscht, Richard.» Mit einem aufgebrachten Blick musterte sie ein Paar, das am Nachbartisch saß und nicht die geringste Ahnung hatte, wovon sie sprachen.

«Ich habe die Rechnung noch nicht bekommen, wir können doch nicht einfach …»

«Kannst du diesen René nicht später bezahlen? Du kennst ihn doch so gut.»

«Eigentlich nicht», jammerte er, stand aber auf. «Ich bin

nicht scharf drauf, bei einem Schuldeneintreiber der Unterwelt die Zeche zu prellen!»

«Bei einem *ehemaligen* Schuldeneintreiber der Unterwelt.»

«Darum geht es hier nicht. Und woher willst du wissen, dass er ein ehemaliger ist? Hat er eure Vereinigung verlassen?» Sie erwiderte nichts. «Weißt du, wie in Paris sein Spitzname lautete? Daumen. Und weißt du auch warum? Weil er einem als Erstes die Daumen gebrochen hat, wenn man nicht bezahlte.»

Diesmal bedachte sie ihn mit einem vernichtenden Blick. Hätte Valérie ebenfalls einen Spitznamen in Paris, so wie René, würde der wohl «Hoden» lauten.

«Ich komme später zurück und bezahle für dich. Kommst du jetzt oder nicht?»

Richard hatte das Gefühl, eigentlich keine Wahl zu haben, was vielleicht ganz gut so war. Schließlich hatte mehrfaches Entscheiden, gefolgt vom darauffolgenden Schwanken, dazu geführt, dass er es versäumt hatte, die echte Olivia de Havilland zu besuchen. Er nahm den Karton mit der geflügelten de Havilland hoch und folgte Valérie auf den Markt.

Obgleich schon beinahe Nachmittag war, herrschte in den engen Gassen zwischen den Ständen noch immer ein ziemliches Gedränge, während die Verkäufer versuchten, noch so viel frische Ware wie möglich an den Mann oder die Frau zu bringen. Hier und dort gab es Lücken, wo einige Standbesitzer bereits alles zusammengepackt hatten und aufgebrochen waren. Banden älterer Frauen, ein anderes Wort gab es dafür nicht, standen zusammen, brachten die Welt in Ordnung und zählten laut und mit Behagen ihre gesundheitlichen Beschwerden auf. In blauen Overalls, der proletarischen Uniform des Provinzlers, standen ihre stummen Männer ein paar Meter entfernt und hofften, dass das Gespräch sich nicht irgendwann auf sie ausweiten würde. Bemüht, sich unauffällig zu verhalten, hielten die meisten die Köpfe gesenkt, blickten aber instinktiv auf, als Valérie, die auf diesem Bauernmarkt exotisch und auffällig wirkte, vorbeieilte, von ihrem lässig sitzenden, cremefarbenen Hosenanzug umweht wie eine prachtvolle Jacht von ihren Segeln. Richard trug Olivias Schachtel behutsam mit beiden Händen und sah eher wie ein treuer alter Bediensteter als ein Begleiter aus. Sie ging langsamer, damit er sie einholen konnte, wandte den Blick aber nicht von ihrem Handy.

«Diese Kritik ist faszinierend, Richard», sagte sie, plötzlich nicht mehr wegen möglicher Lauscher besorgt.

«Wirklich? Ich hätte gedacht, dass das Ergebnis von vornherein feststand.»

Valérie blieb stehen. «Wie meinst du das?»

«Na ja, ich hatte den Eindruck, dass Tatillon seine Meinung über das Restaurant schon gefasst hatte, bevor auch nur die Vorspeisen aufgetragen wurden, ja wahrscheinlich bevor er überhaupt dort ankam.»

«Wie kommst du auf den Gedanken?»

«Ich habe Erfahrung im Umgang mit Kritikern, und sie sind ein bisschen wie Versicherungsvertreter. Sie schwingen schöne Reden, aber nach meiner Erfahrung sind die meisten von ihnen Scharlatane. Außerdem gehören sie so ziemlich zum bestechlichsten Gewerbe der Welt und in die gleiche Liga wie mexikanische Polizeichefs.»

«Wirklich?» Valérie schaute drein wie ein Kind, das gerade begriffen hat, dass es den Weihnachtsmann nicht gibt. Erneut konnte Richard sich keinen rechten Reim auf sie machen. Sie war manchmal so wortgläubig und weltfremd, dass sie geradezu naiv und unschuldig wirkte, doch bei der Kopfgeldjagd schien sie ganz vorne mitzuspielen. Sie konnte sich im Nahkampf behaupten und hatte früher schon angedeutet, dass sie noch dunklere Künste beherrschte.

«Ja, Garçon hatte recht. Sie sind wie Meuchelmörder», platzte er heraus, unfähig, seinen Gedankengang zurückzuhalten.

«Manche von ihnen, nicht alle, werden fürs Morden bezahlt. Sie schlachten einen Film oder ein Theaterstück ab oder versetzen einer Karriere den Todesstoß.»

«Oder einem Chefkoch?»

«Genau.»

«Nun, Guy Garçon schlachtet er jedenfalls nicht.»

«Natürlich nicht. Ich wette, die Kritik lobt alles in den höchsten Tönen. Sie wird die Dramatik auf dem Teller preisen, jeder Gang angeblich so schwelgerisch wie ein russischer Roman. Das Wort «Delikatesse» wird mehr als einmal fallen. Verschweigen wird er dagegen, dass das Essen eigentlich nicht besonders gut war, oder? Diese Froschschenkel zum Beispiel. Bei Olympiaspielen hab ich schon Hundertmeterläufer mit weniger Muskeln gesehen.»

«Richard, du bist so klug!»

Ermutigt erwärmte er sich für seine Aufgabe. «Zum Mord setzt er erst beim Thema Nachtisch an. Nun, der war einfach köstlich, offensichtlich ist die Patisserie Garçons Spezialgebiet. Es war fast so, als wäre da ein anderer Koch am Werk gewesen. Aber damit hatte Tatillon den Vorwand, Grosmallard den Rest zu geben. Der König ist tot, lang lebe der König. Das hat er selbst gesagt.»

Valérie schüttelte den Kopf, weil es so ungerecht war. Sie war alles Mögliche, aber gewiss nicht zynisch. «Auguste Tatillon deutet an, dieses Dessert sei von Anfang an Guy Garçons Kreation gewesen. Er hat an Grosmallards Seite als Chef Patissier angefangen.»

«Das ist wirklich eine gemeine Unterstellung. Meinst du, sie könnte stimmen? Und falls ja, wieso hat Guy Garçon niemals etwas Derartiges erwähnt?»

«Vielleicht hat er auf einen Killer gewartet?»

Sie wechselten einen Blick. «Jemand scheint sehr hart daran zu arbeiten, Sébastien Grosmallard zu vernichten», überlegte

Richard laut. «Und dabei gehe ich davon aus, dass es nicht Selbstsabotage ist, wie sein Ruf es nahelegt.»

«Aber was hat das mit Ménard zu tun? Warum sollte ihn jemand ermorden?»

«Vielleicht kannten Ménard und Grosmallard sich schon lange? Grosmallard sagte, er kehre nach Hause zurück, und die Ménards sind seit Generationen hier. Vielleicht wusste Ménard, dass Grosmallards berühmte Kreation gar nicht seine eigene war? Keine Ahnung.»

«Aber warum sollte jemand den Käse vertauschen?» Sie klang entnervt.

Richard dachte kurz darüber nach und schüttelte dann den Kopf. «Keine Ahnung. Ich weiß nicht einmal, ob mir der Unterschied überhaupt aufgefallen wäre, hätte es nicht so ein Tamtam gegeben.»

Valérie nickte bedächtig. «Und wer hat mit diesem ‹Tamtam› angefangen?», fragte sie unschuldig. Sie sprach «Tamtam» mit einem so starken Akzent aus, dass Richard beinahe die Schachtel mit Olivia hätte fallen lassen.

Er lächelte. «Ich bin mir ziemlich sicher, dass es an Tatillons Tisch losging.»

«Ach, Richard!» Sie konnte ihre kindliche Erregung nicht länger verbergen. «Jetzt kommen wir weiter!»

«Vielleicht schon», antwortete er, und dabei wurde sein Lächeln breiter. «Endlich», fügte er hinzu und hoffte, zweideutig zu klingen.

Vieles ist dazu geeignet, einen potenziell romantischen Moment abzuwürgen, falls es sich überhaupt um einen potenziell romantischen Moment handelte. Aber wenn man nicht gerade an eine Zerstörung wie in Pompeji oder vielleicht an einen Scharfschützen auf einem grasbewachsenen Hügel dachte, stand Madame Tablier gewiss ganz oben in der Liste, wie sie mit Helm und heruntergeklapptem Visier auf ihrem PS-starken Motorrad heranröhrte, als wäre sie Taddäus Kröte persönlich. Und sie brauste nicht nur einfach heran. Sie drängte sich mit ihrem alten Motorrad buchstäblich zwischen sie und stellte dabei den Motor aus.

«Dachte ich mir doch, dass ich Sie hier finden würde», sagte sie, ohne das Visier zu lüften. «Es war kein Selbstmord, es war Mord!»

«Oh, das wissen wir bereits», antwortete Valérie hustend und trat einen Schritt zurück, um keine Schmierölflecken abzubekommen.

«Was Sie nicht sagen!», schmollte Madame Tablier und setzte ihren Helm ab. «Außerdem haben Sie eine neue Buchung, ab heute Abend. Ich hab gesagt, dass Sie sich kaum mehr im Haus blicken lassen, aber sie wollten das Zimmer trotzdem.»

Richard seufzte tief. Der kurze, flüchtige Moment von was auch immer wirkte schon wieder so fern. «Okay», stöhnte er. «Würden Sie das Zimmer bitte fertig machen?»

«Wenn es sein muss. Dann wird Madame das Zimmer also wohl nicht brauchen?» Sie warf nicht einmal einen Blick auf die amüsierte Valérie, sondern deutete nur mit dem Daumen in ihre Richtung.

«Ich fühle mich im Zimmer deiner Tochter sehr wohl, Richard, falls es dir recht ist?»

«Ach ja?» Madame Tabliers Skepsis war unüberhörbar.

Valérie kicherte. «Wir sehen uns später, Richard, aber ich glaube, wir müssen uns mit allen Beteiligten bekannt machen. Ich denke mir etwas aus.» Sie schritt in Richtung des Parkplatzes davon, und vor ihr teilte sich die Menge.

«Sie war es, wissen Sie», erklärte Madame Tablier herausfordernd.

«Wer war es? Madame d'Orçay?» Ihm war klar, dass die beiden sich nicht ausstehen konnten, aber Valérie des Mordes zu bezichtigen, war ein bisschen stark.

«Nein!» Madame Tablier sah ihn an, als wäre er ein Idiot. «Elisabeth Ménard! Sie war es.»

«Wirklich?» Diesmal war Richard skeptisch. «Wieso denn?»

«Affären», war die einfache Antwort. «Affären. Und zwar viele.»

Richard dachte unwillkürlich, dass der schmächtige, fast schon verhuschte Fabrice Ménard der Letzte in Saint-Sauver war, dem er eine Rolle als Schürzenjäger zugetraut hätte, aber Madame Tablier schien sich ihrer Sache sicher zu sein. Wie immer, wenn das Gespräch auf das Thema der ehelichen Untreue kam, verspürte Richard einen Anfall von Neid und Erregung. Als seine Ehe mit Clare in schwieriges Fahrwasser geraten war, hatte er eine «offenere» Beziehung vorgeschlagen, und Clare hatte sich mit Gusto hineingestürzt. Sie hatte beträchtlichen Erfolg gehabt, Richard dagegen gar keinen. Das hatte er Valérie erzählt, und es hatte sie nicht nur in ihrer geringen Meinung über Männer im Allgemeinen bestärkt, sondern auch so belustigt, dass sie drei Tage am Stück nicht mit Lachen aufhören konnte.

«Fabrice Ménard.» Er pfiff durch die Zähne. «Also, das hätte ich nie gedacht. Es sind immer die Stillen, nicht wahr?», fragte er eher rhetorisch.

«Nein.» Die Antwort bekam er trotzdem. «Es sind alle.» Das darauffolgende Schweigen war vorhersehbarerweise angespannt, nicht zuletzt, weil Richard sich Madame Tablier unmöglich in einer Verfassung romantischer Ergriffenheit vorstellen konnte. «Was ist in der Schachtel?», fragte sie.

«Ein Huhn.»

«Fürs Abendessen?»

«Nein!»

«Schon gut. Regen Sie sich nicht auf. Jedenfalls geh ich jetzt und bereite alles vor.» Sie ließ das Motorrad an, setzte den Helm wieder auf und sagte noch etwas, was er nicht verstand.

Richard schaute auf seine Armbanduhr und blies die Wangen auf. Es war drei. «Na, Olivia, meine Gute», sagte er, ohne sich darum zu scheren, ob jemand mitbekam, dass er mit einem Huhn redete. «Ich hätte das schon vor Jahren tun sollen, aber darf ich dich auf einen Drink einladen?»

10

Richard saß in der Bar des Café des Tasses Cassées verdrossen an einem hinteren Tisch. So wie es seine Art war, hockte er mit dem Rücken zur Wand und hatte den Raum vor sich. Wenn jemand hereinkäme und mit Gerede über Tod, eheliche Affären und die Dessert-Gelüste von Hollywoodlegenden weitere Ansprüche auf seine Geduld, seine Zeit und seine gute Laune erheben würde, wäre er wenigstens vorgewarnt. Er fühlte sich erschöpft und grübelte missmutig über den Moment nach, der ihm als ein schrecklicher Fall von schlechtem Timing erschien. Was war das eben mit Valérie gewesen, und würde es erneut geschehen? Gab es eine Möglichkeit, Madame Tabliers Motorrad außer Betrieb zu setzen? Und wieso hatte Valérie bisher noch nicht erwähnt, dass sie Olivia de Havilland kannte? Selbstmord, Mord und Untreue, nichts fand Richard so aufregend und unterhaltsam wie seine Beinahbegegnung – wie er das inzwischen nannte – mit Olivia de Havilland. Er hob sein Glas mit Weißwein und prostete der sanft in ihrer Schachtel gackernden Olivia zu.

«Hier.» Es war René, und er stellte ein weiteres Glas auf den Tisch. «Das geht aufs Haus. Sie werden allmählich mein bester Gast!» Der Wirt lächelte so freundlich, wie er es fertigbrachte, doch Richard konnte sehen, warum sein Ruf den Schuldnern in Paris Angst eingejagt hatte. Das Lächeln war ein bisschen schief, und er verzog dabei nur die Oberlippe, sodass es fast wie ein höhnisches Grinsen wirkte. Auch sein Blick war kalt, doch

Richard und er hatten sich immer gut verstanden. In der engen Gemeinschaft von Saint-Sauver waren sie beide Außenseiter, und obgleich die Gemeinsamkeiten damit auch schon endeten, stellte es dennoch ein gewisses Band dar. «Oh, und bevor ich es vergesse, hier ist Ihr Wechselgeld von vorhin.» René griff in seine Schürze und legte fünfundsiebzig Cent auf den Tisch. «So etwas nehme ich sehr genau», sagte er, diesmal ohne zu lächeln.

«Ich hab vorhin kein Geld hingelegt.» Richard blickte verwirrt auf.

«Nein, aber Ihre Frau ist nach Ihrem Aufbruch zurückgekommen.»

«Meine Frau?» Ein ängstlicher Ausdruck huschte über Richards Gesicht. «Ach so, oh nein. Das ist nicht meine Frau, einfach nur eine Freundin.»

«Ah, ich verstehe.» René zwinkerte ihm zu. «Sie werden noch ein richtiger Franzose, Richard!» Richard erwiderte nichts. «Alles okay mit Ihnen?»

Es war eine aufrichtige Frage, und Richard wünschte, er könnte sie beantworten. Tatsache war, dass er sich einfach nur in Selbstmitleid suhlte, und deshalb versteckte er sich auch in einer Bar und war nicht zu Hause, wo entweder Valérie oder Madame Tablier ihm sagen würde, er solle mit dem Quatsch aufhören.

«Haben Sie manchmal das Gefühl, dass das Leben zu hektisch ist, René?»

Der Barbesitzer schnaubte. «Hier? Soll das ein Scherz sein?»

«Na ja, nicht gerade hektisch. Aber eine Ewigkeit passiert gar nichts und dann alles auf einmal.»

«Ich weiß nicht, wovon Sie reden, Kumpel. Ich bin schon viele Jahre hier, und außer dem Mord an Ménard hat mich nie etwas an mein altes Leben erinnert. Der treibt den Puls ein bisschen hoch, so wie früher – nicht dass ich es vermissen würde, aber Sie wissen schon … es ist eine Abwechslung.»

«Was meinen Sie, wer Ménard ermordet hat?» Es war eine müßige Frage, und Richard erwartete keine direkte Antwort, doch René war ein direkter Mensch, und so bekam Richard sie trotzdem.

«Dieser Chefkoch, Grosmallard. Das wirkt jedenfalls naheliegend, oder? Sein edles Dessert wird durch Ménards Kunstkäse ruiniert, und er rastet aus. Da ist ja auch noch das Vermögen, das es kostet, ein so schickes Restaurant zu eröffnen. Und wie ich gehört habe, war Ménard auch kein Heiliger.»

«Das habe ich ebenfalls gehört.»

«Na dann, sein ganzer Betrieb war anscheinend mit Schulden belastet. Er hat einige Leute verärgert.»

«Oh.» Richard bemühte sich, nicht überrascht zu wirken.

Sein Handy klingelte. «Oje.» Dann las er den Namen. *Clare.* «Das ist meine Frau», murmelte er unglücklich.

«Na dann, Kumpel …» René wischte rasch den Tisch ab. «Wenn Sie ein Alibi brauchen …» Er zwinkerte erneut und ging weg.

«Clare!» Richards Fähigkeit, aufgekratzt zu wirken, war abhandengekommen, und Clare, die das merkte, ließ es ihm nicht durchgehen.

«Was ist los? Bist du betrunken?»

«Absolut nicht!»

«Du bist betrunken, oder?»

«Ja.»

«Ach, Richard!» Es folgte eine Pause, und dann sprach sie mit milderer Stimme weiter. «Ertränkst du deinen Kummer?» Das konnte er nicht leugnen. «Nun, ich habe eine gute Nachricht für dich!»

Als Richard den Blick zum Himmel hob, oder zumindest zum altmodischen Deckenventilator, bemerkte er Hugo Ménard, der am Nachbartisch saß und ein Glas Bier vor sich abstellte. Ménard nickte Richard ernst zu.

«Eine gute Nachricht?», fragte Richard, naturgemäß abgelenkt.

«Ja!» Clare, die seinen Tonfall missdeutete, klang ermutigt. «Wir kommen dich alle besuchen!»

Richard nickte dem jungen Mann zu. Er kannte Hugo Ménard nicht gut; er hatte immer das Gefühl gehabt, dass der Mitt- bis Endzwanziger sich in Gesellschaft nicht wohlfühlte. Jedenfalls strahlte er mit seinem kurzen, zurückgekämmten blonden Haar und dem seltsam unpassenden, beinahe anachronistischen Schnurrbart etwas Kühles aus. In diesem Moment fiel Richard auch Antonin Grosmallard auf, der an der Theke stand. Er hielt ein Whiskyglas in der Hand und konnte die Augen nicht von Ménard wenden, der diesen Blick mit Interesse erwiderte, gelinde ausgedrückt. Der junge Grosmallard versuchte, so einschüchternd zu wirken wie sein Vater, hatte aber weder die Statur dazu, noch wirkte er bedrohlich genug.

«Verdammt noch mal», sagte Richard und schob Olivia sorgsam aus der Schusslinie.

«Richard?» Clare war von der Wirkung ihrer Worte betroffen. «Ist das ein gutes ‹verdammt noch mal› oder ein schlechtes?»

Richard, der es kaum schaffte, sich zu konzentrieren, brachte nur eine ehrliche Einschätzung zustande, die sowohl auf den Anruf passte als auch auf den klassischen Showdown im Westernstil, der sich vor seinen Augen anbahnte. «Das ist im Moment schwer zu sagen. Es könnte so oder so ausgehen.»

Clare schwieg. «Na ja, deshalb wollen wir ja zu dir kommen …» Hugo Ménard stand auf und stieß dabei seinen Stuhl zurück. «Wir müssen die Zweifel beseitigen, Richard.» Antonin Grosmallard nahm die Hände von der Theke und erhob sich zu seiner vollen Größe. Die beiden wirkten wie gleichwertige Gegner, vom Alter und Körperbau ähnlich. «Was denkst du darüber?»

«Ich denke, dass Blut fließen könnte», flüsterte Richard.

«Oh Richard, sag das doch nicht! Ich wusste nicht, dass es dir so schlecht geht!»

«Du hast meine Familie zerstört!», schrie Ménard, und Richard dachte unwillkürlich, der junge Mann hätte nicht gleich auf hundertachtzig sein sollen. Als Eröffnung hatte er eine verhaltene, aber düstere Drohung erwartet.

«Ich bin morgen bei dir. Alicia und Sly kommen nach», fuhr Clare fort, eindeutig besorgt.

«*Dein* verdammter Vater hat nur bekommen, was er verdient hat!» Antonin warf sein Whiskyglas auf den Boden und richtete sich mit locker herabhängenden Armen kerzengerade auf. Er gab sich aggressiv, wirkte dabei aber nicht ganz überzeugend. Ménard dagegen sah so aus, als wisse er, was er tue.

«Was ist da los? Schaust du einen deiner Filme?» Abgelenkt, wie er war, traf das «deine» in «deine Filme» ihn trotzdem. «Ich weiß schon. Machos mit Hüten streiten sich wegen irgendwas Belanglosem, normalerweise Frauen. Und der Film heißt *Sie haben es verdient* oder so.» Sie versuchte, neckisch zu klingen, doch bei ihr war die Scharfzüngigkeit nie fern.

«Nein, das hier ist echt, Clare.» Er bemühte sich, hart und männlich und dabei gleichzeitig melancholisch rüberzukommen. Plötzlich war das Leben wie ein Film noir, aber das passierte ihm ja, ehrlich gesagt, recht oft.

«He!», brüllte René, der das Glas hatte zerbrechen hören, vom Eingang her. Doch die jungen Schafböcke hörten ihn nicht, ganz versunken in ihren Kampf. Selbst Olivia spürte die Anspannung und begann, wild zu gackern, als wollte sie gleich legen.

«Richard, ist das ein Hahnenkampf?»

«In gewisser Weise», antwortete er und beugte sich vor, um Olivia durch die Luftlöcher zu beruhigen. Dabei bekam er allerdings einen Krampf im Bein.

«Auu!», schrie er auf, unfähig, seinen Schmerz zu beherrschen.

«Richard, alles in Ordnung?», rief Clare schrill.

Sein Bein schoss unwillkürlich vor, trat gegen den Stuhl ihm gegenüber und brachte ihn zum Kippen. Glücklicherweise, oder unglücklicherweise, je nach Sichtweise, war das genau der Moment, in dem Hugo Ménard lossprang, um sich auf Antonin Grosmallard zu stürzen. Durch den Stuhl missriet sein Sprung, und er verlor das Gleichgewicht. Das verschaffte René die Zeit, die beiden im Nacken zu packen, was sie wirklich sehr albern aussehen ließ.

«Richard, alles in Ordnung mit dir? Antwortest du mir jetzt bitte mal, Herr im Himmel?»

Richard wartete noch einen Moment. «Mir geht es bestens», sagte er und klang dabei übertrieben gefasst. «Wir haben die Lage unter Kontrolle.» Zur Bestätigung gackerte Olivia friedlich. «Bis morgen also», fügte er hinzu und hätte am Ende des Satzes fast noch ein «Kleines» angehängt, ganz im Stil von Bogart.

«Okay, ihr beiden», sagte René drohend. Inzwischen befanden die beiden jungen Männer sich fest in seinem Griff, und der kleinere, jedoch bei Weitem gefährlichere Wirt zog sie auf die Zehenspitzen hoch. «Ich hab nichts gegen eine Schlägerei», fuhr er fort. «So was ist manchmal gut für die Seele, also, was meint ihr? Ich lass euch beide weitermachen, aber anschließend kämpfe ich dann mit dem Gewinner? Okay?»

Sekunden später waren Ménard und Grosmallard geflüchtet, und der lachende René suchte nach Handfeger und Kehrblech.

«Das war gute Arbeit, Richard. Ich bin nicht mehr so schnell wie früher – Sie haben sie gerade lang genug aufgehalten.»

«Ach, wissen Sie …» Richard winkte leichthin ab, als wäre er James Bond, hatte aber gleichzeitig Angst, sich zu bewegen, weil der Krampf zurückkehren könnte.

René fegte die Scherben zusammen und stellte den Stuhl

wieder auf. «Na ja, die Versammlung heute Abend dürfte ganz schön hitzig werden, wenn die beiden so weitermachen.»

«Was für eine Versammlung?»

«Die große Versammlung des Stadtrats plus alle Händler, Geschäftsinhaber und so weiter. Es wundert mich, dass Sie nicht auch hingehen. Ich hab die Nachricht heute Mittag bekommen. Alle werden dort sein. Anscheinend will der Stadtrat einen Aktionsplan erarbeiten, um den guten Namen von Saint-Sauveur zu retten.» Er lachte.

Vielleicht war es bei Madame Tabliers unverständlichem letztem Satz, der im Knattern des Motorrads untergegangen war, genau darum gegangen. Jedenfalls wäre es eine gute Gelegenheit, «alle zu treffen», wie Valérie es sich gewünscht hatte. «Wann fängt die Versammlung an, René?»

«Um halb sechs, und hoffentlich dauert sie nicht zu lange – ich habe heute Abend Reservierungen.»

«Wir werden kommen», erklärte Richard entschieden. Dann dachte er an Valérie, die belegten Zimmer des Bed & Breakfast, die bald bevorstehende Ankunft Clares und das albtraumhafte Szenario fehlender Schlafgelegenheiten, das sich gerade vor ihm auftat. Er seufzte wie ein Mann, der sich darüber klar wird, dass seine Hinrichtung bevorsteht.

«Ich hab heute Nachmittag noch zu tun», sagte René. «Aber mögen Sie noch ein Glas?»

«Ja, wohl schon», antwortete Richard. «Ich glaube, ich kann es gebrauchen.»

11

Die Frühabendsonne schien auf die Glastür der *salle polyvalente*, sodass manche Leute auf der kurzen Treppe zum Eingang die Augen beschirmten. Tatsächlich war es eines jener Gebäude, die in alten französischen Städtchen immer ein wenig auffällig wirkten. Ein großer Kasten, der, wie der Name schon sagte, vielen Zwecken diente und meist nach einem längst vergessenen einheimischen Ratsherrn oder nach einem Künstler benannt war, der vermutlich nie einen Fuß in die Stadt gesetzt hatte. In diesem Fall war es die Salle Polyvalente Victor Hugo, und wie alle Gebäude dieser Art war der Mehrzweckbau ein Theater, ein Tanzsaal, ein Ort für Hochzeitsempfänge, ein Wahllokal, der Saal für Schulkonzerte und, bei Weitem am beliebtesten, der Saal für das *loto bingo*, das jeden zweiten Sonntagnachmittag stattfand. Victor Hugos Meinung zum Bingo ist nicht überliefert.

Richard und Valérie trafen unter den Letzten ein, und Valérie zog auf den Stufen an seinem Jackenärmel wie eine Mutter, die ihr widerstrebendes Kind zum Zahnarzt schleppt. Richard, der die Schultern hängen ließ, weil er wieder einmal eine dieser Niederlagen des Lebens erlitten hatte, wurde plötzlich von der Spiegelung des Sonnenlichts in der Tür geblendet. Das haute ihn um, und er wäre beinahe rückwärts in die Arme der vollbusigen *boulangère* Jeanine gestürzt, die kicherte und ein spöttisches «Guten Abend, Lord Grantham» zustande brachte.

Richard stöhnte. Zeit seines Lebens hatte er allen schlimmeren körperlichen Schmerzen ausweichen können, lange Krankenhausaufenthalte und ernsthafte Verletzungen waren ihm erspart geblieben, doch er mutmaßte, dass nichts von alldem so schlimm war wie ein Kater am frühen Abend. Das Geheimnis bei Alkohol am Mittag lautete, am Ball zu bleiben, das hatte er mit wissenschaftlichen Forschungsmethoden herausgefunden. Nicht aufhören, sondern sich bis zum Schlafengehen wacker ranhalten. Um den Kater kann man sich am nächsten Morgen kümmern; kriegt man ihn schon am Abend, macht man sich damit gleich zwei Tage kaputt.

Valérie hielt ihm die Tür auf. René hatte sie angerufen, damit sie ihn in der Bar abholte, daher wusste sie, dass er zu viel getrunken hatte, doch das schien sie nicht mit seiner gegenwärtigen Verfassung in Verbindung zu bringen. Die schob sie vielmehr auf den Trübsinn, der ihn angesichts von Clares bevorstehendem Besuch überkommen hatte. In ihren Augen hatte die Nachricht ihn erschüttert, was nur zeigte, wie schlecht es um seine Ehe stand. Sie selbst könne jedoch problemlos eine andere Unterkunft finden, sagte sie, alles gut; die Umstände, die er ihr bereitete, machten ihm trotzdem zu schaffen. Unterdessen versuchte sie, ihn mit Gesprächen über Mord, Verdächtige und Motive aufzumuntern sowie mit der Aussicht auf ein *verre de l'amitié* nach der Veranstaltung – das traditionelle Glas Rosé, ohne das eine öffentliche Versammlung in Frankreich niemals endet.

Richard stöhnte erneut und ließ sich auf einen Plastikstuhl hinten im Saal fallen. Valérie packte ihn jedoch rasch am Arm und hievte ihn mit keineswegs überraschender Kraft auf die Beine. «Komm schon, Richard, wir müssen ein bisschen weiter vorn sitzen», zischte sie mit einem gespielten Lächeln. «Wir wollen da sein, wo was läuft.»

Sie gingen durch den Mittelgang, und benebelt, wie er war, spürte Richard dennoch, dass alle Augen sich Valérie zukehrten und dann, wie ungläubig, auch ihm. Er richtete sich auf, fest entschlossen, so vielen Leuten wie möglich zuzunicken und trotz seiner angegriffenen Verfassung in der verblüfften Aufmerksamkeit der Elite Saint-Sauvers zu baden. Schließlich war er der Doppelgänger des wohlwollenden Earl of Grantham.

«Mir war gar nicht bewusst, dass du so angesehen bist, Richard», flüsterte Valérie, der ihre eigene Wirkung auf die Menge anscheinend entging.

«Es ist ja nur eine Kleinstadt.» Er erwiderte ihr Lächeln, bemüht, den Clark Gable zu geben.

Alle waren gekommen. René DuPont hockte ziemlich weit hinten und zwinkerte ihnen beiden zu. Elisabeth Ménard saß am Mittelgang und in der Mitte des Saals. Hugo lümmelte sich mit einem Sitz Abstand zu ihr, ein Bein auf den Nachbarstuhl gelegt, ein Inbild überflüssiger Rebellion. Alle drei Grosmallards saßen auf der anderen Seite des Saals, als hätten sie absichtlich Plätze gewählt, die von den Ménards möglichst weit entfernt waren. Sébastien war von Antonin und seiner nervösen, rothaarigen Tochter Karine eingerahmt. Guy Garçon saß ein paar Reihen vor ihnen, mit dem Rücken an die Wand gelehnt, sodass er den Rest des Saals beobachten konnte. Jeanine wünschte Madame Ménard, die erschöpft wirkte, herzliches Beileid. Einige weitere hohe Tiere des Städtchens waren ebenfalls da – einige Stadträte und der Arzt. Selbst Madame Tablier stand bei der Treppe, die zum Podium hinaufführte, auf einen Besen gelehnt, dem Ausweis, der sie durch jede Tür brachte.

Richard und Valérie saßen weiter vorn, als ihnen eigentlich lieb gewesen wäre, doch die Aufmerksamkeit, die man ihnen geschenkt hatte, hatte sie dorthin getragen. Ohne Tusch und etwas unbeholfen tauchte Noel Mabit hinter dem Vorhang am Bühnenrand auf und ging zu einem Tisch in der Mitte. So dickhäutig, wie er war, fiel ihm das kollektive Augenverdrehen gar nicht auf, und er reagierte auch nicht auf das nur mühsam unterdrückte Stöhnen, das ihn bei seinem Eintritt empfing. Er setzte sich an den Tisch und tippte ans Mikrofon.

«*Bonsoir, Mesdames et Messieurs*», begann er, «ich danke Ihnen allen …»

Die große Flügeltür hinten im Raum ging quietschend auf, und Auguste Tatillon mit Toupet auf dem Kopf schlich sich herein und setzte sich auf den nächstbesten Stuhl.

Valérie beugte sich zu Richard hinüber und flüsterte ihm ins Ohr: «Was macht denn der hier?»

«Vielleicht wünscht sich auch René eine Restaurantkritik», witzelte er, runzelte dann die Stirn und fügte hinzu: «Ich weiß es wirklich nicht. Es ist sehr eigenartig, oder?» Rasch glättete er die Stirn und zuckte zusammen, weil das angesichts seines Katers einen hämmernden Schmerz auslöste.

«*Bonsoir, Mesdames et Messieurs*», begann Noel Mabit von vorn, jetzt schon mit leicht genervter Stimme. «Danke, dass Sie zu dieser …»

Erneut öffnete sich die Tür knarrend, und diesmal schlenderte Commissaire Henri LaPierre herein und ließ sich einige Plätze von Tatillon entfernt nieder. Der empfand das dennoch als zu nah für einen Polizisten aus der Provinz und rückte um mehrere Sitze ab.

«*Bonsoir, Mesdames et Messieurs* …» Die Tür ging erneut auf, diesmal kraftvoller, und herein kam der alte Clavet, der in seiner zitternden Hand einen riesigen Schlüsselbund trug.

«Sie haben noch nicht einmal angefangen?», fragte er Mabit. Wie alle Hausmeister der ganzen Welt fühlte er sich nicht genötigt, irgendjemanden außer dem direkt Angesprochenen zur Kenntnis zu nehmen. Er schaute auf seine Armbanduhr. «Ich muss den Saal für einen *Bal musette* bereit machen, der in einer halben Stunde losgeht.»

«Wir versuchen ja gerade anzufangen, Monsieur Clavet!» Mabit geriet selten aus der Fassung, diesmal jedoch schon. Clavet klopfte auf seine Uhr und schob seine falschen Zähne mit einem lauten Klacken im Mund zurecht. «*Bonsoir, Mesdames et Messieurs.*» Mabit hielt in Erwartung einer erneuten Unterbrechung inne, doch diesmal blieb sie zum Glück aus. «Vielen Dank, dass Sie alle heute Abend gekommen sind. Bürgermeister Planchet bittet mich, ihn zu entschuldigen und Ihnen sein Bedauern mitzuteilen. Wegen eines Gichtanfalls kann er leider nicht teilnehmen.»

Seit der letzten Gemeinderatswahl hatte niemand Monsieur Planchet zu Gesicht bekommen, sodass die Leute schon den Verdacht hegten, Noel Mabit könnte ihn in einem Keller eingesperrt haben, um selbst die Macht auszuüben. Was ihnen allerdings gleichgültig war. Wer sich zur Wahl aufstellen ließ, dem konnte man ohnehin nicht trauen und der hatte alle Sympathien verscherzt. Aus Sicht der Landbevölkerung waren diese Typen alle gleich.

«Ich …» Mabit hielt inne, hüstelte und begann von vorn. «*Wir* haben diese außergewöhnliche Versammlung heute Abend einberufen, um zurückzuschlagen …» Er schlug mit seiner schwächlichen Faust auf den Tisch und stieß dabei fast das Mikrofon um. «Um zurückzuschlagen», wiederholte er, «bevor unsere Feinde noch länger versuchen, diese, äh, unglückselige Situation auszunutzen.»

Der Saal, das muss gesagt werden, wirkte durch diese Worte ein wenig verwirrt. Den Mord am Käsekönig Fabrice Ménard als «unglückselige Situation» zu beschreiben, konnte als ein taktvoller Euphemismus durchgehen, aber die Hauptfrage stellte sich weiter: Von welchen Feinden sprach Mabit? Saint-Sauver, das hier durch alle vertreten war, die zählten, war sich keiner Feinde bewusst. Das war wirklich eine Neuigkeit.

«Welche Feinde meinen Sie, Monsieur?» Es war der Commissaire, der berechtigterweise annahm, hier könne sich eine neue Ermittlungsrichtung auftun.

Mabit sah ihn verdattert an. Er hatte seine Rede offensichtlich mit ein paar aufwieglerischen Sätzen eröffnet, als wollte er einen fackelschwingenden Haufen losschicken, war aber sparsam mit Einzelheiten. «Na ja, da ist La Chapelle-sur-Follet.» Danach schwieg er in der Hoffnung, dass das reichen würde.

«La Chapelle-sur-Follet?» Clavet ganz hinten lachte so laut über diese Unterstellung, dass ihm fast das Gebiss aus dem Mund fiel.

«Jawohl! La Chapelle-sur-Follet!» Mabit stand auf, um sein Argument zu unterstreichen.

«Mit seinen fünfhundertzweiundvierzig Einwohnern. La Chapelle-sur-Follet?»

«Zahlen spielen keine Rolle, Monsieur Clavet. Wichtig ist allein der aggressive Akt. Haben Sie beim Hineinfahren das Ortseingangsschild gesehen?» Niemand meldete sich. «Dort steht: *La Chapelle-sur-Follet, veganer Käse verboten!*» Er setzte sich und wartete darauf, dass diese grundstürzende Nachricht ihre Wirkung entfaltete.

«Was spielt das für eine Rolle?», fragte René von hinten. «Die Leute fahren doch immer nur aus La Chapelle *heraus*!»

Im Saal ertönte gedämpftes Gelächter, und als Reaktion brachte Mabit einen Hammer zum Vorschein und schlug damit auf den Tisch.

«Wer ist dieses Männchen?», fragte Valérie, die sich nicht einmal mehr die Mühe machte zu flüstern.

«Noel Mabit.» Richard seufzte. «Der Holzwurm der Stadt. Er gräbt sich ein Loch und schlüpft hinein.»

«Er ist strohdumm.»

René stand auf, und sofort hatte er den Saal im Griff. «Schauen Sie, Mabit, ich muss bald für den Abend öffnen. Was schlagen Sie vor – dass wir in La Chapelle-sur-Follet einmarschieren?»

Alle Blicke wandten sich wieder Noel zu. «Natürlich nicht»,

erklärte Mabit auf eine Weise, die diese Möglichkeit nicht vollständig ausschloss. Er stand erneut auf und bemühte sich um eine würdevollere Haltung. «Ich glaube, dass unsere Stadt heilen muss. Ich möchte Madame Ménard und Hugo unser aller Beileid ausdrücken» – es folgte zustimmendes Gemurmel – «und Sébastien Grosmallard unsere Unterstützung anbieten, da er mir das Opfer von Trickereien an der Käsefront zu sein scheint.»

«Das war so schlimm wie nur jeder Mord!», schrie Grosmallard und sprang auf, wurde aber von Karine wieder auf seinen Platz hinuntergezogen. Richard konnte sich des Gedankens nicht erwehren, dass Grosmallard ein bisschen weit ging, wenn er das Vertauschen von echtem Ziegenkäse mit einem veganen Ersatz einem tatsächlichen, physischen Mord gleichstellte, aber andererseits befand er sich hier in Frankreich. Er behielt diesen Einwand also für sich.

Karine stand auf, nachdem sie ihren Vater zum Sitzen gebracht hatte. So wie er war sie groß, und die ganze Sache schien sie erschöpft zu haben. Ihr rotes Haar ließ ihre Haut so blass wirken, dass sie fast durchsichtig zu sein schien, und beim Sprechen fingerte sie nervös an ihrer Halskette herum. «Monsieur, vielen Dank für Ihre Freundlichkeit. Wir haben schon früher Rückschläge erlitten, und auch von diesem hier werden wir uns erholen. Unser Mitgefühl gilt Madame Ménard. Ich entschuldige mich für meinen Vater, aber er leidet unter dem Verlust seines alten Freundes. Es war ein Schock für uns alle.» Sie setzte sich wieder und senkte den Blick.

«Auch ich spreche mein Beileid aus.» Diesmal war es Garçon, der sich allerdings nicht die Mühe machte aufzustehen. «Ich bin Fabrice Ménard nie persönlich begegnet, kannte aber seinen enormen Ruhm. Ich habe eine Idee!» Plötzlich ging sein jugendlicher Überschwang mit ihm durch, wie wenn der Korken aus einer Sektflasche springt. Nicht von Ungefähr hatte er ständig Auftritte in Zeitschriften und im Fernsehen. «Lassen Sie uns hier in Saint-Sauver ein Food-Festival veranstalten! Hier haben wir zwei der berühmtesten Chefköche Frankreichs, das Herz der Ziegenkäseindustrie …»

«Und mein Café», stieß René hervor, wobei er leicht knurrte.

«Warum nicht?» Jetzt stand Garçon doch auf. «Monsieur Tatillon, was sagen Sie dazu?»

Tatillon schürzte unverbindlich die Lippen.

«Ich will keine Kritiken und keine Kritiker.» Grosmallard knurrte das auf eine Weise, die an grollenden Donner und ein vom Himmel herabgesandtes Flächenbombardement denken ließ.

«Warum, Angst vor Konkurrenz?» Es sollte ein Scherz sein, doch in seinem jugendlichen Überschwang fehlte es Garçon an Urteilsvermögen.

«Sie sind keine Konkurrenz für mich, sind es nie gewesen und werden es auch niemals sein.» Diesmal klang Grosmallard wie ein Bär, der verfrüht aus dem Winterschlaf geweckt wurde. «Ihre Kochkunst ist wie die einer Elster, glitzernd, anonym und gestohlen.»

Garçon gehörte nicht zu den Menschen, die zurückwichen. «Der Name ist nicht alles, oder, Herr Küchenchef? Ich meine, was bedeutet schon ein Name?»

Einen Moment lang herrschte Schweigen, und der ganze Saal hielt kollektiv den Atem an.

Grosmallard stand langsam auf. «Wenn Sie von meinem Sohn reden: Er wird aus seinen Fehlern lernen.» Antonin schaute eher geistesabwesend als verletzt. «Ich kann nicht hundert Prozent seiner Gene kontrollieren.» Damit ging er hinaus, von Antonin gefolgt. Karine schüttelte betrübt den Kopf und stand dann ebenfalls auf.

«Monsieur», wandte sie sich an Mabit. «Ich glaube, ein Food-Festival könnte sich als gute Idee erweisen. Ich habe mich zu lange darum bemüht, den Ruf meines Vaters wiederherzustellen, um zuzulassen, dass er durch einen einzigen Vorfall erneut zerstört wird.» Sie wandte sich dem Rest der im Saal Versammelten zu. «Guten Abend», sagte sie leise und ging.

Als die große Tür zugefallen war, senkte sich erneut Schweigen herab.

«War's das jetzt?», fragte Clavet.

Das führte dazu, dass Mabit blitzschnell in die Gegenwart zurückfand. «Nein, Monsieur Clavet, eines fehlt noch.» Wieder ging ein Stöhnen durch den Saal. «Gewiss kennen Sie alle bereits Commissaire LaPierre.» LaPierre stand auf und nickte. «Der Commissaire hat darum gebeten, eine Kontaktperson zu ernennen, die ihm bei seinen Ermittlungen dienen kann. Natürlich einen Einheimischen, der die Stadt gut kennt.»

«Warum wurde noch kein neuer *policier municipal* eingestellt?», fragte Jeanine. Sie stand auf Männer in Uniform.

«Die Mühlen des Staates mahlen langsam», antwortete Mabit, als wäre es das Tiefsinnigste, das je auf Französisch gesagt worden war.

«Ein Kontaktpolizist? Guter Gott», flüsterte Richard, «das wäre wirklich ein Trojanisches Pferd!»

Valérie erwiderte nichts, sondern blickte weiter nach vorn auf die Bühne.

«Ich schlage Monsieur Ainsworth vor», sagte Mabit mit einer genüsslichen Boshaftigkeit.

«Oh nein!», rief Richard.

«Oh ja!», rief Jeanine, die *boulangère.*

«Antrag angenommen!» Mabit schlug rasch mit seinem Hammer auf den Tisch.

«Was?! Aber ich habe zu viel zu tun!» Richard sprang auf. Der Rest des Saals empfand zwar durchaus ein gewisses Mitgefühl, doch die Erleichterung, der Verantwortung selbst entgangen zu sein, überwog.

«Zu beschäftigt, um unserer Stadt zu helfen?», fragte Mabit gemeinerweise.

«Zu beschäftigt, um dem Staat bei der Aufklärung eines Mordes zu helfen, Monsieur?», stimmte LaPierre ein.

Niedergeschlagen setzte Richard sich wieder hin. Jemand klopfte ihm auf die Schulter.

«Pech, alter Junge. Das ist ein harter Job.»

«Ja, da hast du wirklich Pech, Richard.»

Er drehte sich um und blickte in die lächelnden Gesichter von Martin und Gennie Thompson.

«Hallo, Martin, hallo, Gennie.» Er bemühte sich, bei der Begrüßung nicht allzu viel Begeisterung zu verströmen, was ihm nicht schwerfiel. «Valérie kennt ihr ja.»

«Oh ja, absolut!»

«Ach Martin, lass die Scherze! Er ist wirklich schrecklich.»

«Wie läuft das Geschäft?» In Richards leichten Abscheu mischte sich eine lüsterne Neugier.

«Blendend, nicht wahr, Gennie?»

«Ja, blendend.»

«Diese Swinger-Urlaube sind der Weg in die Zukunft, alter Junge. Natürlich nur, wenn man darauf steht.»

«Habt ihr …», begann Gennie.

«Nein.»

«Habt ihr ein Zimmer frei?» Valérie stellte die Frage, ohne sich zu ihnen umzudrehen.

«Aber natürlich!» Gennie klatschte in die Hände. «Aber gewiss doch!»

«Aber nur ein Zimmer», sagte Valérie nachdrücklich. «Und ich bestehe darauf, dass alle bekleidet sind. Immer.» Sie spielte auf den Abend an, als sie auf einen Tee hereingeschaut und viel mehr bekommen hatte als versprochen.

«Natürlich», antworteten Martin und Gennie im Chor.

Richard konnte sich des Gefühls nicht erwehren, dass der Tag immer noch fürchterlicher wurde. Er atmete tief aus, als wäre es der letzte Hauch Luft, der einen geplatzten Reifen verlässt. Wenigstens war jetzt alles so gut wie vorbei, dachte er.

«Monsieur Ainsworth.» Commissaire LaPierre stand direkt vor ihm, einen boshaften Ausdruck in den Augen.

«Hat das nicht bis morgen Zeit, Commissaire?», fragte Richard, ohne aufzublicken. «Ich fühle mich ein wenig angegriffen.» *Angegriffen* war milde ausgedrückt. Er nahm unbestimmt wahr, dass Martin und Gennie sich davonstahlen und nun auch Valérie langsam aufstand. *Auch du, Brutus?,* dachte er missmutig.

«Guten Abend, Henri.» Valéries Tonfall war an sich nicht unterkühlt, aber warmherzig war er auch nicht. Als Richard aufblickte, sah er, dass dem Commissaire die Kinnlade herunterfiel.

«Valérie!»

«Es ist schon eine Weile her», sagte sie ruhig. «Du hast zugenommen.»

«So geht es uns Männern, wenn wir geschieden werden. Wir lassen uns gehen.»

«Sie sind immer noch hier?» Es war Monsieur Clavet, und er wirkte ungehalten. «Sie sind die Letzten.»

«Gibt es kein *verre de l'amitié*?», fragte Richard schwach. «Ich könnte wirklich einen Drink gebrauchen.» Dann wandte er sich an den Commissaire. «Haben auch Sie Olivia de Havilland gekannt?»

12

Die Gartenbank knarrte, als Richard schwerfällig auf sie niedersank. Dabei beobachtete er die Hennen genau, um zu sehen, wie die Hackordnung sich entwickelte, aber sie wirkten ganz friedlich. Lana Turner pickte eifrig schmausend auf dem Boden herum, Joan Crawford scharrte eine Staubwolke auf, und Olivia de Havilland hielt misstrauisch Abstand und beobachtete die beiden anderen, einen königlichen Ausdruck im Blick. Nichts wies darauf hin, dass die anderen beiden ihr zusetzten, doch es war besser, die Dinge im Auge zu behalten. Das Frühstück der Gäste war beendet, und er konnte später abräumen; vorläufig brauchte er erst einmal Zeit und Raum zum Nachdenken.

Schon am Vorabend wollte er Ordnung in seine Gedanken bringen, doch in seinem Kopf hämmerte es wie in einer voll ausgelasteten Werft, und so hatte er sich gestattet, stattdessen ein paar Filme mit Olivia de Havilland zu schauen. Er hatte mit *Mutterherz* angefangen, einer Schmonzette über eine unverheiratete Mutter, und dann mit *Airport 77 – Verschollen im Bermuda-Dreieck* weitergemacht, einem Katastrophenfilm in jedem Sinne des Wortes, dem de Havilland aber viel dringend benötigte Würde verliehen hatte. Er hatte erwogen, auch noch *Vom Winde verweht* zu schauen, hätte aber nicht mehr durchgehalten und war stattdessen zu Bett gegangen, noch immer betrübt über die versäumte Chance einer Begegnung mit dieser großen Frau. Er hatte immer geglaubt, dass die Gelegenheit sich ihm jederzeit bieten würde, aber nie den Mut gehabt, es auch tatsächlich durchzuziehen. Vielleicht war das das Leitmotiv seines Lebens als Erwachsener.

Zu solchen Zeiten schleifen sich Standardsprüche ein. «*Je ne regrette rien*», sagen die einen oder: «Was ich bereue? Dafür gibt es kaum einen Anlass», die anderen. Doch so etwas war nicht Richards Art, und es gab unendlich viel, was er bedauerte. Er hatte es auf seiner eigenen inneren Festplatte gespeichert, um es sich unglücklich anzuschauen, wenn die Lage schlecht stand, oder es als schonungslose Mahnung abzuspielen, wenn alles gut lief. Dazu kam noch die Reue, die er selbst gar nicht verspürte, die aber andere, insbesondere Clare, ihm nachschleppten, um sie bei Bedarf wie einen Taser einzusetzen. Zum Beispiel das Bedauern darüber, dass sie Stephen Roachfords Heiratsantrag abgelehnt hatte – das kam alle Jahre wieder und wurde gern bemüht, wenn es um Geld ging. Sie hatte Stephen Roachfords Antrag abgelehnt, weil er Klempner war und sie nicht mit einem Klempner verheiratet sein wollte. Dagegen hätte sie es wunderbar gefunden, die Ehefrau des Multimillionärs Sir Stephen Roachford zu sein, des Inhabers und Gründers von Roachford's Domestic Services, der in gehobenen Kreisen verkehrte. Stattdessen hatte sie einen ehrgeizlosen Studenten der Filmhochschule geheiratet, der seinen Master keineswegs dazu verwendet hatte, in die oberen Ränge der akademischen Welt aufzusteigen, sondern den größten Teil seines Lebens in einem verdunkelten Raum verbracht hatte, wo seine Emotionen auf einer flackernden Mattscheibe vor ihm abliefen.

Die Behauptung, dass er sich auf ihr Kommen nicht freute, wäre eine Untertreibung gewesen. Er wusste, warum sie anreiste, und begriff, dass nun wohl die Zeit gekommen war, die Trennung amtlich zu machen, aber eine Scheidung sollte ein Kampf sein, ein Hin und Her qualvoller Gefühle, ein Tauziehen und ein Krieg der Worte. Stattdessen würde alles sehr freundschaftlich verlaufen. Ihre Ehe würde mit einem Wimmern enden, was vielleicht der Art entsprach, wie sie angefangen hatte. Immerhin war er dankbar, dass Clare nicht sofort einen Flug bekommen hatte und erst einen Tag später als geplant eintreffen würde. Er brauchte Zeit für eine Bestandsaufnahme.

Valérie war früh zu Bett gegangen. Sie hatte Müdigkeit vorgeschoben, aber Richard vermutete, dass sie nicht über ihren Ex-Mann reden wollte, Commissaire Henri LaPierre. Wie viele Ex-Männer machte das inzwischen? Richard wusste es nicht sicher, und er war nicht einmal überzeugt, dass Valérie selbst sich sicher wäre. Da war der hochgewachsene Texaner Tex, ebenfalls ein Kopfgeldjäger, der vermutlich inzwischen in die Vereinigten Staaten zurückgekehrt war; da war der Ehemann, der letztes Jahr gestorben war, doch den hatte Valérie vielleicht nur erfunden, um Richard dazu zu bringen, sich aus Ritterlichkeit mit Mafiakillern auseinanderzusetzen. Außerdem hatte sie wohl noch mindestens zwei weitere Ex-Männer erwähnt. Nicht zum ersten Mal dämmerte ihm, dass er so gut wie nichts über Valérie wusste. Selbst ihr Nachname d'Orçay war ein Anagramm von Corday, einer Attentäterin des neunzehnten Jahrhunderts. Hieß Valérie tatsächlich so?

Richard beobachtete die Hennen, die noch immer auf dem Boden herumpickten. Wäre es wichtig, mehr zu wissen? War das wirklich nötig? Einerseits hatte er bisher ein bedachtsames, zurückhaltendes und – wenn er ehrlich war – recht langweiliges Leben geführt. Und da war andererseits Valérie, ein schöner, gefährlicher Eindringling in seine biedere Welt. Wie eine Henne scharrte sie eine Staubwolke auf und verschaffte ihm die Art von Aufregung, die er bisher nur stellvertretend in Filmen erlebt hatte. Wenn dies hier ein Film wäre, das wurde ihm plötzlich klar, hätte er keine Wahl. Ob gut oder schlecht, unser Held würde, wenn natürlich auch widerstrebend, den Weg des aufregenden Abenteuers einschlagen. Er sprang auf; seine Entscheidung war gefallen. Genau das würde er tun. Er würde es Clare zeigen. Er war vielleicht kein Millionär und verkehrte auch nicht mit Politikern und Unternehmergrößen, doch er hatte mehr Glanz zu bieten als dieser Sir Stephen Roachford und sein verdammtes Haustechnik-Imperium.

Und Valérie würde er es ebenfalls zeigen. Die Tatsache, dass der Commissaire ihr Ex-Mann war, schien ihr peinlich zu sein, nicht wegen seines unansehnlichen Äußeren, auch wenn es bewies, dass sie keinen «Typ» hatte, sondern weil sie Richard nichts von ihm erzählt hatte. Er spürte, dass das etwas war, was sie bedauerte, dabei war Valérie normalerweise keine Frau, die sich mit Reue herumplagte.

Wo also standen sie miteinander? Wie sah die Lage aus? Er setzte sich wieder und betrachtete erneut die Hennen. Dann stand er noch einmal auf und sagte laut: «Nein, das bringt nichts. Zum Nachdenken brauche ich Bewegung. Jetzt ist Schluss mit der Passivität, Richard, alter Junge.»

«Okay, Olivia», begann er, «was wissen wir bisher? Stell es dir vor wie *Der schwarze Spiegel*, wo du einen Mord aufklären musstest, den deine eigene Zwillingsschwester begangen hatte.» Olivia gluckste leise, als hörte sie ihm gut zu. «Wir haben einen ermordeten Käsemacher. Jemand hat ihm einen Hieb auf den Kopf verpasst und ihn dann in einen Fermentationsbehälter geworfen. Das ist nicht gerade unauffällig, wer es getan hat, hatte also nichts dagegen, dass die Leiche gefunden wurde. Das Opfer hat besagten Käse einem weltbekannten Chefkoch geliefert, dessen großes Comeback schiefging, weil jemand den Käse mit einem veganen Ersatz vertauscht hatte. Meine Frage ist nun, altes Mädchen, warum ist das dem Chefkoch nicht aufgefallen? Bedeutet das, dass er nicht anwesend war, als das Dessert zubereitet wurde? Wo war er dann? Bei Ménard? Dessen Haus liegt nur zweihundert Meter entfernt. Okay, das ist Punkt eins.» Er hob den Daumen und streckte zusätzlich den Zeigefinger aus. «Zweitens. Gerüchte besagen, das Opfer – der Käsemacher – habe sich außerehelich herumgetrieben. Wir müssen wissen, mit wem. In einem Städtchen wie diesem sollte das nicht allzu schwierig sein. Drittens.» Er reckte nun auch den Mittelfinger hoch: «Drittens», wiederholte er. «Hugo, der Sohn des Käsemachers, und Antonin, der Sohn des weltberühmten Chefkochs, sind sich nicht grün. Geht es dabei nur um die jüngsten Vorfälle, oder steckt eine Geschichte dahinter? Viertens.» Mit etwas mehr Mühe klappte er den Ringfinger heraus. «Guy Garçon, der, das sage ich dir im Vertrauen, mehr Schein als Sein ist, hat ein perfektes Dessert zubereitet, das im Wesentlichen auf Grosmallards Rezept beruht. Er nennt das eine Hommage. Ich nenne es schlechten Geschmack. Obwohl es tatsächlich sehr lecker war. Und fünftens», nun hielt er die geöffnete Hand hoch, «Garçon bekommt von einem gefürchteten Kritiker eine begeisterte Lobeshymne für ein überwiegend durchschnittliches Menü, und der gefürchtete Kritiker, der möglicherweise der Erste war, dem der vegane Fauxpas auffiel, taucht ohne triftigen Grund bei einer Gemeindeversammlung auf!»

Er setzte sich erneut, sprang aber sofort wieder auf. «Sechstens! In den Augen des zuständigen Ermittlungsbeamten bin ich ein Mordverdächtiger. Sechstens b, der Ermittlungsbeamte ist Valérie d'Orçays Ex-Mann. Sechstens c, morgen trifft meine Ex-Frau in spe hier ein, und ich weiß nicht, wo ich sie unterbringen soll, weil die Ex-Frau des Mannes, der mich des Mordes bezichtigt, sich derzeit hier aufhält, und was auch immer passiert ist, mir ist die Vorstellung unerträglich, dass sie bei den perversen Engländern Martin und Gennie absteigt.» Als er sich diesmal setzte, blieb er sitzen. «Nun?», fragte er Olivia, die jedoch schwieg.

«Wo könnte ich sonst übernachten, Richard?» Valérie stand einige Meter entfernt, den Koffer zu ihren Füßen und – unvermeidlich – Passepartout auf dem Arm. Sie wirkte ein wenig verloren, wie ein Waisenkind.

«Wie lange stehst du schon da?»

«Seit Punkt zwei. Der erste Punkt war dann wohl der Mord.»

«Genau.»

«Du hast recht, Richard, eine Menge Fragen warten auf Antwort.»

«Mehr, als ich aufgezählt habe», knurrte er verdrossen.

«Stimmt.»

«Warum hast du mir nicht davon erzählt?»

«Von Henri? Ich weiß es nicht.» Sie setzte sich neben ihn. «Ich habe wohl geglaubt, er würde die Ermittlungen an jemand anderen delegieren und ich würde ihm gar nicht begegnen. So wie ich ihn in Erinnerung habe, war er nie ein so verbissener Arbeiter.»

«Du brauchst mir nichts mehr über ihn zu erzählen.» Sein Tonfall deutete den Stoizismus eines Märtyrers an, doch es schwang auch noch eine andere Note mit, die sagte: Ich will unbedingt mehr hören.

«Wir haben uns in der Polizeihochschule kennengelernt», sagte sie leise. «Wir waren sehr jung. Und die Ehe endete mit dem Abschluss.»

«Das scheint mir naheliegend.»

«Nein, ich meine, wir waren schon geschieden, als wir mit dem Polizeistudium fertig waren. Er war ein Idealist, der an die Verbrechensbekämpfung glaubte, und ich war eine junge Frau, der man ständig sagte, dies sei nicht ihre Welt und sie solle stattdessen die Ablage machen. Bei einer Ermittlung hatte er einen großen Durchbruch, den er mir zu verdanken hatte. Ich bekam keine Anerkennung dafür, und daran ist unsere Ehe zerbrochen.»

«Das ist schlimm.» Richards Empörung war unüberhörbar. «Und, äh, war er, war er der Erste?»

«Polizist? Ja.» Sie schien sich in Gedanken zu verlieren. Richard fiel fast von der Bank. «Was meinen Aufenthalt bei Martin und Gennie betrifft, na ja, mir scheint, da habe ich keine Wahl. Deine Frau kommt und später deine Tochter. Das *chambre d'hôtes* ist belegt …»

Er nickte. «Ich hatte die Hoffnung, wenn Madame Tablier das Frühstück serviert, reisen die Gäste früher ab, aber leider hatte ich kein Glück.»

«Vielleicht ist es ja nicht für lange, nur …»

«Nur bis zum Ende meiner Ehe? Wie lang ist es wohl noch bis dahin? Oh, tut mir schrecklich leid», fügte er rasch hinzu. «Ich … ich wollte nicht …»

«Andeuten, dass ich mehr Übung hatte?» Mit einem schalkhaften Funkeln in den Augen lächelte sie ihn an. «Jedes Mal ist anders, aber wenn man sich entschlossen hat, sollte man rasch zuschlagen.» Sie spürte, dass Richard erstarrte. «So hatte ich es nicht gemeint, Richard. Ha! Du könntest mich dir nicht leisten!»

Diesmal lachten sie beide, doch Richard wusste, dass er diesen Satz nicht so bald vergessen würde.

«Und jetzt?», fragte er.

Valérie zog eine Visitenkarte aus der Jackentasche. Es war eine von Martins und Gennies schlüpfrigeren Karten, die selbst bei einem durchschnittlichen Swinger-Paar nicht viel der Fantasie überließ. «Ich rufe sie an», sagte sie, zögerte es aber offensichtlich hinaus.

Plötzlich sprang Richard auf. «Kann ich die mal kurz haben?» Er nahm ihr die Karte aus der Hand. «Ich bin gleich wieder da.»

Fünf Minuten später saß er wieder neben Valérie, unfähig, ein breites Grinsen zu unterdrücken. «Jetzt habe ich ein Zimmer frei.» Auch seine Stimme klang triumphierend.

«Richard!» Sie hielt inne. «Was hast du gemacht?»

«Ich habe nur ganz beiläufig dem neuen Paar gegenüber

erwähnt, wenn sie gern etwas unternehmen würden … Dann habe ich ihnen Martins und Gennies Karte gegeben.»

«Oh Richard, genial!» Sie küsste ihn auf die Wange.

Damit wäre Punkt sechs c abgehakt, dachte er. *Jetzt sind nur noch Nummer eins bis sechs b zu regeln.*»

13

H e, hallo! Was ist hier los?» Madame Tablier schwang ihren Besen wie einen Speer, so als wären Richard und Valérie moralisch verwerfliche Eindringlinge.

«Überhaupt nichts, Madame.» Valérie kam Richard zuvor, sodass er nichts antworten konnte, was vielleicht als Selbstbezichtigung aufgefasst worden wäre. «Ihr Chef war heute Morgen nur ungewöhnlich raffiniert, das ist alles.»

«Eher schon versaut!»

«Nichts dergleichen, nicht wahr, Richard?»

«Gott behüte», war seine wenig überzeugende Antwort.

«Also, irgendwas ist doch los. Die neuen Gäste packen bereits wieder. Ich habe Eier im Voraus gekocht, und nun bleiben die Leute nicht.»

«Tja, sie haben beschlossen, dass das hier nichts für sie ist. Madame d'Orçay wird das Zimmer nehmen, falls Sie es bitte fertig machen würden.»

«Ich verstehe.» Madame Tablier stützte sich auf ihren Besen. «Sie wissen ja, dass man in Paris Zimmer stundenweise mieten kann. Wird dieses Haus nun zu so etwas, einem Puff?»

«Nein, Madame Tablier. Keineswegs.» Diesmal, und möglicherweise zum ersten Mal, bemühte Richard sich darum, mit der Frau energisch umzugehen. Ihr Gesichtsausdruck verkündete jedoch, dass er sich die Mühe hätte sparen können, und so beschloss er, das Thema zu wechseln. «Gestern sagten sie, Ménard habe Affären gehabt …»

«Nein, ich sagte, andere Leute behaupteten das. Ich halte die Ohren offen, das ist alles.»

«Das macht einen verletzlich, oder?»

Madame Tablier starrte die Sprecherin an, während Richards Gedanken sich bei Valéries Worten überschlugen. Hatte sie seinetwegen Studien betrieben, oder zitierte sie hier nur rein zufällig die Zeilen Celeste Holms aus *Die oberen Zehntausend,* der Musical-Adaption von *Die Nacht vor der Hochzeit*? Beide Filme waren ihm lieb und teuer … *Konzentrier dich*, ermahnte er sich, als er merkte, dass ihm vielleicht einige potenziell wichtige Teile des Gesprächs entgingen.

«… so hört man jedenfalls.» Die ältere Frau machte einen angeekelten Gesichtsausdruck, als hätte sie gerade eine mit Nelken gespickte Zitrone verschluckt.

«Ich fasse es nicht!», sagte Richard. «Noch mal, bitte?»

Sie knurrte missbilligend. «Ich würde sagen, dass die Ménards und die Grosmallards sich alle sehr nahestanden. Sehr nah.»

«Sie meinen, sie haben es alle miteinander getrieben?» Valérie brauchte die Bestätigung eigentlich nicht, aber sie wollte sehen, wie Madame Tablier das Thema anpackte, wenn die Euphemismen wegfielen.

«So heißt es.»

Richard und Valérie sahen sich an. «Bleibt eigentlich überhaupt noch irgendjemand treu?», stieß Richard hervor.

«Du warst treu, Richard, das hast du jedenfalls gesagt.»

«Ja», er nickte betrübt. «Aber unfreiwillig.»

«Jedenfalls kann ich nicht den ganzen Tag hier herumstehen und tratschen. Ich muss los und Ihr Zimmer fertig machen.» Madame Tablier schwang energisch ihren Besen.

«Ich muss noch das Frühstücksgeschirr abräumen.» Richard stand auf. «Jede neue Information bringt neue Abgründe zum Vorschein. Das alles ist sehr unappetitlich», fügte er wenig passend hinzu.

«Mord ist nun mal unappetitlich, Richard, jetzt komm schon.» Valérie marschierte an der überraschten Madame Tablier vorbei.

«Wo gehen wir denn hin?»

«Zur Käsefabrik der Ménards», antwortete sie, als läge das auf der Hand.

«Na dann los.» Er sah Madame Tablier an. «Wären Sie vielleicht so nett, äh …?»

Sie knurrte erneut missbilligend.

Wenig später saßen sie in Valéries Auto, das sie zum Anspringen überreden konnten, und rasten über die schmale Landstraße zur Ziegenfarm. All das kam Richard unglaublich exotisch vor. Von früheren Erfahrungen war ihm sehr wohl bewusst, dass die Dinge sich für Valérie d'Orçay einfach fügten, während er selbst sich im Großen und Ganzen nur an ihrem Jackensaum festklammerte und mit in den Wirbelwind gezerrt wurde. Ja, er neigte zur Vorsicht, und so etwas war normalerweise gar nicht sein Ding, aber es machte einfach verdammt viel Spaß. Oder würde es zumindest, wenn sie nicht wie eine Verrückte raste.

«Ich könnte dir einen Termin in meiner Autowerkstatt besorgen, wenn du möchtest?» Er versuchte, so lässig wie möglich zu klingen, so als jagte Valéries todesmutiger Fahrstil ihm keine Heidenangst ein.

«Das mit dem Auto hast du mir nicht geglaubt, oder?»

Er hielt sich am Türgriff fest, während sie um eine scharfe Kurve jagte. Selbst Passepartout, Experte im Abwettern von Valéries sehr speziellem Fahrstil und mit seinem niedrigen Schwerpunkt günstig gelagert, wäre beinah von seinem Kissen gerollt. Den Blick nicht auf die Straße, sondern auf Richard gerichtet, verlangte Valérie eine Antwort, und er beschloss, rasch etwas zu sagen, bevor sie alle in den Follet stürzten.

«Ich weiß ganz oft nicht, was ich glauben soll.» Eigenartig, dachte er, dass einem als Erstes etwas Ehrliches einfällt, wenn man sich in die Enge getrieben fühlt. «Das alles wirkt so ...» Mühsam rang er um das Ende des Satzes. «Fiktional», sagte er schließlich. «Alles wirkt so fiktional.»

«Wie ein Film?» Sie lächelte ihn an.

«Bitte schau auf die Straße, Valérie.» Sie hatte «wie ein Film» gesagt, nicht «wie *einer von deinen* Filmen, Richard», was Clares Wortwahl gewesen wäre. Der Unterschied war riesig.

«Du denkst wieder an deine Frau, oder?» Erneut bewies sie die verstörende Fähigkeit, Richards Gedanken zu lesen, als wohnte sie illegal in seinem Kopf.

«Wie hast du das gemerkt?»

«An deiner Stirn tritt eine Ader stärker hervor, wenn von ihr die Rede ist oder du an sie denkst. Das ist ein Zeichen von Stress, ungelöstem Stress.»

Richard schwieg kurz. «Du solltest nicht auf meine Stirn schauen, sondern auf die Straße.» Dennoch strich er mit dem Finger über die Schläfe und tastete nach der verräterischen Ader.

«Ich dachte ... Clare, nicht wahr?» Sie wusste ganz genau, dass sie so hieß. «Ich dachte, sie kommt heute?»

Er schaute aus dem Fenster. «Nein, doch erst morgen, vorher gab es keinen Flug. Und meine Tochter und ihr Mann stoßen etwas später dazu. Eine glückliche Familie!» Er versuchte, heiter zu klingen, scheiterte aber.

«Warum bittest du Clare nicht einfach, nicht zu kommen?»

Diese Lösung schlug sie im selben Tonfall vor, in dem ein Computerfachmann seinen Rat gibt, etwa: «Schalten Sie ihn aus und dann wieder ein.» In einer Mischung aus Langeweile und emotionsloser Nüchternheit. Aber er musste zugeben, dass sie tatsächlich die Expertin für Situationen wie diese war oder zumindest beim Thema Scheidung wesentlich erfahrener als er.

«Das geht nicht.» Er bemühte sich, nicht jämmerlich zu

klingen. «Zum einen gehört ihr die Hälfte des Hauses und der Pension, ich könnte sie also nicht einfach aussperren, selbst wenn ich es wollte.»

«Aber du willst nicht?»

«Nicht wirklich. Ich weiß, dass es das Ende ist, und Clare weiß es auch, also müssen wir wohl Ordnung in die Dinge bringen, finanziell und so weiter.»

«Und bist du traurig, dass es das Ende ist, Richard? Du klingst traurig.» Valérie fuhr ein wenig langsamer.

«Ja. Ja, natürlich bin ich traurig. Wir hatten dreißig gemeinsame Jahre, und die meisten waren sehr gut.» Er hielt inne und versuchte, ein Beispiel aus jener früheren Zeit zu finden, scheiterte aber. «Warst du nie traurig, wenn deine, äh, Ehen endeten?» Das Plural-N hätte er am liebsten verschluckt.

«Eigentlich nicht», antwortete sie, als dächte sie zum ersten Mal darüber nach. «Ich bereue nie eine Entscheidung, die ich getroffen habe. So bin ich nun mal, weißt du?» Richard wusste es.

«Und war es immer deine eigene Entscheidung?» Er sammelte Mut für die Frage, wie oft es eigentlich nun tatsächlich dazu gekommen war.

«Oh ja. Aber ich konnte meine Ehemänner immer davon überzeugen, dass es in ihrem eigenen Interesse war!» Sie lächelte fröhlich und zeigte dabei ihre vollkommenen Zähne. Zum hunderttausendsten Mal dachte Richard, dass ihm noch nie ein Mensch wie Valérie d'Orçay begegnet war. «Und was fängst du dann mit deiner neu gefundenen Freiheit an, Richard?»

Er holte tief Luft. Er hatte natürlich darüber nachgedacht, aber immer nur in heroischen Bildern des einsamen Mannes, der sich von der grausamen Welt zurückzieht. Leuchtturmwärter war eine seiner Optionen gewesen, Missionar in einer abgelegenen Gegend des Amazonas eine andere. Dabei wusste er, ehrlich gesagt, weniger über Religion als über Leuchttürme.

«Ich weiß es nicht», seufzte er. Gerade bog Valérie auf den Parkplatz der *fromagerie* Ménard ein. «Ich möchte, ich weiß nicht … Aufregung? Ich glaube, dass ich Aufregung möchte. Nach dreißig Jahren Ehe gewöhnt man sich daran, dass meistens ein Tag wie der andere verläuft und die Jahre miteinander verschmelzen. Mal Ostern, mal Weihnachten, und Geburtstage immer im selben Restaurant. Dieselben Leute, dieselben Gespräche, dieselben Sorgen. Mir gefällt die Vorstellung, davon befreit zu sein, und das ist überhaupt nicht Clares Schuld, es liegt einfach daran, wie Ehe ist oder wie sie für uns jedenfalls geworden ist.» Valérie schaltete den Motor aus. «Also gefällt mir die Vorstellung vielleicht recht gut, nicht zu wissen, was als Nächstes kommt.» Nun gab er den James Stewart. «Es macht ein bisschen Angst, ja, es macht Angst, aber die Freiheit, die darin steckt, das Fehlen von Verantwortung … es ist trotz allem aufregend. Ich bin dann ungebunden; ich könnte alles tun! Ich könnte endlich einmal spontane Entscheidungen treffen und aus einer Laune heraus irgendwo hinfahren. Nach Lage der Dinge entscheiden. Improvisieren! Ja, das ist es, ich kann jetzt improvisieren!» Er holte tief Luft und schaute aus dem Fenster auf einen überwiegend leeren Parkplatz. «Also», sagte er. «Wie sieht der Plan aus?»

Valérie lächelte. «Warum improvisieren wir nicht einfach?», fragte sie leise.

«Oh Gott, wirklich?» Richard schaute entsetzt.

14

Beide saßen ein paar Minuten lang einfach nur da und schauten durch die Windschutzscheibe nach vorn. Valérie versuchte, auf Grundlage dessen, was sie vor sich hatte, einen Plan zu schmieden, während Richard sich trotz seiner wilden Rede wünschte, sie hätten von Anfang an einen Plan gehabt, ihn besprochen und in einigen Kopien ausgedruckt und vielleicht auch schon ein paar Vorübungen gemacht. Während sie noch dasaßen, rollte ein Luxus-Reisebus heran und parkte zwischen ihnen und dem Eingang zum Empfang. Die Bustür glitt zischend auf, und das Fahrzeug selbst sank leicht nach unten. Die Scheiben waren getönt, die Karosserie glänzte. Das Ganze sah eher so aus wie der Tourbus einer Rockband und nicht wie ein aufgehübschter Bus für Urlaubsreisende.

Wenige Sekunden später streckte ein alter Mann den Kopf aus der Tür. Er trug einen buschigen Schnauzbart und hatte einen weißen Anglerhut auf dem Kopf. Der Rest seines Outfits, ein etwas zu eng sitzendes Hemd und das, was man früher als «Slacks» bezeichnet hat, war hellblau. An den Füßen trug er ein Paar riesiger weißer Turnschuhe; es sah aus, als steckten seine Füße in Leichtbausteinen aus Styropor. Er sog die Luft ein, griff nach der Kamera, die am Hals baumelte, um ein Foto von dem zu schießen, was er gerade gerochen hatte, und trat behutsam von der untersten Trittstufe auf festen Boden. Glücklich, dass dieser tatsächlich ausreichenden Halt bot, drehte er sich um und half einer älteren Dame die Stufen hinunter.

Sie hatte lilastichiges Haar, das sich über einem Sonnenvisier bauschte, doch davon abgesehen hatte sie genau dieselbe Größe und Gestalt wie der Mann, trug genau dieselben Farben und schien dem französischen Boden ebenso deutlich zu misstrauen.

«Amerikaner», sagte Richard bestimmt, als sich ein Dutzend weiterer Paare zu den beiden gestellten. Die meisten Paare stimmten in Gestalt, Alter und vermutlich Temperament überein, und jedes wies einen anderen Pastellton auf, als wären sie ein menschliches Musterbuch für die Farben einer geschmackvoll eingerichteten Gästetoilette.

«Und sie bieten eine Gelegenheit», erwiderte Valérie und öffnete das Fenster einen Spalt weit für Passepartout, bevor sie ausstieg.

Richard hielt es genauso und wiederholte dann seine Frage. «Also, wie sieht der Plan aus?»

Valérie schaute einen Moment lang genervt, lächelte dann aber warmherzig und marschierte zu der Gruppe hinüber, ohne ein Wort zu sagen. Richard holte tief Luft und folgte ihr. Als die Touristengruppe durch die Flügeltür eintrat, schlichen Richard und Valérie sich in ihrem Gefolge hinein. Dabei versteckten sie sich hinter drei sehr großen älteren Gentlemen, ausgerechnet den einzigen in schrillen Hawaiihemden auffällig gekleideten Gruppenmitgliedern, von denen der erste sich beschwerte, im Bus habe man nicht genug Platz für die Beine. Der zweite war mit der Klimaanlage unzufrieden, doch der dritte sagte, sie seien «in Frankreich in besserer Verfassung eingetroffen als ihr alter Herr im Krieg», was dem Gemecker der anderen ein Ende setzte.

«Willkommen, Ladies and Gentlemen», ertönte von vorn eine Stimme, die ein Englisch mit starkem französischem Akzent sprach. «Es ist uns wie immer ein Vergnügen, unsere Freunde aus den Vereinigten Staaten zu empfangen.» Richard spähte durch den Blätterwald der Hawaiihemden hindurch und sah, dass Hugo Ménard persönlich die Gäste empfing. Zwar bemühte er sich nach Kräften, warmherzig und freundlich zu wirken, doch die Umstände und sein von Natur aus kühler Charakter machten ihm die Sache nicht leichter. Außerdem hatte Richard das Gefühl, dass die amerikanischen Touristen ihn nur mit Mühe verstanden und zudem jemanden vorgezogen hätten, der ihnen altersmäßig entsprach. Sie wurden unruhig und begannen, miteinander zu flüstern. Als hätte der arme Hugo nicht schon genug Sorgen, verlor er nun auch noch die Aufmerksamkeit der solventen Gruppe. Nachdem das Geflüster einige Minuten lang immer lauter, die Unruhe immer größer geworden waren, hielt Hugo inne.

«Es tut mirr sehrr leid, Ladies and Gentlemen», sagte er langsam, bemüht, jedes Wort deutlich auszusprechen. «Unserr üblicherr Führrerr iist krank. Er kann 'eute nischt kommen. Mein *accent anglais*, mein ingliisch Akson, ist nischt sehrr gut.»

«Wenn er so langsam redet, bin ich tot, bis wir hier rauskommen», sagte einer der Hawaiihemden.

«Ach, gib dem Jungen doch eine Chance, Morty», erwiderte der Zweite im Bund.

«Ja, je länger wir nicht in diesem gottverdammten Bus sitzen müssen, desto besser für mich», schloss der Dritte.

In diesem Moment bemerkte Richard, dass Valérie sich sanft durch die Menge nach vorn drängte und Hugo auf sich aufmerksam machte, was ihr nie schwerfiel. Dann flüsterte sie ihm etwas ins Ohr. Nach wenigen Worten kam Hugo einem Lächeln so nahe, wie ihm das von seinem Temperament her möglich war, und wandte sich erneut an die Menge. «Ladies and Gentlemen, wirr 'aben Glück. Mein Freund Monsieur Ainsworth wird fürr uns überrsetzen. Richard, sind Sie da? *Vous êtes là?*» Die Gruppe schaute sich nach dem geheimnisvollen Richard Ainsworth um.

«Oh, gottverdammt noch mal!», fluchte Richard in der letzten Reihe, womit er die Aufmerksamkeit der Hawaiihemden erregte, die sich zu ihm umdrehten und ihn anstarrten.

«Sie sind Ainsworth?», blaffte einer von ihnen.

«Ja», antwortete er widerstrebend.

«Na, dann mal hopp nach vorn. Der Junge braucht Hilfe.»

Die Leute wichen für Richard auseinander, als er nach vorn trat. Er mied alle Blicke, außer dem von Valérie, um ihr klarzumachen, dass ihm das gar nicht gefiel.

«Ist das der Earl of Grantham?», hörte er eine alte Dame fragen, was immerhin etwas war.

In der Hoffnung, dass Hugo Ménard ihm den bei René zwischen die Füße geworfenen Stuhl am Tag zuvor verziehen hatte, schüttelte er ihm die Hand und sagte mit so wenig Begeisterung wie möglich: «Ich helfe gern.» Dabei warf er Valérie einen weiteren erzürnten Blick zu und wandte sich anschließend der Menge zu. Überall Pastelltöne und dazu gefärbte Haare in den unglaublichsten Schattierungen, was ihn an die Leidenschaft seiner damals kleinen Tochter an My-Little-Pony-Sammelfiguren erinnerte.

Eine Frau mit rosa Haar und dazu passendem Trainingsanzug aus Veloursleder deutete mit ihrem stabilen Gehstock auf ihn. «Was wissen Sie über Käse?», fragte sie, und ihr starker Brooklyn-Akzent ließ es wie eine Drohung wirken. Dennoch erschien Richard die Frage berechtigt.

«Das ist Monsieur Richard Ainsworth.» Hugo sprach flüssig, jetzt wieder in seiner Muttersprache. Darin fühlte er sich wohler. «Er ist ein alter Freund der Familie.» Richard übersetzte und stieß auf wenig begeisterte Mienen. «Und dies ist …»

«Madame Valérie d'Orçay.» Sie lächelte, und fast alle, die im Raum waren, schmolzen dahin. «Ich bin hier, um Ihr Haus zu kaufen.» Richard sagte sich, dass die Übersetzung vielleicht eine umsichtige Redaktion einschließen sollte.

«Es ist nicht mehr auf dem Markt», flüsterte Hugo ihr aus dem Mundwinkel auf Französisch zu.

«Das ist schade. Ich war sehr daran interessiert.»

«Allerdings werde ich es über den hiesigen Makler wieder einstellen. Ich habe morgen einen Termin bei ihm.»

«Das ist großartig. Ich wollte …»

Richard bemerkte, dass die Gruppe erneut unruhig wurde, hüstelte laut und verdrehte die Augen. «Sollen wir weitermachen?»

Ein kurzes Stocken verriet, dass die beiden seine Beschwerde gehört hatten, doch sie war ihnen gleichgültig. «Wir können in mein Büro gehen und über das Haus sprechen, Madame.»

«Wenn Ihnen das nichts ausmacht.»

«Überhaupt nicht.» Hugo reichte Richard sein Klemmbrett, auf dem die getippte Rede stand. «Ich bin Ihnen sehr dankbar, Richard.»

«Also, das ist ein bisschen stark!»

«Richard.» Valérie zwinkerte ihm zu. «Improvisieren.» Sie verschwanden ins Büro hinter dem Empfangsraum, und Richard wandte sich wieder den hingerissenen Touristen zu, die zwar nicht verstanden, was gesagt worden war, aber dennoch das Gefühl hatten, gerade einer unglaublich französischen Szene beigewohnt zu haben. Alter, Jugend, Schönheit und ein Hauch von Untreue und Käse.

«Im achten Jahrhundert wurden die ersten Ziegen von den Mauren ins Loire-Tal gebracht …», begann Richard.

«Sind Sie sicher, dass Sie nicht der Earl of Grantham sind?», fragte eine Dame, deren Haar an Zuckerwatte erinnerte. Als Richard die Gruppe durch die Fabriktür führte, den Point of no Return, hatte er das deutliche Gefühl, dass ihm sehr lange dreißig Minuten bevorstanden.

Er würde es Valérie gegenüber niemals zugeben – schließlich hatte man ihn mitleidslos ins kalte Wasser geworfen –, aber es dauerte nicht lange, da genoss er die Situation. Trotz des eindeutig vermurksten Anfangs erwiesen sich die amerikanischen Touristen als aufmerksam, gesittet, zeigten ein höfliches, wenn auch nur vages Interesse an der Ziegenkäseproduktion und stellten zu seiner großen Erleichterung keine unangenehmen Fragen. Er musste sich eingestehen, dass es ihm gefiel, ausnahmsweise einmal im Mittelpunkt der Aufmerksamkeit zu stehen, und er fragte sich müßig, ob es nicht Zeit für einen Berufswechsel sein könnte oder ob er nicht wenigstens bei einem Laientheater mitspielen sollte. Einige der fragwürdigeren Aspekte der Führung streifte er nur flüchtig – zum Beispiel den Fermentationsbehälter, bei dessen Anblick er immer daran denken musste, wie Fabrice Ménards Beine oben herausgeragt hatten. Außerdem überging er den weitläufigen, metallisch glänzenden und offensichtlich teuren Anbau, der ausschließlich zur Produktion des neuen veganen Sortiments errichtet worden war. Für seinen Geschmack erging sich sein Manuskript da in viel zu vielen technischen Details.

Die Führung sollte mit dem alten Giscard enden. Giscard galt als der älteste Ziegenbock nicht nur im Val de Follet, sondern im ganzen Loire-Tal. Mit dreiundzwanzig Jahren hatte er doppelt so lang gelebt wie jeder andere Ziegenbock der Region. Er war der ursprüngliche Ménard-Bock und buchstäblich das Tier, mit dem alles begonnen hatte. Richard verkündete diese Informationen, während die Gruppe sich um den Zaun von Giscards Gehege drängte und Fotos des alten Burschen schoss. Er kaute auf einem Heubüschel herum und betrachtete das Gedränge gelangweilt. Das alles kannte er schon längst, und jetzt strahlte er das zufriedene Temperament eines Hengsts auf dem Altenteil aus.

«Der alte Kerl sieht fix und fertig aus!» Das sagte einer der Hawaiihemden.

«Das würdest du auch, wenn du so oft zum Zug gekommen wärst», sagte ein anderer.

«Fix und fertig, und so oft ist er gar nicht zum Zug gekommen!» Richard stimmte in das Gelächter ein.

«He, Dick?» Er brauchte ein paar Sekunden, um zu begreifen, dass er selbst damit gemeint war.

«Ja?» Er unterdrückte den Impuls, darauf zu verweisen, dass er Richard hieß.

«Dieser französische Typ, May-narde. Hat dir der Jungspund dein Mädel ausgespannt?»

Richard schüttelte den Kopf. «Oh nein! Nein.» Er beschloss, einen kleinen Scherz zu machen. «Na ja, das hoffe ich jedenfalls.»

Diesmal stimmten die drei älteren Herren nicht in das Gelächter ein. Der Größte von ihnen beugte sich zu ihm vor, und die anderen beiden folgten seinem Beispiel. «Wir sind noch ein paar Tage hier in der Gegend …»

«Wir befinden uns auf den Spuren unseres alten Herrn», fügte der Kleinste hinzu, was ihm einen Blick der anderen beiden eintrug.

«Wie schon gesagt, noch ein paar Tage. Falls wir uns um irgendetwas kümmern sollen … verstehst du mich?»

«Oh, ja sicher. Danke. Das ist sehr nett von Ihnen.» Richard fragte sich, ob es auf der Welt schon immer so viel brachliegende Gewaltbereitschaft gegeben hatte oder ob das ein neueres Phänomen war.

«Ich bin Morty», sagte der Hochgewachsene. «Und das sind meine Brüder Abe und Hymie.»

«Hier ist unsere Karte.» Abe reichte Richard eine Business-Card. *Die Liebowitz-Brüder*, stand darauf. *New Jerseys beste Umzugsfirma.*

«Also, das ist, äh, also, sehr nett von Ihnen, danke.» Richard hatte keine Ahnung, wie er das Angebot aufnehmen sollte.

«Super Tour, Dick!» Hymie schlug ihm auf den Rücken, und die drei gingen in den Käseladen davon.

Richard wartete an der Bustür, um die Sache zum guten Abschluss zu bringen und sich zu verabschieden. Die Mitglieder der Gruppe tröpfelten aus dem Laden, jeder mit einem Paket in Papier eingepacktem Käse beladen. Die Liebowitz-Brüder waren mit die letzten, die in den Bus stiegen.

«Pass auf dich auf, Dick», sagte Morty, als er die Fahrgasttreppe hochstieg. «Du weißt, wo wir zu finden sind, falls irgendwas sein sollte.»

«Ja, also nochmals danke.»

«He, Dook!» Es war die Dame mit dem Gehstock und dem Zuckerwattehaar.

Duke, nannte sie ihn, dachte Richard. Das war ja lächerlich. «Wirklich, Madam.» Unwillkürlich klang Richard jetzt besonders englisch. «Ich bin kein Herzog.»

«Na ja, wie auch immer. Jedenfalls haben wir die Führung alle genossen und für dich gesammelt.» Sie reichte ihm fünfzig Dollar. «Pass auf dich auf, Dook, und solltest du jemals nach Pennsylvania kommen ...» Sie warf ihm einen Luftkuss zu, ließ sich die Treppe hinaufhelfen, und dann glitt die Tür zischend hinter ihr zu. Richard winkte ihnen nach und wandte sich wieder der Fabrik zu. Etwa fünfzig Meter davon entfernt stand das Wohnhaus der Ménards, ein altes Bauernhaus im *longère*-Stil mit einem hübschen Vorgarten und einer Dachgaube. Neben dem Haus stand Elisabeth Ménard in einem rosa Morgenmantel und spähte in den Wald hinter dem alten Gebäude. Sie winkte, aber Richard konnte nicht sehen, wer oder was gemeint war. Ohne ihn zu bemerken, ging sie wieder hinein.

«Also, Richard, das war sehr interessant!» Valérie stand plötzlich neben ihm. «Ich habe eine Menge von Hugo Ménard erfahren ...»

Sie stiegen ins Auto, und Valérie ließ den Wagen an. Nachdem sie sich vergewissert hatte, dass Passepartout wohlauf war, fuhr sie mit röhrendem Motor vom Parkplatz und konzentrierte sich auf die Straße. Doch sie konnte sich nicht lange zurückhalten.

«Also, Richard, die Idee mit dem veganen Käse … die stammt von Hugo, nicht von seinem Vater. Es war nicht Fabrice Ménards Idee.»

«Aber hat auch Hugo den Käse fürs Restaurant vertauscht?»

«Nein, er sagt, damit habe er nichts zu tun gehabt. Er weiß nicht, wie das passiert ist.» Warum war sie dann so aufgeregt, dachte Richard. «Fabrice war spielsüchtig und hat bei den falschen Leuten hohe Schulden angehäuft. Deshalb steht das Haus zum Verkauf. Die Ménards hoffen allerdings, dass seine Lebensversicherung reicht, um die Schulden zu decken. Unterdessen ist die Nachfrage nach diesem jetzt so kontroversen veganen Käse riesig, und Bestellungen strömen herein!»

«Und das alles hat er dir erzählt?»

«Ich kann sehr überzeugend sein, Richard.»

Darüber dachte er kurz nach, ein inneres Bild vor Augen, in dem Valérie Hugo Ménard in einem Halbnelson gepackt hielt. «Willst du etwa behaupten, hinter der ganzen Sache steckt nur eine aggressive Käse-Marketingkampagne?» Er konnte seine Skepsis nicht verbergen.

Sein Mangel an Begeisterung für ihre Ideen schien sie ein wenig zu verletzen. «Na ja, es ist ein Anfang, Richard.» Sie nahm den Blick von der Straße und versuchte, seinen Gesichtsausdruck zu deuten.

«Achtung!», schrie Richard gerade noch rechtzeitig, sodass Valérie einem Jogger ausweichen konnte.

«Der Dummkopf!», schrie sie.

Richard schaute nach hinten. «Das war Antonin Grosmallard», sagte er langsam.

«Ich hätte ihn nicht für sportlich gehalten», schnaubte sie.

«Das ist er auch nicht», antwortete Richard langsam. «Er trägt Gummistiefel.» Dann erzählte er ihr von Elisabeth Ménard, die jemandem im Wald zugewinkt hatte.

15

I m Zentrum von Tours wimmelte es von Sommertouristen. Die Haupteinkaufsstraße, die Rue Nationale, war ein Meer von Menschen, die von Boutique zu Boutique schlenderten. Alle Cafés und Restaurants warben mit ihrer Klimaanlage, um die Leute nach drinnen zu locken, da die Tische draußen bereits belegt waren. Es herrschte eine Art Partystimmung, und die alte Stadt mit ihren schiefen Fachwerkhäusern blickte wohlwollend auf die sorgenfreien Feriengäste und kostümierten Straßenkünstler herunter. Richard war so vorausschauend gewesen, einen Tisch zu reservieren: auf dem Vorplatz eines beliebten Restaurants, im Schatten und ganz in der Nähe der Place Plumereau. Hier bot man das an, was er am liebsten mochte, ein Tagesmenü zu einem günstigen Preis und einfache Kost, die auf einem weißen Teller kam und nicht analysiert werden musste, als handele es sich um einen Rorschachtest.

«Aber er ist halb so alt wie sie!» Mehr hatte Valérie nach den gestrigen Ereignissen nicht zu sagen gehabt. Eine sehr unfranzösische, fast schon prüde Reaktion, die Richard völlig überrumpelt hatte. Aus irgendeinem Grund hatte Richard angenommen, Valérie habe in Angelegenheiten des Herzens eine etwas freizügigere Auffassung. Ein halbes Dutzend Ehen, wie er schätzte, waren seiner Meinung nach Beweis genug, aber ihre Reaktion auf die Liaison von Elisabeth Ménard und Antonin Grosmallard war nichts weniger als matronenhaft, sie passte zu einer alten Dame mit Perlenkette um den Hals und nicht zu

Valérie. Nicht dass er behaupten könnte, ein Experte für ihren Charakter zu sein, das musste er sich eingestehen. Tatsächlich wusste er so gut wie gar nichts über sie, und doch … Und doch was? Spürte er, dass da irgendetwas war? Von früher Jugend an war es typisch für ihn gewesen, Anzeichen völlig zu missdeuten, es war beinahe ein Talent. Aber er hatte irgendetwas gespürt. Und wenn dieses Irgendetwas jemals genug Luft bekommen sollte, um sich in ein richtiges Etwas zu verwandeln, müsste er das eine oder andere über sie in Erfahrung bringen. Zum Beispiel sollte er herausfinden, ob sie ihren Lebensunterhalt wirklich damit verdiente, Menschen zu ermorden. Er mochte in Partnerschaftsfragen lange außer Übung sein, aber selbst in der modernsten Beziehung erschien es ihm als ein absolutes Minimum, zumindest so etwas zu wissen. Sie hatte ihn heute sich selbst überlassen, um sich um «ihre Konten» zu kümmern, was ihn noch mehr verwirrt hatte. Bewahrten Kopfgeldjägerinnen Quittungen auf? Das erschien ihm unwahrscheinlich. *Gesucht: tot oder lebendig – je nach Fahrt- und Verpflegungskosten.* Er hatte buchstäblich nichts, wonach er gehen konnte. Sie wirkte allerdings tatsächlich recht empört.

«Aber er ist halb so alt wie sie!», hatte sie immer aufs Neue wiederholt und nur hin und wieder ein überraschendes «Aber sie ist doppelt so alt wie er!» daruntergemischt. In einem hatte sie allerdings recht, ein solches Paar wirkte merkwürdig. Rein mathematisch gesehen, lag Valérie richtig: Antonin war halb so alt wie Madame Ménard, und sie war doppelt so alt wie er, aber außerdem waren beide erwachsen, wo war also das Problem? Nun, das Problem war offensichtlich – ein Paar, egal welchen Alters, hatte eine Affäre, und der Ehemann der fremdgehenden Partnerin war ermordet aufgefunden worden, eingetaucht in Ziegenkäse. Richard spießte einen Croûton auf und streute etwas mörderischen Ziegenkäse darüber. *Aber deshalb gleich ein Mord*, dachte er nicht zum ersten Mal. Wenn er seine Rolle als ziviler Polizeiverbindungsmann ernst nähme, müsste er dem Commissaire von dieser Affäre berichten, doch so schnell würde das nicht geschehen.

Sein Handy verkündete mit einem Piepen eine eingetroffene Nachricht. Sie kam von Valérie.

Warum war Tatillon bei der Versammlung?

Er starrte die Nachricht eine Weile an. Die einfache Antwort war, dass er keine Ahnung hatte; Richard war sich nicht einmal sicher, warum *er selbst* zur Versammlung gekommen war. Vermutlich sollte Auguste Tatillons Anwesenheit dazu dienen, jemanden einzuschüchtern. Aber wen und warum? Er dachte erneut an die verschiedenen Kritiker, die er im Laufe der Jahre kennengelernt hatte. Einige wenige hatten ihren Ruf, einen Künstler berühmt zu machen oder vernichten zu können, dazu genutzt, andere Menschen zu terrorisieren. Aber es stand immer etwas dahinter, zuallermindest Einfluss. Über wen hatte Tatillon also Macht? Gewiss über Grosmallard und möglicherweise auch über Garçon. Die schlimmen Kritiker, die Richard kennengelernt hatte, die boshaften, waren immer mit der Bürde einer Niederlage behaftet gewesen. Sie hatten versucht, Schauspieler oder Filmemacher zu werden, und waren, aus welchem Grund auch immer – zu viel Pech oder zu wenig Talent –, gescheitert. Er erinnerte sich an ein Gespräch in Soho, bei einem Lunch und einem Glas Bier mit einem alten Kollegen. Der Mann war am Vormittag einem wohlbekannten Kritiker für eine Londoner Abendzeitung über den Weg gelaufen. Der Kollege hatte ein Bier zu viel getrunken, doch das hatte seinen Zorn nur hellsichtiger gemacht. «Wer schaffen kann, schafft. Wer es nicht kann, lehrt», sagte er und fügte hinzu: «Und wer nicht einmal lehren kann, wird Filmkritiker!» Gute Kritiker waren damit wohl ungerecht getroffen, aber auf die Vipern ihrer Zunft traf es zu. Sie nutzten ihren Groll wie tödliche Giftzähne, als verschaffte ihr eigenes Scheitern ihnen einen tieferen Einblick und größere Freiheiten. Hatte Tatillon vielleicht eine Ausbildung zum Koch gemacht? Unter wem?

Er schickte die Frage an Valérie, bekam aber nicht sofort eine Antwort, und so beschloss er, die kulinarischen Ereignisse in Saint-Sauver eine Weile hintanzustellen. In einer Stunde kam Clare an, und bis dahin musste er einen klaren Kopf bekommen.

Dass Clares Geld in der Immobilie in Frankreich gebunden war, war ihr gegenüber nicht fair. Es stellte sich allerdings die Frage, ob er in der Lage war, sie auszuzahlen. Ihm fehlten die finanziellen Mittel, aber er könnte vermutlich einen Kredit bekommen, wenn er den Rest seiner Abfindung nahm und damit eine Anzahlung leistete. Ein ziemlich deprimierender Gedanke. Er war Anfang fünfzig, demnächst ein Single, und würde vielleicht einen Kredit aufnehmen müssen, um weiter ein Dach über dem Kopf zu haben. So hatte er sich seine Zukunft nicht vorgestellt. Tatsächlich hatte er überhaupt nie darüber nachgedacht, wie er sich seine Zukunft vorstellte – sie würde sich einfach einstellen. So lief das Leben eben. Immerhin würde er frei sein. Bei dem Gedanken schluckte er nervös. Frei wozu, dachte er. Um einfach so weiterzumachen? Er musste einmal gründlich über alles nachdenken. Ja, beschloss er energisch, während er seine Serviette faltete. Heute Abend würde er genau das tun, sobald er einen angemessenen Film ausgewählt hätte, der ihm als Inspirationsquelle für die Szene «Mann vor lebensverändernden Entscheidungen» dienen könnte. Vielleicht *Sullivans Reisen* oder *Ist das Leben nicht schön* oder vielleicht …

Der Stuhl ihm gegenüber scharrte über den Boden, und Clare setzte sich, ein überlegenes Lächeln im Gesicht. Innerlich schrie er auf wie Janet Leigh in *Psycho*.

«Wusste ich's doch, dass ich dich hier finde.» Ihr Lächeln wurde herzlicher, und sie schenkte sich Wasser aus der Karaffe ein. Richard erwiderte nichts. Selbst wenn er die Worte gefunden hätte, bezweifelte er, dass seine Stimmbänder sich schon von dem Schock erholt hatten. Sie sah gut aus und erhielt bewundernde Blicke von vorbeigehenden Männern. Zuerst fing ihr auffälliges, sorgfältig grau gefärbtes Haar den Blick ein, doch dann ließ ihr gebräuntes Dekolleté, das durch ein tief ausgeschnittenes Leopardenmustertop betont wurde, diesen verharren.

«A...» Mehr brachte er nicht heraus.

«Mein Flug ging früher, als ich es dir gesagt hatte. Ich wusste, dass du das nicht überprüfen würdest. Und so wollte ich sehen, ob du immer noch derselbe alte Richard bist und an einem Ort im Schatten sitzt, an dem nichts los ist.» Sie schaute sich um. «Ich habe das hier eigentlich nie gemocht.»

«Tours?» Richard fand seine Stimme wieder.

«Nein, nicht Tours. Dieses Restaurant. Ich weiß, du glaubst, einen Geheimtipp gefunden zu haben, weil du immer einen Tisch bekommst, aber das hat ja einen Grund. Jedenfalls» – plötzlich lächelte sie ihn an – «du bist hier, und ich hatte recht. Und in gewisser Weise ist das irgendwie tröstlich. Wie geht es dir, und was um Himmels willen war los, als ich dich vorgestern angerufen habe?»

«Na ja, das ist eine lange Geschichte», sagte Richard ausweichend.

«Und?» Clare wollte mehr wissen. «Ich bleibe hoffentlich eine Weile hier. Ich habe Zeit.»

Das passte überhaupt nicht zu dem Grund, aus dem Clare seiner Meinung nach hierhergekommen war – sie wollte eine Weile bleiben? Und seit wann war seine absolute Berechenbarkeit überhaupt so tröstlich? Wenn er sich recht erinnerte, war sie der Hauptgrund für Clares Weggang gewesen – neben dem

Finanzbuchhalter aus Petersfield. Er informierte sie über die Ereignisse und ließ nur eine einzige Kleinigkeit aus.

Clare schüttelte den Kopf. «Ich weiß nicht, was ich schockierender finde.» Sie hatte die Augenbrauen weit hochgezogen, ein Zeichen, dass sie es mit Humor versuchte. «Dass es wegen Käse zu einem Mord gekommen ist, dass Madame Ménard einen jungen Gespielen hat – ihr nebenbei *herzlichen Glückwunsch* – oder dass in einem Provinzstädtchen wie Saint-Sauver gleich zwei Sternerestaurants eröffnet haben!»

«Mit Saint-Sauver geht es aufwärts.» Ihre Abschätzigkeit verärgerte Richard ein wenig; schließlich war er der zivile Verbindungsmann der Polizei. «Deshalb haben wir so viel zu tun», fügte er trotzig hinzu.

«Wir? Ach Richard, es ist ganz entschieden deine Pension. Und es freut mich, dass sie so gut läuft.»

Verdammt, dachte er. *Das hat mich jetzt ein paar tausend Euro gekostet.*

«Aber gewiss hast du angesichts all dieser Aufregungen eine kleine Info übergangen?»

«Ja? Ich glaube nicht.» Er trank einen Schluck Wasser.

«Wirklich? Dann ist diese Valérie also nicht hier?»

Erneut schrie Janet Leigh in ihm. «Hier? Nein.»

«Aber da?»

«Äh. Ja.»

«Dachte ich's mir doch.» Sie zog die Augen leicht zusammen. In ihrem Top sah sie jetzt wie eine Leopardendame aus, die eine Rivalin in ihrem Revier gewittert hat.

«Sie ist auf Haussuche», quiekte er.

«Eher schon auf Männersuche.»

Er errötete. Sie machte ihm ein schlechtes Gewissen, dabei gab es überhaupt keinen Grund dafür, leider, dachte er verdrossen. So sah sein Leben seit jeher aus.

«Na ja, nach mir jagt sie jedenfalls nicht.»

Clare sah ihn kurz an und lachte dann. «Nein», sagte sie. «Da hast du vermutlich recht.»

Das tat weh.

«Warum eigentlich das Spielchen mit der Ankunftszeit?» Er bat um die Rechnung, bemüht, nicht gekränkt auszusehen.

«Ich wollte sehen, ob du immer noch so eingefahren bist. Dasselbe Restaurant, derselbe Tisch – hattest du das Entrecote?» Er nickte, und sie schüttelte den Kopf, aber nicht mitleidig. «Einen kleinen *pichet* Rosé?» Wieder nickte er. «Wusste ich's doch, aber ich wollte es mit eigenen Augen sehen. Ich hab dich eine ganze Weile beobachtet. Du bist immer noch ein gut aussehender Mann, Richard, aber du solltest die Schultern nicht so hängen lassen.»

Es lief nicht so, wie er es erwartet hatte. Clare wirkte verändert und gleichzeitig unverändert, als versuchte sie, eine Entscheidung zu treffen. In Bezug auf ihn zum Beispiel. Er zahlte.

«Bist du mit dieser grässlichen Ente gekommen?»

«Na ja, ein anderes Auto habe ich nicht.»

«Gott sei Dank hab ich einen Wagen gemietet, dann brauch ich mich nicht in dieses furchtbare Ding zu setzen. Wir treffen uns zu Hause.» Sie stand auf, bewegte sich dabei so geschmeidig wie ein Filmstar, der aus einer Limousine gleitet, und sorgte dafür, dass man sie dabei sah. Sie blickte über den Tisch hinweg auf ihn herab, und jeder Mann, der zufällig zusah, würde ihn um diese Position beneiden. «Wer als Erster ankommt!», sagte sie in einem Tonfall, der an neckische Postkartenerotik grenzte, und ging über die Straße davon.

Das war's, dachte Richard. *Heute Abend krieg ich weder* Sullivans Reisen *noch* Ist das Leben nicht schön *zu sehen. Stattdessen heißt es* Der Gefangene von Alcatraz. Er legte ein kleines Trinkgeld auf den Tisch und ging bedächtig davon. Er brauchte gar nicht erst zu versuchen, der Schnellere zu sein; natürlich würde er ohnehin verlieren.

16

Normalerweise brauchte Richard für die Rückfahrt von Tours nach Saint-Sauver etwa fünfunddreißig Minuten. Dann nämlich, wenn er die A85 nahm und vor allem auch wirklich nach Hause zurückwollte. Heute schlug er den kurvenreichen Rückweg über die viel schönere Landstraße ein. Er hätte es nicht geschafft, vor Clare anzukommen, selbst wenn er es gewollt hätte, und außerdem musste er sich widerstrebend eingestehen, dass er keinen Anlass zur Eile hatte. Es gab keinen Grund, Clare und Valérie voneinander getrennt zu halten, nichts Verfängliches, das Valérie fallen lassen könnte. Er war ein romantischer Held ohne Romanze, also überließ er die beiden am besten sich selbst. Er wusste verdammt gut, dass diese Entscheidung viel mit Feigheit zu tun hatte, aber das war ihm vollkommen egal. Manchmal war es klüger, sich zurückzulehnen und zuzuschauen, wie die Dinge sich entwickelten.

Inzwischen schlich er nur noch über die Straße, was die Fahrer hinter ihm auf die Palme brachte. Dennoch, dachte er, würde er gern Mäuschen spielen, wenn – falls – die beiden sich die Stirn boten. Die Kinogeschichte war voller solcher Showdowns der Schwergewichte. Manchmal sogar buchstäblich – Godzilla gegen Cosmic Monster zum Beispiel, auch wenn er Clare und Valérie diese Parts nicht würde zuschreiben wollen. Es gab die viel gepriesene Konfrontation zwischen De Niro und Pacino in *Heat*, doch der Film war nach Richards Lieblingsära gedreht worden und ließ ihn daher eher kalt. Es gab Bette Davis, zusammen mit so ziemlich jeder anderen Schauspielerin, mit der sie auftrat, aber vor allem mit Joan Crawford. Und es gab ihrerseits Joan Crawford mit so ziemlich jeder anderen Schauspielgegnerin, aber am bemerkenswertesten mit Bette Davis. Seine eigene Lieblingsszene zeigte Dame Margaret Rutherford und Irene Handl, wie sie sich in *Junger Mann aus gutem Haus* wie Boxweltmeister aufeinanderstürzten. Natürlich war da auch noch Olivia de Havilland mit ihrer Schwester Joan Fontaine, aber ...

Die wachsende Schlange von Autos hinter ihm begann, wütend im Takt zu hupen, und er begriff, dass er praktisch stand. Er trat aufs Gas, falls das jetzt überhaupt noch half, und zuckte entschuldigend die Schultern. Er sollte wirklich aufhören zu trödeln und dem ins Auge sehen, was zu Hause vor sich ging. Er trat noch ein wenig mehr aufs Gas, beschloss dann aber, bei einem seiner Lieblingswinzer zu halten und etwas Weißwein mitzunehmen. Eine Stunde später parkte er die Ente sorgfältig bei seinem *chambre d'hôtes*: Les Vignes. Valéries Wagen war vernünftig im Schatten einer Weide abgestellt, während Clares Leihwagen, ein Gigant von einem SUV, die kleine Parkfläche beherrschte wie ein Panzer, der auf dem Putting-Green im Garten eines Golfers steht.

Er öffnete das Gartentor, äußerst behutsam, obwohl ihm nicht klar war, warum, und trat in den großen Garten. Hinter der Rhododendronhecke, die das Bed and Breakfast von seinem Privathaus trennte, hörte er Gelächter. Das Gelächter von Frauen. Selbstbewusstes Gelächter von Frauen. Er wusste nicht, ob er Erleichterung oder Panik empfinden sollte.

«Richard, bist du das? Wir haben dein zerbeultes Autochen schon aus einer Meile Entfernung gehört. Komm, setz dich zu uns.»

Richard tat wie geheißen und ging in den von einer Mauer umgebenen Gartenbereich. Valérie und Clare saßen an dem weiß gestrichenen Eisentisch, einen Krug mit Pimm's Cup zwischen sich. Valérie trug ihren riesigen Sonnenhut, während Clare die Füße auf den Stuhl gegenüber gelegt und den Rock bis zu den Oberschenkeln hochgezogen hatte, um Sonne abzubekommen. Am unwahrscheinlichsten aber von allem war, dass Passepartout auf ihrem Schoß lag.

«Richard, du hast ja ewig gebraucht – hast du dich verirrt?» Sie lachte und verdrehte mit einem Blick auf Valérie die Augen, die warmherzig und sogar verschwörerisch zurücklächelte.

«Ich musste ein paar notwendige Vorräte einkaufen», war seine gedämpfte Antwort.

«Nun, ich habe deine Freundin Valérie gerade mit Pimm's bekannt gemacht. Ist es zu fassen, dass sie noch nie einen Pimm's getrunken hat?» Clare war so überschäumend wie nur je, nie glücklicher, als wenn sie bei einer Geselligkeit Regie führte.

«Na ja, hier bekommt man das Zeug nicht.»

«Dann ist es ja ein Glück, dass ich ein paar Flaschen mitgebracht habe!»

Valérie lächelte erneut. Oder war es noch immer dasselbe Lächeln wie zuvor, das für den Anlass in ihrem Gesicht fixiert war? Unter der breiten herabhängenden Krempe des Sonnenhuts und hinter ihrer großen Cat-Eye-Sonnenbrille konnte er es nicht erkennen.

«Kriege ich auch ein Glas?», fragte er und setzte sich.

«Oh ja, natürlich. Kannst du dir selbst einschenken? Ich möchte das Hündchen nicht stören. Es liegt so friedlich auf meinem Schoß.» Richard hatte Clare selten so aufgekratzt erlebt; sie legte die Munterkeit zu dick auf und hielt möglicherweise nach Hinweisen auf eine etwaige Untreue seinerseits Ausschau. Vielleicht, um bei der Scheidung bessere Karten zu haben? «Valérie hat mir von ‹eurem Fall› erzählt – nennt ihr es Fall? Das solltet ihr, weißt du. Jedenfalls hast du nicht erwähnt, dass der berühmte Auguste Tatillon ebenfalls hier in der Gegend abgestiegen ist. Saint-Sauver kommt wirklich voran in der Welt. Schade, dass du ausgebucht bist, Richard, er hätte hier übernachten sollen statt in Martins und Gennies Bordell.» Sie lachte wieder. «Das wird ihm die Luft nehmen! Oder im Gegenteil», sie prustete schon wieder los, «seinen Schwanz aufpumpen.»

«Ich wusste gar nicht, dass er dort zu Gast ist.» Richard suchte mit einem Blick eine Bestätigung bei Valérie, erntete aber keine Reaktion. Einen winzigen Moment glaubte er sogar, Clare könnte sie vergiftet haben, was erklären würde, warum sie sich bisher weder bewegt noch etwas gesagt hatte.

«Ich habe heute Nachmittag mit Martin und Gennie gesprochen», bemerkte Clare schließlich.

«Und wie lange bleibt er?», fragte Richard, klang dabei aber nicht sonderlich interessiert.

«Auf unbestimmte Zeit, haben sie gesagt. Anscheinend findet er die Gegend ‹reizvoll und inspirierend›. Er möchte hier seine *Memoiren* zu Ende schreiben.»

Zum ersten Mal wandte sie ihm den Kopf zu und machte ihm damit unauffällig klar, dass dies eine wichtige Information war. Memoiren, dachte Richard, ja, das war definitiv wichtig. Nach seiner Erfahrung, und er hatte sehr viele solche Bücher gelesen, konnten Memoiren entweder sterbenslangweilig oder aber extrem explosiv sein, Seiten, mit denen man alle Brücken hinter sich abbrach. Es gab keinen Zweifel, dass Tatillon viele Geheimnisse verraten könnte, falls er das wollte, und dass er es direkt vor Grosmallards Nase tat, wirkte absolut nicht zufällig.

«Valérie hat mir außerdem erzählt, dass du der zivile Polizeiverbindungsmann für Saint-Sauver bist. Richard, ich wusste schon immer, dass du das Zeug dazu hast, eine wichtige Person zu werden. Gut gemacht.» Sie hob ihr Glas, und er prostete ihr zu. Früher hätte er geargwöhnt, dass es sich um ein zweischneidiges Kompliment handelte, doch es wirkte aufrichtig. Sie lächelte ihn an, und er lächelte zurück.

Valérie stand auf, um zu gehen, und in diesem Moment trat Madame Tablier durch die Flügeltür in den Garten.

«Oh, hallo!», kicherte Madame Tablier, fast glupschäugig vor Begeisterung über die potenziell zu erwartende Auseinandersetzung und den daraus zu gewinnenden Stoff für Klatsch. «Sie drei zusammen, hm?» Sie lehnte sich auf ihren Wischmopp, als wäre er ein Logenplatz, was dazu führte, dass alle sich unbehaglicher fühlten als zuvor. In Richards Fall war das eine ziemliche Leistung.

«Madame Tablier, es ist so schön, Sie wiederzusehen», sagte Clare überschwänglich auf Englisch.

«Na, wie üblich mit etwas Warmem im Schoß», antwortete die ältere Frau auf Französisch, wohl wissend, dass Clare die Sprache schlecht verstand. In einem Hustenanfall versprühte Valérie einen Schwall Pimm's, und Richard stand auf, als ob das irgendetwas ändern würde.

«Sie können früher gehen, wenn Sie möchten, Madame. Ich denke, für heute ist alles erledigt.»

«Früher gehen? Ich mache bereits seit acht Minuten Überstunden. Früher gehen! Sie wollen wohl allein sein, Sie drei.» Sie kippte ihren Eimer mit Schmutzwasser auf der Terrasse aus und machte dabei so viel Lärm wie möglich. «Hier ist zu viel los, wenn Sie mich fragen. Zu viele Bettgeschichten.»

«Was hat sie gesagt?», fragte Clare.

«Anscheinend zu viele Bettgeschichten», übersetzte Richard verdrossen.

«Ach, wirklich? Und hat sie jemand Bestimmten im Sinn?»

«Der arme Monsieur Ménard», wehklagte Madame Tablier, während sie das Wasser in die Blumenbeete wischte. «Seine Leiche ist noch nicht mal richtig kalt, und schon hüpft sie von Bett zu Bett.»

«Elisabeth Ménard?» Diesmal sprach Valérie.

«Jawohl! Madame Ménard. Na ja, was kann man von einer

Landfremden schon anderes erwarten? Nehmen Sie es mir nicht krumm.»

«Ich dachte, sie käme aus Lyon.» Richard war verwirrt.

«Eben», fuhr Madame Tablier ihn an. «Leute, die von so weit weg kommen, sind alle gleich.»

Valérie setzte ihr Glas ab. «Und mit wem hat sie eine Affäre, Madame, wissen Sie das?» Sie zwinkerte Richard zu, der hoffte, dass Clare es nicht sah.

«Ich weiß es nicht! Das geht mich nichts an, oder?» Madame Tablier wischte mit ihrem Mopp auf den Steinen herum. «Aber es sind Gerüchte im Umlauf, die Leute zerreißen sich das Maul. Madame Ménard und dieser Grosmallard. Abscheulich. Sie in ihrem Alter.»

Richard übersetzte für Clare. «Ich dachte, das wüsstest du alles schon?», flüsterte sie überflüssigerweise.

«Es ist trotzdem gut, eine Bestätigung zu bekommen.» Valérie nickte.

«Ich meine» – Madame Tablier stützte sich erneut auf ihren Mopp – «natürlich sind beide verwitwet, aber ein bisschen Anstand wäre kein Fehler, ein bisschen Diskretion.» Sie klatschte den Mopp auf den Boden, als erschlüge sie einen Drachen.

«Was meinen Sie mit ‹sie sind beide verwitwet?›» Richard war verwirrt.

«Sie, Elisabeth Ménard» – sie redete mit ihm, als wäre er schwer von Begriff – «und dieser Koch, Sébastien Grosmallard! Ehrlich, man sollte meinen, Sie hätten das inzwischen herausgefunden. Die letzten beiden Nächte hat man sie aus seiner Küche kommen sehen, das schamlose Luder.»

«Wer hat sie gesehen?», fragte Valérie ungnädig. Die Frage war berechtigt, denn jeder, der spätnachts vom Parkplatz des Restaurants etwas beobachten wollte, musste einige Mühen auf sich nehmen. Daher könnte man durchaus behaupten, dass die beiden diskret gewesen waren.

«Ich habe es praktisch aus erster Hand.» Madame Tablier griff nach ihrem Eimer. «Grosmallards Tochter wurde auf dem Bahnhof gesehen, wo sie auf einen Zug nach Paris wartete. Sie war in Tränen aufgelöst, und ihr Bruder war bei ihr. ‹Ich kann diese Frau nicht ausstehen!›, sagt sie zu ihm. «Sie macht alles kaputt!› Und ihr Bruder darauf: ‹Ich rede mit ihr, sie hat gerade erst ihren Mann verloren.› Na ja …»

«Das ist ja fantastisch, Madame Tablier. Wo schnappen Sie das alles immer auf?»

«Das geht Sie nichts an, Monsieur ziviler Polizeiverbindungsmann. Ich bin kein Spitzel. So, und jetzt muss ich los.» Mit klirrendem Eimer stapfte sie grußlos davon.

«Sie ist wirklich eine eigenartige Frau.» Clare wirkte fassungslos über den Auftritt. «Ich habe keine Ahnung, wieso du sie behältst, Richard. Wirklich nicht.»

«Ich mag sie.» Lächelnd sah Valérie der alten Frau nach, die in der Ferne verschwand.

«Ich auch.» Richard schüttelte benommen den Kopf.

«Nun, ihr beide wisst zweifellos, was ihr tut. Ihr habt ja inzwischen jede Menge Erfahrung, oder?» Clare nahm Passepartout hoch und setzte ihn sanft auf dem Boden ab. Offensichtlich fühlte sie sich außen vor, und nicht nur wegen der Sprachbarriere. «Na ja, ich packe jetzt meine Sachen aus, Richard. Ich nehme unser Schlafzimmer, falls dir das recht ist; du kannst in deinem Kinozimmer schlafen. Zweifellos musst du etwas schauen, was du bisher erst hundert Mal gesehen hast.» Das alles war zwar ziemlich spitz, erreichte aber Richard und Valérie gar nicht, weil sie in Gedanken schon anderswo waren. «Ich hab mich gefreut, dich wiederzusehen, Valérie. Wir müssen einmal einen gemeinsamen Einkaufsbummel machen, solange ich hier bin. Richard hat so einen grässlichen Geschmack. Das wird nett, ein Mädelstag.»

«Ja, das wäre schön», antwortete Valérie unverbindlich.

«Und hör mal, Richard?»

Er blickte auf. «Ja?»

«Ich bin heute Abend mit Andrew und Tanya aus Clocheville zum Aperitif verabredet. Erinnerst du dich an die beiden?» Richard erinnerte sich nicht. «Ein nettes Paar, er ist Architekt. Du möchtest nicht vielleicht mitkommen?»

Er hatte nicht den Eindruck, dass ihm eine Wahl blieb. «Doch.» Er bemühte sich, so wenig begeistert wie möglich zu klingen. «Wenn ich muss.»

«Gut, wir brechen in einer Stunde auf.» Sie ging zum Haupthaus davon.

«Verdammt», murmelte er fast lautlos. «Ich weiß nicht mal, wer diese verdammten Leute sind!»

«Tja» – Valérie betrachtete ihn mit einem Mitgefühl, das auf Erfahrung beruhte – «manchmal muss man in der Ehe Dinge tun, zu denen man keine Lust hat. Insbesondere sich mit anderen Leuten treffen.»

Er seufzte erschöpft. «Ja, du hast recht.»

«Aber, Richard» – ihr Tonfall veränderte sich leicht – «tu mir bitte zwei Gefallen: Komm nicht zu spät und trink nicht zu viel.»

Seine Fantasie ging im wilden Galopp mit ihm durch.

«Warum nicht?», stammelte er.

«Weil wir heute Abend eine Observierung machen und selbst Wache bei *Les Gens Qui Mangent* halten. Wir wollen sehen, wer von den beiden Grosmallards die Affäre hat!» Bei diesen Worten nahm sie ihre Sonnenbrille ab und zeigte ihre Augen, die vor Erregung funkelten.

17

N a, wie war euer Aperitif?»

Oberflächlich gesehen hatte Valérie eine eigenartige Zeit gewählt, um Small Talk zu machen, doch da sie sich tatsächlich auf einer klassischen Observierungsmission befanden, ergab es andererseits auch Sinn. Dass Richard den Abend bisher vollkommen falsch aufgefasst hatte, war an seinem Aufzug ersichtlich. Er war von Kopf bis Fuß in Schwarz gekleidet und hatte sein Gesicht sogar mit der dunklen Tonerde eingerieben, von der Valérie ihm bei einer vorangegangenen nächtlichen Mission abgegeben hatte. Valérie trug ein leichtes geblümtes Sommerkleid, Schuhe mit Keilabsatz und hatte, obwohl Nacht, die allgegenwärtige Sonnenbrille auf dem Kopf, die ihr Haar zurückhielt.

«Oh, okay», kam seine leicht miesepetrige Antwort. Sie hatte ihn gerade klipp und klar für seinen Aufzug getadelt, und jetzt fühlte er sich nicht nur unklug, sondern, schlimmer noch, weltfremd. Er war davon ausgegangen, mit Observierung meine sie eine verdeckte Aktion, und hatte sich entsprechend vorbereitet. Valérie war von einem anderen Szenario ausgegangen. Sie würden im Auto sitzen und sich in einer Ecke des dunklen Parkplatzes versteckt halten, weil sie ausdrücklich nicht gesehen werden wollten. Sie würden die Rolle eines Liebespaars spielen, das eine außereheliche Affäre hat. Das war ihre Tarnung. Richards Herangehensweise ließ es aber eher so aussehen, als wäre sie das Opfer einer Entführung. Sie hatte ihm ein paar Abschminktücher gegeben und ihn aufgefordert, die Handschuhe auszuziehen und die schwarze Pudelmütze abzusetzen.

«Nur okay?» Der Wagen stand mit dem Heck zum Restaurant in der abgelegensten Ecke des Parkplatzes, aber ihr Blick kontrollierte unablässig den Rückspiegel.

Richard hatte, vielleicht fälschlicherweise, den Eindruck, Valérie forsche nach Informationen über die Ehe der Ainsworths. Ein Optimist könnte es als eine Form von Eifersucht betrachten, doch schon als Jugendlicher hatte Richard dem Optimismus entsagt, weil er ihn als eine Falle betrachtete, in die geriet, wer unvorsichtig durchs Leben wanderte. Tatsächlich war es so, dass sie auf den Falschen schaute, sollte sie Einblick in die gegenwärtige Verfassung seiner Ehe gewinnen wollen. Er tappte genauso im Dunkeln wie nur irgendwer, wahrscheinlich mehr. Seit ihrem Eintreffen changierte Clares Verhalten zwischen der gewohnten bissigen Verächtlichkeit – dem verbalen Vorschlaghammer – und Revierverteidigungsverhalten, woran er definitiv nicht gewöhnt war. Es wirkte so, als wäre Clare selbst in Beziehung auf ihn unschlüssig. Er blies die beschmierten Wangen auf. Eines wusste er: Sobald sie sich entschieden hätte, könnte er sehr wenig an dem Ergebnis ändern, so oder so.

«Ist das ein gutes Okay oder ein schlechtes?», hakte Valérie nach, die noch immer so klang, als machte sie nur Small Talk und die Antwort sei ihr eigentlich egal.

«Ehrlich gesagt, ich weiß es nicht. Im Moment komme ich nicht dahinter, was Clare will. Und in Gedanken bin ich anderswo», fügte er vieldeutig hinzu.

«Ja, ich weiß, was du meinst, Richard.» Wirklich? In seinem Kopf kreischte etwas fast vor Erregung. «Dieser Fall ist sehr kompliziert.» Die Erregung erhielt einen vernichtenden Schlag, wie wenn ein Insekt gegen eine Windschutzscheibe fliegt. «Es gibt hier etwas, was wir nicht sehen. Alle Beteiligten kennen einander, und zwar schon seit Jahren, doch plötzlich kommt es zu einem mörderischen Abschluss.» Angesichts einer so komplizierten Situation, die tödlich geendet hatte, sprach sie mit einer fast schon unanständigen Begeisterung für das erregende Moment.

Ein paar Minuten saßen sie erneut schweigend da. «Es gab immerhin eine Sache, die ich heute Abend interessant fand», fügte er in der Hoffnung hinzu, dass es relevant wäre. «Dieser Architekt, Andrew Shipman – wir unterhielten uns über die beiden Restaurants, und er erzählte, wie teuer es ist, ein solches Lokal einzurichten. Man braucht mindestens eine halbe Million Euro, um die Sache ans Laufen zu bringen. Selbst hier in der Gegend. René hat neulich etwas Ähnliches gesagt.»

«Worauf willst du hinaus?» Von seinem Gedankengang gefesselt, wandte sie den Blick vom Rückspiegel.

«Es ist eigentlich nur eine müßige Überlegung, aber woher kam das Geld?» Er sah im Dunkeln, dass sie nickte, während sie sich seine Bemerkung durch den Kopf gehen ließ.

«Sein Ruf würde einem Kreditgeber doch gewiss genügen?»

«Ja, das habe ich auch gesagt, aber der Architekt meinte, seines Wissens werde Grosmallards Ruf als kulinarisches Genie durch einen ganz anderen Ruf in den Schatten gestellt, nämlich den eines unzuverlässigen Stars von gestern. Seit dem Tod seiner Frau geht es mit ihm bergab, und im Großen und Ganzen hat Tatillon uns ja genau das Gleiche erzählt. Die Frage ist also, wer hat das Geld in Grosmallard investiert, und wie weit würde diese Person oder diese Gruppe gehen, um ihre Investition zu schützen?»

Als sie ihn ansah, fing sich das Mondlicht in ihren Augen. «Richard, das ist genial.»

«Danke. Folge der Spur des Geldes, heißt es.» Er war sehr mit sich zufrieden.

«Dieser Abend war also doch keine Zeitverschwendung.» Sie deutete auf das dunkle Restaurant, wo sich nichts rührte.

«Oh.» Einen Moment lang war er verwirrt. «Was ist heute für ein Tag?»

«Sonntag.»

Er seufzte, ein Märtyrer, der bereit ist, die Schuld auf sich zu nehmen. «Natürlich rührt sich hier nichts. Sonntagabends haben sie geschlossen. Tut mir leid, ich hätte daran denken sollen.» Er spürte, dass sie über seine Worte nachdachte.

«Du meinst, sie dürften sich heute für einen weniger auffälligen Treffpunkt entschieden haben?»

«So ungefähr. Tut mir leid, ich hatte es vergessen.»

Valérie trommelte mit den eleganten Fingern auf dem Lenkrad herum, was nach Richards bisheriger Erfahrung bei Frauen Verärgerung bedeutete. Plötzlich wandte sie sich ihm zu, und er fürchtete, dass seine klugen Überlegungen zum Thema *Spur des Geldes* durch sein Versäumnis ihren Wert verloren hatten.

«Es ist perfekt!», zischte sie, und erneut glänzte es in ihren Augen.

«Was ist perfekt?»

«Es ist niemand da, Richard. Das Haus ist vollkommen verlassen.»

«Ja-a.»

«Wir sollten also die Gelegenheit nutzen, einen Blick ins Büro zu werfen. Findest du nicht?»

«Nein», antwortete er.

«Doch», widersprach sie. «Es könnte dort einen Hinweis darauf geben, woher das Geld kam!»

Er dachte darüber nach. Er könnte noch eine Weile nach Herzenslust argumentieren, doch er wusste, dass er damit nichts ausrichten würde. Außerdem war er für den Anlass richtig gekleidet.

«Dann also los!», sagte sie, und ihre Stimme erinnerte an die Begeisterung von Kindern, die mit dem Fallschirmspringerruf «Geronimo» von einer Brücke springen.

Valérie nahm ein paar Ausrüstungsgegenstände aus dem Kofferraum – eine große Taschenlampe und einen Beutel, in dem sich vermutlich ihr Lockpicking-Werkzeug befand. Sie schlichen vorsichtig über den Parkplatz und hielten sich immer im Schatten. Trotz ihres unpassenden Outfits ging Valérie voran, während Richard hinter ihr her huschte, fast so, als wäre er ihr Schatten. Sie rechneten mit Sicherheitsleuchten, doch selbst als sie die Hintertür der Küche erreichten, sprang keine an.

«Das ist gut», flüsterte Richard. «Anscheinend haben sie so viel Geld für Mobilfunk-Störsender ausgegeben, dass für angemessene Sicherheitsmaßnahmen keines mehr übrig war.» Er merkte sofort, dass Valérie nicht von dieser Theorie überzeugt war.

Sie richtete die Taschenlampe auf eine Stelle oberhalb der Tür und brachte eine teuer wirkende Alarmanlage zum Vorschein, deren Kasten so neu war, dass er noch vor Sauberkeit glänzte.

«Das ist eigenartig», murmelte sie, während sie den Reißverschluss ihres Werkzeugsets öffnete.

«Was machst du denn?» Richard geriet in Panik. «Solltest du nicht erst die Alarmanlage deaktivieren?»

«Das ist überflüssig, Richard. Ich kenne diese Systeme – sie sind sehr teuer, möglicherweise die teuersten, die es gibt.» Sie reichte ihm ein Paar Einmalhandschuhe aus ihrem Beutel und streifte selbst auch welche über.

«Du weißt also, wie man damit umgeht?»

«Richard.» Er strapazierte ihre Geduld. «Die Anlage ist nicht eingeschaltet.» Sie richtete die Taschenlampe erneut nach oben. «Wenn sie programmiert ist, leuchtet ein blaues Lämpchen, aber das ist aus. Die Anlage ist bereits deaktiviert worden, oder Grosmallard hat vergessen, sie einzuschalten, was das Wahrscheinlichere ist.» Mit einem Werkzeug aus dem Beutel, den Richard ihr «Einbruchstäschchen» nannte, bearbeitete sie kurz das Schloss. Es ging mühelos auf, und ein triumphierendes Lächeln trat in ihr Gesicht. Hinzu kam die fiebrige Erregung, an die er sich inzwischen fast schon gewöhnt hatte. Diesmal machte sie sich nicht die Mühe zu flüstern. «Mir nach!», sagte sie und trat ein.

Richard folgte ihr vorsichtig.

Im Dämmerlicht sah die Küche unheilvoll aus. Die schmalen Fenster über den Spülen ließen ein wenig Mondlicht ein, das die scharfen Schatten der Hightech-Küchenausstattung auf Böden und Tische warf und alles eher wie eine aggressive Apparatur als wie die Geräte kulinarischen Erfindungsreichtums wirken ließ. Richard fühlte sich wie in einem Labor. Die Tischplatten glänzten sogar im Schatten, in Chromgestellen hingen Töpfe und Pfannen jeder Größe und Form, und die Wärmelampen über der Reihe von Kochfeldern und Öfen in der Mitte der Küche sahen aus wie Startraketen. Überall summten Kühl- und Gefrierschränke, und der Geruch von Reinigungsmitteln hing in der Luft. Es war sauberer als in einem Krankenhaus.

Valérie leuchtete mit der Taschenlampe herum und nahm alles in Augenschein. Richard tat dasselbe mit der überraschend hellen Taschenlampe seines Smartphones. «Fangen wir mit dem Büro an.» Diesmal sprach Valérie leiser und leuchtete mit der Taschenlampe eine geöffnete Tür am hinteren Ende der Küche an. Ein Fenster, durch das das kalte Mondlicht einfiel, beleuchtete in dem Raum einen Schreibtisch und einen Stuhl. Sie begab sich lautlos, aber rasch dorthin, ganz der Profi, der sie war, und überließ es Richard, selbst zu entscheiden, wo er sich hinwenden wollte. Er beschloss, ihr zum Büro zu folgen, und schlug denselben Weg ein, aber vorsichtiger. Valérie saß am Schreibtisch, als er hinzukam. Mit einem Blick entschied sie, wo sie anfangen wollte. Lautlos zog sie die oberste Schublade auf, in der es genauso aussah wie in allen Kramschubladen der ganzen Welt. Darin lagen Briefpapier, Batterien, Gummiringe und ein

Handyladegerät. Sie schob sie behutsam zu und nahm sich die Schublade darunter vor.

Richard leuchtete mit seiner Taschenlampe die Wände ab. An der Tür hingen Bescheinigungen für Hygiene- und Arbeitssicherheitsmaßnahmen und Genehmigungsdokumente, an der anderen Wand die Trophäen. Es gab eine gerahmte Urkunde für die beiden Michelin-Sterne, die Grosmallard bei seinem ersten Soloabenteuer verliehen worden waren, Zeitungsausschnitte von der Überreichung sowie einen Artikel mit einem Foto seines berühmten Desserts. Das überraschte Richard, da er ja erfahren hatte, dass Grosmallard es verabscheute, wenn Fotos seiner Schöpfungen in Umlauf kamen. Auch noch andere Fotos hingen an der Wand. Sie zeigten, wie die Größen Frankreichs dem berühmten Chefkoch die Hand schüttelten. Überwiegend Politiker, aber auch Schriftsteller, Fernsehpromis und berühmte Sportler. Sie alle waren schon nicht mehr ganz auf der Höhe, die sie einmal erklommen hatten, alle hatten ihre besten Jahre hinter sich, außer den Politikern, die wie Unkraut nie vergingen. Fotos jüngeren Datums gab es nicht. Es war tatsächlich eine ziemlich traurige Sammlung, und er konnte sich nicht vorstellen, dass Grosmallard sie selbst zusammengestellt hatte. Wahrscheinlich war sie das Werk seiner Tochter Karine, die ihren geliebten Vater ja unbedingt wieder auf der Höhe sehen wollte, in die er ihrer Meinung nach gehörte. Doch auch sie war inzwischen unter Tränen abgereist.

Valérie gab ein Geräusch von sich, das auf Erfolg bei ihrer Suche hinwies. «Bankauszüge», flüsterte sie. «Sie gehen einige Jahre zurück. Zu Beginn gab es noch ein großes Guthaben, doch die Summe ist dahingeschmolzen, und es ist nicht mehr viel davon übrig. Zu dem Zeitpunkt, zu dem die Grosmallards mit der Planung und dem Bau des Restaurants begonnen haben müssen, kam kein neues Geld hinzu, dabei ist das hier das Geschäftskonto.»

«Vielleicht haben sie ja alles bar bezahlt.»

«Oder jemand anderes für sie? Oder das hier ist gar nicht das offizielle Konto. Irgendwo muss es noch ein anderes Konto geben, die Unterlagen sind vermutlich nicht hier.» Sie dachte laut nach und schaute plötzlich auf den Computerbildschirm. «Vielleicht finde ich ja einen Zugang im Rechner.»

«Wie lange dauert das?» Richard wollte sich nicht länger als unbedingt nötig im Restaurant aufhalten, und selbst wenn sie das Konto fänden, würde es wahrscheinlich nicht klar und deutlich zeigen, wo das Geld herkam. Er leuchtete erneut mit der Taschenlampe auf die Wand. «Oh, schau mal», sagte er begeistert, es klang fast so, als sei er auf etwas Wichtiges gestoßen. Valérie schaute auf das Foto, das er anleuchtete: Es zeigte einen schlankeren, lächelnden Grosmallard, der neben einer alten Dame stand. Sie wandte sich wieder dem Computer zu.

«Wahrscheinlich ist es seine Mutter; viele von diesen Küchenchefs sind ganz vernarrt in ihre Mütter.»

Richard erwiderte nichts. Die alte Dame auf dem Foto war Olivia de Havilland. Valérie hatte ihre Nachbarin und angebliche Millefeuille-Genossin nicht erkannt. Er wusste nicht, was er davon halten sollte, ließ sie allein im Büro zurück und begab sich wieder in die Küche. Er sagte sich, dass das Licht und der Winkel, aus dem sie das Foto betrachtet hatte, für ihren Irrtum verantwortlich sein mochten. In der Küche nahm er ein altes Rezeptbuch von einem Wandbord herunter, das dort selbst fast wie eine Trophäe stand. Es hatte eher das Aussehen eines Notizbuchs, und es lagen Zettel und Post-it-Sticker darin, die hinzugefügt worden waren, wenn neue Rezepte ausprobiert oder alte verbessert wurden. Er beleuchtete das Buch mit der Taschenlampe und begann, um die Kochinsel in der Mitte herumzumarschieren.

Plötzlich blieb er mit dem Fuß an etwas hängen, kullerte auf den Boden, stieß dabei ein paar silberne Servierplatten um und machte einen Höllenlärm. Anfangs wagte er nicht, sich zu bewegen, sondern lag einfach nur da, bis Valérie herbeistürzte. «Was um Himmels willen treibst du?», zischte sie ihm ins Gesicht, und in Anbetracht der Umstände war das keine unvernünftige Frage.

«Ich bin über etwas gestolpert. Es war verdammt noch mal keine Absicht.» Er stand auf und griff dabei nach seinem Handy und nach dem Notizbuch.

Auf der Suche nach der Stolperfalle leuchtete Valérie aufs Geratewohl mit der Taschenlampe auf den Boden, und plötzlich sprangen beide entsetzt zurück. Zwei Füße, die vermutlich an zwei Beinen und damit auch dem Rest eines Körpers hingen, ragten unter dem Regal hervor. Valérie führte den Lichtkegel an dem Körper Richtung Kopf entlang, sie mussten sich auf den Boden legen, um ihm unter dem Regal weiter zu folgen. Schließlich landete der Lichtstrahl auf dem verzerrten Gesicht von Antonin Grosmallard. Die leblosen Augen quollen ihm fast aus dem Kopf, sein Hals war voll Blut, und ein großes Messer ragte recht unglücklich aus seiner Kehle.

18

So viele Situationen im Leben verlangten ein fest etabliertes Proto-koll, dachte Richard, als er das Frühstück sogar noch geistes-abwesender als üblich servierte. Am Tisch des schwulen Pärchens, das wie üblich früh auf war, hatte er bereits Kaffee verschüttet. Es war ihm gelungen, den beiden die Kleckerei in die Schuhe zu schieben, damit er sich nicht dem Zorn Madame Tabliers stellen musste, denn er war noch immer so geschockt, dass ein Kampf mit ihr heute Morgen einer zu viel für ihn wäre. Ein Protokoll ist etwas Kniffliges. Zum Beispiel gibt es das eher altmodische Protokoll, wie man einen Schwiegervater in spe um die Hand seiner Tochter bittet. Daran dachte er liebevoll zurück. Es gibt das komplizierte französische Protokoll, wie man jemanden be-grüßt, mit wie vielen Küssen, auf welche Wange und so weiter. Es war ein politisches und gesellschaftliches Minenfeld. Und dann gibt es das noch heiklere und weniger erforschte Protokoll, wie man sich verhält, wenn man in einem Haus, in das man gerade eingebrochen ist, über eine Leiche stolpert.

Ja, dieses Protokoll war wirklich knifflig, und so hatten Valé-rie und er die kurze Rückfahrt nahezu stumm zurückgelegt. Ge-schockt hatten sie an den erstochenen Antonin Grosmallard ge-dacht, eindeutig tot, aber so zurückgelassen, dass irgendjemand die Leiche zwangsläufig entdecken musste – allerdings hatte der Täter dabei wohl nicht an zwei Hobbyschnüffler gedacht, die in Kontoauszügen nach Erklärungen suchten. Valérie war aus-nahmsweise einmal vorsichtig gefahren, die Zähne zusammengebissen, und hatte mehr als einmal dieselbe Frage wiederholt: «Warum?»

Richard hatte zur Antwort nach Kräften auf die Hinweise verwiesen, die sie bisher hatten. Antonin Grosmallard bezahle wie Fabrice Ménard den Preis für seine Verstrickung in den Eröffnungsabend seines Vaters und insbesondere in die Katastrophe mit dem Dessert. Das war das erste mögliche Motiv. Dass vielleicht auch andere Menschen von seiner Affäre mit Elisabeth Ménard wussten, ein anderes. Damit blieb die Liste der Verdächtigen genau dieselbe wie bei der Ermordung Fabrice Ménards; der Einzige, den man mit Sicherheit davon streichen konnte, war der arme Antonin Grosmallard selbst.

Richard befüllte die Kaffeemaschine neu. Die Pariser Familie vertilgte ihr Frühstück stumm und beinahe steif, vielleicht spürten die Leute die Anspannung, die in der Luft lag. Valérie kam mit Passepartout die Treppe herunter. Anzeichen des Schocks, den sie am Vorabend erlebt hatte, waren nicht mehr zu erkennen. Dabei konnte es keinen Zweifel geben, dass sie schockiert gewesen war. Richard stellte sie sich manchmal als einen harten Profi vor, vielleicht sogar selbst eine Killerin, auch wenn es hier eine gewisse Grauzone gab. Doch keiner von ihnen beiden war auf so etwas vorbereitet gewesen. Heute Morgen sah sie trotzdem erfrischt aus und natürlich so bezaubernd wie immer. Gleichzeitig ließ sie eine stahlharte Entschlossenheit erkennen, Ordnung in die Dinge zu bringen. Sie lächelte Richard an, ohne etwas preiszugeben, und setzte sich an ihren üblichen Tisch in der Ecke.

Richard ging mit der Kaffeekanne zu ihr und schenkte ihr ein. «Wie geht es Ihnen heute Morgen, Madame d'Orçay, haben Sie wohl geruht?» Den Schein zu wahren, war ja schön und gut, aber eine solche Begrüßung war dafür vollkommen ungeeignet, und es kam ihm so vor, als verdrehte selbst Passepartout die Augen.

«Guten Morgen allerseits, *bonjour*!» Clare trat durch die Flügeltür ein, genauso bezaubernd wie Valérie, aber auf eine – ein besseres Wort fiel Richard nicht ein – britischere Weise. In seinen Augen war es so, als stünde hier die klassische «französische Ausstrahlung» einer Jean Seberg gegen Shirley Eaton, *À bout de souffle* gegen *Goldfinger*. Clare sah fantastisch aus; sie wehte herein, küsste Richard auf die Wange und setzte sich selbstbewusst an Valéries Tisch. Manche Männer hätten sich in dieser Situation geschmeichelt gefühlt, im Zentrum der Aufmerksamkeit zweier schöner Frauen zu stehen. Doch zu dieser Art von Männern gehörte Richard nicht, und wäre in diesem Moment eine Computertomografie seines Gehirns möglich gewesen, hätte das Ergebnis Edvard Munchs *Der Schrei* geähnelt.

Der Vater der Pariser Familie sah Richard mit neuem Respekt an, während seine perplexe Frau offensichtlich nicht begriff, worin seine Attraktivität lag. Die Kinder ignorierten die Situation und stopften sich die Taschen mit Mini-Schokocroissants voll, solange ihre Eltern abgelenkt waren.

«Ach, Richard, steh doch nicht mit offenem Mund da, das sieht äußerst unhygienisch aus.»

Richard klappte den Mund zu und schenkte ihr ebenfalls Kaffee ein.

«So», säuselte Clare, als wäre sie hinter Klatsch her, und beugte sich verschwörerisch vor, «wohin seid ihr beide gestern Abend noch gefahren?»

Ach, darum ging es also, dachte er teilweise erleichtert. Clare war nicht notwendigerweise seinetwegen so aufgebrezelt; da kam einfach nur ihr natürlicher Konkurrenztrieb zum Vorschein. Sie war fest entschlossen, Richard ihrer Konkurrentin abzujagen, ob sie ihn nun tatsächlich wollte oder nicht und ohne zu wissen, dass Valérie wahrscheinlich überhaupt nicht interessiert war. Er entspannte sich; sein Ego wäre nicht mit dem Gedanken klargekommen, dass er eine Beute sein könnte, um die zwei Frauen kämpften, aber er fühlte sich durchaus wohl mit der Vorstellung, dass das Ganze im Grunde absolut nichts mit ihm selbst zu tun hatte.

«Ich möchte nicht lügen, Madame», antwortete Valérie geschickt und fütterte Passepartout dabei mit einem Croissanthäppchen. «Gestern Abend habe ich mir Ihren Mann ausgeliehen.»

«Glücklicher Richard», erwiderte Clare eisig. Richard lachte nervös.

«Ja, ich muss zugeben, dass ich gelangweilt war und im Internet nach Immobilien geschaut habe, die zum Verkauf stehen. Ich habe Richard gefragt, ob er vielleicht so nett wäre, mir zu zeigen, wo sie sich befinden. Er sagte, du seist bereits zu Bett gegangen.» Passepartout grinste in sich hinein.

«Und? Wart ihr erfolgreich? Hast du das Gesuchte gefunden?»

«Tatsächlich viel mehr, als ich erwartet hatte, ja.»

«Bist du dir sicher, dass du dich hier auf dem Land nicht langweilen würdest?» Clare rührte in ihrem Kaffee. «Ich habe mich hier immer von der Welt abgeschnitten gefühlt.»

«Oh nein!» Lachend rückte Valérie die unvermeidliche Sonnenbrille auf dem Kopf zurecht. «Die Welt habe ich bereits gesehen!»

Richard, dessen starres Lächeln allmählich seinen Glanz verlor, wurde von Madame Tablier aufgeschreckt, die vor sich hin grummelnd die Treppe hinunterstapfte, und bemerkte erst jetzt, dass seine anderen Gäste bereits aufgestanden und gegangen waren. Er kehrte zur relativen Sicherheit seiner Frühstückstheke zurück, als suchte er Schutz vor einem Bombardement, und schenkte sich einen starken Kaffee ein.

Madame nickte den beiden Damen einen wortlosen Morgengruß zu, setzte sich auf einen freien Stuhl, zog ihre Schlupfschuhe aus und rieb sich die Füße. «Ich muss heute Vormittag ein bisschen früher los», sagte sie, ohne aufzublicken. «Maître Renaud möchte, dass ich vor der Testamentseröffnung heute Morgen noch kurz in seiner Kanzlei wische.»

Richard fing Valéries Blick ein.

«Was hat sie gesagt?», fragte Clare, die nicht außen vor bleiben wollte.

«Madame Tablier soll heute Vormittag vor der Eröffnung von Ménards Testament die Kanzlei des Notars putzen», übersetzte Valérie.

Clare schnaubte. «Ich glaube fast, sie ist die einzige Putzfrau im ganzen Val de Follet!»

«Natürlich, Madame Tablier», mischte sich Richard ein, denn die ältere Frau hatte ihren Namen gehört und sah Clare mit einem Blick an, der an Verachtung grenzte.

Clare merkte jedoch nichts davon und schmierte Butter auf ein Stück Baguette. «Richard» – ihre Stimme klang scheinbar unschuldig – «ich frage mich, ob *ich* dich vielleicht heute einmal ausleihen könnte?» Das Nadelspitze in dieser Frage schien Valérie einfach zu ignorieren, und auch Madame Tablier, die das Englisch nicht verstand, dürfte der Tonfall aufgefallen sein.

«Na ja, ja, ich, äh … natürlich.»

«Gut!» Clare strahlte. «Ich würde gern ein Picknick am Fluss machen. Erinnerst du dich an die Stelle, zu der wir früher immer gefahren sind? Sie war so romantisch, so … intim.» Bei ihr klang es so, als hätte es sich um einen geheimen Treffpunkt gehandelt, doch er war sich sicher, hätte sich dort jemals irgendetwas Intimes abgespielt, wüsste er es noch.

«Ja», antwortete er vorsichtig. «Warum nicht?»

«Oh Richard, du könntest wirklich mehr Begeisterung zeigen!» Sie lachte über ihn und stand auf, um zu gehen. «Ich kümmere mich um das Picknick; so etwas kann ich sehr gut. *Au revoir*, Valérie, es macht dir doch hoffentlich nichts aus, heute einmal allein auf Haussuche zu gehen.» Sie ging ohne einen

Gruß für Madame Tablier, die vor sich hin grummelte, sie sei ja nur Personal, und sich wieder nach oben begab.

Richard stieß einen Seufzer aus. «Ich habe nicht bemerkt, dass sie uns gemeinsam hat rausgehen sehen.»

«Das hat sie vielleicht auch gar nicht.» Valérie lächelte. «Vielleicht war es einfach nur ein Spielchen. Sie ist eine sehr schöne Frau und will dich nicht verlieren. Außerdem scheint sie mich für eine Rivalin zu halten.»

Richard sagte sich später, er habe sie in diesem Augenblick fragen wollen, ob sie vielleicht tatsächlich eine Rivalin sei, doch er bekam nie die Gelegenheit dazu. Denn es klopfte an der Tür, und Commissaire Henri LaPierre kam mit besorgtem Gesicht herein. Valérie nickte Richard zu, ein stummes Signal, das er dahingehend interpretierte, dass er ihr das Reden überlassen sollte.

«Monsieur Ainsworth, Ihre Ehefrau sagte, sie seien hier drin.» Er betonte das Wort «Ehefrau», und offensichtlich hatte Clare es ebenfalls betonen wollen. «Valérie», fuhr er fort, «du siehst so wunderschön aus wie immer.»

«Henri, wie schön, dich zu sehen. Oder soll ich dich Commissaire nennen? Bist du beruflich hier?»

«Henri, Commissaire, wie du willst.» Er befand sich offensichtlich auf einer Charme-Offensive.

«Morgen, Henri.» Richard lächelte.

Der Charme verschwand sofort. «Ich denke, in Ihrer Rolle als mein Gesandter ist es besser, Sie nennen mich Commissaire, Monsieur.»

«Ah, in Ordnung.» Er sah, dass Valérie hinter dem Rücken ihres Ex-Mannes die Augen verdrehte. Sie mussten wirklich ein äußerst eigenartiges Paar abgegeben haben.

«Nun gut.» Der Commissaire machte ein leicht entschuldigendes Gesicht. «Ich muss Ihnen etwas gestehen. Ich selbst, Monsieur, habe darum gebeten, Sie zu meiner Kontaktperson zu machen, wie ich es nennen möchte. Ich war mir sicher, dass Sie mehr wissen, als Sie sagen.» Er blickte Valérie an. «Valérie konnte mich aber gestern davon überzeugen, dass ich da vielleicht ein bisschen voreilig war.»

«Oh, tja, wirklich …» Richard war peinlich berührt, und da LaPierre so wenig in Eile war, nahm er außerdem an, dass er bisher noch keine Ahnung vom Mord an Antonin Grosmallard hatte.

«Aber ich habe beschlossen, Ihnen Ihre Rolle zu lassen, und deshalb möchte ich, dass Sie mich heute Vormittag begleiten.»

«Zur Testamentseröffnung?», fragte Valérie.

«Du weißt darüber Bescheid?» LaPierre zog die Augen zusammen.

«Madame Tablier hat uns davon erzählt.»

«Und wer ist Madame Tablier?»

«Das bin ich.» Madame Tablier stapfte schwerfällig die Treppe herunter, diesmal die Hand in den Rücken gestützt. «Wer möchte das wissen.»

«Ich bin Commissaire Henri LaPierre!»

«Schön für Sie.»

«Schauen Sie», mischte Valérie sich ein. «Das führt uns nicht weiter. Warum soll dich jemand begleiten, Henri? Das sieht dir gar nicht ähnlich.»

«Weil *alle* da sein werden», antwortete er klagend. «Maître le Notaire hat mich heute Morgen angerufen, und den Bestimmungen des Testaments zufolge wurde beinahe jeder in Saint-Sauver bedacht!»

«Wirklich? Aber Grosmallard und Garçon sind noch gar nicht lange genug hier, oder?»

«Also, Monsieur, darum geht es ja gerade. Dieses Testament wurde zwei Tage vor dem Mord an Fabrice Ménard verfasst!»

«Verflixt!», sagte Richard. «Und jeder wurde bedacht?»

«Ja.»

«Sogar die Grosmallards?»

«Ja, sogar die Grosmallards! Ich habe sie heute Morgen aufgesucht, habe aber nur den Vater angetroffen. Die Tochter ist in Paris, und Sébastien Grosmallard hatte seinen Sohn am Morgen noch nicht gesehen. Er nahm an, dass er Joggen war, wie üblich. Der Vater war gerade dabei, die Küche ganz allein für den Tag vorzubereiten und deshalb ziemlich sauer.»

«Du hast ihn im Restaurant aufgesucht?», fragte Valérie beiläufig.

«Ja.»

«In der Küche?»

«Ja. Warum?»

«Ach, nur so.»

«Im Testament wurden also alle bedacht?» Richard bemühte sich, das Thema zu wechseln. «Das ist wohl nicht hilfreich für Sie? So lässt sich niemand von der Liste der Verdächtigen streichen.»

«Henri, ich muss ebenfalls mitkommen.» Der Commissaire wollte Einwände erheben, doch Valérie blieb beharrlich. «Die Sprache, die bei einer Testamentseröffnung verwendet wird, ist teilweise recht archaisch. Ich möchte nicht, dass Richard davon überfordert wird, in seiner Rolle als …»

«Ja, schon gut. Meinetwegen okay.» Der Commissaire wusste, dass er nicht gewinnen konnte. «Dann treffen wir uns um elf in der Kanzlei des Notars.» Seufzend wandte er sich zum Gehen, beugte sich jedoch noch einmal zu Richard vor. «Passen Sie auf», flüsterte er, und dann lauter: «Und übrigens, Monsieur, ich habe Sie nicht von meiner Liste der Verdächtigen gestrichen. Noch nicht.»

Richard und Valérie sahen einander an. Wohin um Himmels willen war die Leiche Antonin Grosmallards verschwunden?

19

In jeder französischen Kleinstadt gibt es ein Gebäude, ein großes, architektonisch beinahe gotisch wirkendes Haus, das das Zentrum des Ortes beherrscht und normalerweise bedrohlich am zentralen Platz aufragt. Es wirft einen Schatten, sowohl buchstäblich als auch im übertragenen Sinn, denn in dem Städtchen ist es die Verkörperung von Macht, Erfolg und Geld. Aus welchem Grund auch immer und für wen diese Häuser ursprünglich auch errichtet wurden, inzwischen befinden sie sich fast immer im Besitz des Kleinstadtnotars. Vom Staat ernannt und gestützt, ist dieser Amtsträger ein wichtiger Pfeiler der lokalen Gerichtsbarkeit und muss alles absegnen, was im Zivilbereich rechtlich von Belang ist.

Nachdem dies gesagt ist, muss hinzugefügt werden, dass Maître François Renaud nicht so aussah wie ein allmächtiger lokaler Rechtsprecher. Vielmehr ähnelte er einem beleibten Pfarrer, einer der wichtigsten Zutaten der britischen schwarzweiß gefilmten Komödien der 1950er-Jahre: einem zerstreut wirkenden, freundlichen Menschen. Sein merkwürdig abstehendes Haar war schütter und bauschte sich um seinen Kopf wie weiße Wölkchen, und obwohl sein Amt ihm regelmäßige Besprechungen mit Klienten abverlangte, mied er Geselligkeit im Allgemeinen und zog die Gesellschaft riesiger, altmodischer Kassenbücher und staubiger Akten vor. Es wurde berichtet, der Notar von La Chapelle-sur-Follet habe sein geheimnisvolles Ordnungssystem vollständig digitalisiert und könne inzwischen seine ganze Kanzlei an einem Schlüsselring mit sich herumtragen. Monsieur Renaud hatte ihm einen Brief geschickt, in dem er sein Missfallen kundtat, und alle Verbindungen abgebrochen. Der Brief war digitalisiert, archiviert und per E-Mail an den Notar zurückgeschickt worden, wo er nun im Spam-Ordner ruhte, bis er bald zweifellos für immer verschwinden würde.

Richard und Valérie stiegen die mit Schnitzereien verzierte Holztreppe zum Besprechungssaal hinauf, wo sie als Letzte eintrafen. Der Saal wirkte wie eine Fortsetzung des Treppenhauses, denn hier bedeckte die gleiche solide Eichenvertäfelung die Wände und verlieh dem Raum etwas Strenges, nahezu Viktorianisches. Auch die Stühle entsprachen diesem Stil, allerdings gab es nicht genug von ihnen; tatsächlich standen nur drei auf der Publikumsseite eines Schreibtischs mit lederbezogener Platte, und ihnen gegenüber stand auf der anderen Seite des Tisches ein gut gepolsterter Ledersessel, vermutlich für den Notar selbst.

In der Luft lag ein erregtes Summen. Elisabeth und Hugo Ménard saßen auf zweien der Stühle, und zwischen ihnen war ein freier Platz, als müsste sich der Geist des verstorbenen Fabrice im Verlauf der Amtshandlung gelegentlich dort ausruhen. Alle anderen standen im hinteren Bereich des Saals. Sie bemühten sich, so ernst dreinzuschauen, wie der Anlass es verlangte, aber hin und wieder schimmerte doch ungewollt Neugierde durch. Abgesehen von den Ménards wusste keiner, warum sie da waren. Sébastien Grosmallard stand mit dem Rücken zum Saal und schaute aus dem Fenster. Seine Tochter war noch nicht aus Paris zurückgekehrt, und soweit Richard wusste, war Antonin irgendwo entsorgt worden, doch Gott allein mochte wissen, wo. Auch Guy Garçon war da und unterhielt sich mit René Dupont. Madame Tablier tat so, als staubte sie die Vertäfelung ab, während Jeanine sich Commissaire LaPierre gekrallt hatte und ihm lebhaft etwas erklärte, das wie Kneten aussah, aber das war möglicherweise eine Fehldeutung. Auch weitere Geschäftsleute und Persönlichkeiten der Stadt waren anwesend; tatsächlich gab es nur einen, den Richard vermisste, nämlich Noel Mabit.

Eine in der Täfelung hinter dem Schreibtisch verborgene Tür ging knarrend auf, und Noel Mabit kam auf Zehenspitzen herein. Richard empfand seine Anwesenheit beinahe als tröstlich. Er konnte den Mann nicht ausstehen, aber hätte er tatsächlich gefehlt, hätte man ernsthafte Fragen stellen müssen. Mabit blickte sich im Saal um und wartete darauf, dass alle verstummten. Er hüstelte und bedeutete den Sitzenden, sich zu erheben. «*Mesdames et Messieurs*, Maître Renaud!»

Renaud schlurfte herein und hatte den Anstand, so zu tun, als hätte ihn Mabits Rolle im Prozedere nicht vollkommen überrumpelt und als fragte er sich nicht gerade, wer der fürchterliche Mann wohl war. Er bedeutete den Ménards, sich zu setzen, und begrüßte alle anderen knapp, ohne zu ihnen hochzuschauen.

«*Mesdames et Messieurs*, wir sind zusammengekommen, äh, heute zusammengekommen zur Eröffnung des Testaments von Monsieur Fabrice Christophe Ménard. Dieses Dokument, der Letzte Wille des oben Genannten, ist das, was wir ein *testament mystique* nennen. Es ersetzt das vorherige *testament authentique*.» Im Saal erhob sich Gemurmel. «Nur zwei Tage vor dem Tod des Erblassers wurde es bei mir hinterlegt und in Anwesenheit zweier Angestellter versiegelt. Es wurde beim Fichier Central des Dispositions de Dernières Volontés registriert und ist daher als rechtlich bindendes Dokument» – er blickte auf, um seine Worte zu unterstreichen – «über alle Zweifel erhaben.»

Valérie hatte ungewollt recht gehabt, als sie sagte, Richard werde vielleicht nicht alles verstehen; er begriff gar nichts. Er verstand zwar die Worte, aber nicht ihren Sinn, und wandte sich nach Erklärung heischend an Valérie, während der besorgte Hugo seine Mutter beruhigte. «Wie Henri schon gesagt hat, Fabrice Ménard hat sein Testament erst vor wenigen Tagen geändert und niemandem davon erzählt. Sein Letzter Wille ist ein sogenanntes *testament mystique,* ein *mystisches Testament,* das heißt, es wird dem Notar verschlossen übergeben. Keiner weiß, was sich in dem Umschlag befindet.»

Richard machte ein verwirrtes Gesicht. «Woher wusste der Notar dann, dass er alle zur Testamentseröffnung laden sollte?»

«Das ist eine sehr gute Frage, Richard.»

Je mehr die Leute rätselten, desto lauter wurde es im Saal, und Mabit trat aus einer dunklen Ecke hervor, holte seinen Hammer heraus und schlug auf den Schreibtisch. Auch diesmal sah Maître Renaud verärgert und verwirrt drein. «*Mesdames et Messieurs,* bitte. Monsieur Ménard hat mir unter vier Augen mitgeteilt, dass er Ihrer aller Anwesenheit wünschte, mir aber sonst nichts Genaueres gesagt. Ich verstehe, dass das zu Rätselraten führt, aber ich tappe genauso im Dunkeln wie Sie.» Er hielt inne, und jetzt ließ er seine Gereiztheit durchscheinen: «Also, könnten wir jetzt bitte fortfahren?»

Im Saal breitete sich eine respektvollere Stille aus. Der Notar zog eine Schublade auf und holte einen schmalen, weißen Umschlag hervor, den er auf den Schreibtisch legte. Dann kramte er weiter in der Schublade herum, als suchte er etwas, und wirkte zunehmend verärgert, weil er es nicht fand. Natürlich hüstelte Noel Mabit an dieser Stelle sanft, trat vor und streckte ihm einen Brieföffner hin. Der Notar nahm ihn entgegen, als erwöge er, ihn zu einem ganz anderen Zweck zu nutzen, reagierte seine Verärgerung aber stattdessen an dem Umschlag ab.

Endlich hatte er es geschafft und zog ein DIN-A4-Blatt aus dem Umschlag. Lautlos las er ein paar Zeilen, ohne etwas von ihrem Inhalt zu verraten, und wendete das Blatt dann, um zu sehen, ob noch etwas auf der Rückseite stand. Er wirkte überrascht, als er feststellte, dass es wirklich nicht mehr gab als das, was er in der Hand hielt.

«Nun gut. Mesdames et Messieurs», begann er, «*testament en forme mystique de Monsieur Fabrice Christophe Ménard.*» Erwartungsvolles Schweigen breitete sich aus. «‹Zunächst einmal vermache ich jedem Mann und jeder Frau in Saint-Sauver einen Ziegenkäse.›» Die Menge wusste nicht, ob sie darüber lachen sollte oder nicht.

«Er wollte ein großes Publikum», flüsterte Richard Valérie zu.

Renaud fuhr fort: «‹All meinen weltlichen Besitz, mein Haus und mein Unternehmen, vermache ich in gleichen Teilen meinen hinterbliebenen Familienmitgliedern: meiner lieben Ehefrau Elisabeth, die stets meine Stütze war und vom ersten Tag an hinter mir stand; und meinem Sohn Hugo, der mich, wie ich weiß, stolz machen wird.›» Der Lärm im überfüllten Saal zeigte Erleichterung an, und alle, abgesehen von dem einsam dastehenden Grosmallard, versicherten sich gegenseitig, dass da jemand seine Sache gut gemacht hatte.

Noel Mabit schlug mit dem Hammer auf den Schreibtisch. «Mesdames et Messieurs, Maître Renaud ist noch nicht fertig.»

«Ja, ja, danke, Monsieur, äh … wie auch immer. Der Monsieur hat recht, es fehlt noch etwas. ‹All meinen weltlichen Besitz, mein Haus und mein Unternehmen vermache ich …›, oh, das hatten wir schon, nicht wahr. Na, egal.» Die nächsten Zeilen rasselte er herunter. «Äh, hinterbliebenen Familienmitgliedern, meiner lieben Elisabeth und so weiter, meinem Sohn Hugo, stolz und so weiter, ‹Und unserem anderen Sohn, der Antonin Grosmallard genannt wird.›» Der Notar blickte auf, zufrieden damit, dass hier jemand seine Sache gut gemacht hatte, nämlich er selbst. Als er jedoch die Reaktion im Saal bemerkte, wurde sein Gesicht ernst.

Elisabeth Ménard schrie laut auf und begann zu schluchzen. Hugo Ménard stand auf und schaute sich nach jemandem um, auf den er losgehen könnte. Sébastien Grosmallard stürmte wortlos aus dem Raum, während alle anderen einander schockiert ansahen, selbst der Commissaire. Noel Mabit schlug mit seinem Hammer auf den Tisch, und Maître Renaud, froh, dass er nun beinahe fertig war, las die Abschlussformeln, als wäre rund um ihn herum nicht die Hölle losgebrochen. Richard und Valérie gingen, still von Commissaire LaPierre gefolgt.

Die drei überquerten den Platz, und Richard ging mit Valérie zum Auto.

«Valérie», rief der Commissaire, der langsamer gegangen war, ohne wirklich die Stimme zu erheben, aber doch laut genug, um klarzumachen, dass sie warten sollte. «Und Monsieur Ainsworth.» Inzwischen hatte er sie eingeholt. «Auf ein Wort.»

Richard und Valérie wechselten einen Blick.

«Hier?», fragte Valérie unschuldig.

«Hier passt es gut», gab er mit leicht bedrohlichem Unterton zurück. «Nun, soweit ich das alles verstehe», begann er und umkreiste die beiden dabei, «gibt es einen Skandal, in den ein berühmter Chefkoch und sein Sohn verwickelt sind und bei dem es um Käse geht. In derselben Nacht wird der Lieferant besagten Käses ermordet. In seinem Testament erklärt der Tote, dass der Sohn des berühmten Chefkochs sein eigener Sohn ist, und vermacht ihm einen Anteil an der Käsefabrik.» Er hielt inne.

«Ja, das fasst es ganz gut zusammen.» Richard bemühte sich, ermutigend zu klingen.

«Ich habe das Gefühl, Monsieur, dass Sie mehr über die Sache wissen, als Sie sagen. Und du, Valérie, bei dir versteht sich das von selbst!»

«Also, Henri …»

«Jetzt ist nicht die Zeit für ein ‹also Henri›. Das hier ist offiziell, und es ist ernst. Ihr müsst aufhören, Spielchen zu spielen.»

Jetzt geht es los, dachte Richard, genau wie er es befürchtet hatte. Der Mann war verbissen und unbestechlich. Es gab keinen zusätzlichen Manövrierraum und keine Gefälligkeiten, nur weil Valérie seine Ex-Frau war. Er würde der ganzen Sache nicht nur ein Ende setzen, er würde ihnen außerdem alles, alles, was sie wussten, aus der Nase ziehen. Es wurde Zeit, reinen Tisch zu machen, sagte er sich und öffnete den Mund zum Sprechen.

«Moment noch, Monsieur Ainsworth, ich bin noch nicht fertig. Ich weiß nicht, was bei diesen Ermittlungen abläuft. Und ich weiß auch nicht, was zwischen euch beiden läuft, ob ihr zusammen seid oder nicht.» Richard und Valérie wollten ihn beide unterbrechen, doch LaPierre forderte mit erhobener Hand sofortiges Schweigen ein. «Und lasst mich das klipp und klar sagen», fuhr er fort, «beides kratzt mich nicht. Ich wurde auf meine eigene Bitte hierher versetzt. Jemand schuldete mir einen Gefallen. Ich betrachte das hier als einen Posten, der der Pensionierung so nahe kommt, wie es bei vollem Gehalt nur möglich ist. Wir sind hier schließlich im Val de Follet. Hier sollte eigentlich nie etwas passieren. Wissen Sie, was ich gedacht habe? *Ich werde meinen Tag mit Angeln verbringen*, das habe ich gedacht. Doch sobald ich eintreffe, taucht eine Leiche auf, ehemals glückliche, erfolgreiche Familien werden auseinandergerissen, Geheimnisse treten zutage, und wo ich auch hingehe, überall ist meine Ex-Frau, die Kopfgeldjägerin und *potenzielle* Mörderin, schon da. Und ebenso ihr Schoßhund.»

«Und ich!» Richard wusste nicht, ob er ritterlich war oder einfach nur gekränkt, weil er übergangen wurde; so oder so, die Worte entschlüpften ihm unwillkürlich.

«Richtig, Monsieur, ihr Schoßhund.»

«Oh.» *Verdammt unverschämt*, dachte er.

«Und jetzt hört gut hin.» Sie standen vor ihm wie zwei Schulkinder, die gleich vom Direktor bestraft werden. «Ich wünsche mir einfach nur ein ruhiges Leben, versteht ihr? Ein ruhiges Leben. Ich habe den Verdacht, dass ihr beide mehr über die Ereignisse wisst als ich, und ich versuche, das nicht als Kränkung aufzufassen, aber tatsächlich erkenne ich eine Möglichkeit, damit umzugehen. Wenn wir es schaffen zusammenzuarbeiten, und damit meine ich wirklich zusammen, könnte ich vielleicht doch noch zum Angeln kommen. Habe ich mich klar und deutlich ausgedrückt? Wir. Arbeiten. Zusammen.»

«*Bonjour*, Richard! *Bonjour,* Valérie!» Richard kam der Gedanke, dass Valérie und er selbst nicht die Einzigen waren, die ständig überall auftauchten – Martin und Gennie hatten die gleiche Gewohnheit, und da waren sie auch schon. Die beiden umrundeten Valéries Wagen und winkten ihnen freudig zu. Sie erweckten den Anschein, als wollten sie auf ein Schwätzchen stehen bleiben, was gerade jetzt unglücklich gewesen wäre, doch dann bemerkten sie den Commissaire, der jetzt direkt vor ihnen stand, und Gennie sagte etwas schüchtern und mit geübter Unschuld: «Ah, und Ihnen ebenfalls *bonjour*, Monsieur Vigoureux.»

Der Commissaire errötete und sagte knapp «Madame», womit er klarmachte, dass er sozusagen nicht zu Hause war, und Martin und Gennie eilten weiter.

Der Commissaire wusste, dass er besiegt war; ihm war der Wind aus den Segeln genommen. Er bemühte sich, energisch auszusehen, was für einen Mann, der den Anschein erweckt, als hätte er sein ganzes Leben damit verbracht, energisch auszusehen, eine leichte Übung hätte sein sollen, doch tatsächlich sah er seekrank aus.

Richard wechselte einen kurzen triumphierenden Blick mit Valérie und bemerkte, dass sie Zeige- und Mittelfinger überkreuzte und hinter dem Rücken verbarg, als wollte sie die bösen Folgen einer Lüge abwehren. «Du hast recht, Henri, wir haben herumgeschnüffelt. Und zwar eher ich als Richard, der mit Gewissheit nicht mein Schoßhund ist, und mir scheint, du solltest dich bei ihm entschuldigen.» LaPierre murmelte etwas Unverständliches, und sie fuhr fort: «Unsere eigenen Ermittlungen haben uns zu dem Glauben verleitet, Elisabeth Ménard und Antonin Grosmallard seien Geliebte, aber gewiss nicht Mutter und Sohn. Wir sind genauso überrascht wie du. Anscheinend haben wir uns die ganze Zeit geirrt.» Sie machte ein verlegenes Gesicht, das Richard ihr keinen Moment abnahm. Es überraschte ihn, dass der Commissaire darauf hereinzufallen schien. *Vielleicht wird man so zum Ex von Valérie*, überlegte er. *Sie verliert den Respekt für dein Urteilsvermögen.*

«Das überrascht mich nicht», antwortete LaPierre nun schon wieder überheblicher, bemüht, erneut die Oberhand zu gewinnen.

«Rede nicht in diesem Tonfall mit mir, Henri. Oder soll ich Monsieur Vigoureux sagen?»

Er nickte, ein gebrochener Mann, und sah so aus, als hätte er genug von Amateurdetektiven, Ex-Frauen und dem Leben im Allgemeinen. «Und so kennt ihr beiden Schnüffler nun alle Fakten. Was hattet ihr als Nächstes vor?»

Er tat Richard allmählich ein bisschen leid. «Na ja, wir hatten wohl noch gar keinen Plan», sagte Valérie unschuldig, «aber ich würde sicherlich gern mit Antonin Grosmallard reden, um herauszufinden, was er wusste.»

«Ich verstehe. Bitte überlass das vorläufig mir», bat der Commissaire.

«Aber du erzählst uns, was du von dem jungen Mann erfährst?» Valérie sprach mit der Bestimmtheit eines Hypnotiseurs, der Anweisungen erteilt.

«Ja, Valérie, ich erzähle euch, was ich herausfinde.» Er ging betrübt zu seinem eigenen Auto davon.

Valérie entflocht Zeige- und Mittelfinger und sah Richard an. «Was denn?», fragte sie, das Bild der Tugend selbst. «Jemand muss schließlich die Leiche finden; da kann es auch die Polizei sein.» Sie lächelte Richard an. «Martin und Gennie sind manchmal wirklich großartig, oder?» Sie strahlte.

20

Clare glättete die Picknickdecke am Flussufer mit einer Sorgfalt, die vermuten ließ, dass dies kein kleiner informeller Lunch sein würde. An diesem abgeschiedenen Ort mit seinen majestätisch schwebenden Libellen sah man auf den gemächlich vorbeiströmenden Fluss, zu dem das Ufer sich langsam absenkte. Auf dem gegenüberliegenden Flussufer wartete ein Reiher auf Fische, und weiter stromaufwärts stand eine Holzhütte, in der sich ein Tretbootverleih befand, der aber über Mittag geschlossen hatte. Mit dem großen, aus Weiden geflochtenen Picknickkorb zwischen sich setzten sie sich und genossen die heitere Landschaft vor ihren Augen.

«Solche Momente wie diese erinnern mich daran, wieso wir hierhergezogen sind», bemerkte Clare wehmütig. «Es ist wirklich sehr friedlich.»

Richard sah zwar, was sie meinte, denn die Szenerie vor ihm unterstrich ihre Gedanken, doch derzeit machten ihm ein Doppelmord und ein geradezu historisch zu nennender Fall von Untreue zu schaffen. Dergleichen relativiert die Bedeutung von Libellen, seien sie nun majestätisch oder nicht, und so blieb er stumm.

«Bist du hungrig?», fragte sie und schnallte die Riemen des Korbs auf. «Ich habe einige deiner Lieblingsleckereien mitgebracht.»

«Wie konntest du den Korb denn im Flugzeug mitnehmen? Hat das kein Theater gegeben?»

«Er war doch hier, du Dummerjan. Hast du ihn seit meinem Weggang nicht mehr benutzt?»

Richard schüttelte den Kopf. «Nein», antwortete er. «Ich hatte nicht viel Bedarf dafür.»

«Erinnerst du dich an das letzte Mal, als wir ihn verwendet haben?» Es war die Art von Frage, die jeden Mann mit Angst und Schrecken erfüllt. Seiner Meinung nach sollten alle Fragen, die sich auf bestimmte Ereignisse einer Ehe oder konkrete Erinnerungen beziehen, im Voraus auf die Tagesordnung gesetzt werden, statt unvermittelt auf einen losgelassen zu werden. Er dachte nach und beschloss, tapfer zu sein.

«Nein, eigentlich nicht.»

Sie nickte, als bestätigte das einen Gedanken, den sie bereits gehabt hatte, und sagte leise: «Ich auch nicht.»

«Vielleicht waren wir damals hier oder an einer ähnlichen Stelle.» Er bemühte sich, sie beide aufzumuntern. «Wahrscheinlich noch bevor wir richtig hierhergezogen sind.»

Sie klappte den Korb auf. «Ja, das ist gut möglich. Das ist das Problem, wenn man an einen Ort zieht, an dem man sich im Urlaub immer wohlgefühlt hat. Es ist dann kein Urlaub mehr.»

«Ach, ich weiß nicht.»

«Für uns war es jedenfalls so, Richard. Ein Scotch Egg?»

Er wollte darauf verweisen, dass zwar Clare sich nie an das langsame Tempo im Val de Follet gewöhnt hatte, es ihm selbst aber sehr entgegenkam. Doch andererseits war er auch wirklich scharf auf das Scotch Egg, und so beschloss er, diesen Punkt zu übergehen.

«Hast du sie nach Frankreich reingeschmuggelt?», fragte er im Tonfall eines Goldschürfers, der meint, vielleicht eine Ader entdeckt zu haben.

«Genau!» Sie lachte. «Und nicht nur Scotch Eggs.» Sie packte den Korb aus und zeigte stolz die durch und durch britischen Leckereien vor, die Richard seit Jahren nicht mehr gekostet hatte. Ihm war gar nicht klar gewesen, wie sehr er sie vermisst hatte. «Da haben wir die bereits erwähnten Scotch Eggs, einen Melton Mowbray Pork Pie – und ich habe selbst eine Schüssel mit Coronation Chicken gemacht. Dann gibt es Kartoffelsalat, Red Leicester Cheese, Jacob's Cream Crackers und Marks & Spencer's Cloudy Lemonade. Außerdem habe ich diese grässlichen Mango-Chutney-Papadams, die du so liebst. Und …» Sie machte eine rhetorische Pause. «Tata!» Sie holte einen riesigen Riegel Cadbury's Fruit & Nut heraus. Die Frau war eine Verführerin, und sie hatte sich richtig ins Zeug gelegt.

«Wow, das ist … wow. Danke», sagte er leise.

«Ich hatte recht.» Ihr triumphierender Tonfall deutete ein nicht ausgesprochenes «Ich hab's dir ja gesagt» an. «Es gibt Dinge, die du vermisst, und vielleicht wird es Zeit, dir das selbst einzugestehen.» Sie schaute auf den Fluss hinaus, eine dramatische Pose, in der sie Richards Antwort erwartete.

Er griff nach der Packung mit Red Leicester Cheese und hielt ihn so ehrfürchtig wie ein Museumskurator ein wertvolles Artefakt. «Ich habe dich so sehr vermisst», sagte er mit vor Rührung fast brüchiger Stimme.

Sie wandte sich ihm zu und erklärte eindringlich: «Wusste ich's doch, Richard. Ich habe es die ganze Zeit gewusst.» Sie legte die Hand auf seine. «Und jetzt überlass alles mir.»

Er sah sie an, Verwirrung im Gesicht, und seine verräterische Ader an der Stirn pochte heftig. Gerade wollte er den Irrtum aufklären, da sah er im Hintergrund, wie Elisabeth Ménard in einem orangeroten Pedalo über den Fluss fuhr. Zwanzig Meter hinter ihr folgte ein wild strampelnder Sébastien Grosmallard, dessen gelbes Tretboot eine beachtliche Kielwelle erzeugte. Richard stand auf und biss dabei ein großes Stück aus seinem Scotch Egg. Genau in diesem Augenblick bemerkte er mit weiteren zwanzig Metern Abstand zu Grosmallard ein rotes Tretboot, das gerade hinter einer Flussbiegung auftauchte. Es war deutlich schwerer beladen, nämlich mit den Liebowitz-Brüdern. Dass Ménard und Grosmallard hier waren, konnte er halbwegs verstehen. Bei den beiden deckten sich eindeutig ein paar Interessen, und wahrscheinlich hatten sie eine Menge zu besprechen. Aber ein Familienumzugsunternehmen aus New Jersey? Irgendetwas war da faul.

«Lass uns ein Tretboot mieten!», sagte er plötzlich.

«Was?»

«Lass uns ein Tretboot mieten. Wie in alten Zeiten!»

«Richard, wir haben noch nie ein Tretboot gemietet.»

«Dann wird es höchste Zeit!» Er begann, das Essen einzupacken, und warf es in den Korb.

«Richard?» Sie klang nicht verärgert, sondern eher verwirrt, als müsste sie feststellen, dass sie diesen Mann gar nicht so gut kannte, wie sie dachte. Richard schnappte sich einen Zipfel der Decke und zog sie Clare praktisch unter dem Hintern weg.

«Komm schon! Das wird total romantisch!» Er wusste, dass er diese Art von Überredungsversuch noch bereuen würde, doch hier handelte es sich um einen Notfall.

«Aber was ist mit dem Lunch?»

«Den können wir im Tretboot essen! Los, los!» Er griff nach dem Picknickkorb, half Clare eilig auf die Beine und marschierte mit ihr zum Tretbootverleih davon.

Der Betrieb war noch geschlossen, als sie dort ankamen, und Clare wirkte erleichtert. «Lass uns erst zu Mittag essen und dann eine Tretbootfahrt machen», redete sie ihm zu, doch darauf ließ Richard sich nicht ein.

«Nein, wir bezahlen den Mann, wenn wir zurückkommen!» Er entschied sich für ein blaues Tretboot am Ende des kurzen Holzstegs und stieg unbeholfen ein. Beinahe hätte er das Gleichgewicht verloren.

Clare zögerte noch. «So hab ich dich noch nie erlebt», sagte sie, lächelte aber dabei.

«Dann los, steig ein!» Er war entschlossen, sie bei Laune zu halten, wenn es dazu führte, dass sie sich beeilte. «Es geht los, Watson!», fügte er hinzu, womit er es wohl ein bisschen übertrieb, und half ihr in das schwankende Gefährt.

Sollte Clare geglaubt haben, Richards stürmischer Aufbruch sei das Vorspiel zu einem ruhigen Intermezzo, in dem sie sich gelassen auf dem Follet treiben lassen würden, musste sie rasch erkennen, dass sie sich geirrt hatte. In ihrer Studienzeit hatten sie verträumte Nachmittage damit verbracht, gemächlich über die Seen bei der Keele University zu rudern und eine gemeinsame erfolgreiche Zukunft zu planen. Jetzt war Richard dagegen eindeutig abgelenkt und trampelte wie ein Profi-Radsportler, der sich vom Hauptfeld absetzen will. Er hatte eine ziemlich gute Vorstellung davon, wohin die anderen Boote fuhren. Dieser Abschnitt des Follet war mit einem größeren See verbunden, dem Lac des Petites Îles, der seinerseits mit dem alten Kanalsystem verbunden war, das dem Tal einmal so gut gedient hatte. Der See war – wie der Name es bereits vermuten ließ – von kleinen Inseln übersät. Sie waren wohlbekannte Treffpunkte für Pärchen. Da die anderen so viel Vorsprung hatten, würde die Aufgabe darin bestehen, die richtige Insel zu finden.

«Musst du wirklich so schnell treten, Richard?»

Er war bereits außer Atem, versuchte das jedoch zu kaschieren. «Wenn wir erst genug Schwung haben, wird es von allein laufen.»

«Wenn du meinst», antwortete sie mit einem wehmütigen Seufzer. Danach streckte sie zu Richards großer Verärgerung die Hand ins Wasser, womit sie in seinen Augen die Fahrt bremste. «Erinnerst du dich noch an unsere Nachmittage am See, Richard? Damals lag das ganze Leben vor uns …»

«Ja», antwortete er keuchend.

«Ich hatte eine Zukunft als PR-Guru vor mir, und du machtest deinen Doktor in Filmwissenschaft ... Wir waren so jung, so hoffnungsvoll.»

«Ja», keuchte er erneut. «Möchtest du nicht vielleicht mal übernehmen?»

Sie beachtete ihn nicht.

Er umrundete den See einmal, sah aber weder Ménard noch Grosmallard noch die Liebowitz-Brüder. Er konnte sich beim besten Willen nicht vorstellen, wieso die drei Amerikaner dabei waren. Vielleicht war es purer Zufall. Sie mochten gerade versuchen, die Landung ihres alten Herrn am D-Day nachzuerleben – wer weiß? Eines wusste er jedoch mit Sicherheit: Er hatte es übertrieben und nur noch so wenig Sauerstoff im Blut, dass er vielleicht gleich einfach bewusstlos umkippen würde.

Clare hinter ihm hatte immer noch einen verklärten Blick auf alles, schlürfte mit einem Trinkhalm Cloudy Lemonade und sonnte sich. «Warum verwendest du eigentlich nie deinen Doktortitel, Richard? Der macht sehr viel her.»

Im Verlauf der Jahre hatten sie dieses Gespräch bereits allzu oft geführt, und Richard würde seine möglicherweise letzten Atemzüge nicht damit verschwenden, alte Argumente wiederzukäuen. Sie wusste ganz genau, wieso. Sie waren einmal zusammen nach Kopenhagen geflogen, ein kurzer Businesstrip Clares. Auf diesem Flug war ein Passagier erkrankt. Natürlich hatte der Pilot über die Lautsprecheranlage gefragt, ob ein Doktor an Bord sei, und Clare, die nach ein paar Gin Tonic gehörig Druck im Kessel hatte, hatte Richard gemeldet. Dank der Bemühungen des Flugbegleiterteams hatte der Passagier überlebt. Richard jedoch wurde danach von allen gemieden, da man ihn für einen gefährlichen Aufschneider und Witzbold hielt, denn als man nach seiner Qualifikation fragte, hatte Clare verächtlich erklärt: «Er hat nichts Medizinisches vorzuweisen, aber er hat ein paar Mal *Carry On Nurse* geschaut – *41 Grad Liebe.*»

Er hörte auf, in die Pedale zu treten, und ließ das Boot treiben, während er nach Luft schnappte. Und da entdeckte er sie. Auf einer der größeren Inseln lagen zwei Tretboote am sandigen Ufer, eines orangerot und eines gelb. Ein paar Meter den Strand hinauf stand Elisabeth Ménard, die neben dem großen Grosmallard fast klein wie ein Kind wirkte. Als Doktor der Filmwissenschaft und als Ehemann, der möglicherweise an der Schwelle zu einer Wiederversöhnung oder einer Scheidung stand, brauchte er nicht lange, um die dem Gespräch der beiden innewohnenden Emotionen aufzufangen, wenn ihm Einzelheiten auch verschlossen blieben. Beide sahen so aus, als hätten sie ein schlechtes Gewissen. Elisabeth Ménard hatte die Arme verschränkt, schaffte es aber dennoch, nervös an den Fingernägeln zu kauen. Grosmallard war einige Meter zurückgeblieben, hatte die Hände tief in den Hosentaschen vergraben und stieß mit der Schuhspitze nach dem Sand. Was hatten die Schuldgefühle zu bedeuten? War es das schlechte Gewissen nach dem Akt? Postkoitale Schuldgefühle waren vermutlich etwas rein Englisches, oder? Steckten die beiden zusammen dadrin? Und worauf genau bezog sich «dadrin»? Madame Ménards Mann war ermordet worden, und dasselbe Schicksal hatte Antonin getroffen, wobei der Vater vielleicht noch gar nichts davon wusste, es sei denn, er wäre selbst der Mörder seines Sohnes. Oder tatsächlich Madame Ménards Sohnes. Oder ihres gemeinsamen Sohnes? Doch Fabrice' Testament hatte ausdrücklich «unseren Sohn» bedacht. Vielleicht wusste Grosmallard nicht einmal selbst, was wirklich der Fall war, auch wenn Richard sich das nicht recht vorstellen konnte. Er wünschte, Valérie wäre da, um seine Gedanken auf Trab zu bringen. Das war natürlich unfair Clare gegenüber, die sich so viel Mühe gegeben hatte. Am liebsten hätte er selbst die Hände voll Schuldbewusstsein tief in den Hosentaschen vergraben.

«Hi, Dick!»

Die Liebowitz-Brüder zogen langsam in entgegengesetzter

Richtung an ihnen vorbei, und nun war vollkommen klar, dass sie die Vorgänge ebenfalls im Auge behielten.

«Guten Tag – heute sind Sie nicht auf Tour?»

«Nö, kennt man eins von diesen gottverdammten Châteaus, kennt man sie alle», rief Morty ihnen im Vorbeifahren zu. Hinter ihm hielt Abe ein kleines Fernglas auf den Strand gerichtet. «Wir beobachten Vögel.» Mortys Tonfall veränderte sich.

Elisabeth Ménard stieg wieder ins Tretboot und wurde überraschend sanft von Sébastien abgestoßen. Gleich darauf legte dieser mit seinem eigenen Boot ab; sie befanden sich auf dem Rückweg zum Anlegesteg. Die Liebowitz-Brüder entschieden sich raffinierterweise dafür, diesmal vor den beiden herzufahren, statt ihnen zu folgen, und brachen mit einem fröhlichen «Bis dann, Dick!» auf.

Clare hatte das alles mit verunsicherter Miene verfolgt. Es war offensichtlich, dass sie sich viele Fragen stellte, vielleicht sogar mehr als Richard, doch sie vermittelte den Eindruck, als wollte sie die Antworten nicht wissen. Antworten würden ihr nur in die Quere kommen. «Wer sind diese Leute?», fragte sie schließlich.

«Ach, einfach die Chefs einer Umzugsfirma aus New Jersey.»

«Wenn du meinst.» Zu seiner Erleichterung sah er, dass die Frage sie gar nicht besonders interessierte. «Du solltest wirklich nicht zulassen, dass sie dich Dick nennen, weißt du. Wer einen Doktor hat, dem steht so etwas nicht gut zu Gesicht.»

Schließlich kamen sie beim Anlegesteg an, wo der alte Verleiher sich wütend auf Richard stürzte, ihn beschimpfte und mit einer Anzeige wegen Diebstahl drohte. Plötzlich fiel Richard mit einem Krampf auf den Holzsteg, das Gesicht hochrot vor Erschöpfung und möglicherweise auch von einem Sonnenstich. Gemeinsam weckten der alte Mann und Clare seine Lebensgeister; Clare gab ihm ein paar Schlucke Limonade und holte dann das Fruit & Nut hervor, um ihm einen Energieschub zu verpassen. Der süße Riegel war jedoch geschmolzen. Richard hatte das unbestimmte Gefühl, dass heute alle möglichen Leute Pläne hatten, aber keiner von ihnen klappte.

21

Jetzt musst du dich ausruhen, Richard. Ich weiß nicht, wieso du dich unbedingt als romantischer Draufgänger aufspielen musstest, aber so herumzujagen ist in deinem Alter nicht klug, und schon gar nicht bei der größten Mittagshitze.»

Richard lag im Wohnzimmer auf dem Sofa und war sich unbestimmt bewusst, dass Clare in einer Mischung aus Verärgerung und Sorge auf und ab marschierte. Ihr Tonfall ließ allerdings vermuten, dass die Verärgerung bei Weitem überwog. So wie er da lag, konnte er sie nur als undurchdringlichen Schatten wahrnehmen, und dafür war er dankbar. Er hatte keine Lust auf direkten Blickkontakt. Sie hatte ihn so gut versorgt, wie sie konnte, einerseits in pragmatischer Pflichterfüllung und andererseits wie eine erzürnte, herrische Mutter. Sie hatte es noch nie gemocht, wenn es ihm nicht gut ging; ihre Männer sollten stark sein. Und so hatte sie ihn zwar für seinen törichten jugendlichen Überschwang getadelt, gleichzeitig aber für kalte Handtücher, Eispackungen unter jeder Achsel, eine Feuchtigkeitsmaske und Gurkenscheiben auf den Augen gesorgt. Er sah aus wie ein Salatbüfett. Und sie ließ auch nicht von ihm ab.

«Ich nehme an, dass du für den Abend Pläne mit dieser Frau hast?»

Gefährliches Terrain, dachte er und wimmerte zur Antwort ein klägliches «Nein».

Sie beachtete es nicht. «Nun, ich werde ihr sagen, dass das gestrichen ist, was auch immer ihr geplant hattet. Du brauchst

Ruhe. Ihr habt jetzt lange genug Emma Peel und John Steed gespielt. Ihr seid beide über fünfzig, auch wenn ich behaupten würde, dass sie älter ist als wir.»

Auweia!, dachte Richard.

«Natürlich sollt ihr das Leben genießen, aber ihr seid nicht die Avengers!»

«Chapeau Melon», warf er spontan ein, warum, wusste er selbst nicht.

«Was meinst du damit?»

«Chapeau Melon. So nennen die Franzosen die Avengers.»

Es folgte ein aufgeladenes Schweigen, und Richard duckte sich hinter seinen Gurkenscheiben.

«Ich weiß wirklich nicht, ob die Sonne dich so hart erwischt hat, dass du fieberst, oder ob du einfach nur wieder vollkommen normal bist. Das ist manchmal sehr schwer zu unterscheiden!», erklärte sie offensichtlich vollkommen entnervt.

Richard hörte ein höfliches Klopfen an der Wohnzimmertür. «Ich störe wirklich nicht gern.» Es war Valérie, und er spürte, dass sie stockte, als sie ihn so liegen sah. «Alles in Ordnung mit dir, Richard?»

«Oh, bestens», antwortete er, bemüht, munter zu klingen.

«Er hat einen Sonnenstich.» Bei Clare hörte es sich an wie eine tödliche Krankheit, doch dann änderte sich ihr Tonfall. «Du hast es heute Nachmittag als Kavalier übertrieben, nicht wahr, Darling?» Richard wimmerte erneut. «Ich fürchte, heute Abend kann er nicht zum Spielen kommen, Valérie.»

«Das ist schade», erwiderte sie. «Der Commissaire hat speziell um seine Unterstützung gebeten.» Valérie und Clare kannten sich noch nicht sehr lange, aber offensichtlich hatte Erstere bereits begriffen, wie Letztere tickte. Clare liebte Titel und das Licht, das von Prominenten auf einen abstrahlte.

«Du hast immer noch Gurke am Kragen, Richard.» Valérie reichte ihm ein paar Make-up-Tücher aus ihrer Handtasche und kämpfte mit dem Anlasser des Wagens. «Ehrlich, was habt ihr beiden getrieben?» Sie fand die Sache offensichtlich ziemlich amüsant. «Und auch noch in deinem Alter», spottete sie. Er wünschte wirklich, sie alle würden nicht ständig auf seinem Alter herumreiten.

«Wenn du es genau wissen willst, ich habe versucht, unseren Verdächtigen zu folgen.» Er gab sich ein wenig gereizt, doch tatsächlich wusste er, dass er damit ihre Aufmerksamkeit erregen würde. «Ich habe Elisabeth Ménard gesehen, in einem Tretboot auf dem Fluss, und dann beobachtet, wie Sébastien Grosmallard ihr folgte!»

«Also bist du ihnen deinerseits gefolgt?»

«Genau.»

«Gut gemacht, Richard.»

«Und nicht nur die beiden habe ich gesehen, sondern auch noch die Liebowitz-Brüder.» Er beobachtete genau, ob ihre Reaktion durch irgendeine Andeutung erkennen ließ, dass ihr der Name etwas sagte. Er hatte nicht die geringste Ahnung, wie die Liebowitz-Brüder zu alldem passten, aber am naheliegendsten war, dass sie auf irgendeine Weise Kollegen von Valérie waren, entweder als Kopfgeldjäger, als Mörder oder als Leibwächter.»

«Wer sind die Liebowitz-Brüder?», fragte sie ohne den geringsten Anschein des Wiedererkennens. Dabei wandte sie den Blick von der Straße und sprach ihn direkt an. Er erzählte ihr, was er von den jüdischen Umzugsspezialisten aus New Jersey wusste. «Das ist eigenartig», dachte sie laut nach. «Ich habe noch nie von ihnen gehört, aber ich werde ein paar Erkundigungen einziehen.»

Sie trat ungeduldig aufs Gas und beschleunigte so stark, dass Passepartout den Kopf in seinem Liegekissen vergrub.

«Warum wünscht der Commissaire eigentlich meine Unterstützung?» Richard konnte nicht verhehlen, dass ihm das schmeichelte.

«Eigentlich will er mit uns beiden sprechen. Jedenfalls hat man die Leiche von Antonin Grosmallard gefunden!»

«Sie haben diesmal also etwas gründlicher in der Küche geputzt?»

«Er liegt nicht im Restaurant.»

«Oh. Wo denn dann?»

«In der Ziegenfarm.» Beide schwiegen.

Nach einer Weile sagte Richard: «Das sieht gar nicht gut für Grosmallard aus, oder? Sein Sohn wird in der Küche ermordet, dann findet er heraus, dass er gar nicht sein Sohn war, und die Leiche des Toten taucht im Betrieb von Antonins leiblichen Eltern auf.»

«Die Polizei weiß nicht, dass er in Sébastiens Küche ermordet wurde; das wissen nur wir. Ich denke, wer immer Antonin getötet hat, wusste über das Testament Bescheid.»

«Das lässt auf Hugo schließen, denn durch Antonin hätte er die Kontrolle über den Betrieb verloren.»

«Oder auf Sébastien Grosmallard, wegen der Demütigung?»

«Oder auf Karine – ohne Antonin wird sie vermutlich Restaurant und Namen Grosmallards erben.»

«Oder auf Elisabeth? Aber warum sollte Elisabeth ihren eigenen Sohn ermorden?»

«Weil sie eine Affäre mit ihm hatte und sie das aus dem Gleichgewicht gebracht hat?»

«Aber sie konnte unmöglich ahnungslos sein, dass er ihr eigener Sohn war.»

Sie dachten eine Weile darüber nach. Dann sagte Richard: «Falls es eine dieser Personen war, aus einem der genannten Gründe, welche Rolle spielen dann Garçon und Tatillon?»

Sie parkte nachdenklich ein. «Vielleicht spielen sie gar

keine?», erwiderte sie. «Vielleicht ist es einfach Pech. Sie haben möglicherweise nicht das Geringste mit der Sache zu tun.» Das war absolut denkbar, aber waren sie wirklich Unbeteiligte, die in etwas hineingeraten waren, das sie gar nichts anging? *Irgendwie sind sie in die Sache verwickelt*, dachte Richard. Alles andere wäre einfach ein zu großer Zufall.

Der Ziegenbock Giscard beäugte sie träge. Er stand kauend da, vollkommen unbeeindruckt von der ganzen Aufmerksamkeit, die er plötzlich bekam. Hinter ihm türmte sich ein großer Heuhaufen, aus dem die Beine des jungen Antonin Grosmallard herausragten. Sie standen wie in einem Victory-Zeichen nach oben und erinnerten Richard ekelerregend an Guy Garçons Froschschenkelgericht.

«Sie sind sicher, dass er es ist?», fragte er.

Der Commissaire machte ein erschöpftes Gesicht. «Ich war schon viel näher dran, Monsieur», sagte er seufzend. «Es handelt sich um Antonin Grosmallard. Ihm wurde die Kehle durchschnitten.»

«Aber warum hier?», fragten Richard und Valérie gleichzeitig.

LaPierre blickte vom einen zum anderen. «Er wurde nicht hier ermordet; hier gibt es kein Blut. Er wurde anderswo ermordet und hierhergeschafft, damit wir ihn hier finden.»

«Aber warum?», fragte Valérie, die Unschuld in Person.

Der Commissaire wippte auf den Fersen, sodass er leicht vor- und zurückschwankte. «Ich hatte gehofft, dass ihr mir das verratet. Ihr beiden.» Er stand direkt vor ihnen.

Richard und Valérie beteuerten ihre Unschuld und ihr Nichtwissen, was den Commissaire veranlasste, ihnen mit erhobener Hand Einhalt zu gebieten.

«Wie schon gesagt, ich arbeite mit euch zusammen, weil ich angeln gehen möchte; ich angele wirklich gern. Angeln ist so friedlich.» Er beugte sich zu ihnen vor. «Aber ihr müsst mir sagen, was ihr wisst! Inzwischen haben wir zwei Morde, und ich werde Druck von oben kriegen, weil es berühmte Namen sind. Ich verlange …»

Er wurde von einem Schrei an der Tür unterbrochen, denn dort stand nun Elisabeth Ménard und sah Antonins aus dem Heu emporragende Beine. Der Commissaire gab einem Kollegen einen Wink, sie wegzubringen, und bedeutete der Spurensicherung, mit der Untersuchung des Ablageorts weiterzumachen. Hinter Elisabeth tauchte jetzt Sébastien Grosmallard auf, wie üblich einen leidenschaftlichen, fast irren Ausdruck in den Augen und das Haar schlangengleich wie Medusa. Er sah aus, als würde er vor väterlichem Schmerz aufheulen, dies war ein anderer Grosmallard; er legte den Kopf schief und sagte leise: «Mein Kind.» Dann legte er Elisabeth den Arm um die Schultern und führte sie hinaus.

«Hatten die beiden die Leiche noch nicht gesehen?», fragte Richard ungläubig.

«Nein, ich wollte, dass sie vorläufig außen vor blieben. Ich wollte die Ergebnisse der Spurensicherung abwarten und … erfahren, was ihr wisst.» Er sah beide erneut finster an.

«Wer hat ihn denn dann gefunden?», fragte Valérie.

«Das wissen wir nicht, Madame. Wir haben heute am späten Nachmittag einen anonymen Anruf erhalten. Dort werden Sie die Leiche von Antonin Grosmallard finden, sagte die Stimme.»

«War es ein Mann oder eine Frau?»

«Ein Mann, Monsieur, mit einem fürchterlichen Akzent.» Er wandte sich Richard zu und sah ihm in die Augen. «Deshalb wollte ich Sie hier haben.»

Richard wurde so bleich, wie sein sonnengerötetes Gesicht es zuließ. «Ich habe nicht angerufen», stammelte er.

«Nein, mir scheint angesichts Ihrer Reaktion wohl eher nicht.» Richard schwankte, und Valérie packte ihn am Arm. «Aber Sie wissen mehr über die Sache, als Sie mir verraten.»

LaPierres Handy klingelte, und er ging fluchend davon, um ungehört zu telefonieren.

«Komm mit», flüsterte Valérie und begab sich zu Elisabeth und Sébastien hinaus. Die beiden standen schweigend da und rauchten.

«Das muss ein furchtbarer Schock für Sie sein», begann Valérie behutsam.

«Ja, falls wir irgendetwas für Sie tun ...» Richards Stimme verlor sich.

«Sollen wir Ihre Tochter anrufen? Ist sie nicht in Paris?», forschte Valérie.

«Wir erwarten sie ohnehin heute hier, Madame. Nach Antonins Verschwinden habe ich sie gebeten zurückzukommen.» Sie standen schweigend da. «Er war mein Sohn!», verkündete Grosmallard plötzlich. Allerdings war schwer zu sagen, ob er eher erbost oder eher in seinem Stolz gekränkt war. «Fabrice hat aus dem Grab heraus Spielchen mit uns gespielt.»

«Das war kein Spielchen», entgegnete Elisabeth leise.

«Er wusste über die Affäre Bescheid. Das ist seine Rache», widersprach Grosmallard.

Richard fand, dass das eigentlich keinen Sinn ergab, es sei denn, Fabrice hätte damit gedroht, die Wahrheit zu enthüllen, und wäre dafür ermordet worden.

«Das hätte er unserem Sohn nicht angetan.» Erneut sprach Elisabeth so leise, dass man ihre Worte kaum verstehen konnte, fast als redete sie mit sich selbst. Richard hätte gern gefragt, ob sie mit «unserem Sohn» Antonin oder Hugo meinte, doch ihm fiel nicht ein, wie er das einfühlsam formulieren könnte.

«Monsieur Sébastien Grosmallard.» Der Commissaire sah jetzt weniger erschöpft aus als zuvor, er wirkte, als erfülle er eine ernste Pflicht, die ihm mehr Autorität abverlangte. «Ich verhafte Sie wegen des Mordes an Antonin Grosmallard und Fabrice Ménard. Begleiten Sie mich bitte zur Polizeiwache ...»

Elisabeth stieß einen entsetzten Schrei aus, während Grosmallard LaPierre einfach nur müde ansah und schwieg.

«Der Anruf eben kam von einem Kollegen», erklärte der Commissaire, während zwei Beamte dem großen Chefkoch Handschellen anlegten. «In Monsieur Grosmallards Küche fehlt ein Messer, und unter den Küchenelementen wurde Blut gefunden. Wir müssen es noch untersuchen, aber ich bin mir sicher, es ist das seines Sohnes, ihres Sohnes, äh, Antonin Grosmallards.»

Grosmallard überragte die beiden Beamten, die ihn zwischen sich genommen hatten, wie ein Turm. «Bei mir wurde gestern Abend eingebrochen.» Sein Tonfall war nüchtern, weder flehend noch trotzig.

«Aber Sie haben nichts dergleichen angezeigt, Monsieur?»

Er zuckte mit den Schultern. «Ich habe entdeckt, dass ein Messer fehlt, meine Büroschubladen sind geöffnet worden, und jemand hatte ein Notizbuch, mein Rezeptnotizbuch, herausgenommen.»

Der Commissaire schnaubte. «Wollen Sie etwa behaupten, jemand versucht, Ihnen einen Mord anzuhängen, weil er an Ihr Rezept für Zwiebelsuppe heranwill?»

Grosmallard richtete sich auf. «Nein, Monsieur le Commissaire, das behaupte ich nicht. Aber jemand ist in mein Büro eingebrochen und hat mein Notizbuch gestohlen. Dieses Buch ist eine Bibel der modernen Kochkunst. Es ist nicht einfach nur ein Rezeptbuch. Es ist eine Autobiografie der französischen Küche und zeigt, wie die Rezepte geboren wurden und welche emotionale Verfassung hinter ihnen steckt. Dieses Buch würde meine Unschuld beweisen. Sagen Sie das Ihren Kollegen!» Es war eine gewichtige Rede, doch Richard dachte unwillkürlich, dass ein verschwundenes Notizbuch im Vergleich zur Ermordung zweier Menschen nichts bedeutete. Er wusste, dass große Köche manchmal ein bisschen zu ausschließlich auf ihre kulinarischen

Ziele fixiert waren, doch Grosmallard schien von den falschen Prioritäten auszugehen. *Zeig ein wenig Zerknirschung, Mann, oder zumindest Kummer.*

Sie führten ihn zu einem wartenden Polizeiauto, und eine Polizistin tröstete Elisabeth.

«All das hat er natürlich erfunden», sagte der Commissaire zu Richard und Valérie, als der Wagen losfuhr. «Warum hat er es nicht schon vorher erwähnt?»

«Er hatte wohl viel auf der Seele.»

«Richtig, Monsieur Ainsworth, nämlich einen Mord!»

Tief in Gedanken versunken, sah Valérie dem Wagen nach. «Richard», sagte sie, ohne sich umzuschauen, «würdest du mich nachher beim Bahnhof absetzen? Ich muss heute Abend nach Paris fahren.»

Er fühlte sich überrumpelt und antwortete einfach nur mit einem «Ja, mach ich». Sie ging bereits zum Auto zurück, doch er wandte sich noch einmal um, um sich vom Commissaire zu verabschieden, und der hatte eine Augenbraue misstrauisch hochgezogen.

«Seien Sie vorsichtig, Monsieur, seien Sie äußerst vorsichtig. Stellen Sie sich eine Frage: Wie gut kennen Sie Valérie d'Orçay wirklich? Was verheimlicht sie Ihnen vielleicht?» Er drehte sich um und ging langsam in Richtung Leiche davon.

Es war eine Warnung, so viel war klar. Er unterstellte Richard, Valérie überhaupt nicht zu kennen. Dabei war der Commissaire mit ihr verheiratet gewesen, schien aber auch keinen Einblick in sie zu haben. Ja, gut möglich, dass sie etwas vor ihm, Richard, verborgen hielt, sie wusste jedoch nicht, dass er Sébastien Grosmallards anscheinend hochexplosives Notizbuch an sich genommen hatte. Zumindest glaubte er das – er wusste nur nicht, wo es sich befand.

22

Richard parkte Valéries Sportwagen vor dem Bahnhof. Das geöffnete Dach wirkte so sorgenfrei, wie ihnen keineswegs zumute war, und so saßen sie eine Weile reglos da. Sie wussten, dass sie für den Zug nach Paris eine gute Viertelstunde zu früh waren.

«Ich sollte nur ein paar Tage weg sein», sagte Valérie. «Könntest du den Wagen für mich zur Reparatur bringen? Kennst du eine Werkstatt?»

«Ja», antwortete er stoisch. «Ich lasse mir morgen einen Termin geben.» Erneut verstummten sie, bis Richard das Schweigen schließlich brach. «Ich begreife es nicht», sagte er. «Warum nach Paris, und warum jetzt? Gerade wo es wirklich interessant wird.» Er wollte nicht wie ein verzweifelter, vor Liebeskummer vergehender Teenager klingen, und das war für ihn auch nicht das bestimmende Gefühl. Tatsächlich wusste er nicht, wie er mit den Konsequenzen von Grosmallards Verhaftung umgehen sollte, und fürchtete die immer nachdrücklicher geäußerten Unterstellungen Commissaire LaPierres, er, Richard, wisse viel mehr, als er durchblicken lasse. Richard hatte ja wirklich das unangenehme Gefühl, er könnte vielleicht viel, viel mehr wissen, als er durchblicken ließ, aber der Schlüssel zu diesem Wissen, Grosmallards Notizbuch, war unauffindbar.

Valérie schob sich die Sonnenbrille auf den Kopf und wandte sich ihm zu. «Richard, das haben wir alles schon durchgekaut. Was hinter diesen Ereignissen steckt, reicht viele Jahre zurück, und damals waren die Beteiligten noch jung. Davon bin ich überzeugt. Und fast alle sind dann hierher nach Saint-Sauver gekommen, entweder um die Vergangenheit auszulöschen oder aber um sie absichtlich wieder aufzuwühlen.

«Aber kannst du nicht einfach googeln, was du wissen musst?»

Sie warf ihm einen vernichtenden Blick zu. «Nein, ich möchte die Wahrheit erfahren. Offizielle Nachrichten oder Wikipedia-Einträge bringen mich nicht weiter.»

«Da ist was dran.»

«Ich kenne Leute in Paris, die mir dabei helfen könnten, und solange alle hier im Val de Follet sind, kann ich unauffällig Erkundigungen einziehen.» Sie begann, sich die Nägel zu polieren, und fügte dann rätselhaft hinzu: «Außerdem habe ich dort ein paar Termine.»

«Berufliche Termine?»

«Berufliche Termine», bestätigte sie, jedoch in einem Tonfall, der allen weiteren Nachforschungen ein Ende setzte.

«Gefährliche berufliche Termine?», hakte er trotzdem nach.

«Oh, nein!», kam ihre allzu begeisterte Antwort, und dann verstummten sie wieder. «Richard, würdest du mir einen Gefallen tun?»

«Natürlich.»

«Könnte ich bis zu meiner Rückkehr Passepartout bei dir lassen?»

Verflixt, dachte er. Es musste wirklich eine sehr gefährliche Mission sein, wenn sie ihren geliebten Passepartout zurückließ. Außerdem war ihm bewusst, dass es eine große Ehre war, den verwöhnten Chihuahua zu hüten, und dazu eine noch größere Verantwortung.

«Ja, natürlich», antwortete er, bemüht, den Schreck in seiner Stimme zu verbergen. Er wandte sich zu dem kleinen Hund auf der Rückbank um, der das Gespräch sehr bewusst zu verfolgen schien und seinem Ausgang nicht mit Vertrauen entgegensah.

«Dann schlafe ich bis zu deiner Rückkehr in deinem Zimmer, damit die Umstellung ihn nicht zu sehr durcheinanderbringt.

«Du schläfst nicht in deinem eigenen Bett?»

«Äh, nein. Nein. Das, äh … nein.»

Sie wandte sich zu Passepartout um, als hätte sie bereits Bedenken und würde sich fragen, ob Richard wirklich reif genug für die Aufgabe war.

Er versuchte, es mit einem Lachen abzutun. «Nun, Clare wird sich freuen, wenn du eine Weile weg bist. Mir scheint, sie hält dich für eine Konkurrentin.» Ihm war klar, dass das ein recht durchschaubarer Versuch war, Komplimente abzugreifen. Doch Valéries beinahe olympiareife Fähigkeit, alles wörtlich aufzufassen, bedeutete wohl, dass sie es, durchschaubar oder nicht, einfach nicht bemerken würde.

Sie schob die Sonnenbrille wieder vor die Augen. «Dann ist es ja gut, dass ich nicht mehr im Weg bin, oder?» Er hätte am liebsten gebrüllt: *Nein, verdammt noch mal!*, konnte sich aber gerade noch beherrschen. «Ich bin nicht – wie heißt das auf Englisch? – ‹die andere Frau›.»

Das war eine weit eindeutigere Antwort, als er sich von seinem Angelausflug erwartet hatte, und auch das tat er mit einem Lachen ab. «Wohl nicht!», war alles, was er sagte.

Valéries Handy vibrierte in ihrer Handtasche, und sie holte es heraus. «Hallo, ah, Commissaire.» Sie vergewisserte sich, dass Richard alles mitbekam, und schob die Brille wieder auf den Kopf; sie benutzte sie so, wie ein Ladenbesitzer ein Schild mit der Aufschrift «Geöffnet» oder «Geschlossen» vor die Tür hängt. Gleichzeitig fand Richard es merkwürdig, dass sie mit ihrem Ex-Mann so förmlich umging. Kein «Henri», sondern einfach «Commissaire». Für Valérie war die Vergangenheit endgültig vorbei, sie lebte vollständig in der Gegenwart. «Ja, ich warte gerade am Bahnhof. Ich bin dann ein paar Tage weg.»

Sie hielt inne, und Richard hörte die gedämpfte Stimme ihres Gesprächspartners. «Er wurde freigelassen, so schnell?» Sie hielt das Handy vom Mund weg. «Sie haben Sébastien Grosmallard freigelassen», flüsterte sie. Der andere sprach noch ein paar Minuten, und Valérie warf nur gelegentlich ein «Ich verstehe» ein oder nickte, als hätte sie alles, was sie hörte, schon vorhergesehen. «Danke, Commissaire», sagte sie schließlich und beendete die Verbindung.

«Ich begreife das nicht.» Richard schüttelte den Kopf. «Warum hat man ihn schon freigelassen?»

«Sie haben keine Beweise», erfolgte ihre gedämpfte Antwort.

«Aber das Blut in der Küche? Du meinst, es war gar nicht Antonins Blut?»

«Die Blutprobe ist auf dem Weg zum Labor *verschwunden*, sollen wir es einmal so ausdrücken?» Sie warf ihm einen Blick zu, der deutlich signalisierte, dass sie das so nicht hinnahm.

«Verschwunden? Das klingt äußerst unwahrscheinlich», stimmte Richard ihr zu. «Und das Messer hat die Polizei auch nicht. Ja, dann blieb ihnen wohl keine andere Wahl. Was ist deiner Meinung nach passiert?»

Sie spitzte nachdenklich die Lippen. «Ich glaube, wir haben es hier mit etwas weit Größerem zu tun als einer undurchsichtigen Familiengeschichte, Richard, viel größer. Ich hatte mich schon gefragt, wieso Grosmallard bei seiner Verhaftung so ruhig war.» Sie sah ihn eindringlich an. «Dieses Notizbuch ist meiner Meinung nach der Schlüssel, Richard. Ich frage mich, wer es hat.»

Das war eine gute Frage. Was um Himmels willen hatte Richard mit dem Ding gemacht? Das war ebenfalls eine gute Frage. Im Moment war er sich nicht einmal mehr sicher, dass er es überhaupt eingesteckt hatte. So oder so, er beschloss, sich vorläufig zu dem Thema bedeckt zu halten. Sollte Valérie gewahr werden, dass er das verdammte Ding gefunden und gleich darauf wieder verloren hatte, standen seine Chancen schlecht, jemals wieder gut bei ihr angeschrieben zu sein. Schließlich hatte sie es als Schlüssel zu dem Fall bezeichnet.

«Er wirkte sehr gelassen, als sie ihm Handschellen anlegten», pflichtete er ihr bei. «Ich hatte das auf seine Arroganz als Chefkoch geschoben. Doch im Rückblick nehme ich an …»

Sie hörte ihm nicht zu. «Richard, während ich weg bin, solltest du zu Ménard gehen …»

«Ich breche nicht ein!»

«Nichts dergleichen. Das würdest du ohne mich nicht schaffen. Nein, sag, dass du einen Blick auf das zum Verkauf stehende Haus werfen willst. Versuch Hugo zum Reden zu bringen. Er muss ja irgendetwas dazu zu sagen haben, dass er anscheinend Antonins Bruder ist. Und auch über seine Mutter könnte er reden. Gibt es etwas zwischen dieser Elisabeth und Sébastien? Würdest du das machen?»

Er bejahte und hoffte, dabei eine Spur der zuvor erwähnten Arroganz eines Chefkochs an den Tag zu legen, doch da er im Allgemeinen Small Talk als wacklige Brücke auf dem Weg zu tieferen und gehaltvolleren Gesprächen betrachtete, entsetzte ihn die Aussicht. List war nicht gerade seine Stärke.

«Du kannst dich auf mich verlassen.» Er klang weder vollständig überzeugt noch überzeugend.

«Das weiß ich», antwortete sie dennoch warmherzig, und gleich war er viel zuversichtlicher.

An den Gleisen hörten sie von fern die Glocke einer Bahnschranke, die das Kommen des Zugs signalisierte. Valérie ließ sich elegant aus dem Wagen gleiten und nahm ihren kleinen Koffer vom Rücksitz. Sie beugte sich vor und gab Passepartout einen raschen Kuss. Außerdem ermahnte sie ihn, sich bei «Onkel Richard» gut zu benehmen. Onkel Richard stieg unbeholfen aus und blieb neben ihr stehen wie ein nervöser Junge in der Schuldisko.

«Pass bitte auf dich auf», sagte er leise, doch für Valérie war klar, dass er es aufrichtig meinte.

«Ganz bestimmt.» Sie lächelte ihn an und küsste ihn auf die Wange. «Und jetzt muss ich los!» Sie eilte mit einer Energie davon, als wäre sie nur halb so alt, wie sie tatsächlich war. Der Zug stand bereits im Bahnhof.

«Daddy!», ertönte der Ausruf einer Frau, die wirklich halb so alt war wie Valérie. «Wer war diese Frau?»

Richards Tochter Alicia hatte das gute Aussehen ihrer Mutter geerbt, doch während Clare weltgewandt und gelassen war, strahlte die arme Alicia noch immer Unreife aus, und ihr Tonfall war so anklagend, dass Terrakotta davon zerspringen könnte.

«Alicia! Das perfekte Timing. Und Sly! Du bist ebenfalls da.»

Sly kam gerade die Treppe der Unterführung herauf, mit einem riesigen Koffer beladen. Früher hätte man so etwas wohl Überseekoffer genannt, so groß war er, aber gleichzeitig war er auch rosa, und auf der Seite stand in einer abartig hässlichen Schrift der Sommer-Sonne-Strand-Spruch: «Sandy Toes, Sunkissed Nose». Phileas Fogg hätte bei seiner Reise achtzig Tage um die Welt den Koffer gewiss missbilligt, Richard missbilligte ihn ebenfalls, und er musste Sly zugutehalten, dass der auch nicht gerade beglückt wirkte, das Ding herumschleppen zu müssen. Richard empfand ein gewisses Mitgefühl.

«*Bonjour*, Dick!», sagte Sly, der gerade die letzten Stufen heraufstapfte, atemlos. Richards Mitgefühl verdampfte sofort. Eigenartig war es allerdings schon, dass er sich von einer zweifelhaften Umzugsunternehmerfamilie aus New Jersey anstandslos Dick nennen ließ, während der Name ihm aus dem Mund seines Schwiegersohns, eines in London ansässigen Immobilienmaklers, vollkommen inakzeptabel erschien. Sly beförderte den Koffer mit einem letzten Ruck auf die oberste Stufe und reichte Richard die Hand. Dabei ließ er den Koffer los, und der geriet gefährlich ins Schwanken, bevor der junge Mann ihn rasch wieder schnappte und einen Sturz des Riesendings verhinderte. Eines musste Richard ihm lassen: Er war genauso unbeholfen und ungeschickt wie Richard selbst.

«Mummy!» Richards Trommelfell vibrierte, und als er sich umdrehte, sah er Clare, die mit vor der Brust verschränkten Armen an ihrem riesigen SUV lehnte.

«Ich wusste nicht, dass du herkommst, Richard?» Ihr Tonfall war ohne jede Wärme.

«Ach, weißt du ... Bist du schon lange hier?»

«Lang genug.»

«Na dann.» *Unangenehm*, dachte er.

«Wird sie lange weg sein, deine Valérie?» Das «deine» in dem Satz gefiel ihm gar nicht.

«Ein paar Tage.»

«Gut. Das verschafft uns etwas Raum, Richard.»

«Tatsächlich hat sie das Gleiche gesagt.»

Clare antwortete nicht, doch er sah, dass sie lächelte, vielleicht mit einer Andeutung von Triumph.

«Alicia, Sly, wie schön, euch zu sehen. Sly, du stellst den Koffer besser in mein Auto. In Richards wird er nicht passen.»

«Hallo, Mutter», sprudelte Sly begeistert hervor, und Richard sah, dass Clare zusammenzuckte. «Schöner Schlitten, Dick – ist das deiner?»

«Ich kümmere mich für eine Freundin darum. Soll ich beim Koffer mit anpacken?»

Gemeinsam hievten sie den Koffer mühsam in den Leihwagen, kein leichtes Unterfangen, da er so schwer war. Zudem befand sich die Ladekante des Wagens auf über einem Meter Höhe, was die Behauptung, SUVs seien im Alltag so praktisch, Lügen strafte. Clare und Alicia saßen bereits im Wagen und warteten darauf, losfahren zu können.

«Darf ich bei dir mitfahren, Dick? Ich habe noch nie in einem dieser Renaults gesessen.»

«Natürlich», erwiderte er kühl. So sehr wie jetzt hatte er sich noch nie als eine wandelnde Midlife-Crisis gefühlt. Der Sportwagen einer attraktiven Frau und eine Ehefrau, mit der er kurz vor der Scheidung stand: Er war das klassische Stereotyp geworden. Aber andererseits war Sly selbst ein Stereotyp. Zu Richards Zeit trugen Immobilienmakler Anzüge, die genauso geschmacklos waren wie ihr nach hinten gegeltes Haar. Entweder versuchten sie einem aggressiv einzureden, man müsse sofort zugreifen, sonst wäre die Immobilie weg, oder aber sie buckelten, als sollte man ihnen einen Gefallen tun. Sly war zu stämmig für Anzüge, und seine Cargoshorts reichten ihm fast bis zu den Wanderschuhen hinunter, ließen aber doch so viel Haut frei, dass man auf jeder Wade ein paar geschwungene keltische Tattoos sehen konnte. Seine Locken waren im Nacken und an den Seiten rasiert, standen oben auf dem Kopf aber wirr ab. Dazu kam jene Art von mächtigem Bart, den im Film Gefangene trugen, die in mittelalterlichen Kerkern verfaulten, nur war dieser hier perfekt gepflegt und in Form geschnitten. Außerdem hatte Sly ein Loch im linken Ohrläppchen, und darin steckte so etwas wie eine große Schuhöse. Richard konnte direkt hindurchsehen, was er als unangenehm empfand. Alles in allem sah Sly aus wie ein Wikinger, der allerdings von einem teuren Outdoorgeschäft mit Accessoires ausgestattet worden ist.

Aber ob nun Wikinger oder Hipster, er war ein Makler und bot damit den perfekten Vorwand, Ménards Haus getreu Valéries Aufforderung zu besichtigen. Sly schlenderte um den Wagen herum und pfiff durch die Zähne. «Sie ist wunderschön», sagte er, indem er den Wagen auf altmodische englische Manier als etwas Weibliches auffasste. Er streckte die Hand hinein, um Passepartout zu streicheln, was dieser sich ohne Einwände gefallen ließ. Valérie würde sagen, dass das sehr für den jungen Mann sprach. «Der Kofferraum ist also vorn?» Er beugte sich vor, um den Hebel für die Kofferraumklappe umzulegen.

«Ja, genau.» Richard versuchte, sich wie ein Experte zu gerieren, erschrak aber, als Sly den Kofferraum tatsächlich öffnete. *Himmel*, dachte er. Er konnte nur hoffen, dass Valérie ihre Pistolen weggeräumt hatte.

«Äh, Dick», fragte Sly hinter der Kofferraumklappe hervor, «gehört die dir?» Aus Angst vor dem, was er vorzeigen würde, begann Richard zu schwitzen. «Mein alter Herr hatte genauso eine, die sind heutzutage einiges wert.» Er tauchte wieder auf, in der Hand Richards Lederjacke. Aus einer Seitentasche lugte die braune Lederecke eines Notizbuchs.

«Wirklich schön, dass du da bist, Sly», strahlte Richard. «Sollen wir losfahren?»

23

Sollte Richard mit einem peinlichen Familienabend gerechnet haben, hatte er sich geirrt. Clare war die ganze Zeit reizend, zweifellos wollte sie Geschlossenheit demonstrieren. Kaum dass Alicia und Sly eingetroffen waren, war es ihr sehr wichtig gewesen, die beiden sofort herumzuführen und ihnen alles zu zeigen, was sich seit ihrem letzten Besuch vor ein paar Jahren verändert hatte. Das junge Paar zeigte sich interessierter, als Richard erwartet hätte, und außerdem stellte er angenehm überrascht fest, dass die beiden sehr ineinander verliebt waren. Warum war das eigentlich so eine Überraschung? Plötzlich wurde ihm bewusst, dass er ein Zyniker geworden war, der nicht mehr an Liebe glauben konnte, dabei hatte er so nie sein wollen. Sicher, bei Clare und ihm war es schiefgelaufen, aber sie waren hoffentlich nur die Ausnahme, die die Regel bestätigt. Er beschloss, dass sein Film vor dem Schlafengehen diesmal etwas Seelenerwärmendes und Romantisches sein würde, zum Beispiel *Rendezvous nach Ladenschluss* oder *Ein Herz und eine Krone*.

Alle drückten sich herum, als wäre es ein Verkaufsgespräch. Sie stellten Fragen über den Stromverbrauch und die saisonalen Zimmerpreise und so weiter, was er für eine Berufskrankheit Slys hielt. Richard bildete den Abschluss und war da, wenn er gefragt wurde. Das war nicht oft der Fall, und schließlich bemerkte er, dass es eine Art Prozession war, zu der er den Anschluss verloren hatte. Sie wurden von Madame Tablier beschattet, die das alles misstrauisch verfolgte.

«Jetzt bekommen also alle neuen Gäste eine Hausführung, ja?», fragte sie, als Richard auf sie wartete.

«Nein, Madame, das hier sind meine Tochter und ihr Mann. Sie erinnern sich doch an meine Tochter Alicia?»

Madame Tablier spähte an Richard vorbei ein Stück nach vorn. «Ja, jetzt sehe ich es.» Sie wirkte überhaupt nicht erfreut. «Sie sieht aus wie ihre Mutter, was wohl ganz gut so ist.»

Richard bemühte sich angestrengt, das nicht als eine Beleidigung, sondern einfach nur als eine physiologische Vorliebe zu betrachten. «Nun ich stelle Sie einander gern noch einmal vor. Alicia, Sly? Ich möchte euch Madame Tablier vorstellen, die den Laden im Grunde für mich am Laufen hält. Ohne sie …» Er übersetzte für die ältere Frau, damit sie mitbekam, wie sehr er sie schätzte. Clare schaute nicht so, als wäre sie mit diesem Lob einverstanden, aber Fakt war Fakt.

«Ha! Tablier! Schürze!», rief Sly. «Das ist genial. *Tablier*, Schürze, versteht ihr? Schürze heißt auf Französisch *tablier*.»

«Der ist gut, nicht wahr?», stachelte Richard ihn noch an, bis er sah, dass Madame Tablier glaubte, zur Zielscheibe ihres Spotts geworden zu sein. Rasch riss er sich zusammen. «Ich wusste gar nicht, dass du Französisch kannst, Sly – die wenigsten Leute verstehen diese Sachen.»

«Oh, na ja, seit ich weiß, dass wir hierherkommen, habe ich es aufgefrischt.»

Bravo, dachte Richard und hatte fast ein schlechtes Gewissen, weil er den jungen Mann in den letzten Jahren so falsch eingeschätzt hatte. «Also, hört mal», sagte er dann, weil er sich Grosmallards Notizbuch endlich in Ruhe ansehen wollte, «ich gehe jetzt und schaue nach den Hühnern. Ich muss sie füttern.»

«Dick, darf ich dich um einen Gefallen bitten?» Nein, da half alles nichts, früher oder später musste Richard ihm das mit dem Namen klarmachen.

«Ja, worum geht es?»

«Heute Abend legen wir uns früh schlafen. Ich bin vollkommen k.o. von der Reise. Aber kann ich dir morgen beim Gästefrühstück helfen? Ich würde gern sehen, wie du das machst.»

Sich Dick nennen lassen zu müssen, war alles in allem vielleicht doch nur ein kleiner Preis, wenn er dafür jemanden im Haus hatte, der ihn nicht einfach nur herumscheuchte, sondern sich ehrlich für die Abläufe zu interessieren schien.

«Ja, natürlich. Ich arbeite dich gern ein. Ha! Vielleicht kann ich ja sogar morgens lang ausschlafen, solange du hier bist!»

Clare lächelte, erfreut, dass alle sich so gut verstanden. «Also, Alicia und ich ziehen jetzt los und trinken Cocktails in dieser Bar in der Stadt», sagte sie. «Falls man dort Cocktails bekommt. Kommst du heute Abend allein zurecht, Richard?»

Es war eine eigenartige Frage, wenn man bedachte, dass er inzwischen seit mindestens anderthalb Jahren allein zurechtkam, aber er schluckte sie widerspruchslos. «Ich werde es versuchen», sagte er und ging zu seinen Hennen, während die anderen drei sich zum Haupthaus begaben. Nur Madame Tablier blieb zurück und schüttelte missbilligend den Kopf. Die Sache gefiel ihr nicht, was auch immer das für eine Sache war: Sie gefiel ihr nicht.

Richard nahm ein kleines Bier aus der Kühlbox, die er in der Hühnerfuttertruhe untergebracht hatte, und setzte sich auf die Bank im Auslauf. Er zog das Notizbuch aus seiner hinteren Hosentasche und hielt es behutsam in der Hand. Es hatte ungefähr die Größe eines Reporterblocks, war aber nicht mit einer Spiralbindung versehen, und die Deckel waren nicht aus Pappe, sondern aus einem weichen Wildleder. Die Blätter, teils blanko und teils liniert, waren mit einer Art Schuhriemen gebunden. Dadurch wirkte das Ganze fast antik, weniger wie eine Sammlung von Notizen und Rezepten, sondern eher wie das Tagebuch eines Entdeckers. Es war mit Skizzen, Gleichungen und

Fragen vollgestopft, als wäre Grosmallard auf der Suche nach dem Heiligen Gral und nicht nur nach dem Rezept für die perfekte Pavlova.

Es schien keine Ordnung zu geben, keinerlei Systematik, was nicht nur verwirrend war, sondern für jemanden, der seine DVD-Sammlung nicht nur alphabetisch, sondern auch nach mindestens drei übergeordneten Kriterien sortierte, recht verstörend. Doch Valérie war überzeugt, dass das Notizbuch von Bedeutung war. Grosmallard hatte erklärt, es sei wichtig, und zwei Menschen waren ermordet worden, möglicherweise wegen seines Inhalts. Er durfte nicht vergessen, es an einem sicheren Ort zu verstecken, wenn er heute Abend mit dem Entziffern fertig geworden war. Das heißt, falls er beim Entziffern auch nur den Einstieg schaffte, und da standen die Vorzeichen nicht gut. Er brauchte einen Angriffsplan.

Er hatte sich ein weiteres Bier geholt und saß nun in Valéries Zimmer auf der Bettkante. Erfreulicherweise schlummerte Passepartout auf seinem Kissen. Offensichtlich fühlte er sich mit der plötzlichen Veränderung wohl und verzehrte sich nicht vor Sehnsucht nach seinem Frauchen. Richard tändelte mit dem Tagebuch herum, wie er es inzwischen bei sich nannte. Grosmallard hatte es als eine «Autobiografie der modernen französischen Küche» bezeichnet, womit er sich offensichtlich eine gewisse Bedeutung verlieh. Er hatte allerdings auch unterstellt, es sei aus einer Schreibtischschublade entwendet worden, während Richard es ja tatsächlich in der Küche gefunden hatte. Plötzlich kam ihm der Gedanke, dass der unbekannte Mörder Antonins offensichtlich gewollt hatte, dass das Buch gefunden wurde; vielleicht war er sogar noch da gewesen, als Richard und Valérie … Bei dem Gedanken überlief ihn ein Schauder, und er schickte Valérie eine Textnachricht, um sich zu vergewissern, dass mit ihr alles in Ordnung war.

Fast unmittelbar darauf kündigte sein Handy eine eingehende Nachricht an, doch sie kam nicht von Valérie – sondern von Sly.

> Hi, Dick! Ich kann gerade nicht schlafen. Hast du was dagegen, wenn ich in deinem Heimkino eine DVD schaue? Psycho hab ich schon Jahre nicht mehr gesehen.

Richard gab sein Okay und nahm sich wieder das Tagebuch vor. Er nahm an, dass es eine Art Code enthielt, denn der Gedanke, wegen der exakten Zutaten für die perfekte Bouillabaisse könne jemand einen Doppelmord begangen haben, war einfach zu lächerlich. Wann immer er Bücher über das Entschlüsseln von Codes gelesen oder Filme zu diesem Thema gesehen hatte, suchten die Ermittler nach einem gemeinsamen Nenner. In dem Sherlock-Holmes-Film *Die Geheimwaffe* entschlüsselt Basil Rathbone eine Geheimschrift, die aus den Symbolen für tanzende Männer besteht: Er bestimmt, welche Tanzfigur am häufigsten auftaucht, und schreibt dieser Figur den Buchstaben E zu. Davon ausgehend kann er beinahe das ganze Alphabet entschlüsseln, der Code wird geknackt, der Schurke kommt ins Gefängnis, Holmes hält eine flammende patriotische Rede, und der Film ist aus. Nun ja, Richard hatte das Notizbuch von vorn nach hinten und von hinten nach vorn durchgeblättert, es auf den Kopf gestellt und sogar versucht, es zu überrumpeln. Von der offensichtlichen Kochthematik abgesehen, gab es wenig, was man als gemeinsamen Nenner bezeichnen könnte.

Einfach an sich als Grosmallards Kochbuch betrachtet, war es ein äußerst interessantes Dokument. Es war dreiundzwanzig Jahre alt (die erste Seite war datiert) und begann daher wohl ein paar Jahre vor Antonins Geburt. Einige Seiten waren mit Soßenspritzern verkleckert und zusammengeklebt gewesen, aber sorgfältig getrennt worden, damit der Inhalt nicht verloren ging. Die Skizzen waren faszinierend und zeigten, wie Gerichte auf dem Teller arrangiert wurden. Sie waren beinahe selbst ein Kunstwerk. Außerdem war mehr als eine Person an dem Büchlein beteiligt gewesen. Ein Teil der Notizen war in einer krakeligen, schwer zu entziffernden männlichen Handschrift verfasst, während in der vorderen Hälfte des Buchs auch noch etwas in einer anderen Handschrift hinzugefügt war, die Richard mit ihren großzügigen Schleifen weiblich vorkam, auch wenn er zugegebenermaßen kein Experte war. Wenn er hier richtiglag, war das wohl die berühmte Angélique gewesen, Grosmallards verstorbene Frau. Doch noch vor der Mitte des Büchleins verschwand diese Handschrift völlig, und von da an war nur noch Grosmallards Gekrakel zu sehen. Es wirkte fast noch besessener als vorher, und auf jeden Fall war mehr durchgestrichen, so als hätte er seine Muse verloren.

Zweifellos ein faszinierendes Dokument. Richard gähnte und trank den letzten Schluck Bier. Doch als bedeutsam erschien es ihm beim besten Willen nicht. Wenn der Mörder gewollt hatte, dass es gefunden wurde, warum? Und warum hatte Grosmallard ein solches Theater darum gemacht, auch wenn es ihm natürlich eine rasche Rekapitulation seiner Kreationen ermöglichte. Richard beschloss, einen letzten Versuch zu unternehmen, bevor er zu Bett ging, und am besten mit dem berühmt-berüchtigten Dessert anzufangen, dem *parfait de fromage de chèvre de Grosmallard*. Zunächst hatte er Mühe, es zu finden, und begann daher, nach einer Skizze des fertigen Gerichts zu suchen, und zwar nach dem Handabdruck aus Rote-Beeren-Coulis. Zu seiner Überraschung befand das Rezept sich weiter hinten, als er erwartet hätte, doch nachdem er es gefunden hatte, konnte er sehen, wie das Meisterwerk nach und nach entstanden war. Wie viele Gerichte im Tagebuch begann es mit einem Namen. Es war erstaunlich, wie viele Speisen, die Grosmallard kreiert hatte, nach Personen benannt waren. Historisch gesehen, hatte vermutlich das Beef Wellington den Trend in Gang gesetzt. Im

Tagebuch handelte es sich oft um längst vergessene Namen, die Berühmtheit war fast schon verflogen, bevor das Dessert serviert werden konnte. Doch an manche erinnerte Richard sich noch unbestimmt, an Politiker, Nachrichtenmoderatoren und so weiter – alle seiner Meinung nach typisch pariserisch.

Grosmallards Dessert hatte mit einem einfachen Namen begonnen, *dessert pour Angélique*, und es waren wahrscheinlich die am stärksten bekleckerten Seiten im ganzen Buch. Erneut sah das Ganze eher wie eine komplizierte mathematische Berechnung und weniger wie der krönende Abschluss eines Menüs aus, aber es erzählte dennoch eine Geschichte, und Richard sah vor sich, wie das junge Paar in einer Küche fieberhaft daran gearbeitet hatte, seine – ihre gemeinsame – Kreation zu vervollkommnen. Sich zankend und aufgeregt – Tracy und Hepburn, Powell und Loy, Hudson und Day. Er legte sich zurück und schloss die Augen. Das war ja alles schön und gut, aber der gemeinsame Nenner fehlte noch immer, und ebenso ein Motiv sowie eine Antwort von Valérie. Passepartout sprang aufs Bett, als spürte er Richards Sorge. Beide hatten erwartet, dass sie inzwischen von sich hätte hören lassen.

24

Es war halb zwölf, und wie man es auch drehte und wendete, der Tag lief bisher nicht gut. Richard war fast in Versuchung, wieder zu Bett zu gehen und es mit einem Neustart zu probieren, doch die Tatsache, dass er verschlafen hatte, hatte von vornherein einen gehörigen Anteil an den Leiden des Tages und seiner derzeitigen Stimmung. Im Moment stand das Stimmungsbarometer auf *Angepisst* mit Tendenz nach unten.

Dass er beim Aufwachen Passepartout im Gesicht gehabt hatte, war nicht gerade der beste Start gewesen. Und dass Valérie nicht nur nicht auf seine Nachricht vom Vorabend geantwortet hatte, sondern sie, WhatsApp zufolge, noch nicht einmal gesehen hatte, war ein Anlass für echte Sorge. Blieb Passepartout ihm vielleicht deshalb ständig auf den Fersen? Hunde sollen ja einen sechsten Sinn für dergleichen haben. Und als ob beides zusammengenommen noch nicht gereicht hätte, hatte er auch noch verschlafen. Und zu allem Elend auch noch eine volle Stunde. Das war zwar eine gute Werbung für seine Betten und Matratzen, würde aber belanglos werden, wenn seine Gäste im Frühstücksraum verhungerten. Fluchend war er aus dem Bett gesprungen und hatte den winzigen Passepartout dabei beinahe einen Salto von der Bettdecke machen lassen. Er hatte sich hastig angezogen und war in der Hoffnung nach unten geeilt, dass die Gäste vielleicht ebenfalls länger geschlafen hatten.

Doch dem war nicht so. Und es kam sogar noch schlimmer. Man war bei ihm eingedrungen; seine Festung war geschleift, sein persönliches Reich usurpiert worden. Der wandernde Wikinger hatte es übernommen.

«Hi, Dick! Ich dachte, ich lass dich mal ausschlafen; das ist dir in den letzten Jahren bestimmt nicht oft passiert, hm?» Ein Geschirrhandtuch über die Schulter geworfen, servierte Sly den Fontaines Kaffee.

«Normalerweise bin ich ein Frühaufsteher», antwortete Richard, von allem ein bisschen überrumpelt und noch immer schlaftrunken.

«*Bonjour*, Monsieur!», sangen, von ihren Eltern dirigiert, die beiden Kinder der Pariser Familie im Chor, aber ohne echte Begeisterung. Er versuchte, ihnen zuzulächeln, fühlte sich aber schwach. Alles kam ihm wie ein Traum vor. Die Tische waren tadellos gedeckt, nicht auf genau die gleiche Weise, wie er es sonst machte, aber vielleicht sogar ordentlicher, falls er bereit war, so etwas zuzugeben. Tatsächlich schien alles sehr gut zu laufen. Das Einzige, was fehlte, war er selbst, und dadurch fühlte er sich fast, als würde er von Dickens' *Geist der Weihnacht, die noch kommt*, in seinem eigenen Frühstücksraum herumgeführt. Falls es ihm wie ein Traum vorkam, dann verlieh Madame Tablier, die sich bei der Flügeltür finster auf ihren Mopp stützte, diesem allerdings etwas noch Düstereres, fast Albtraumhaftes.

«Guten Morgen, Madame Tablier, wie geht es Ihnen heute?» Er hatte beschlossen, ganz munter so zu tun, als hätte er alles im Griff und nur vergessen, die Änderung anzukündigen. Es war den Versuch wert, doch der Ausdruck im Gesicht seiner besten Kraft legte drohend nahe, dass das zu nichts führte.

«Madame Tablier», mischte Sly sich ein. «Wenn ich Ihnen heute Vormittag irgendwie helfen kann, sagen Sie bitte einfach nur Bescheid.» Er hatte offensichtlich an seiner kleinen Rede gearbeitet, und auch wenn es kein perfektes Französisch war, kam es doch von Herzen. Das schien sie aber nicht zu würdigen, ganz im Gegenteil. Tatsächlich klang es eher so, als stieße sie ein leises

Knurren aus, und Sly zog sich klugerweise hinter die sichere Frühstückstheke zurück. Richard fühlte sich wie ein abgesetzter Berggorilla, ein verletzter Silberrücken, den die Horde nicht mehr braucht. Er ging nach draußen, um die Hennen zu füttern und sich zu sammeln, doch vorher nahm er noch unauffällig eine alte, schön gestaltete Keksdose aus der großen Anrichte. Er hatte seinen Verstand doch noch halbwegs beisammen.

Beim Hühnerstall wickelte er Grosmallards Notizbuch in eine Plastiktüte und legte es in die Dose. Die Tatsache, dass er ihm auf den ersten Blick keine sonderlich relevanten Informationen hatte entnehmen können, änderte nichts daran, dass irgendjemand es heiß begehrte. Zwei Menschen waren gestorben, und er hatte keine Lust, der dritte zu sein. Er stellte die Dose in die hinterste Ecke des Stalls und bedeckte sie mit Stroh. Dabei machte ihm Joan Crawford die Hölle heiß, die sich von den Hennen immer am schnellsten aufregte. Als er aus dem Stall herauskam, klopfte er sich Jacke und Hose ab und wurde sofort von Madam Tablier angegangen. Sie stand bedrohlich vor ihm und machte immer noch ein Gesicht wie eine Felsklippe im Winter.

«Was ist los?» Sie war noch nie der Typ für einleitende Worte gewesen.

Er zupfte sich etwas Stroh aus dem Haar. «Los?», fragte er unschuldig. «Nichts, ich füttere einfach nur die Hennen.»

Sie zog die Augen zusammen. «Ich meine nicht die verdammten Hühner. Er will meinen Job, oder?»

«Mein Schwiegersohn?» Er versuchte, es mit einem Lachen abzutun.

«Ja.»

«Nein!»

«Dann will er also Ihren Job?»

«Hä? Nein!» Er versuchte es erneut mit einem Lachen, doch er überzeugte nicht einmal sich selbst, geschweige denn die furchterregende Madame Tablier. «Er hat mir einfach nur seine Hilfe angeboten, das ist alles. Er ist Immobilienmakler; wahrscheinlich will er zur Abwechslung einmal etwas Gutes tun, der Welt etwas zurückgeben.»

Falls sie den Scherz kapierte, reagierte sie nicht darauf. Sie hörte nur das Wort «Immobilienmakler», und das schlug in ihren Augen dem Fass den Boden aus. In ihrer persönlichen Rangordnung war Immobilienmaklern noch weniger zu trauen als Politikern und Menschen, die ihren Lieblingssänger Johnny Hallyday nicht mochten. Sie trat noch einen Schritt näher an Richard heran und sagte mit leiser Stimme bedächtig: «Ich habe hier meine Aufgaben. Sollte er die rote Linie überschreiten, trete ich in Streik!» Sie trat zurück, nahm den Mopp hoch wie ein Soldat, der sein Gewehr präsentiert, und erweckte damit den Eindruck, mit «Streik» könne nicht nur eine Gewerkschaftsaktion gemeint sein, sondern ebenso gut ein «Streich» in Form eines raschen Schlags auf den Hinterkopf.

Richard seufzte tief und machte sich mit dem Gedanken Mut, dass es von hier an eigentlich nur besser werden konnte. Doch er irrte sich. Sein Handy klingelte, und in der Hoffnung, es könnte Valérie sein, die ihn über ihre Sicherheit beruhigte, holte er es hastig aus der Hosentasche.

«Richard?» Es war Clare. «Wie geht es dir heute Morgen?» Sie klang aufgekratzt.

«Ach, weißt du …»

«Oh, ist deine Freundin noch nicht zurück?» Ihr Tonfall gefiel ihm ganz und gar nicht. Mit Eifersucht wäre er klargekommen, mit Ärger ebenfalls. Aber nicht mit Spott.

«Nein», antwortete er knapp, doch seine Bissigkeit ging übers Handy vermutlich verloren.

«Armer Richard.» Jetzt klang sie aufrichtig, was seine Sorge nur noch verschlimmerte. «So etwas haben wir leider alle schon hinter uns. Aber hör mal, hast du heute Abend schon Pläne?»

Er setzte zur Antwort an, doch sie kam ihm zuvor. «Ich habe nämlich einen Tisch in diesem neuen Restaurant reserviert, du weißt schon, das Restaurant, wo dieses Ziegenkäse-Theater war. Nur für uns vier. Wir müssen den Tatsachen ins Gesicht sehen, Darling – es gibt viele Einzelheiten zu klären.»

Sie hatte natürlich recht. «Ja, ja, das klingt vernünftig. Um wie viel Uhr?»

Sie machten eine Zeit aus, und Richard beschloss, Sly einfach allein mit dem Frühstück weitermachen zu lassen. Offensichtlich brauchte er seine Hilfe nicht. Allerdings verabredete Richard mit ihm, dass sie später das Haus der Ménards besichtigen würden. Danach duschte er, holte Passepartout und brachte Valéries Wagen in die Werkstatt, ein Besuch, der ihn nicht gerade aufmunterte.

«Hübscher Wagen», sagte der *garagiste* munter. «Allzu viele sieht man hier nicht von der Sorte.» Es gefiel Richard absolut nicht, wie er vorn über die Haube streichelte; es hatte etwas nahezu Sexuelles und fühlte sich irgendwie übergriffig an, obwohl es ja nicht sein eigener Wagen war. Sowieso tat er sich mit Automechanikern schwer; sie schienen sofort zu spüren, dass sein Wissen über Autos und ihre Funktionsweise nicht einmal rudimentär war, und neigten daher dazu, ihn wie einen Idioten zu behandeln. Der hier war noch schlimmer als üblich. Er hatte den Overall bis zur Hüfte heruntergerollt, sodass sein weißes T-Shirt und die Muskeln darunter zum Vorschein kamen. Er sah so aus, als wäre er einem Kalender mit Automechanikern entsprungen.

«Was ist das Problem?», fragte der Typ spöttisch, und wahrscheinlich hätte er am liebsten hinzugefügt: *Als ob Sie so was wüssten.*

«Er macht Ärger beim Anspringen. Manchmal klappte es und manchmal … nun ja, eben nicht.»

«Haben Sie den Wagen schon lange?»

«Ich kümmere mich für eine Bekannte darum.»

«Ich verstehe. Na gut, machen Sie mal die Motorhaube auf.» Richard betätigte den Hebel und hoffte, dass sich nicht stattdessen die Kofferraumklappe vorn öffnen würde. Er lag aber richtig, und der Mechaniker zog die Motorhaube im Heck hoch. «Der Motor ist sehr sauber.» Er war beeindruckt. «Ich würde sagen, er ist vor Kurzem mit Dampf gereinigt und vermutlich auch gewartet worden.» Er beugte sich tiefer hinunter, palaverte über eine falsch eingesetzte Schwimmnadel oder etwas dergleichen und warf damit die erste Nebelkerze. Richard hatte keine Ahnung, wovon er sprach, erkannte aber die übliche Taktik, die alle Mechaniker der ganzen Welt anwenden. Sie verhielten sich wie Quacksalber, die Schlangenöl anpreisen, oder wie religiöse Schamanen: einen Schwall kompliziertes Fachchinesisch loslassen und dann einfach abwarten, bis das Opfer unter dem Gewicht des Expertenwissens einknickt. So wie eine Kobra einen Mungo hypnotisiert. Richard war bereit, ihn plappern zu lassen, aber er brauchte auch Informationen, und wenn irgendjemand ihm auf diesem hoch spezialisierten Gebiet würde helfen können, dann wahrscheinlich dieser selbstverliebte, Hauben streichelnde Auto-Perverse.

«Falls, äh …» Er wusste nicht recht, wie er das Thema anschneiden sollte. «Sagen wir mal, ich wollte, dass der Wagen nicht anspringt – nicht dass dem so wäre, Sie wissen schon. Natürlich fällt es schwer, sich einen Grund dafür vorzustellen, aber nehmen wir einmal an, ich wollte, dass der Wagen aus welchem Grund auch immer vorübergehend nicht läuft. Wie würde, äh …»

Der Mechaniker richtete sich langsam auf und wischte sich die Hände an einem Lappen ab. «Was haben Sie gehört?»

«Gehört? Nichts. Überhaupt nichts.» Verflixt, ahnungslos wirft man einen Stein, und gleich trifft er einen Hund, der bellt.

Der *garagiste* beugte sich wieder zum Motor hinunter. «Man

müsste die Verteilerkappe abnehmen und das Zündkabel manipulieren», sagte er, ohne aufzublicken.

«Dann also genau wie in *The Sound of Music*!» Richard schlug sich mit der Faust in die Hand.

«Hä?»

«Nichts. Ist so etwas letzthin gemacht worden, können Sie das sehen?»

«Ja, natürlich», antwortete der Werkstattmann und richtete sich erneut auf. «Ich hole nur noch schnell mein Fingerabdruck-Set aus dem Büro. Wohinter sind Sie her?» Er klang drohend.

«Ich bin hinter gar nichts her. Ich möchte einfach nur wissen, ob jemand an dem Wagen herumgepfuscht hat, das ist alles.»

Der Mechaniker wischte sich erneut die Hände ab und nickte. «Okay. Nun, schauen Sie, falls es so ist, war es entweder ein Experte, oder Ihre Bekannte hat eine wirklich schlechte Werkstatt. Sehen Sie her.» Richard beugte sich mit ihm zusammen unter die Motorhaube und erhielt eine Lektion über Benzinfilter und ein «*papillon de starter*». Er verstand kein Wort und wusste nun auch nicht genauer, ob Valérie ihren eigenen Wagen manipuliert hatte oder nicht. Außerdem fragte er sich, warum er über diese Möglichkeit nachgrübelte, obwohl er gleichzeitig krank vor Sorge um sie war.

Jetzt saß er auf dem Beifahrersitz des Renault Alpine, über dessen Innenleben er inzwischen mehr wusste, als ihm lieb war. Sly hatte ihn gebeten, ans Steuer zu dürfen. Außerdem hatte Richard einen Chihuahua auf dem Schoß, der ihm nicht von der Seite wich, vielleicht weil er etwas wusste, was Richard entging.

«Wo fahren wir eigentlich hin?», fragte Sly, der mit Begeisterung schaltete.

«Eine Bekannte von mir interessiert sich für den Kauf eines

Hauses. Ich sagte ihr, du seist ein Experte und wir würden es für sie in Augenschein nehmen.» Trotz allem musste er sich eingestehen, dass er all die Heimlichkeiten im Stillen genoss.

«Ah ja.» Sly nickte zum Rhythmus einer Melodie, die nur er selbst hörte. «Du weißt schon, dass ich nicht mehr als Immobilienmakler arbeite, oder?»

Nein, das war Richard neu. «Aber du weißt ja trotzdem, was ein Haus ist, oder? Sorry, ich meine, du weißt, wonach du schauen musst?»

«Vielleicht habe ich das nie gewusst! Deswegen haben sie mich ja gefeuert.» Er schien stolz darauf zu sein.

Richard hatte gewusst, dass Sly als Immobilienmakler ein Versager war; er war berühmt dafür. Es war eine seiner wenigen einnehmenden Eigenschaften, dass er es als Londoner «property sales executive» geschafft hatte, einen der heißgelaufensten Immobilienmärkte der Welt zu beackern, ohne jemals eine Wohnung zu verkaufen. Das sprach für ihn.

«Und was hast du jetzt vor, hast du schon Pläne?»

«Oh, ich hab ein paar Eisen im Feuer, Dick.» Er zwinkerte Richard zu, der nicht begriff, warum.

Als sie ankamen, wurden sie von Hugo Ménard begrüßt. Für einen Mann, der gerade erst seinen Vater verloren hatte, der außerdem einen Bruder gefunden und diesen sofort wieder verloren hatte, und alles auf seinem eigenen Grund und Boden, sah er bemerkenswert munter aus. Zu munter, nach Richards Ansicht, und er hatte den lebhaften Verdacht, dass Hugo sich entweder nicht darum scherte, was die Leute von ihm dachten, oder, was wahrscheinlicher war, dass er zu jenen Menschen gehörte, die einfach nicht recht wussten, wie man sich gegenüber anderen verhielt. Er mochte versucht haben dahinterzukommen, es irgendwann aber mit einem Fluch aufgegeben haben. In gewisser Weise beneidete Richard ihn darum.

«Leider habe ich nicht viel Zeit, Sie herumzuführen», sagte

Hugo nach der üblichen Begrüßung. Er setzte ein schuldbewusstes Lächeln auf. «Das Geschäft geht gerade durch die Decke.»

«Hat das saisonale Gründe?», fragte Sly. Ganz der Immobilienmakler.

«Nein. Es ist so, seit mein Vater, äh, man kann es nicht nett ausdrücken, oder? Seit mein Vater ermordet wurde.» Bei ihm klang es so, als handelte es sich um eine geschäftliche Entscheidung, so etwas wie «Restrukturierung» oder «Verschlankung der Produktionsabläufe». Zumindest in Richards Augen schloss das Hugo als Verdächtigen aus. Jemand, der tatsächlich schuldig war, würde die Gefahr, wie ein herzloser Täter zu wirken, doch gewiss nicht so leichtfertig heraufbeschwören wie der junge Hugo Ménard? Richard sagte sich, dass es klug wäre, unter vier Augen mit ihm zu reden, solange er so gesprächig war.

«Hugo, hätten Sie etwas dagegen, wenn ich mich eine Weile setze, während mein Schwiegersohn sich hier umsieht? Er ist der Fachmann; er weiß, wonach er schauen muss.»

«Nein, überhaupt nicht. Möchten Sie, dass ich Sie herumführe?» Richard bedeutete Sly unauffällig, dass er ablehnen sollte, und Sly marschierte so professionell wie möglich davon.

«Kann ich Ihnen etwas zu trinken anbieten?», fragte Hugo. Es war so ziemlich das Beste, was Richard den ganzen Tag gehört hatte. «Ich habe Ziegenmilchkefir, einen Ziegenmilch-Triple-Smoothie, oder wenn Sie gern etwas anderes hätten, kann ich Ihnen auch einen Ziegenmilch-Latte machen.»

Der Mann war besessen.

«Könnte ich einfach ein Glas Wasser bekommen?», fragte Richard in der Hoffnung, Hugo durch die Ablehnung des Ziegenmilch-Angebots nicht zu verärgern. «Ich wusste gar nicht, dass sie ein Getränkesortiment haben?»

«Ich arbeite schon länger daran.» Die Begeisterung war zurück. «Meinem Vater, Gott sei seiner Seele gnädig, gefiel die Idee nicht.»

«Er war traditioneller eingestellt?»

«Vornehm ausgedrückt. Altmodisch würde es eher treffen. Wie schon gesagt, ich möchte nicht respektlos erscheinen, aber jetzt, da der alte Herr weg ist, können wir wirklich neu durchstarten.»

Er war bemerkenswert unvorsichtig, dachte Richard und begriff, dass er das ausnutzen musste. Was würde Valérie jetzt fragen? «Wäre Antonin Grosmallard Ihnen dabei in die Quere gekommen?»

Hugo schnaubte. «Sie meinen das Testament? Darauf würde ich an Ihrer Stelle nicht zu viel geben. Wir hätten es angefochten.»

«Ihre Mutter bestreitet, dass Antonin ihr Sohn ist?»

Hugo sah ihn verblüfft an. «Wissen Sie was? Ich habe sie das gar nicht gefragt, aber ja, natürlich würde sie das bestreiten. Ohnehin spielt das jetzt keine Rolle mehr. Der arme Antonin …» Seine Stimme verlor sich, zum ersten Mal wirkte er betroffen.

«Ich habe kürzlich Ihren Streit beobachtet. Sie sagten, er hätte Ihre Familie zerstört.»

«Ja. Aber da habe ich mich geirrt. Ich war wütend wegen meinem Vater.» Er stockte. «Aber dann ist mir klar geworden, was für ein Potenzial wir hier haben.»

Wieder trat ein breites Lächeln in sein Gesicht. Es war äußerst befremdlich.

«Ich dachte schon, sie stürzen sich mit Fäusten auf Antonin.»

«Ha! Das hätte ich vermutlich auch getan, doch Sie haben es ja verhindert. Das war wohl ganz gut so. Aber wir haben uns schon oft geprügelt. Wir kennen uns von frühester Kindheit an. Als wir zur Welt kamen, haben wir praktisch alle zusammengelebt. Meine Eltern waren richtige Hippies. Dann konnte mein Vater Geld für die Farm und Käsefabrik auftreiben, und Sébastien und Angélique gingen wieder auf die Kochschule.»

Richard dachte kurz darüber nach; die beiden Familien waren so eng miteinander verflochten. Er hatte über die Hippie-Kommunen Ende der Sechzigerjahre gelesen. Die Mitglieder hatten sich ihrer Gemeinschaft mit der Inbrunst von religiösen Sektierern gewidmet, sich aber ausschließlich auf Hedonismus verlegt und es seiner Meinung nach offensichtlich an Hygiene fehlen lassen. Doch das musste lange vor dem Beginn der Geschehnisse gewesen sein. *Richtige Hippies.* Eine gemeinsame Zeit als eine einzige große Familie, das Band zwischen Kunde und Lieferant und schließlich wieder ein Leben in derselben Stadt, nur hundert Meter voneinander entfernt. In gewisser Weise wirkten sie selbst fast wie eine Kommune. Er stockte, stellte die nächste Frage dann aber doch.

«Hugo, wer könnte Ihren Vater und Antonin ermordet haben? Was meinen Sie?»

Die Antwort erfolgte sofort. «Keine Ahnung! Ich habe wirklich nicht die geringste Ahnung. Und Sie lassen die Fragerei besser.» Richard hatte plötzlich das unangenehme Gefühl, mit einem Kind zu sprechen und nicht mit einem jungen Mann Mitte zwanzig.

«Da oben gibt es eine Menge feuchte Stellen, Dick.» Sly kehrte in den Raum zurück, einen Stift und ein Notizbuch in der Hand. «Und was das Badezimmer angeht … Ich glaube, sie haben darin Ziegen gehalten! Es stinkt!»

Hugo bat Richard mit einem Blick um die Übersetzung. «Mein Schwiegersohn ist Immobilienmakler oder war es zumindest. Er versucht natürlich, den Preis zu drücken.»

«Ach, wir werden vermutlich Investoren finden. Wir haben den Vertrag für die Belieferung des Restaurants von Guy Garçon in der Tasche. Auguste Tatillon möchte im *Le Figaro* einen Artikel über uns schreiben, und massenhaft vegane Restaurants in

Paris haben Kontakt zu uns aufgenommen.» Erneut lächelte er so strahlend wie ein unschuldiges Kind, ein Lächeln, von dem es Richard ein bisschen mulmig wurde. «Das Geschäft boomt!»

25

Trotz der verstörenden Elemente in Hugos Auftritt war Richard wie elektrisiert. Er hatte sich kaum je im Leben so angeregt gefühlt, und er konnte es gar nicht abwarten, Valérie von dem Gespräch zu berichten. Okay, Grosmallards Notizbuch erwies sich immer noch als schwierige Hürde, aber wenigstens hielt Richard es in Händen. Sie machten echte Fortschritte, und obwohl ihm Valéries ausbleibende Rückmeldung zunehmend Sorge bereitete, veranlasste ihn die Tatsache, dass er sie für seine Nachforschungen nicht brauchte, doch dazu, sogar dem potenziell peinlichen Familienabend wohlgeneigt entgegenzusehen. Also ließ er Passepartout bei den beiden Fontaines zurück, die nach ihrer Sightseeingtour völlig erschöpft waren, und ging den Abend zuversichtlich und zur Abwechslung sogar einmal mit ein wenig Selbstwertgefühl an. Doch dieses Gefühl hielt nicht lange vor. Als er mit den anderen im Restaurant ankam, stellte er fest, dass der Tisch auf den Namen von Dr. Richard Ainsworth reserviert worden war. Das klang überhaupt nicht gut.

Er überprüfte sein Handy ein letztes Mal auf Nachrichten, und dann führte man Dr. Ainsworth und seine Familie zu ihrem Tisch. Das tat kein anderer als sein Widersacher vom letzten Abend, der überhebliche Kellner, der sich nach dem kürzlich erlebten Fiasko offensichtlich erholt und seine Coolness zurückgewonnen hatte. Sie ließen sich schweigend nieder, und das steife Ambiente verstärkte die unvermeidliche Befangenheit in der Gruppe noch. Nur Clare wirkte halbwegs entspannt. In ihrem Pullover mit V-Ausschnitt, der eine diskrete Andeutung von Brustansatz erkennen ließ, sah sie hinreißend aus. Sie war vollkommen mit sich im Reinen und hatte den Abend voll im Griff. Richard erwartete die förmliche Ankündigung der Scheidung, wie vermutlich alle anderen auch. Kein Wunder also, dass Alicia aufgelöst wirkte und Sly so aussah, als wäre er am liebsten anderswo. Auch Richard wäre am liebsten anderswo gewesen, doch ihm war klar, dass sie da durchmussten, und wenn Clare es in einem teuren Sternerestaurant tun wollte, mit einem Glas Champagner in der Hand und im Kreis der Familie, die endgültig zerbrechen würde, so war das ihr gutes Recht. Es hatte Stil.

Der Kellner brachte die Speisekarten, die zwar nicht ganz so ausschweifend waren wie beim *menu dégustation* der Eröffnungsnacht, aber immer noch äußerst eindrucksvoll.

Sly bekam Gelegenheit, an seinem Französisch zu arbeiten. «Was ist noch mal *homard*?»

«Hummer», antwortete Alicia. «Gibt es eine vegetarische Alternative?» Richard rann ein Schauer über den Rücken, und vor seinem inneren Auge lief die Vision eines Grosmallard ab, der mit dem fehlenden Küchenmesser Amok lief.

«Alicia, Liebling, ich …»

«Nur ein Scherz, Daddy! Als Vorspeise nehme ich den in Gin eingelegten Lachs.»

Die Amuse-Gueule kamen mit dem Aperitif, und Richard entspannte sich allmählich. Das Gespräch wirkte ein wenig gezwungen. *Wie könnte es anders sein?* Das Ganze hatte etwas von *Das letzte Abendmahl*, doch Richard hatte das Gefühl, ab jetzt könnte es wieder aufwärtsgehen, auch wenn ihm das Ausbleiben einer Antwort Valéries noch immer zu schaffen machte. Clare flirtete begeistert mit allen Kellnern, Richards Erzfeind eingeschlossen, und Sly und Alicia wirkten miteinander glücklich. Es gab schlimmere Arten, bei einer Ehe das Licht auszuknipsen, und er fühlte sich so weit ermutigt, dass er einen Trinkspruch anbrachte.

«Auf die Zukunft», sagte er und hob sein Glas mit Kir. Alle stimmten ein, und sie waren gerade fertig, als die Vorspeisen eintrafen. Die verzehrten sie auf eine sehr englische Weise – nämlich schweigend.

Als die Mahlzeit fortschritt, entspannten sich alle noch ein wenig mehr. Sly hatte inzwischen so viel Vertrauen in sein Französisch, dass er den Kellnern Fragen über das Essen oder die Art des Auftragens stellte. Jedenfalls tat er das, wenn es ihm gelang, sie von Clare abzulenken. Alicia schwelgte in Erinnerungen an gemeinsame Mahlzeiten in ihrer Kindheit und Urlaube in Frankreich. Selbst Richard entspannte sich nun richtig, doch dann spürte er jemanden neben sich stehen, und ein Schatten fiel auf den Tisch. Zunächst glaubte er, es sei der Kellner, dem es allmählich reichte und der Richard endlich an den Kopf schmeißen wollte, was er von ihm hielt, statt seine Feindseligkeit nur durch höhnisches Feixen und stumme Abwertung auszudrücken.

«Herr *Doktor* Ainsworth, nicht wahr?»

Er sah auf und erblickte die recht Furcht einflößende Gestalt des wie ein Turm aufragenden Sébastien Grosmallard. Die weiße Kochkleidung hatte Mühe, seinen massigen Körper zu fassen, das verklebte Haar in der Stirn konnte den Schweiß kaum halten, und der Mann selbst konnte seinen Zorn nur mühsam bändigen.

«Nun, ich verwende den ‹Doktor› nicht sehr oft», stammelte Richard.

«Ah, ich verstehe.» Aus irgendeinem Grund ließ das Grosmallards Aggressivität die Luft ab. «Ich dachte, Sie wären in einer Funktion als Arzt bei Ménard gewesen, als Antonin gefunden wurde.»

Antonin, das fiel Richard sofort auf, nicht *mein Sohn*. Trotzdem war Grosmallards Kummer beim Aussprechen des Namens deutlich zu hören.

«Oh nein! Ich habe keinerlei offizielle Aufgabe.»

«Das spricht für Sie. Wie Sie sehen, Monsieur, oder Docteur, wurde ich sofort wieder entlassen.» Er sagte es so, als hätte er über die olympischen Götter gesiegt. Als hätte sein Wille triumphiert.

«Ja, äh, herzlichen Glückwunsch.»

«Richard?» Clares Miene war kokett. «Stellst du uns einander nicht vor?»

«Ah, doch, richtig. Das ist Sébastien Grosmallard, Küchenchef und Besitzer von *Les Gens Qui Mangent*. Monsieur Grosmallard, das ist Clare. Äh, nun, meine Frau. Das ist Alicia, und ...»

«Madame, sind Sie ebenfalls Ärztin?», unterbrach er Richard in perfektem Englisch, ergriff ihre Hand und küsste sie ein wenig länger auf den Handrücken, als eigentlich schicklich war.

«Oh nein!», kicherte Clare.

«Aber Sie haben die Hände einer Chirurgin.»

«Ich würde sagen, die wirklich geschickten Hände sind die Ihren, Monsieur.»

«Und Sie riechen köstlich, das muss ich sagen.»

Selbst Clare errötete jetzt. «Oh, aber ich habe kein Parfum aufgelegt ...»

Insgeheim fand Richard die Situation äußerst amüsant. Sie hatte etwas von einem Fächertanz voller Anspielungen am Hof Ludwigs XIV., alle Beteiligten mit wogendem Busen und die Männer in pludrigen Kniehosen. Aber nach außen hin tat er so, als wollte er, dass diese gegenseitige Lobhudelei sofort aufhörte.

«Und warum wurden Sie so schnell entlassen, Monsieur?», fragte er so beiläufig wie möglich und zerkrümelte dabei sogar einen Croûton. Dabei befürchtete er durchaus, dass Grosmallard ihm seine Worte heimzahlen könnte. Doch das war völlig überflüssig. Grosmallards natürliche Arroganz bedeutete, dass er die intendierte Stichelei gar nicht bemerkte.

Ohne Clares Hand loszulassen, antwortete der Koch: «Weil ich Sébastien Grosmallard bin, Monsieur, deshalb!»

Richard war sich ziemlich sicher, dass so etwas vor Gericht keinen Bestand haben würde, fand die Antwort aber trotzdem faszinierend. Wenn er in derselben Lage wäre, hätte er vermutlich geantwortet: *Weil ich nicht schuldig bin.*

«Wollen Sie damit sagen, dass Sie unantastbar sind, Monsieur?» Clare schien entschlossen, ihre Adaption von *Gefährliche Liebschaften* fortzusetzen, und in Grosmallard hatte sie einen willigen Partner.

«Niemand ist unantastbar, Madame.» Damit küsste er erneut ihre Hand.

Es fiel Richard schwer, ein Lachen zu unterdrücken. «Dann haben Sie wohl Freunde in hoher Position?»

Die Wirkung dieser unschuldigen Frage auf Grosmallard trat unverzüglich ein. Er ließ Clares Hand fallen, als hätte sie eine Krankheit, und zum ersten Mal, seit Richard ihn kannte – und das schloss die Verhaftung des Mannes ein –, wirkte Grosmallard besorgt und sogar argwöhnisch.

«Ich muss wieder an die Arbeit, *Mesdames, Messieurs.* Hoffentlich schmeckt Ihnen das Essen. François!» Er rief Richards Kellner herbei. «Eine Flasche Champagner für meine Gäste, und eine gute, François, klar?» Er bedachte den Tisch mit einem Lächeln. «*Bon appétit!*», wünschte er, nun schon wieder mit seinem üblichen Schwung. Dann kehrte er in die Hitze der Küche zurück.

«Was um Himmels willen hast du gesagt, Daddy? Er ist ja kreidebleich geworden.» Alicia war nicht oft von ihrem Vater beeindruckt, doch angesichts des recht offensichtlichen Flirts ihrer Mutter hatte sie anscheinend seine Partei ergriffen.

«Ich weiß es eigentlich gar nicht», antwortete er abgelenkt und sah dem Küchenchef nach, wie er durch die Schwingtür verschwand.

«Freunde in hoher Position, das hat er gesagt», erklärte Sly.

«Was meinst du damit?», fragte Clare, die pikiert darauf reagierte, dass es mit dem Spaß vorbei war.

«*Freunde in hoher Position.* Dort wurde er heute erwähnt. Seit ich hier bin, schaue ich französische Nachrichten; damit verbessere ich mein Vokabular.»

«Wer wurde heute erwähnt? Grosmallard?»

«Genau. Es gibt eine Rubrik in den Nachrichten, so eine Art Gesellschaftsnotizen. Wie heißt er noch mal? Jetzt ist mir der Name entfallen – wie war der noch? Pierre irgendwas, Pierre Pot, Pierre Patreaux … nein. Potineaux, das ist es. Pierre Potineaux. Jedenfalls kennt er alle und jeden, und so heißt die Sendung: *Freunde in hoher Position.*»

Sie warteten ab, während Sly einen Bissen aß und kaute. «Und?», fragte Richard ungeduldig. «Dort wurde Grosmallard heute erwähnt?»

«Na ja, es war die Rede von einem kulinarischen Festival, das hier stattfinden soll. Es wird ein großes Kräftemessen oder so.»

«Ah.» Plötzlich ergab das alles Sinn. «Nein, das dürfte ihm nicht gefallen haben.»

«Außerdem …» Sly wollte mit seinem Wissen beeindrucken. «Erinnert ihr euch an diesen marxistischen afrikanischen Diktator, der letztes Jahr verschwunden ist? General Winston Cash hieß er, glaube ich. Er hat immer große Töne gespuckt: ‹Keiner hat das Recht auf Besitz, wenn die Massen nicht daran teilhaben.› Das war in Süd-Sudediland. Jedenfalls ist er mit etwa drei Milliarden auf einem Schweizer Bankkonto verschwunden, und heute ist er in einem Müllcontainer vor der Botschaft Süd-

Sudedilands in Paris wieder aufgetaucht. Lebendig, aber nackt, abgesehen von einem Frauenkopftuch, mit dem ihm der Mund zugebunden war.»

Die Vorstellung ließ alle einen Moment lang verstummen.

«Jedenfalls siehst du», sagte Clare, «wie weit die Verwendung deines Doktortitels dich bringt, Richard – so erringst du Aufmerksamkeit. Du musst ihn öfter verwenden.»

Der Champagner kam und gestattete es Richard, eine Reaktion zu unterlassen. Der Kellner, François, war jetzt merklich unterwürfiger als bisher. Er schenkte ihnen ein, doch als er als Letztes zu Richard trat, drang aus der Küche ein deutlich hörbarer verbaler Ausbruch. Angesichts dessen zitterte die Hand des Kellners leicht, und an vielen Tischen hörte man auf zu plaudern. Grosmallard reagierte sich an einem armen Opfer in der Küche ab, und Richard fühlte sich ein wenig verantwortlich, da sein unschuldiger Seitenhieb über Freunde in hoher Position den jähzornigen Chef aufgebracht hatte. Der Kellner ging davon, und Clare griff nach ihrem Glas zum Zeichen, dass sie einen Trinkspruch ausbringen wollte.

«Ich möchte Richards Trinkspruch von vorhin wiederholen», sagte sie. «Auf uns, auf die Zukunft.»

Richard trank einen Schluck, mit einem halben Ohr bei Clares Trinkspruch und mit einem halben Ohr in der Küche. Grosmallard tobte noch immer, aber ihr Tisch befand sich gerade so weit entfernt, dass Richard nichts verstehen konnte.

«Entschuldigt mich einen Moment.» Er stand auf, ohne jemandem in die Augen zu blicken. «Ich muss mal aufs Klo.» Auf dem Weg zu den Toiletten neben der Küche wünschte er, er hätte sich etwas Stilvolleres zurechtgelegt. Ein Detective im Film noir oder George Sanders als Simon Templar hätten so etwas Banales niemals gesagt.

Zum Glück war die Herrentoilette besetzt, und so hatte Richard alles Recht der Welt, in der Nähe der Küchentür herumzulungern. Grosmallard redete immer noch, inzwischen leiser, aber weiterhin voll Zorn.

«Warum, Karine, warum? Ich habe dir vertraut; du bist meine Tochter. Du bist alles, was mir bleibt, und so behandelst du mich! Du bist eine Verräterin! Wenn ich Samson bin, bist du Delila!»

Nicht zum ersten Mal kam Richard der Gedanke, dass Sébastien Grosmallard eine richtige Drama Queen war.

«Ich habe dich nicht verraten.» Karine sprach leise, um Beherrschung bemüht, doch ihre Stimme brach beinahe.

«Und doch hast du mit diesem Schakal, diesem Aasgeier, diesem *faux frère* diniert!» Richard erkannte die französische Bezeichnung für einen tückischen Menschen, die aber auch ganz wörtlich «falscher Bruder» bedeuten konnte. Von denen gab es derzeit eine Menge, wenn auch zugegebenermaßen weniger als zuvor. Von wem redete er?

«Er könnte uns helfen, Vater; er hat gute Verbindungen. Deshalb habe ich mit ihm zu Abend gegessen. Wir brauchen Hilfe, um dich wieder dahin zu bekommen, wo du hingehörst.»

«Kann ich Ihnen helfen, Monsieur?» Der Kellner François hatte Richard beim Herumlungern ertappt.

«Nein, nein, vielen Dank. Ich, äh, ich muss einfach mal pinkeln.» Er schlüpfte auf die inzwischen leere Toilette und schalt sich dabei erneut, dass es ihm absolut nichts genützt hatte, alle Filme mit George Sanders mindestens einmal anzuschauen. Die stilvolle Gewandtheit des Schauspielers hatte eindeutig nicht auf ihn abgefärbt.

«Ich fürchte, wir haben dem Champagner schon ziemlich zugesetzt, Richard. Du warst so lange weg.» Clare klang leicht beschwipst, wirkte aber nicht verärgert über seine in die Länge gezogene Abwesenheit.

«Herzlichen Glückwunsch, Daddy!» Alicia hob ihr Glas mit

dem, was darin noch übrig war, und der lächelnde Sly tat es ihr gleich.

«Äh, danke», sagte Richard und trank seinen eigenen Champagner. Das Geschrei in der Küche hatte aufgehört.

«Also, wann fängst du an, Dick?»

«Hä? Womit soll ich anfangen?»

«Mit deinem neuen Job?»

«Mit welchem neuen Job?»

«Ich habe ihnen alles über deine neue Stelle erzählt, Richard.» Clare lächelte, sah ihm aber nicht in die Augen.

Es kam ihm vor wie eine Falle. «Okay. Du könntest nicht vielleicht mit ein paar Einzelheiten herausrücken, wie wär's damit?»

«Professor für Filmästhetik. An der Cambridge University. Mummy hat uns alles darüber erzählt.»

Er blickte vom einen zum anderen und wieder zurück, und schließlich brach Clare das Schweigen.

«Du erinnerst dich an Stephen Roachford? Nun, er ist inzwischen *Sir* Stephen Roachford.» Sie sagte das immer so, als wäre es das erste Mal, dass sie ihm davon erzählte. «Also, er wollte in das alte College seines Sohns in Cambridge investieren, und ich habe ihn davon überzeugt, dass er einen Lehrstuhl für dich schaffen sollte. Wie sich herausstellte, wollte das College ohnehin diese Richtung einschlagen. Und da du einen Doktor hast in … nun ja, das passt einfach perfekt.» Sie beugte sich vor und flüsterte ihm ins Ohr, während die anderen den Blick abwandten: «Wir können von vorn beginnen, Richard.» Sie küsste ihn sanft aufs Ohrläppchen. «Hier ist es offensichtlich zu gefährlich für dich, und ohnehin hättest du dir die Scheidung niemals leisten können.» Sie trank den letzten Schluck aus ihrem Champagnerglas.

Richard sah grün aus, und Alicia wirkte auch nicht viel glücklicher.

«Es ist einfach perfekt!» Es war weder die richtige Zeit noch der richtige Ort für eine derartige Begeisterung Slys. «Es bedeutet, dass wir das B & B von dir übernehmen können, nicht, Al? Herzlichen Glückwunsch, Dick!»

26

A m späten Abend betrat Alicia den Salon des Gästehauses, wo Richard vor dem Schlafengehen einen Whisky als Schlummertrunk genoss. Passepartout lag neben ihm auf einem Stuhl und schlief.

«Hallo, Liebling!» Er stand auf und bemühte sich nach Kräften, erfreut und optimistisch dreinzuschauen, doch sein Schwung verflog sofort, und er setzte sich wieder.

Richard fühlte sich an diesem Abend wie eine Marionette, ein liebenswertes Püppchen, das das Publikum unterhielt, das aber vollständig von der Person kontrolliert wurde, die gerade die Fäden in der Hand hielt. Ihm war vollkommen bewusst, dass das zum größten Teil seine eigene Schuld war. Natürlich galt immer alles als seine Schuld, das hatte er begriffen, aber diesmal stimmte es. Er hatte sich so lange damit zufriedengegeben, nur ein Passagier in seinem eigenen Leben zu sein, dass er es sich abgewöhnt hatte, die großen Entscheidungen selbst zu treffen, und stattdessen zuließ, dass andere es an seiner Stelle taten. Es war eine Macht, die andere – nun ja, Clare – nicht aufgeben wollten, vielleicht ja auch aus Sorge um Richard, weil sein Urteilsvermögen so lange Zeit ungeprüft geblieben war. Clare würde sagen, sie tue es nur zu seinem Besten; und vielleicht stimmte das ja. Er hatte allerdings seine Zweifel, und da war er nicht der Einzige.

«Kann ich auch so einen kriegen, Daddy?»

Er sah sie überrascht an. Es kam ihm eigenartig vor, einer

Person, die ihn «Daddy» nannte, Whisky einzuschenken, doch Vater-Tochter-Zeit war selten und kostbar. Und wenigstens nannte sie ihn nicht Dick.

«Alles in Ordnung mit dir?», fragte sie auf eine Weise, die den Gedanken nahelegte, dass sie die Antwort schon kannte.

Er sah sie an und versuchte gar nicht erst zu kaschieren, dass er sich dessen keineswegs sicher war.

Sie trank einen Schluck aus ihrem Glas und erschauerte bei dem Geschmack. «Ich weiß nicht, ob ich Whisky mag», sagte sie, als grübelte sie darüber nach.

Er trank ebenfalls einen Schluck. «Weiß du was, Liebling? Ich auch nicht.»

«Aber Whisky ist die richtige Wahl, wenn Männer sich in Selbstmitleid suhlen wollen, ist es das?» Er sah sie erneut überrascht an. «Ich bin sechsundzwanzig, Dad. Ich kenne die Klischees.»

«Ich glaube, gerade hast du mich zum ersten Mal Dad genannt.»

«Kann sein. Also, wer bist du gerade? Frank Sinatra in *Pal Joey* oder mal wieder Humphrey Bogart in *Casablanca*? Oh ja, es färbt ab, weißt du?» Sie lächelte ihn strahlend an, legte ihm den Arm um die Schultern und küsste ihn auf die Schläfe. Dann sah sie ihm in die Augen, und ihr Lächeln verblasste. «Wir hatten keine Ahnung davon, weißt du? Von deinem neuen Job in Cambridge und davon, dass wir hier übernehmen sollten.»

Er trank einen großen Schluck Whisky und verzog das Gesicht. «Ich seh dir in die Augen, Kleines!» Er hustete.

Sie lächelte ihn liebevoll an. «Das hast du mir jeden Abend beim Einkuscheln gesagt. Da hast du mich immer auf die Stirn geküsst und gesagt: ‹Ich seh dir in die Augen, Kleines.› Ich hab mich sicher und geborgen gefühlt.»

Er erwiderte ihr Lächeln und küsste sie auf die Stirn. «Fühlst du dich jetzt auch sicher?»

«Sicherer als du.»

«Na ja, das ist vermutlich die Aufgabe eines Vaters.»

Sie sah ihn an, sah ihm genau in die Augen. «Sly und ich haben vor ein paar Wochen mit Mummy darüber gesprochen. Sly wurde entlassen, und ich hab meinen Job satt und London ebenfalls. Wir haben entschieden, dass etwas ganz Neues uns guttun würde.»

«Ein *chambre d'hôtes*?»

«Nein. Ein B & B. Wir wollen in England bleiben; all unsere Freunde sind dort. Mummy sagte, sie würde jemanden kennen, der uns helfen kann.»

«Stephen Roachford?»

«*Sir* Stephen Roachford.» Sie schnaubte spöttisch. «Du musst es schon richtig sagen, Daddy! Eine der Ideen war, Sly eine Stelle als Immobilienmakler in Cambridge zu besorgen.» Richard sah sie mit hochgezogenen Augenbrauen an. «Ja. Der *Sir* lebt dort.» Es passte also alles, und sie wussten es beide.

«Aber?»

«Aber Sly hat abgelehnt. Er hat sich mit Stephen getroffen und ihm gesagt, er wolle nicht als Immobilienmakler arbeiten, weil er es nicht gut kann. ‹Ich mag Menschen›, hat er ihm erklärt. ‹Und deshalb ist ein Job als Makler nichts für mich.›»

«Er ist ein zu netter Kerl, meinst du das?»

«Genau.»

«Das ist schön für ihn.»

«Wir werden Mummy klarmachen, dass das hier» – sie deutete mit einer ausladenden Handbewegung auf den Salon – «zwar wirklich reizend ist, aber nichts für uns.»

«Sie wird durch die Decke gehen.»

«Außerdem bedeutet es das Ende eurer Ehe.»

«Ganz sicher.»

«Was euch beiden meiner Meinung nach sehr guttun wird.»

Er wandte sich ihr zu, sah sie an und umarmte sie. «Wo hast

du so viel gesunden Menschenverstand her?», fragte er aufrichtig.

«Von meinem Mann. Außerdem lerne ich aus den Fehlern anderer Leute», erwiderte sie unverblümt. Sie goss ihren Whisky in sein Glas und stand auf. «Trink nicht zu viel, okay? Wir haben viel vor.» Er hätte schwören können, dass sie ihm zuzwinkerte. «Übrigens», fragte sie, schon halb zur Tür gewandt, «was machen Filmästhetiker eigentlich?»

Mit einem Schnauben ließ er seinen Drink im Glas kreisen, die perfekte Verkörperung seiner Rolle. «Ästhetiker schaffen philosophische Barrieren, die man aufstellt, damit die Leute die Kunst nicht mehr lieben», erklärte er bitter. «Sie reparieren Dinge, die nicht kaputt sind.»

«Daddy! Das klingt ja fast so, als wolltest du diese Stelle gar nicht! Gute Nacht. Und betrink dich nicht – schau dir lieber einen Film an.»

Er war Alicia seit Jahren nicht mehr nah gewesen, was vermutlich eher sein Fehler war als ihrer. Doch im Moment fühlte er sich ihr so nah wie noch nie, und das machte etwas mit ihm. Er stand noch immer unter dem Galgen, und die Schlinge senkte sich um seinen Hals herab, doch wenigstens hatte er eine Verbündete, und für den Verurteilten bedeutete das immerhin etwas. Er leerte sein Glas und traf eine Entscheidung. Er würde Grosmallards Tagebuch bis morgen liegen lassen; wahrscheinlich könnte er sich im Moment ohnehin nicht darauf konzentrieren. Stattdessen würde er in seinem Filmzimmer schlafen und Passepartout mit dem klassischen Hollywoodkino bekannt machen, ob es nun ästhetisch akzeptabel war oder nicht. Etwas wie *Der unsichtbare Dritte*, die klassische Fluchtgeschichte eines Mannes, der verwechselt wurde. Oder *Boulevard der Dämmerung*, in dem das Leben durch die Augen einer zynischen Leiche betrachtet wird.

Das gäbe ihm gleichzeitig Gelegenheit, über die anstehenden

Fragen nachzudenken. Wollte er Professor für Filmästhetik an der Cambridge University werden? Wollte er mit Clare verheiratet bleiben? Wollte sie wirklich mit ihm verheiratet bleiben? Könnte er es sich leisten, Clare auszuzahlen? Würden Alicia und Sly entscheiden, dass das *chambre d'hôtes* nichts für sie war? Und zuletzt, war es schon zu spät, wegzulaufen, seinen Namen zu ändern und auf einer winzigen Insel im Ozean zu leben?

Am Morgen hatte er nichts von alldem geklärt, aber er beschloss, positiver oder proaktiver an die Sache heranzugehen, jedenfalls eines von beidem. Zunächst bat er Sly, das Frühstück zu servieren, was dieser mehr als bereitwillig tat, bis Madame Tablier, die noch immer im Gewerkschaftsmodus war, sich gekränkt fühlte, weil sie nicht selbst gebeten worden war, und düster über Grenzen und Freiheiten vor sich hin schimpfte. «Hier ist es allmählich wie in einer dieser Sekten. Ein ständiges Kommen und Gehen.»

«Hier gibt es keine Sekte, Ehrenwort, Madame.»

«Also, ich kann nur sagen, dass es sich so anfühlt. Man liest über solche Sachen. Alle sind wie eine einzige große Familie, wenn Sie verstehen, was ich meine. Keiner weiß, wer wer ist. Es ist nicht richtig!»

Das regte etwas in Richards Erinnerung an. Ja, da war etwas mit Hugo Ménard. Was hatte er noch gesagt? *Wir haben praktisch alle zusammengelebt. Meine Eltern waren richtige Hippies.* Ob es hier wohl einmal eine Art Kommune gegeben hatte?

«Keine Sorge, Madame, im Val de Follet könnte so etwas bestimmt niemals passieren …» Er wusste, die beste Methode, sie zu einem Thema hinzulenken, bestand darin, die Sache zunächst als ausgeschlossen darzustellen.

«Ha! Das denken Sie aber nur! Es gab hier so etwas, es wurde dichtgemacht. Nichts als Sex und Drogen.» Die grimmige alte Dame hielt inne. «Und Sex!», wiederholte sie, als wäre eine

Schallplatte hängen geblieben. «Die Leute sagten, da tanzten einfach nur Kinder, aber wir wissen ja alle, wozu es führt, wenn Kinder tanzen. Oder etwa nicht?»

«Doch», antwortete er und kaschierte mit gespielter Sorge den Neid, den er auf die Jugend empfand. «Aber hier in der Gegend? Wirklich? Wann denn?»

«Oh, das ist noch nicht lange her. Vielleicht dreißig Jahre? Oder zwanzig? Es war auf einer der Inseln im Lac des Petites Îles.»

Oho, dachte er. *Ich frage mich …*

Danach schickte er Valérie eine weitere Nachricht, aber diesmal um ihr zu berichten, dass er das so wichtige Notizbuch in Händen hielt. Er hoffte, sie damit zu veranlassen, ihr Schweigen zu brechen. Er würde den Inhalt korrekt entschlüsseln, die Geschichte dieser Hippie-Kommune aufdecken und den Fall lösen. Dann würde er sich mit einer königlichen Geste zurücklehnen, wie Ronald Colman am Ende von *Der Gefangene von Zenda*, und mit der Bemerkung abschließen: «Meine Arbeit hier ist getan.» Im Anschluss würde er sich widerstrebend in die Welt der kulturellen Ästhetik abschleppen lassen.

Nun, jedenfalls war das der Plan, und alles lief gut, bis er das Notizbuch aus dem Hühnerstall holen wollte.

Es war nicht da.

Die Dose war noch vor Ort, doch das Notizbuch lag nicht mehr darin. Es war verschwunden. Genauer gesagt, es war entwendet worden. Nicht einmal Joan Crawford, die dafür bekannt war, dass sie gern einmal die Berserkerin herauskehrte, wenn die Stimmung sie überkam, konnte das Buch gefressen haben. Er stellte den Hühnerstall auf den Kopf, was die Hennen zu wildem Gegacker veranlasste. Die verunsicherten Gäste kamen heraus, um zu schauen, was das Spektakel sollte, und Madame Tablier schnalzte so missbilligend mit der Zunge, dass es klang, als schwänge sie eine Bullenpeitsche. Das Büchlein war weg.

Und nicht nur war das wichtigste Beweisstück verschwunden, er bereute außerdem zutiefst, dass er Valérie davon erzählt hatte. Vorausgesetzt, sie war überhaupt noch am Leben.

Er saß erschüttert auf der Bank. Es war ein vernichtender Schlag. Natürlich rechnet man hin und wieder mit einer schlechten Nachricht, aber im Moment kam buchstäblich alles zusammen, und dass man ihm das Notizbuch entwendet hatte, war nun allmählich der letzte Tropfen, der das Fass zum Überlaufen brachte. Er hatte sich in eine Art Gegenteil von König Midas verwandelt, und nun wandten sich anscheinend sogar die Hennen, seine geliebten Hennen, gegen ihn, denn die drei bauten sich in einer Reihe vor ihm auf und nahmen ihn ins Visier wie ein geflügeltes Erschießungskommando. Auch Passepartout rückte von ihm ab, als wäre sein Pech nicht nur ansteckend, sondern stänke wie vergammelter Fisch. Der kleine Hund sprang von der Bank und verschwand um die Ecke. Richard seufzte; er sollte ihm nachgehen, das wusste er, doch so wie die Dinge derzeit standen, würde es wohl einfach nur genauso laufen, wie es gerade für ihn typisch war. Er würde beim Um-die-Ecke-Biegen über das Hündchen stolpern, hinfallen und sich verletzen, aber nur gerade so sehr, dass er mit dem Leben weitermachen müsste. Also blieb er, wo er war, und wartete darauf, dass der Ärger zur Abwechslung einmal von sich aus zu ihm kam.

Er brauchte nicht lange zu warten.

27

G leich darauf kehrte Passepartout zurück. Er hatte die Augen vor Erregung aufgerissen, in seinem Gesicht stand ein breites Hundegrinsen, und mit den Pfoten schlug er begeistert nach den Armen seines Frauchens. Sie setzte ihn sanft auf der Bank ab und ließ sich neben ihm nieder. Richard versuchte, Valéries plötzliches Wiederauftauchen wie etwas Selbstverständliches wegzustecken, und blickte mit gelassener Miene auf, kämpfte aber gleichzeitig darum, nicht vor Überraschung von der Bank zu kippen.

«Dachte ich mir doch, dass ich dich hier finde.» In ihrer Stimme schwang ein Hauch von Erleichterung mit, was ihn enorm aufmunterte. «Es waren zwei hektische Tage, Richard. Dich hier mit deinen Hennen auf der Bank sitzen zu sehen, ist sehr beruhigend.»

«Ich habe dir mehrere Nachrichten geschickt.» Er bemühte sich, nicht verstimmt zu klingen, aber es war schon eigenartig, dass keiner von ihnen das Bedürfnis nach einer förmlichen französischen Begrüßung empfand. Sie waren einfach wieder rasch in ihren gewohnten Beziehungsmodus zurückgeglitten, was auch immer der zu bedeuten hatte.

«Ich habe sie bei meiner Rückkehr gestern Nacht gesehen. Es war schon sehr spät. Ich wollte dich nicht wecken.»

«Dann hast du dein Handy also nicht an? Nicht wenn du arbeitest, meine ich.» Sie wichen beide einem Punkt aus, über den, ehrlich gesagt, ohnehin keiner von ihnen reden wollte.

«Ich verwende dann ein anderes Handy», antwortete sie knapp und beendete damit das Thema.

Kurze Zeit saßen sie schweigend da. «Na ja, Passepartout hat dich vermisst. Wie man sieht, ist er sehr glücklich, dich zurückzuhaben.»

«Und ich habe ihn auch vermisst.» Sie drückte den Hund innig an sich. «Aber es gefällt ihm hier, und ich wusste, dass ihm hier nichts passiert. Hat er sich gut benommen?»

«Oh ja, mustergültig. Ein großer Filmfan ist er allerdings nicht. Gestern Nacht ist er bei *Boulevard der Dämmerung* eingeschlafen. Ich habe mir überlegt, ob ich ihm einen alten Lassie-Film zeigen sollte, aber es war ihm wohl egal.» Sie sah ihn verwirrt an. «Na, was soll's. Wie war Paris?»

«Sehr aufschlussreich.» Sie hatte ein durchtriebenes Lächeln im Gesicht, was darauf hindeutete, dass es wirklich sehr gut gelaufen war.

«Ich frage nur, weil dort gestern ein ziemliches Trara war. Das Food-Festival war in den Nachrichten, und ein afrikanischer Diktator ist aufgetaucht.»

«Ein Trcha-rcha?» Erneut sprach sie den umgangssprachlichen Euphemismus mit einem so starken französischen Akzent aus, dass einer Statue davon die Knie weich werden könnten. «Ist das dasselbe wie ein ‹Tamtam›?»

«Ja, aber du könntest auch Affentheater oder Rummel sagen.»

«Wie war es im Restaurant?»

Er lachte. «Es fällt wirklich schwer, Grosmallard zu mögen. Er hat sich voll an Clare rangeschmissen. Er sagte sogar, sie rieche köstlich. Dabei legt Clare niemals Parfum auf.»

«Warst du eifersüchtig?» Darauf hatte er keine Antwort. «Und jetzt zu diesem Notizbuch. Gut, dass du es gefunden hast; du hattest mir gar nicht gesagt, dass du es mitgenommen hast.»

«Nein. Na ja, ich wusste nicht mehr, wo es war, und wollte nicht, dass du dir Hoffnungen machst.»

«Na ja, jetzt haben wir es jedenfalls.»

«Ja. Äh, was das angeht …» Er wollte gerade gestehen, dass das Ding von einer oder mehreren unbekannten Personen entwendet worden war, da zog sie das kleine, in Leder gebundene Tagebuch unter Passepartout hervor, der sich nicht weiter an dem Ding zu stören schien. «Wo hast du das her?» Richard konnte weder seine Überraschung noch seine Erleichterung verbergen.

«Aus der Hühnerfutterdose», antwortete sie, als wäre es eine Fangfrage. «Wo du es hineingelegt hast.»

«Ja, aber woher wusstest du, dass es da war?»

«Ach, Richard.» Sie unterdrückte ein Lachen über seine ihm selbst verborgene Naivität. «Aber es ist sehr interessant, nicht wahr? Was denkst du darüber?»

Er holte tief Luft. «Na ja, eigentlich nicht viel. Ich war allerdings überrascht, wie viele Gerichte nach Leuten benannt waren, die es in die Nachrichten schaffen. Das heißt, die es früher in die Nachrichten geschafft haben. Promis, Politiker und so weiter. Denkst du, dass das für viele Köche ein Anreiz ist? Sich zum Beispiel eine Schauspielerin vorzustellen und ein Gericht zu ihr zu kreieren? Ich nehme an, es ist eine Möglichkeit, ein neues Gericht ins Gespräch zu bringen.»

«Mag sein», antwortete sie ruhig, «aber ich glaube, es ist mehr als das.»

«Ein Code, meinst du?»

«In gewisser Weise. Ich halte das Büchlein für eine Bestandsaufnahme – nun ja, zum Teil ist es eine Bestandsaufnahme und zum Teil das, als was es daherkommt, das Rezepte-Notizbuch eines Kochs. Es befinden sich echte Rezepte darin, schau.» Sie wendete eine Seite und deutete darauf. «Der *loop de mer en papillote coco curry.*»

«Seebarsch in Currysauce.» Er schüttelte den Kopf. «Nicht mein Ding.»

«Nein.» Mühsam bändigte sie ihre Ungeduld. «Jedenfalls ist das hier aber ein geläufiges Rezept. Vielleicht ein bisschen einfach für einen Sternekoch, doch wenigstens ein richtiges Rezept. Und jetzt» – sie blätterte – «schau mal hier.»

Richard setzte die Brille auf. «*Gâteau de Gaston Cormier.* Na ja, sicher, der Kuchen wirkt ein bisschen sehr kalorienhaltig mit all der Butter, aber …» Er verstummte verunsichert und fragte sich, ob er sich gerade zum Narren machte.

Sie lächelte ihn an. «Genau, Richard! Genial.»

«Gut.» Er war kein bisschen klüger.

Sie blätterte noch ein paar Seiten weiter. «Kennst du den Ausdruck ‹*mettre du beurre dans ses épinards*›?»

Er dachte darüber nach. «Butter in seinen Spinat geben?»

«Das ist die wörtliche Übersetzung, ja. Aber es ist eine französische Redensart. Butter ist ein Slangausdruck für Geld; wenn man sie in den Spinat gibt, wird der Spinat besser. Die Butter kommt zu dem hinzu, was man schon hat.»

«Wie ein Nebenerwerb, ein Zusatzeinkommen?»

«Genau.»

«Okay», sagte er, bemüht, den Gedanken zu erfassen. «Du denkst also, Gaston Cormier, wer auch immer das ist, hat ein lukratives Nebeneinkommen ermöglicht, und das Rezept ist der Code dafür?»

«Genau darauf will ich hinaus!» Ihre Augen leuchteten vor Erregung.

«Und wer ist Gaston Cormier?»

«Er war Politiker und ist vor ein paar Jahren gestorben.»

«Also von da kommt jetzt keine Butter mehr.»

«Nein, aber schau dir das hier an. *Pot-au-feu Potineaux.*»

Er betrachtete das Rezept. «Was ist damit? Sicher, es ist eine Menge Butter darin, aber …»

«Aber wer gibt schon Butter in einen Eintopf?»

«Hm. Gutes Argument. Warte mal!» Er klatschte in die Hände. «Potineaux. Das ist der Journalist, der gestern das Food-Festival angekündigt hat, oder?» Mit einem Blick suchte er ihre Bestätigung, denn er nahm an, dass sie mehr wusste, als sie durchscheinen ließ.

«Ja.» Mehr fügte sie nicht hinzu.

«Du sagst also, dass dieses Buch nicht nur Rezepte enthält, sondern auch eine Art Kassenbuch ist, in dem die Leute aufgeführt sind, die Grosmallard zusätzliche Butter – also Geld – geben. Aber warum?» Dann war es ihm plötzlich klar, und sie sprachen es beide gleichzeitig aus: «Erpressung!»

«Garantiert!»

«Er erpresst also die Reichen und Berühmten? So hat er das Geld für ein neues Restaurant zusammenbekommen, obwohl sein Michelin-Stern sozusagen schon im Sinken begriffen ist. Raffiniert. Denkst du, Tatillon weiß darüber Bescheid? Und deshalb schreibt er sein Buch?»

«Das wäre möglich, ja. Oder er hat zumindest erraten, dass etwas faul ist.»

«Und dieser Potineaux, sollten wir nicht der Polizei von der Erpressung berichten?»

«Später», antwortete sie, nachdem sie eine Weile darüber nachgedacht hatte. «Wir wissen noch nicht, ob Potineaux selbst erpresst wurde oder ob er Grosmallard vielmehr die Informationen geliefert hat. Die Butter im Pot-au-feu könnte auf seinen Anteil verweisen.»

«Schwierig, einen Eintopf zweizuteilen», sagte Richard, bereute die flapsige Bemerkung aber sofort.

«Jedenfalls verrät das Notizbuch noch mehr. Schau.» Sie zog einen Zettel aus ihrer Tasche, in dem er die andere Hälfte von Ménards angeblichem Abschiedsbrief erkannte. Diesen Zettel legte sie auf eine Seite des Notizbuchs, die sie einfach aufs Geratewohl aufgeschlagen hatte. Die Handschrift war so ähnlich, dass sie wohl von derselben Person stammen musste.

«Er hat Ménards Abschiedsbrief geschrieben? Je mehr ich über diesen Grosmallard herausfinde, desto unsympathischer wird mir der Kerl. Er steckt bis über beide Ohren in der Sache drin.»

«Und doch gibt es immer noch mehr.»

«Du warst fleißig», sagte er beeindruckt.

«Ist dir an dem Büchlein sonst noch etwas aufgefallen?»

Er dachte angestrengt nach. Dann fiel ihm ein, wie er das berühmte Dessert Grosmallards gesucht und es schließlich irgendwo hinten im Buch gefunden hatte, aber …

«Moment mal! Der Grosmallard-Pudding, das Dessert oder wie man es auch nennen will. Es hat mich überrascht, dass es nicht vorn im Buch stand, sondern ziemlich weit hinten, dabei dachte ich, es wäre eine seiner ersten Kreationen gewesen und hätte seinen Ruhm begründet.»

«Genau, Richard.» Sein Gespür schien sie ehrlich zu freuen. «Und warum ist das wohl so, was meinst du? Wie unterscheidet sich der Beginn des Buchs sonst noch vom Rest?» Sie gab es ihm noch einmal in die Hand, und er blätterte es durch. Es war so, wie er es in Erinnerung hatte: Die Rezepte waren in zwei unterschiedlichen Handschriften verfasst. Das kaum lesbare Gekrakel von Sébastien Grosmallard und die weiblichere Handschrift, vermutlich die seiner verstorbenen Frau Angélique.

«Ihre Notizen endeten mit ihrem Tod», sagte er, und Valérie nickte mit geschürzten Lippen.

«Genau», gab sie zurück, plötzlich wütend. «Wie ich die Welt der französischen Küche hasse. Diese Welt, in der die Männer die großen Küchenchefs sind und die kleinen Frauen die Köchinnen. Männer sind das Hauptgericht, die Frauen die hübsche Nachspeise.» Er nickte zustimmend, beschloss aber, nichts zu dem Thema zu sagen. «Warum steht das Rezept also hinten?

Sie war schon tot, als es dort festgehalten wurde. Dagegen war sie äußerst lebendig, als es kreiert wurde und er seinen Stern erhielt. An der Wand seines Büros hängt ein Bild von ihnen beiden.»

«Vielleicht wollte er Neuerungen hinzufügen.»

«Ich denke kaum. Dieses Dessert ist sein Markenzeichen. Sein ganzer Ruhm beruht darauf. Ich glaube nicht, dass er es verändern wollte.»

«*Dessert pour Angélique.*» Er las den vollgekleckerten Titel laut vor. «Ich verstehe, was du meinst.»

«Nein, Richard, das glaube ich kaum.» Ihre Worte erleichterten ihn ziemlich. Er konnte jetzt aufhören, dieses Gespräch wie eine mündliche Prüfung zu behandeln. «Blättere noch einmal nach vorn zurück, da!» Sie stoppte ihn beim Wenden der Seiten. «Fällt dir was auf?»

Er schaute genauer hin. «Es sieht so aus, als wäre eine Seite herausgerissen worden», wagte er sich vor.

«Genau.»

«Aber alle Welt reißt Seiten aus Notizbüchern. Ich dürfte noch nie ein Notizbuch besessen haben, in dem bis zum Schluss keine einzige Seite fehlte.»

«Ja, aber jetzt blättere wieder bis zum Rezept.»

Er schüttelte den Kopf, teilweise verwirrt und teilweise erstaunt darüber, dass sie in dem Buch so viel entdeckt hatte, was gleichzeitig darauf verwies, wie viel ihm entgangen war.

«Okay, *dessert pour Angélique* … »

«Schau genauer hin, Richard.»

«*Dessert. Pour. Angélique.*» Er las jedes Wort langsam und hoffte, dass das etwas in seinem Gehirn in Gang setzen würde. «Dessert für Angélique. Ich verstehe es nicht; wonach soll ich schauen?»

«Dieser Fleck auf dem Wort ‹*pour*›. Der macht es schwer zu entziffern, oder?»

«Ja und?»

«Nimm einfach einmal an, da steht nicht ‹pour› – also ‹für› –, sondern ‹par› – also ‹von›.» Sie sah ihn mit triumphierender Miene an, und ihre Augen glühten. «Nicht ein Dessert für Angélique, sondern ein Dessert *von* Angélique.»

Er begegnete ihrem Blick fast genauso erregt. «Deshalb fehlt die Seite also. Sie hat das Dessert kreiert, nicht ihr Mann. Dann war sie also das Talent, meinst du das?»

«Ich denke schon, ja.»

«Okay», sagte er und wägte seine nächsten Worte sorgfältig. «Ich spiele jetzt einfach mal den Advocatus Diaboli. Was, wenn deine Schlussfolgerung nicht stimmt? Dir könnte der Blick verstellt sein durch … äh.»

Sie warf ihm einen vernichtenden Blick zu. «Weil ich eine Frau bin?»

«Nein. Einfach nur, äh, durch eine vorgefasste Meinung. Wie schon gesagt …», er schluckte nervös, «ich spiele einfach nur den Advocatus Diaboli.»

«Na schön.» Sie nickte. «Seit Angéliques Tod ist unser großer Küchenchef nicht einmal in die Nähe seines früheren Erfolgs gekommen; das wissen wir von Tatillon. ‹Eine Rückkehr zu altem Ruhm›, hat der Kritiker gesagt, ‹nach all diesen Jahren.› Aus der Zeit von Grosmallards größten Erfolgen fehlt eine Seite. Ein Dessert *von* Angélique.»

«Zugegeben, es wirkt ziemlich einleuchtend, wenn du es so ausdrückst. Aber warum sollte er deswegen Ménard und seinen eigenen Sohn ermorden? Falls Antonin überhaupt sein Sohn war. Nur deshalb, weil sie das Dessert vermasselt haben, das er endlich wiederauferstehen ließ? Das ist ein bisschen übertrieben, findest du nicht?»

«Zum einen ist er ein Mensch, der sich für unantastbar hält, denke ich. Aber stell dir außerdem die Enttäuschung vor, die ihn überkommen hat. Er schafft es einfach nicht, das Gericht so zuzubereiten, wie Angélique es vervollkommnet hat. Das muss ihn geradezu foltern, ihn wahnsinnig machen.»

«Nun, er ist definitiv ein sehr unangenehmer Mensch. Als ich gestern Abend im Restaurant war …» Er stockte und fragte sich, ob er ihr von dem ihm vorgeschlagenen Umzug nach England und der in Aussicht stehenden Professorenstelle erzählen sollte.

«Ja?»

«Na ja, ich habe gehört, wie er seine Tochter angebrüllt hat. Er hat geschrien, sie hätte ihn verraten, weil sie versuchte, Hilfe fürs Restaurant zu organisieren. Jemand mit Verbindungen, sagte sie. Ich weiß allerdings nicht, um wen es sich handelt. Oh, und da ist noch etwas. Ich habe mit Hugo Ménard gesprochen. Die Ménards und die Grosmallards haben einmal hier ganz in der Nähe in so einer Art Hippie-Kommune gelebt. Ich glaube, es war die Stelle, zu der die Liebowitz-Brüder Elisabeth und Sébastien kürzlich gefolgt sind. Im Lac des Petites Îles.»

Sie sah ihn an, und diesmal zollte sie ihm ihrerseits Bewunderung. «Richard, das ist genial! Du bist so klug!»

«Ach, weißt du …» Er stand auf, um sich in ihrem Lob zu sonnen.

«Für einen Mann», fügte sie hinzu, ein warmherziges Lächeln im Gesicht.

«Also, ohne dich hätte ich es nicht geschafft», antwortete er in gespielter Großartigkeit.

«So.» Sie stand ebenfalls auf und setzte Passepartout auf die Bank. «Leg das Buch jetzt wieder in sein Versteck zurück.»

«Warum? Es war offensichtlich kein gutes Versteck!»

«Sicher, ich habe es gefunden, Richard, aber ich kenne dich auch sehr gut.» Es klang nicht direkt wie ein Kompliment, aber er fasste es trotzdem als ein solches auf. Er nahm das Buch und verschwand damit in das große Gehege, in dem der Hühnerstall stand. Olivia de Havilland saß heiter auf ihrem Strohnest und hielt in aller Ruhe ein Ei warm. Also bemühte er sich, so leise wie möglich zu sein, als er sie hochhob und das Notizbuch in sein Versteck zurücklegte.

Von draußen hörte er Schritte näher kommen.

«Ah», sagte eine Stimme. Es war Clare. «Ich war auf der Suche nach meinem Mann, aber jetzt bin ich froh, einmal unter vier Augen mit dir reden zu können.»

Valérie erwiderte nichts, und so blieb Richard stumm im Stall sitzen, seine Leinwandheldin auf dem Schoß.

28

Vermutlich hat er dir von unserem Abend gestern im Restaurant erzählt?»

Richard konnte durch eine Ritze zwischen den Brettern der Stallwand spähen und wusste nicht, ob ihn das, was er sah, erschreckte oder erfreute. Clare stand hoch aufgerichtet mit herabhängenden Armen da wie ein Raufbold, der in einer Kneipe Streit sucht, während Valérie noch immer auf der Bank saß und ganz entspannt Passepartout streichelte. Eine mögliche Art, diesen Anblick zu deuten, war, dass die beiden Frauen sich um ihn stritten. Natürlich wusste er, dass das nicht stimmte, aber er war nie glücklicher, als wenn er sich einer Selbsttäuschung hingab. Tatsächlich wollte Clare gar nicht *ihn selbst*, sondern wünschte sich ein Leben als Frau eines Professors. Vermutlich hatte sie irgendwo gelesen, am College von Cambridge gehe es zu wie in den letzten Tagen von Britisch-Indien: aristokratische Bettgeschichten und unglaublich raffinierte Dolchstöße in den Rücken. Valérie war von Clares Frage insgeheim verwirrt, das merkte er.

«Vom Abend im Restaurant?», fragte sie. «Ja, er hat ganz aufgeregt berichtet.»

«Ach ja? Wirklich? Ah, das ist gut.» Clare entspannte sich und setzte sich neben die Frau, die Richard nun bei sich «ihre Rivalin» nannte. «Natürlich gibt es noch viel zu klären, aber ich denke, sie werden wollen, dass er zu Beginn des akademischen Jahrs einsteigt.»

Valérie zuckte mit keiner Wimper; tatsächlich streichelte sie Passepartout weiter, als wäre dies eine Information, die sie schon kannte. «Das ergibt Sinn», sagte sie ruhig.

«Das zwischen euch beiden hätte niemals funktioniert, weißt du?» Clares Konsonanten waren härter geworden und klangen so, wie wenn man den Kristallstöpsel auf einen gläsernen Dekanter setzt.

«Zwischen uns beiden?»

«Ja. Es hätte niemals funktioniert. Verstehst du, ich kenne Richard. Ich kenne ihn schon lange, und das hier ist so gar nichts für ihn. Das ganze Herumrennen und Herumschnüffeln. Früher oder später wird es ihm langweilig werden. Nämlich dann, wenn es alltäglich oder banal wird oder, umgekehrt, zu ungewöhnlich. Richard möchte nur beobachten und nicht handeln. Er stellt sich gern vor, er wäre ein Liebhaber, ein Detektiv oder ein Mann auf der Flucht, aber *tatsächlich* wäre er für nichts von alldem zu gebrauchen. Dafür ist er zu englisch.»

Richard wollte an diesem Punkt hinausstürmen und sich energisch verteidigen, doch Joan Crawford sprang von ihrem Legenest auf seine Schulter und sorgte dafür, dass er aussah wie ein Pirat in einem Low-Budget-Film. Außerdem hörte er, dass es im Magen des Vogels grummelte. Wenn Richard hinausstürmen wollte, dann musste er es sofort tun. Wieso zögerte er?

«Er ist tatsächlich sehr englisch.» Valéries Tonfall klang nicht abwertend, es war einfach nur eine Wiederholung von Clares seiner Meinung nach hartem Urteil.

«Genau. Und deshalb ist eine gut bezahlte Stelle an einer muffigen alten Universität – na ja, das sage ich so, aber es handelt sich um eines der besten Colleges Cambridges – genau das Richtige für ihn. Da kann er seine Filme schauen und seinen gelangweilten Studenten davon berichten. Und sie werden gelangweilt sein, die Armen!» Sie legte die Hand auf Valéries Arm.

Das ist unser kleiner Insider-Scherz, sagte die Geste. Valérie blieb allerdings kühl und reagierte nicht darauf.

Richard, der einerseits diese eindeutige und sehr geringschätzige Meinung über sich gehört hatte und andererseits inzwischen mit Joan Crawfords verdautem Frühstück bekleckert war, beschloss, dass er ruhig dort bleiben konnte, wo er gerade war. Clares Verachtung überraschte ihn nicht, und er konnte ihr nicht einmal einen Vorwurf daraus machen, aber etwas am Anblick dieser beiden sehr starken Frauen jagte ihm eine Heidenangst ein. Sie waren so ganz anders als er. Sie standen für unterschiedliche Welten, ihre Zukunft und ihre Vergangenheit definierten, was sie jetzt waren, und all das war viel stärker als er. Sie wussten beide genau, was sie wollten, das war einer der Hauptunterschiede, denn er selbst hatte nicht die geringste Ahnung, was er wollte. Das war einer der Gründe, die ihn davon abhielten, seinen Doktortitel zu verwenden. Der würde ihm Verantwortung aufnötigen. Natürlich betrachtete Richard die Konfrontation, falls es tatsächlich eine war, eher im Licht cineastischer Fiktion als im Hinblick auf feministische Tatsachen. Schon vor Jahren hatte er entschieden, sich niemals auf Politik einzulassen, und insbesondere nicht auf Gender-Politik, die ihm wie Treibsand über einem Minenfeld vorkam, buchstäblich ein Nie*mann*dsland.

Nein. Richard gelang es nicht, die Sache als liberal versus radikal, marxistisch oder kulturfeministisch zu sehen. In seinen Augen hatte er einfach zwei starke Frauen vor sich, die die Dinge zwischen sich klärten. Es gelang ihm jedoch ausgesprochen gut, das Ganze wie ein Remake von Bette Davis versus Joan Crawford in *Was geschah wirklich mit Baby Jane* zu betrachten. Oder als Wiederholung von Bette Davis und Olivia de Havilland in *Wiegenlied für eine Leiche.* Oder sogar als eine Wiederaufführung der Rivalität zwischen der realen Olivia de Havilland und ihrer Schwester Joan Fontaine.

Plötzlich kam ihm ein Gedanke: Schwestern! Was wäre, wenn Elisabeth und Angélique Schwestern gewesen wären? Vielleicht keine «leiblichen» Schwestern, aber wenn sie sich ebenso nahegestanden hätten? Elisabeth hatte Sébastien immer geliebt. Sie hatte geglaubt, wenn sie ihren Mann beseitigte, könnte sie mit dem geliebten Menschen zusammen sein. Aber warum hätte sie dann auch noch Antonin beiseiteschaffen sollen? Weil er ihr im Weg stand? Die Theorie wirkte ein bisschen weit hergeholt, aber das Ganze hatte etwas mit einer Familienfehde zu tun, davon war er überzeugt. Außerdem war er überzeugt, dass es in einer dauerhaften Behinderung resultieren würde, wenn er noch länger in dieser gebückten Haltung verharrte, und so versuchte er sich aufzurichten. Das veranlasste jedoch Joan Crawford zum Gackern, und außerdem drückte sie ihre Verärgerung durch eine weitere Hinterlassenschaft auf seinem Hemd aus. Er erstarrte, so gut er konnte, und beobachtete, wie Clare angeekelt auf den Hühnerstall schaute.

«Ich mag Hühner nicht», sagte sie. «Sie sind dreckig.»

Er sah, dass Valérie in seine Richtung sah – ein verhaltenes Lächeln spielte um ihre Lippen. Er beruhigte Joan Crawford, doch sie hatte ein leicht entflammbares Temperament, ganz ähnlich wie die echte Joan Crawford. Was hatte Bette Davis noch über sie gesagt, als sie von ihrem Tod las? *Man soll niemals schlecht über die Toten reden und nur Gutes sagen. Joan Crawford ist tot. Gut.*

«Jedenfalls haben wir die Sache noch nicht ganz im Sack», hörte er Clare fortfahren. «Ich meine, nur so gut wie. Heute Abend hat er ein Vorstellungsgespräch. Es findet online statt, und der Master des Colleges und einige weitere wichtige Persönlichkeiten werden teilnehmen.» Sie sah Valérie nervös an, ein ungewöhnlicher Moment der Schwäche, der vielleicht durch Valéries Schweigen verursacht war. «Eigentlich ist es eine reine Formalität», fügte sie hinzu.

Joan Crawford beschwerte sich erneut, und ihr Gackern hallte vom Wellblechdach wider.

«Meine Aufenthalte hier werden mir fehlen, aber ich kaufe mir wohl bald ein eigenes Haus.» Valérie lächelte Clare reizend an. «Ich wünsche euch beiden das Beste.»

Clare stand auf, anscheinend zufrieden mit der Entwicklung der Dinge. «Das wird Richard guttun, weißt du. Dann kann er wieder fantasieren, er wäre Cary Grant oder Humphrey Bogart oder Hercule Poirot oder wer auch immer, statt zu versuchen, sie real nachzuahmen. In der Midlife-Crisis eines Mannes soll es doch um jüngere Frauen und schnelle Autos gehen … na ja, ein schnelleres Auto könnte er immerhin gebrauchen.»

Aua, dachte Richard. Und außerdem fand er es ein bisschen stark, dass Clare nun auf Eifersucht und Verteidigung von Gebietsansprüchen machte, nachdem sie mehr Männer vernascht hatte, als Torten durch eine Slapstickkomödie fliegen.

«Wirklich, ich …», begann Valérie, wurde aber vom Klingeln ihres Handys unterbrochen. «Entschuldige mich bitte», sagte sie mit hörbarer Wärme, «aber ich muss diesen Anruf annehmen. Ah, Commissaire …»

Richards Krampf meldete sich wieder, und als sein Bein davon ergriffen wurde, taumelte er vor Schmerz und schlug sich den Kopf am Dach an. Er sah, dass Clare noch einen Blick auf den Stall warf und dann wieder zu Valérie schaute. Sie nickte mit geschürzten Lippen und ging davon. Richard beschloss, trotzdem noch ein paar Minuten abzuwarten.

Als er endlich herauskam, hatte er Alec Guinness in *Die Brücke am Kwai* vor Augen. Heroische Würde im Angesicht japanischer Foltermethoden, eine stoische Entschlossenheit, mit der er allen Widrigkeiten trotzte. Sicher, der Held, den Alec Guinness verkörperte, hatte Tage im «Ofen» der sengenden burmesischen Hitze verbracht, ohne Wasser oder Essen, und ein Krampf in einem Hühnerverschlag sowie Vogelkacke auf dem

Hemd reichten wohl kaum daran heran. Richard war sogar mit einem frisch gelegten Ei herausgekommen.

«Das war der Commissaire.» Sollte Valérie den Wunsch gehegt haben, über ihr Gespräch mit Clare oder Richards Rückkehr nach Großbritannien und in ein Gelehrtenleben zu reden, hatte das Telefonat mit dem Commissaire dem definitiv den Rang abgelaufen. Sie hatte jenen ganz bestimmten Ausdruck in den Augen, den Richard inzwischen nur allzu gut kannte.

«Was ist passiert?», fragte er und wischte sich Vogelkacke von der Schulter.

«Auguste Tatillon ist tot!»

Richard sah sie entgeistert an.

«Er wurde in einem Gefrierschrank gefunden …»

«Bei Grosmallard?»

«Nein! In Guy Garçons Restaurant. Mit einem Messer in der Kehle!»

«Grosmallards Messer?»

«Genau!»

«Himmel!»

«Und Henri … Er möchte, dass wir hinfahren. Ihm ist bewusst, dass wir genauso viel wissen wie er, und er möchte, dass wir dort vor Ort sind.»

«Aber ich bin ein Mensch, der nur beobachtet und nicht handelt», wandte Richard ein, denn einige der Dinge, die über ihn gesagt worden waren, schmerzten ihn noch immer.

«Da bin ich anderer Meinung, Richard. Lass uns das zu Ende bringen, bevor du nach England zurückkehren musst, okay?»

«Ja, ja», antwortete er, nun wieder entschlossen. «Dann also los, fahren wir zu Garçon.»

Valérie zögerte. «Nein», sagte sie. «Sollten wir nicht lieber zu Martin und Gennie fahren?»

«Was? Jetzt ist nicht die richtige Zeit, um nackt Cocktails zu schlürfen!»

«Nein! Aber wir sollten Auguste Tatillons Zimmer durchsuchen, bevor die Polizei es tut.»

«Aber die ist vielleicht schon da ...» Sie war bereits an ihm vorbeimarschiert. «Okay.» Er eilte hinter ihr her. «Aber darf ich dein schnelles Auto fahren?»

29

Richard.» Valérie sprach behutsam. Wie ihr Tonfall nahelegte, war ihr durchaus bewusst, dass sein Ego an diesem
Vormittag Prügel bezogen hatte und er die wenig schmeichel-
haften Bemerkungen seiner Frau noch verwinden musste. Valérie wollte seine empfindliche Männerpsyche zwar schonen, aber
das hier war einfach zu viel. «Richard», begann sie von Neuem
und sprach jetzt sogar noch sanfter, «könntest du bitte schneller
fahren! Wenn wir so trödeln, trifft die Polizei vor uns ein; wir
müssen einen Zahn zulegen!»

Später würde er dies hier als Wendepunkt betrachten. Der
Moment, in dem er sich für einen anderen Weg entschied. Er
grübelte nicht länger über die Folgen nach und saß auch nicht
am Straßenrand und erstellte eine Liste mit Pro und Kontra,
sondern etwas in seinem Inneren traf die Entscheidung für
ihn. Er machte Clare keinen Vorwurf. Auf ihre Art wollte sie
sein Bestes. Und natürlich auch ihr eigenes Bestes, aber warum auch nicht? Es war nur so, dass er nicht der Mensch sein
wollte, als den sie ihn sich wünschte, und wenn sie ehrlich
mit sich war, wollte sie genauso wenig, dass er dieser Mensch
war. Es war ein ernüchternder Gedanke, und er wusste nicht,
ob es der scharfsichtigste Gedanke seines Erwachsenenlebens
oder völliger Blödsinn war. So oder so, wenn er einmal bei-
seiteließ, wie er selbst in dieser Angelegenheit empfand, war
ihm klar, dass Clare normalerweise bekam, was sie wollte.
Wenn dies also sein letztes Abenteuer sein sollte, bevor die

Stahlschellen des Gelehrtenlebens sich um seine Fußgelenke schlossen, konnte er die Sache auch richtig durchziehen. Es wurde Zeit, dass er ein bisschen mehr auf *The Italian Job – Jagd auf Millionen* machte. Oder ein bisschen mehr auf *Brennpunkt Brooklyn*. Und ein bisschen weniger auf *Die feurige Isabella* oder auf *Der Titfield-Expreß*. Letzteres war eigentlich ein Film über einen Zug, aber ärgerlicherweise fiel ihm kein weiteres langsames Auto in einem Film ein. Um seinen Moment plötzlicher Gereiztheit zu kaschieren, trat er energisch aufs Gas und war sofort Steve McQueen in *Bullitt*. Valéries Kopf schoss nach hinten, und ihr Hut wurde aus dem Wagen geweht, sodass ihr Haar frei im Fahrtwind flatterte. Beim Röhren des Motors entschuldigte er sich übertrieben zerknirscht für den Hut.

Mit durchdrehenden Reifen hielt er auf Martins und Gennies gekiester Zufahrt und schaffte es mit einiger Mühe, die Finger vom Lenkrad zu lösen. Möglicherweise war das eben einer der befreiendsten Augenblicke seines Lebens gewesen, aber es war auch einer der stressigsten. Um ein Haar hätte er mindestens drei Traktoren gerammt, und wahrscheinlich hatte er dabei jedes Mal entsetzt aufgeschrien. Valérie wandte sich ihm zu, und irgendwie saß ihr Haar schon wieder tadellos.

«Na, wir sind ja doch noch hier angekommen», sagte sie, allerdings mit einem schalkhaften Funkeln in den Augen.

Die Hintertür von Martins und Gennies Haus ging auf, und Martin kam heraus. Zumindest nahmen sie an, dass es Martin war.

«Herr im Himmel», stöhnte Richard, der es kaum schaffte, den Mann anzusehen, es gleichzeitig aber auch schwierig fand, seine Augen von dem Anblick loszureißen.

Die beleibte Gestalt, die auf der Schwelle zur Hintertür stand – eine anzügliche Zweideutigkeit, die Martin großes Vergnügen bereitet hätte –, sah aus wie ein Pony, das falsch gesattelt worden ist. Er trug eine mit Leder besetzte Unterhose und eine Art zentrales Gurtsystem, das so aussah, als sollte es Patienten mit Ischias beim Heben schwerer Lasten unterstützen. Von seinen Nippeln – und dieses Bild würde Richard gewiss bis zum Ende seiner Tage verfolgen – liefen Ketten zu einem Hundehalsband um seine Kehle. Eine Gasmaske war das i-Tüpfelchen dieses Outfits.

«Hal-lo», empfing Martin sie fröhlich, als wäre er nicht so gekleidet wie eine Schweinekeule mit Gürtel. Er versuchte zu winken, doch dabei zog eine Kette an einer anderswo befestigten Kette, zweifellos ein komplizierter Mechanismus, und er stieß einen Schmerzschrei aus, dem gleich darauf ein befriedigter Seufzer folgte. «Habt ihr Lust auf eine Tasse Tee? Gennie setzt gerade Teewasser auf.» Er drehte sich um und kehrte ins Haus zurück. Richard begriff, dass auch der Anblick von Martins hochrotem, wundem Schwabbelhintern ihn für immer verfolgen würde.

«Ich glaube, wir lassen Passepartout hier zurück.» Valérie konnte ihren Abscheu nicht verbergen, wusste aber, dass sie keine Zeit zu verschwenden hatten. «Er ist lieber an der frischen Luft.»

Nun tauchte Gennie an der Hintertür auf. Zum Glück trug sie einen rosa Morgenmantel, der merkwürdig altjüngferlich wirkte, da er bis hinunter zum Boden reichte und sie ihn am Hals züchtig zusammenhielt. Richard konnte sich nur vorstellen, was er verhüllte, und hatte keine Lust, bei der Frage zu verweilen. «Ihr hättet anrufen und Bescheid sagen sollen, dass ihr kommt.» Ihr strahlendes Lächeln hieß sie herzlich willkommen. «Wir wollten uns gerade vor den Fernseher setzen und eine Gameshow schauen.»

Richard wollte etwas sagen, doch die Worte blieben ihm in der Kehle stecken. Zum Glück übernahm Valérie.

«Wir würden euch gern um einen Gefallen bitten.»

«Schieß los, altes Mädel.» Martin war wieder vor der Tür aufgetaucht, jetzt ohne Gasmaske.

«Wir müssen uns in Monsieur Tatillons Zimmer umsehen ...»

«Oh, da weiß ich nicht so recht. Das verletzt sein Recht auf Privatsphäre und so.»

Es kam Richard eigenartig vor, von einem Mann, der sich kleidete wie ein westgotischer Krieger ohne Unterwäsche, über den Schutz der Privatsphäre belehrt zu werden, aber es waren nun einmal merkwürdige Zeiten.

«Na ja, es wird ihn nicht stören», sagte Richard. «Er ist tot.»

Martin und Gennie sahen einander an. So wie Richard und Valérie inzwischen akzeptierten, wenn auch nicht völlig tolerierten, dass das Paar oft einen faszinierenden Anblick bot, hatten Martin und Gennie Frieden mit der Tatsache geschlossen, dass Richard und Valérie ihre eigenen Steckenpferde ritten, und begegneten ihnen dafür ihrerseits recht aufgeschlossen.

«Na ja», sagte Gennie. «Wenn das so ist, hole ich den Schlüssel.» Valérie folgte ihr nach drinnen.

«Da hat der Arme aber Pech gehabt.» Bei Martin klang es so, als hätte Tatillon sich gerade das Handgelenk verstaucht. Und keineswegs so, als hinge er, wie Valérie auf der Herfahrt berichtet hatte, in einem Gastro-Gefrierschrank von einem Fleischhaken herab, während ein hochwertiges Kochmesser aus seiner Kehle ragte. «Trotzdem ...» Martin schien zum Thema Tatillon nichts mehr einzufallen. «Nachher soll es regnen, das ist gut für den Garten.»

«Ja», antwortete Richard. «Meine Lobelien sind halb vertrocknet.» Er spürte, dass Martin sich krampfhaft bemühte, eine weitere zweideutige Anspielung herunterzuschlucken.

«Hör mal, alter Mann», sagte Martin verächtlich, «ist das Hühnerkacke auf deinem Hemd?»

Richard wollte gerade mit einem bissigen Spruch über Glashäuser kontern, doch da kamen Gennie und Valérie zurück.

«Ich gebe Valérie etwas von dem Biskuit mit, den ich gestern Abend gebacken habe.» Sie reichte Valérie eine Plastiktüte und einen Schlüssel, wobei sie noch immer ihren Morgenmantel am Kragen zusammenhielt. «Wonach sucht ihr eigentlich?»

Das erschien Richard als eine sehr gute Frage.

«Und?», fragte Richard von der Schlafzimmertür her. «*Wonach* suchen wir denn nun?»

«Das weiß ich noch nicht.» Valérie spähte unters Bett. «Er schrieb doch angeblich an einem Buch. Vielleicht gibt es Notizen oder einen Laptop? Keine Ahnung.»

Er ging zum Kleiderschrank und zog die Tür auf. «Glaubst du, dass sie sich immer so kleiden?»

«Wer?»

«Martin und Gennie. Glaubst du, sie kleiden sich immer so?»

Sie sah ihn an. «Darüber möchte ich lieber nicht nachdenken, Richard.»

Er durchstöberte die aufgehängten Kleider, doch dort war nichts Interessantes zu finden. Er sah allerdings, dass die ganze Kleidung teuer war. «Na ja», sinnierte er. «Wenn sie sich wirklich die ganze Zeit so zurechtmachen, wie halten sie es dann, wenn sie sich für einen besonderen Anlass aufbrezeln? Drücken wir es einmal so aus: Sie wollten eine Quizshow im Fernsehen schauen, waren aber aufgemotzt wie der King und die Queen des Kleinstadtfetischismus. Ich meine, wie sieht dann erst der Valentinstag aus? Wie viel doller oder grässlicher kann man es treiben? Ich schaudere, wenn ich mir vorstelle …»

«Richard, ich glaube wirklich, dass wir uns beeilen müssen. Schau doch bitte mal in die Schubladen dort drüben.»

«Ja. Natürlich.» Er ging zur Kommode. Ein Sortiment Unterwäsche, auch dieses teuer, ein Fläschchen Perückenkleber – viel mehr schien dort nicht zu liegen. Tatillon tat ihm sogar ein bisschen leid. Warum sollte ihn jemand ermorden? «Vermutlich hat er sich viele Feinde gemacht», sagte er.

«Was?»

«Ich habe einfach nur laut gedacht. Vermutlich hat Tatillon sich im Laufe der Jahre viele Feinde gemacht. Und natürlich auch Freunde gewonnen.»

«Sébastien Grosmallard war beides. Tatillon hat ihn berühmt gemacht und war jetzt wohl dabei, seinen Ruf zu zerstören.»

«Und deswegen wurde er ermordet?»

«So sieht es für mich aus.»

«Mir ist allerdings nicht klar, wie wir das beweisen sollen. Wenn Grosmallard Protektion von ganz oben genießt, wie brechen wir die auf? Moment mal, was ist denn das?» Er kramte gerade in der untersten Schublade, in der säuberlich gefaltete Seidenpyjamas lagen. «Da ist noch ein Notizbuch!» Er nahm es aus der Schublade und fuhr zu Valérie herum, die gerade aufstand und sich reckte, nachdem sie so lange auf dem Boden gekauert hatte. Einen Moment lang verlor sie das Gleichgewicht und griff haltsuchend nach Richards Arm, um nicht zu fallen. Leider fasste sie daneben und stieß ihm stattdessen den Finger ins Auge. «Au!», schrie er, ließ seinen Fund aufs Bett fallen und legte die Hand auf das schmerzende Auge. Es tränte bereits.

«Ach, Richard, es tut mir furchtbar leid!» Ihre Zerknirschung wirkte nicht besonders glaubwürdig, weil sie sich sofort hinsetzte und in dem Notizbuch blätterte. Richard stieß gegen Möbel, während er versuchte, wieder richtig zu sehen.

«Ich bin blind», jammerte er, bemüht, das Auge scharf zu stellen.

«Richard! Das hier ist nicht einfach ein Notizbuch – es ist eher ein Album. Da stehen eine Menge Namen aus dem Rezeptbuch, aber mit Fotos und Tagebucheinträgen. Schau!»

«Ich kann verdammt noch mal nichts sehen!» Seine Gereiztheit war unüberhörbar. «Was soll ich anschauen?»

«Hier. Da ist Gaston Cormier, der Politiker.»

Mit seinem unverletzten Auge erkannte Richard die Gestalt eines Mannes und einer Frau, die von einem erhöhten Standpunkt aus fotografiert worden waren. «Er war den Bürgern seines Wahlkreises gern nah, nicht wahr?», fragte er und drehte das Foto zu sich herum. «Zu nah, könnte man sagen.»

«Und hier.» Sie reichte ihm ein anderes Foto.

«Wer ist das?»

«Potineaux.»

«Und der andere Mann?»

«Ich bin mir nicht sicher. Ich glaube, ein Sportler.»

«Schau an!»

«Und hier. Der in der Mitte. Das ist Tatillon.»

Richard drehte das Foto erneut zu sich herum. «Den Kuchen aufessen *und* ihn behalten.» So was lag ihm nicht.

«Es gibt auch noch ältere Fotos. Schau dir das hier an; sieht aus wie ein Wohnwagenlager. Vielleicht ist es sogar diese Kommune, die du erwähnt hast.»

Sie schaute genauer hin und versuchte, die Gesichter zu erkennen. «Wer lungert denn da im Hintergrund herum?»

«Keine Ahnung, aber er wirkt wie ein Fremdkörper.»

«Sénateur Royer. Der dienstälteste Senator im französischen Parlament. Und …»

«Und Angélique Royers Vater? Oder Onkel?»

«Der also steht hinter der Protektion, die Grosmallard genießt. Ich hätte mir so was denken können. Aber außerdem ist es so, wie wir angenommen haben: Erpressung.»

Richard dachte darüber nach. «Aber warum finden wir das Notizbuch hier? Das begreife ich nicht. Es sei denn, Tatillon hätte es gestohlen und das wäre der Grund für den Mord an ihm.»

«Wie auch immer es hierhergekommen ist, Richard, eine Menge Leute wollen dieses Buch haben. Eine Menge sehr bedeutende Leute.»

Er stand auf. «Genau. Machen wir, dass wir schleunigst von hier wegkommen.»

Sie stürmten die Treppe hinunter, und Richard setzte sich hinters Steuer. «Nein», rief er. «Das geht nicht. Du musst fahren.»

«Ja, das ist vernünftig. Ich fahre schneller als du.»

«Nein. Valérie.» Er schaute durch die Windschutzscheibe ins Auto, während sie von der Beifahrerseite hinters Steuer glitt. «Sondern weil du mich verdammt noch mal fast blind gemacht hast!»

30

Die fünfzehn Minuten von Martin und Gennie zu Guy Garçons Restaurant legten sie in ziemlichem Tempo zurück. Valéries Fahrweise machte Richard dieses Mal nicht so zu schaffen, da er mit seinem verletzten Auge – das inzwischen tränte, als weinte ein hungriges Baby – ohnehin nicht viel von der Straße sah. Er hatte das gute Auge auf die illegale Pornografie geheftet, die auf seinem Schoß lag, und hin und wieder pfiff er durch die Zähne, verblüfft, zu welchen Verrenkungen hochrangige Regierungsvertreter fortgeschrittenen Alters bei manchen Stellungen fähig waren. Ihm war vollkommen bewusst, wie aalglatt und geschmeidig Politiker manchmal waren, doch dieses Material war teilweise reif fürs olympische Kunstturnen. Er stieß auf ein weiteres Foto, das er erst nicht recht erkannte. Als er das Gesicht dann jedoch identifizierte, steckte er das Bild rasch ganz nach hinten ins Buch. Weil sein linkes Auge nichts sah, bemerkte er nicht, dass Valérie seinen kleinen Trick verfolgt hatte.

«Wer war das?», fragte sie in einem Tonfall, als würde der diensthabende Zollbeamte seine Gummihandschuhe anziehen.

«Oh, niemand von Bedeutung. Wo sind die Fotos wohl aufgenommen worden?», fügte er rasch hinzu, um das Thema zu wechseln.

«In Grosmallards Restaurant in Paris, denke ich. Ein Hinterzimmer, das man mieten konnte, und eine geheime Kamera.

Neu ist der Trick nicht.» Sie klang ungeduldig. «Du hast meine Frage nicht beantwortet.»

«Ehrlich, wenn man sieht, wen wir hier alles haben, ist es wirklich jemand aus der untersten Liga.»

«Ich verstehe.» Mit quietschenden Reifen fuhr sie um eine enge Kurve. «Du meinst Commissaire Henri LaPierre?», fragte sie gelassen, als der Lärm sich gelegt hatte.

«Ja», antwortete er mit einem Seufzer. «Tut mir leid.»

Sie lachte. «Ach, Richard, warum denn? Ist das etwa deine Schuld? Nein. Warum sonst sollte Henri hierher versetzt worden sein, wenn nicht, um die Interessen bedeutenderer Persönlichkeiten zu schützen? All dieser Unsinn übers Angeln.»

«Und er benutzt uns, um inoffiziell herumzuschnüffeln?»

«Ja, das hätte mir schon früher klar sein sollen.»

«Wie hättest du davon wissen können? Wir haben das Buch ja jetzt erst gefunden.»

«Ja, aber du hast es ja selbst gesagt: Wie hat Grosmallard das Restaurant finanziert, wenn er als Chefkoch gar nicht hoch gehandelt wird? Das Geld muss irgendwo herkommen. Und warum wurde er so schnell aus der Haft entlassen? Warum ging das Beweismittel verloren?»

«Weil es Leute gibt, die ihre Investition schützen wollen?»

«Sie wollen den beschützen, in den sie gezwungenermaßen investiert haben, ja, und sie wollen auch nicht, dass der berühmte Sébastien Grosmallard sich öffentlich beschwert.»

«Dann hat er bei seiner Verhaftung also über den Verlust dieses Büchleins hier gejammert und nicht wegen des Rezeptbuchs, das wir zuvor gefunden haben?»

«Ich denke schon. Und es war eine Warnung, die Henri vermutlich sofort verstanden hat.»

«Trotzdem …» Richard wusste selbst nicht recht, wo sein Satz hinführen würde, doch etwas ging ihm unbestimmt im Kopf herum, und er musste es in Worte fassen. «Das alles kommt mir ein bisschen übertrieben vor. Französische Politiker tun Sex-skandale normalerweise einfach mit einem Schulterzucken ab, oder? Ich habe sogar schon gehört, dass Leute sich fragten, ob bestimmte Politiker für ein öffentliches Amt geeignet waren, und zwar, weil sie *keine* Geliebte hatten.

«Männliche Politiker, Richard. Bei Politikerinnen legt man einen ganz anderen Maßstab an.»

«Oh ja, natürlich, und ich wollte auch gar nicht sagen …» Er führte den Satz nicht zu Ende. «Ich will auf Folgendes hinaus: Drei Morde, um etwas zu bemänteln, was normalerweise ein Sturm im Wasserglas wäre, na ja, das kommt mir ein bisschen viel vor.»

«Ich glaube, es ist etwas, was bis zur Kommune zurückreicht. Dort muss noch etwas anderes passiert sein. Mehr als Sex. Mehr als Drogen.»

«Ja, ich verstehe.» Er schaute sich weitere Fotos an. «Überall geht es um Sex, oder?»

Valérie lächelte ihn an. «Armer Richard», sagte sie wie eine Mutter, die das aufgeschlagene Knie ihres Kindes säubert.

Der gerade erwähnte Commissaire LaPierre erwartete sie bei Garçon auf dem Parkplatz. Als Valérie ihre Handtasche aus dem Auto holte, nahm sie die Gelegenheit wahr, das Buch mit den Fotos zu verstecken, indem sie es unter Passepartouts Liegekissen schob.

«Madame», sagte der Commissaire mit einer gewissen düsteren Förmlichkeit. Dann wandte er sich Richard zu und streckte ihm eine schlaffe Hand hin, zog sie aber sofort zurück, als er ihn von oben bis unten gemustert hatte. Es stimmte und war unbestreitbar, mit den Hühnerfäkalien auf dem Hemd und mit seinem tränenden, blutunterlaufenen und inzwischen gelblich verfärbten Auge bot Richard nicht das Bild des weltmännischen Engländers, das er gern abgegeben hätte – oh nein, ganz und gar nicht. Doch gerade hatte er ein Foto betrachtet, auf dem ein jüngerer Commissaire LaPierre nichts als einen Tutu trug und von Motoröl troff – so sah die Flüssigkeit zumindest aus –, während eine großbusige Frau mit falschem Bart ihm mit einem Fächer Luft zufächelte. Und so fand er, dass der Polizist es sich nicht leisten konnte, spontan die Nase über ihn zu rümpfen.

«Da entlang», sagte LaPierre, der den Blick nicht von Richard wenden konnte. «Ich führe euch in die Küche.»

Das Restaurant war dunkel, abgesehen von dem Bereich bei den großen Fenstern. Hinter der Theke machte sich ein Barkeeper Notizen zu seinen Vorräten, doch er war anscheinend der einzige Angestellte. Die anderen Anwesenden waren Polizisten und Kriminaltechniker. Guy Garçon saß mit unglücklicher Miene allein an einem Tisch und fuhr mit dem Finger an einer gekühlten Wasserflasche hinauf und hinunter. Er nickte ihnen flüchtig zu und schien sie zunächst nicht zu erkennen, lächelte dann aber matt.

Die Küche war genauso eingerichtet wie die von Grosmallard, soweit Richard sich an diese noch erinnern konnte. Eine zentrale Kochinsel, ein Bereich für den Abwasch entlang der Wand, begehbare Vorratsschränke und riesige Kühlgeräte. Ganz hinten lag das Büro, in dem sich gerade ein paar Polizisten umschauten.

«Wird Garçon verdächtigt?», fragte Richard.

«Jeder wird verdächtigt, Monsieur», antwortete der Commissaire hochtrabend.

«Wirklich, immer noch? Dann sind Sie wohl noch nicht sehr weit gekommen?»

Der Commissaire blieb stehen, drehte sich zu Richard um und quittierte sein Äußeres erneut mit einem verächtlichen Grinsen. «Er hat ein Alibi für gestern Nacht. Er war mit Karine Grosmallard zum Essen aus.»

Deshalb also hatte Grosmallard seine Tochter angeschrien.

«Aber ihr könnt den Todeszeitpunkt noch nicht bestimmen, weil die Leiche gefroren ist.»

«Jawohl, Madame. Stocksteif gefroren.» Er führte sie zum größten Gefrierschrank, wo eine Digitalanzeige über der Doppeltür eine Innentemperatur von minus einundzwanzig Grad auswies. Er öffnete die Tür mit übertriebenem Schwung, wie ein Zauberer im Varieté.

Die glänzenden Chromfächer schimmerten hell im eisigen Dunst, und das grelle Licht im Inneren unterstrich ihre makellose Reinheit. Als der Dunst sich gesenkt hatte, erkannte man im Hintergrund einen dunklen Schatten. Der arme Auguste Tatillon hing von einem Fleischhaken herab, der ihn zwischen den Schultern hochhielt, einen Ausdruck gefrorener Aufgeblasenheit im Gesicht. Er schaute auf sie herab, wie es immer seine Art gewesen war, und ein langes Messer steckte in seiner Kehle. Links und rechts von ihm hingen Kalbshälften, und die verächtliche Miene des Ermordeten vermittelte den Eindruck, dass es ihm missfiel, die Aufmerksamkeit mit ihnen zu teilen. Auch der Zustand seines Haars wäre ihm peinlich gewesen. Beim strapaziösen Aufhängen der Leiche war sein Toupet verrutscht und stand nun leicht nach oben ab. Inzwischen festgefroren, sah es aus wie ein Irokesenschnitt, was immerhin zu seinem verächtlichen Grinsen passte. So erinnerte er an einen der allgegenwärtigen Punks auf Londoner Postkarten. *Armer Kerl*, dachte Richard. *Was für ein Ende. Aber immer noch besser als der Tod des von Robert Morley gespielten Kritikers Meredith Merridew in* Theater des Grauens. *Der erstickt an einer Pastete, in die seine eigenen Pudel eingebacken wurden.* Klugerweise entschied er sich dafür, diesen Gedanken für sich zu behalten.

«Mach die Tür zu, Henri», sagte Valérie leise. «Wir brauchen hier sonst niemanden mehr.» Er tat wie geheißen und schaute dann von einem zum anderen.

«Nun?» Er wirkte nicht verärgert darüber, dass sie ihm

vielleicht Informationen vorenthielten – ganz im Gegenteil. Er machte einen frustrierten Eindruck, das ja, aber außerdem hatte Richard das Gefühl, dass er sie um Hilfe bat. Als wäre die Sache schon viel zu weit gegangen, und er fragte sie, was sie dagegen unternehmen könnten.

«Richard.» Valérie legte ihm die Hand auf den Arm. «Würdest du uns bitte einen Moment allein lassen?»

Das erschien ihm vollkommen nachvollziehbar. Sie würde LaPierre wahrscheinlich gleich erzählen, was sie über seine eigene Verwicklung wusste: darüber, dass er ebenso sehr Opfer einer Erpressung war wie all jene, die in der Hackordnung über ihm standen. Außerdem könnte sie ihm ein paar bohrende Fragen über Tutus stellen. Richard schlenderte in der Küche herum. Erstaunlich, wie man es schaffte, dass solche Räume immer so aussahen, als wäre noch nie in ihnen gekocht worden. Aufs Putzen und Säubern von Küchen wurde zu Recht viel Wert gelegt. Wer weiß, was hier stattgefunden hatte, um den armen Auguste Tatillon in den Gefrierschrank zu verfrachten, doch alles wirkte so sauber wie in einem Musterhaus.

Er ging langsam ins Büro, bemüht, die beiden Beamten, die an Garçons Schreibtisch saßen, nicht zu stören. Normalerweise wäre er nicht so unverfroren gewesen, aber er wollte unbedingt die Fotos sehen, die vermutlich an der Wand des jüngeren Chefkochs hingen. Natürlich wusste er nicht mit Gewissheit, dass sie dort waren, doch alles hier kam ihm so vor, als wäre Grosmallards Küche gespiegelt worden, und so ging er einfach davon aus.

Er nickte den beiden Beamten in Zivil zu und faltete die Hände im Rücken, als spielte er in einem Film und wollte einen typischen hochrangigen Beamten kennzeichnen. Sie beachteten ihn ohnehin nicht. An der Wand hingen Dutzende von gerahmten Fotos und Urkunden. Guy Garçon empfand berechtigten Stolz auf seine Leistungen in diesem frühen Alter, und man sah auf den ersten Blick, dass die abgelichteten Promis und Politiker einer anderen Generation angehörten als die auf den Fotos in Grosmallards Büro. Hier handelte es sich um neue aufstrebende Größen, während die Fotos bei Sébastien das alte Establishment zeigten. Jede der beiden Fotosammlungen warf ein bezeichnendes Licht auf die Chefköche selbst. Von Olivia de Havilland abgesehen, waren in Grosmallards Galerie nur Männer vertreten. Garçon zog dagegen andere Bewunderer an. Richard erkannte bekannte Umweltschützer, angesagte Musiker und berühmte Sportler. Männer und Frauen. Einige wenige Politiker waren ebenfalls vertreten, doch sie waren nicht etabliert, zumindest noch nicht. Es war ein scharfer Kontrast.

In der Sammlung hingen auch noch weitere Erinnerungen. Ein altes Foto von Guy und Sébastien in der Küche, beide sahen jünger aus. Auch eine Frau war auf dem Bild zu sehen, sie stand zwischen den beiden Männern. Ob das Angélique Grosmallard war? Richard deckte das verletzte Auge mit der Hand ab und versuchte, scharf zu sehen. Ja, es war wohl Angélique; die Ähnlichkeit mit ihrer Tochter Karine war frappierend, weniger jedoch mit ihrem Sohn Antonin. Auf dem Bild stand ein Datum: *2009 – Paris – Aufgenommen von Léopold Royer.* Da tauchte der Name erneut auf. Der dienstälteste Senator Frankreichs, hatte Valérie gesagt. Er nahm sich vor, sich diese Information zu merken, und wandte sich um, weil er sehen wollte, ob Valérie und der Commissaire inzwischen fertig waren. Dabei bemerkte er ein weiteres Foto an der Wand, das halb von der geöffneten Bürotür verdeckt war. Es zeigte natürlich das berühmte Dessert Grosmallards. Dieser eine kulinarische Geniestreich ließ anscheinend keinen der Beteiligten los. Auch hier gab es eine Aufschrift: *Für Guy*, stand darauf. *Du hast das Talent, benutze es weise. AG.*

Angélique hatte also das Dessert ihres Mannes unterschrieben. Das stützte Valéries Theorie, derzufolge Madame Grosmallard das Talent der Familie war. Um mehr erkennen zu können, deckte er sein verletztes Auge erneut mit der Hand ab, doch soweit er sehen konnte, war das Foto nicht datiert. Mit der freien Hand fuhr er den Worten auf dem Bild nach, um ihnen leichter zu folgen, doch da er mit nur einem Auge nicht räumlich sah, vergriff er sich und streifte versehentlich den Rahmen. Der wackelte, und dann fiel er peinlicherweise zu Boden. Die Beamten am Schreibtisch blickten gelangweilt zu ihm auf.

«Entschuldigung», stammelte er und zeigte auf sein Auge. «Ich sehe nicht, was ich tue.» Sie wandten sich wieder ihrer Beschäftigung zu, und Richard bückte sich und hob den Rahmen auf. Zum Glück war das Glas nicht zerbrochen, doch die Rückseite hatte sich am unteren Ende ein wenig gelöst, und ihm fiel auf, dass sich ein Stück Papier mit der Kante herausgeschoben hatte. Er zog es sanft hervor. Es war eine Kopie des Originalrezepts! Und es war ausschließlich in Angéliques Handschrift verfasst. Er griff in seine Jackentasche, um ein Foto davon zu schießen, doch sein Handy war nicht da. Mit einem lautlosen Fluch vergewisserte er sich, dass er nicht beobachtet wurde, steckte das Blatt Papier stattdessen ein und hängte den Bilderrahmen wieder an die Wand.

«Können wir gehen, Richard?» Eine sehr ernst dreinschauende Valérie streckte den Kopf durch die Tür.

«Ja, sicher», erwiderte er eilig. «Ich warte nur auf dich.»

Wieder draußen im Freien auf dem Parkplatz, fragte Richard sie aufgeregt, wie das Gespräch mit dem Commissaire verlaufen war.

«Er macht sich große Sorgen, Richard; er versucht, es sich nicht anmerken zu lassen, aber so ist es.»

«Hast du ihm von unserer Erkenntnis erzählt, dass er ebenfalls erpresst wird?»

Sie blieb stehen. «Nein, das würde im Moment nichts bringen. Ich habe ihm gesagt, unserer Meinung nach stecke eine

Erpressungsgeschichte hinter der Sache, aber in Bezug auf ihn habe ich nur angemerkt, wir wüssten, dass ihm die Hände gebunden sind.»

«Tja, ich habe das Foto gesehen. Dass ihm die Hände gebunden waren, hat ihn ja gerade in seine jetzige Zwangslage gebracht!»

«Richard, das ist nicht witzig. Die Situation ist sehr ernst.»

Er verfluchte seinen albernen Scherz. «Das weiß ich», sagte er. «Also, was hältst du von dem hier?»

Er reichte Valérie die Fotokopie des herausgerissenen Rezepts und erzählte ihr von dem Foto, das Angélique unterschrieben hatte, und von der Aufnahme, die Senator Léopold Royer gemacht hatte.

«Oh Richard», sagte sie mit einem lodernden Blick. «Das ist genial!» Damit stellte sie sich auf die Zehenspitzen, um ihn auf die Wange zu küssen, und ihr Haar strich über sein tränendes, inzwischen schwarz unterlaufenes Auge und reizte es noch mehr.

31

E s gibt da allerdings etwas, was ich nicht verstehe.» Richard
öffnete die Tür des Salons im *chambre d'hôtes* und ließ Valérie vor sich eintreten. Er folgte ihr nach drinnen, noch halb
abgewandt, um die Tür zu schließen. «Warum hat Angélique
Garçon das Rezept überhaupt geschickt?» Er drehte sich zu
Valérie und dem Salon um und fuhr bei dem Anblick, der sich
seinem einen Auge bot, bestürzt zurück.

Alicia und Sly standen an der Frühstückstheke, und ein
Ausdruck von an Entsetzen grenzender Vorahnung ließ ihre
Gesichter beinahe fratzenhaft wirken. Madame Tablier lehnte
in der hinteren Ecke auf den unvermeidlichen Besen gestützt
und sah aus wie ein alter Hirte, der seine Herde verloren, dafür
eine fremde gefunden hat und nun ein Blutbad erwartet. An
der offenen Terrassentür mixten die beiden Ehemänner Fontaine Cocktails, offensichtlich ohne ein Gespür für das, was sich
hinter ihnen ankündigte. In der Mitte des Tableaus saß Clare,
ein aufgeklapptes Laptop vor sich, und verbreitete sich mit
ihrer Telefonstimme, die an eine Nachrichtensprecherin der
Fünfzigerjahre erinnerte, darüber, wie wichtig ihr Mann als ört-
licher Verbindungsmann der Polizei sei. Aus dem Augenwinkel
bemerkte sie Richard.

«Ah, da ist er ja, Sir Michael, Entschuldigung, Master. Mein
Mann Richard Ainsworth. Nur wenige Minuten zu spät.» Sie
stand auf, damit er bei diesem Ad-hoc-Vorstellungsgespräch
seinen Onlineplatz einnehmen konnte. Erst da bemerkte sie

sein Äußeres, und Richard glaubte, sie werde gleich zusammenbrechen. «Wie zum Teufel siehst du denn aus? Was hast du mit deinem Auge gemacht? Und wieso stinkst du so?» Mit jeder wütend geflüsterten Frage wurde ihre Stimme um eine Oktave schriller. «Und ich hab dir Nachrichten geschickt!», zischte sie.

Richard klopfte sich auf die Jackentasche, um ihr zu bedeuten, dass er keine Ahnung vom Verbleib seines Handys hatte. Dann setzte er sich und schaute auf den Bildschirm vor sich. Trotz der technisch bedingten Entfernung war es ein einschüchternder Anblick. Ihm gegenüber saßen drei Männer, alle mehr oder weniger voll Ungeduld wegen seiner Verspätung.

«Ah, Dr. Ainsworth, nehme ich an?» Der Mann in der Mitte ergriff das Wort. Es war ein alter Herr mit keineswegs unfreundlicher Miene, doch er sah schrecklich müde aus. Selbst wenn man einiges darauf schob, dass das Bild durch die Übertragung etwas verschwommen und die Farben matt waren, wirkte seine Haut fahl, und seine Stirn war von mehreren Leberflecken gezeichnet. Wie sein ganzes Gesicht hingen seine Augenlider erschlafft nach unten und verliehen ihm die Züge eines Bluthundes, doch er hatte den Kopf voller grauer Locken, die sich nach oben kräuselten wie ein Softeis-Kegel. «Ich habe das Privileg, der Master dieses schönen alten Colleges zu sein; ich bin Sir Michael Sterns.» Er stockte. «Haben Sie eine Verletzung am Auge, Dr. Ainsworth?»

«Ich, äh, hatte einen Unfall mit den Hühnern.»

«Hoffentlich nichts Ernstes.»

«Nein, Master.»

«Gut. Nun, hier kann Ihnen so etwas nicht passieren. Wir haben keine Hühner. Massenhaft Wölfe, aber keine Hühner.» Der Master lachte in sich hinein. «Zu meiner Linken sitzt Peter Gwynne, Emeritus der Pedantik.»

«Semantik.» Peter Gwynne verdrehte die Augen. «Emeritus der Semantik.»

«Ha!», schnaubte der Master. «Nur ein kleiner Privatscherz. Er funktioniert jedes Mal.»

Der Emeritus für Semantik Peter Gwynne lachte nicht. Tatsächlich sah er so aus, als hätte er schon seit dem letzten Jahrhundert nicht mehr gelacht. Sein kahler Kopf glänzte, die Haarpracht seines langen Bartes war dagegen intakt. So vermittelte er den Eindruck eines Mannes, dessen Kopf verkehrt herum aufgesetzt war. «Diese Hühner, sind sie groß? Es sieht fast so aus, als hätten sie mit ihnen gerauft.»

Richard blickte auf sein Hemd hinunter. Der emeritierte Semantikprofessor lag nicht ganz falsch.

«Egal, so oder so», mischte sich der Master ein. «Peter verlässt uns, um eine Stelle in Harvard anzutreten.» Seine Stimme verriet keinerlei Gefühlsregung, weder Bedauern noch Erleichterung. «Des einen Freud ist des anderen Leid und so weiter.» Wie herum er das meinte, war nicht ganz klar. «Jedenfalls, zu meiner Rechten sitzt ... nun, Sie kennen sich ja.»

«Richard, wie schön, dich zu sehen», versprühte Sir Stephen Roachford seinen Charme über die Schranken des Internets hinweg.

Die zwei Herren neben ihm sahen so aus, als säßen sie gern ganz oben im Elfenbeinturm und fühlten sich dort vollkommen wohl. Sir Stephen Roachford strahlte dagegen Energie aus. Selbst seine Kleidung sah anders aus – beinahe glänzend. Er wirkte so, als wäre er zum College gekommen, um den Professoren Doppelglasfenster zu verkaufen.

«Stephen, wie geht's?»

«Bestens. Du allerdings gibst ein Bild ab, als kämest du aus dem Krieg. Ist Kampf mit Hühnern dort drüben ein Sport?»

«Man amüsiert sich, wie man kann, Stephen.»

«Schön zu hören.»

«Sir Stephen hat sich großzügig erboten, Ihren Lehrstuhl zu finanzieren, und er hat so viel Gutes über Sie berichtet, dass wir sehr froh sein werden, Sie bei uns zu haben.» Richard sah, dass Stephen Roachford fein lächelte. «Das hier ist nur eine Formalität, ein Gespräch, um Sie kennenzulernen.» Der Master schien es eilig zu haben, mit der Sache voranzukommen, und das passte Richard ausgezeichnet. Er spürte, dass Clare sich im Hintergrund entspannte. Und im Bild, das seine eigene Kamera von ihm aufzeichnete, sah er, wie Valérie hinter ihm die Treppe hinaufhuschte, natürlich mit Passepartout im Arm. Das alles war eine reine Formsache.

«Ich würde Ihnen gern eine Frage stellen, wenn ich darf?» Peter Gwynnes Gesichtsausdruck verkündete, dass es so etwas wie eine reine Formsache für ihn nicht gab und er entschlossen war, es zu beweisen. Richard sah, dass der Master die Augen verdrehte. Stephen Roachford blieb bei seinem feinen Lächeln.

«Wenn es sein muss», antwortete der Master ungeduldig.

Peter Gwynne beugte sich zur Computerkamera vor. Er war jetzt so nah dran, dass er so aussah, als betrachtete man ihn durch den Spion einer Hoteltür, das Gesicht gerundet und aggressiv. «In ihrem Werk *Die Dialektik der Aufklärung* verfolgen Max Horkheimer und Theodor W. Adorno die Theorie, der Spätkapitalismus mache alle Kunst zur ‹Kulturindustrie›. Auf das Kino trifft das noch weit stärker zu als auf alle anderen medialen Artefakte, würde ich sagen. Kinogänger sind also einfach nur Konsumenten und als Masse damit Gefangene einer extremen Kommerzialisierung.»

Damit endete er. Richard wollte verflucht sein, wenn er wusste, was er damit anfangen sollte. War es überhaupt eine Frage? Sollte er die Erklärung ernst nehmen und ein begeistertes *Ja* rufen, oder sollte er seiner inneren Stimme folgen und etwas ganz anderes rufen, nämlich: *Ach, halt die Klappe, du alter Langweiler. Es ist ein Film, es ist Eskapismus. Ich will ihn einfach nur genießen!*

«Stimmen Sie zu, oder stimmen Sie nicht zu?» Der Mann war gnadenlos.

Er wollte gerade zu einer Antwort ansetzen, da tauchte Valérie erneut im Bild seiner eigenen Kamera auf. Sein verletztes Auge bedeutete, dass er sie etwas verschwommen wahrnahm, doch die Männer vor ihm auf dem Bildschirm waren eindeutig hingerissen, und die Augen quollen ihnen fast aus dem Kopf. Der Master setzte sogar die Brille auf, während der Emeritus wie ein verwirrter Hund den Kopf schief legte. Stephen Roachfords Lächeln erstarrte zu einer Totenmaske, da sein hart erkämpfter Status als Ritter und Mann in den besten Kreisen plötzlich am seidenen Faden hing. Madame Tablier ließ den Besen fallen, die Messieurs Fontaine drehten sich zu der Show um, und Alicia schrie ‹Oh, Daddy!›, während Clare einen Schrei des Entsetzens ausstieß. Richard drehte sich langsam um und legte die Hand auf das verletzte Auge.

Valérie, die genau im Fokus der Kamera stand, hob mit einer Hand und so, dass es sich vor ihrer weißen Bluse abzeichnete, ein rotes Spitzenmieder hoch, ein geradezu teuflisches Ding. Seine Körbchen waren wie Stahlkegel, und die Lederriemen darunter sahen aus wie teure Katzenhalsbänder. Sie drehte das Teil seitlich, und Slys Unterkiefer renkte sich um ein Haar aus, denn sein Mund stand so weit offen, dass sein Kinn beinahe den Gürtel berührte. In der anderen Hand hielt sie eine Bullenpeitsche, die den größten Griff besaß, den Richard je gesehen hatte. Als er jedoch genauer hinschaute, begriff er, dass das überhaupt kein Griff war, und er wandte sich rasch wieder zu Clares Laptop um und verdeckte die Kamera, so gut er konnte, mit seinem Körper. Valérie war jedoch noch nicht fertig. Mit einer Stimme, die so kokett war, dass die Brigitte Bardot der frühen Sechzigerjahre im Vergleich wie das Nebelhorn einer Autofähre geklungen hätte, sagte sie: «Oh, Rischaar, isch 'ab, glaub isch, bei Gennie die falsch-ä Tasch-ä mitgenommen.»

Zwangsläufig folgte darauf ein so peinliches Schweigen, dass es sich wie Folter anfühlte. Es dauerte beinahe eine Minute. Schließlich versuchte Richard, es zu brechen. «Nun, Professor, um auf Ihre Frage über die ‹Kulturindustrie› und die Ästhetik der kommerziellen Kunst zurückzukommen.»

«Tja, mir scheint, wir sind inzwischen schon weiter, Dr. Ainsworth; wir haben so viel Aufklärung genossen, wie wir verarbeiten können.» Der Master konnte nicht verhehlen, dass das ‹Highlight› des Gesprächs ihn ganz beträchtlich aufgemuntert hatte.

«Vielleicht irre isch misch», machte Valérie im Hintergrund weiter. «Isch probiier es mal an. Vielleisch war es ein Geschenk, Rischaar.»

«Wenn Sie hier einfach abbrechen könnten, Master.» Clare beugte sich zur Kamera vor und schubste Richard dabei praktisch vom Stuhl. «Derzeit führt mein Mann in Frankreich ein Hotel, und mir scheint, während er in seiner offiziellen Rolle als Verbindungsmann der Polizei unterwegs war, haben alle eine Party gefeiert.» Sie rückte zur Seite und zerrte Richard zurück ins Sichtfeld der Kamera.

«Ist das so, Dr. Ainsworth?», fragte Peter Gwynne mit größter Skepsis.

«Nun …»

«Sie wollen einfach nicht, dass er geht.» Clare schob sich wieder vor die Kamera. «Sie sind alle furchtbar unglücklich.»

Der Master lachte glucksend, die anderen beiden nicht. «Ich fürchte, mein Kollege wird darauf bestehen, dass sie seine Frage beantworten», sagte der Master jovial. «Stimmt es?»

«Nun, vermutlich schon.» Richard lächelte matt. «Es ist wie in dem Film *Wie herrlich, jung zu sein.* Ein Lehrer, ein Musiklehrer in, äh, in diesem Fall, ist so beliebt, dass seine Schüler rebellieren, als er eine andere Stelle bekommt, und alles versuchen, um seine Beförderung zu verhindern.»

«Richard!» Clare hatte genug.

«Tatsächlich wurde in dem Film *Ist ja irre – Lauter liebenswerte Lehrer* nur wenige Jahre später eine ganz ähnliche Idee verwendet.» Er machte eine rhetorische Pause, um die Wirkung seiner nächsten Worte zu steigern. «Interessanterweise war der Anführer der Kinder in beiden Filmen der gleiche Schauspieler. Richard O'Sullivan.» Er lächelte wie ein erschöpfter Parlamentarier, der beim Filibuster eine nächtliche Dauerrede gehalten hat. «Ja. Richard O'Sullivan.»

«Richard!»

«Monsieur Richard Ainsworth?»

«Ja?», fragte Richard schwach und drehte sich nach rechts. Seine drei Gesprächspartner wandten sich instinktiv nach links, da sie sich fragten, wem die andere Stimme gehörte.

«Monsieur Richard Ainsworth», wiederholte Commissaire LaPierre. «Ich verhafte Sie wegen der Ermordung von Auguste Tatillon!»

Richard blickte entschuldigend zum Bildschirm, von wo die drei Herren zurücksahen, gespannt wie ein Flitzebogen. Dann schaute er müde zu LaPierre auf. «Wirklich? Mit welcher Begründung?»

«Ist das hier Ihr Handy, Monsieur?»

«Ja. Sieht so aus.»

«Es wurde heute Vormittag in der Nähe der Leiche gefunden.»

«Aber ich könnte es heute Vormittag dort verloren haben!»

«Oder Sie sind zurückgekehrt, um es zu suchen!» Der Commissaire hob mahnend den Zeigefinger.

«Gibt es sonst noch was?» Richard fühlte sich plötzlich unendlich müde.

«Ja, Monsieur! Entschuldigen Sie mich, Messieurs.» LaPierre nickte den dreien zu, als er in den Fokus der Kamera geriet. «Wo waren Sie gestern Nacht, Dr. Ainsworth? Gegen Mitternacht?»

«Äh, tja. Hier!», rief er. «Ich habe mich mit meiner Tochter unterhalten. Nicht wahr, Alicia? Ich war hier, stimmt doch.»

Alicia trat vor. «Nein, Daddy.» Sie zwinkerte ihm zu und trat zurück.

«Was?»

«Sie 'aben nischt anderes Alibi?» Richard fragte sich, wieso der Commissaire plötzlich Englisch sprach.

«Nein. Danach bin ich schlafen gegangen.»

«Allein, Monsieur?»

«Jawohl!»

Clare seufzte erleichtert auf, doch die Herren auf dem Bildschirm schauten ungeheuer enttäuscht drein.

«Oh, Moment mal! Na ja, egal.»

«Es ist besser für Sie, wenn Sie gleich mit der Sprache herausrücken, Monsieur.»

«Ich war mit Passepartout zusammen!» Richard war in einem Zustand der Panik.

«Ist das Ihr Kammerdiener?», fragte der Master, offensichtlich beeindruckt.

«Nein, Master. Er ist ein kleiner Chihuahua.»

Keiner wusste so recht, was er darauf erwidern sollte. Valérie wählte diesen Moment aus, um erneut aufzutauchen. Sie war normal gekleidet, schwenkte aber immer noch ihre Bullenpeitsche. Madame Tablier reagierte darauf wie ein nervöser Wachtposten und hob zur Vergeltung ihren Besen.

«Ein Chihuahua, hm?», fragte der Master. «Wir hatten einmal so einen Kerl hier.» Er schüttelte den Kopf. «Eine unangenehme Sache.»

«Monsieur, isch muss darauf bestehen, dass Sie misch zur Polizeiwache begleiten.» LaPierre genoss die Situation.

«Ich muss sagen, es ist wirklich schade.» Jetzt redete der Master mit seinen Kollegen. «Ich mochte ihn eigentlich; aber er hätte uns wohl überfordert. Mag jemand einen Sherry?»

LaPierre half Richard auf die Beine und hielt ihn am Arm fest. Mit seinem blauen Auge, der Hühnerkacke auf dem Hemd und der schweißnassen Stirn hatte Richard dem nichts hinzuzufügen. Sein Ruf als Didaktiker, Ehemann und Hundesitter war ruiniert.

«Nur noch eines, Commissaire.» Seine Stimme klang wie die eines verirrten Kindes. «Könnte ich bitte eine Einzelzelle bekommen. Ich sollte mich wirklich einmal ausruhen.»

Er wagte nicht, Clares Blick zu begegnen, als er abgeführt wurde.

32

F ür den eingesperrten Richard war es eine schonungslos peinliche Erkenntnis, dass das Frühstück, das er allmorgendlich in seinem B & B anbot – seiner Meinung nach einer erstklassigen Pension –, längst nicht so lecker und reichhaltig war wie das Frühstück, das in den Zellen der örtlichen Polizeiwache serviert wurde. Sollte er jemals entlassen werden, würde er in Versuchung sein, auf TripAdvisor eine mehr als günstige Bewertung abzugeben. Der Kaffee war ausgezeichnet und genau richtig heiß, Brot und Croissants waren noch warm und kamen vermutlich aus Jeanines *boulangerie*. Es gab eine Auswahl an frisch gepressten Säften, und man hatte ihm sogar ein Omelett angeboten, etwas, was er als Gastgeber seines *chambre d'hôtes* niemals tun würde. Entweder die Kriminellen waren eine anspruchsvolle Klientel, oder es war so, wie René DuPont gesagt hatte, und die Eröffnung zweier Sternerestaurants in Saint-Sauver hatte alle gezwungen, eine Schippe draufzulegen.

Er hatte gut geschlafen, besser als die ganzen Nächte zuvor. Am Abend hatte ihm ein junger Polizist einen tragbaren DVD-Spieler gebracht und ihm eine Auswahl an Filmen angeboten. Er hatte den französischen Klassiker *Die Ferien des Monsieur Hulot* ausgewählt. Passend zu seiner Stimmung war es die Geschichte eines tölpelhaften Unschuldigen, der ständig in missliche Situationen geriet, über die er keine Kontrolle hatte. Alles in allem musste er zugeben, dass er vollkommen damit zufrieden war, eine Weile im Knast zu sitzen. In Frankreich gab es keine Todesstrafe mehr, falls dies also der Haftstandard war, war er mehr als bereit, alle Schuld auf sich zu nehmen.

Doch leider war heute nicht Richards Tag.

«Monsieur Ainsworth, guten Morgen.» Der Commissaire öffnete die Tür seiner Zelle mit erschöpfter Miene und einer noch erschöpfteren Stimme, als fühlte er sich nicht wohl. «Ich hoffe, Sie haben gut geschlafen.» Er blickte sich in der Zelle um und schnalzte missbilligend mit der Zunge, weil er sie anscheinend als zu luxuriös empfand. «Dieser Raum ist größer als mein Schlafzimmer in meiner Wohnung im Polizeiwohnblock.»

«Ich habe sehr gut geschlafen, danke. Und das Frühstück war ausgezeichnet.»

Der Commissaire betrachtete ihn mit einer Verdrossenheit, die an Verachtung grenzte.

«Das freut mich sehr», sagte er, doch Richard spürte, dass er das Gegenteil meinte.

«Gibt es eine Speisekarte für den Lunch?» Es entsprach nicht unbedingt Richards Naturell, hohen Beamten unverfroren zu begegnen, aber er wollte die Atmosphäre ein wenig auflockern. Der Plan schlug fehl.

«Für Sie nicht. Sie werden entlassen.»

«Ach, wirklich?» Nun fühlte seinerseits Richard das ganze Gewicht der Welt auf seinen Schultern.

«Ja.»

«Warum?»

«Weil Sie nichts verbrochen haben, Monsieur. Das ist der Grund.» Der Commissaire reagierte allmählich gereizt. «Sie sind nur hier, weil ich meiner Ex-Frau einen Gefallen getan habe.» Das hatte Richard sich schon gedacht.

Dann wurde er ohne viel Federlesen ins grelle Licht der Freiheit entlassen. Sein verletztes Auge hatte sich ganz gut erholt, doch im strahlenden Sonnenschein hatte er zunächst Mühe, klar zu sehen. Als seine Augen sich an die Helligkeit gewöhnt hatten, erkannte er vier Gestalten, und rasch wurde ihm klar, wer sie waren. Alicia, Sly, Clare und Valérie. Am liebsten hätte er kehrtgemacht und darum gefleht, wieder in die relative Sicherheit der Polizeizelle aufgenommen zu werden.

«Daddy!», rief Alicia, stürzte sich auf ihn und umarmte ihn.

«Du siehst gut aus, Dick.» Sly wirkte von Richards seelischer Widerstandskraft beeindruckt.

Clare trat vor und wischte eine imaginäre Fluse von seinem Kragen. «Ich hab dir ein frisches Hemd gebracht», flüsterte sie und schaffte es, dass es wie eine Drohung klang. «Und deine Freundin habe ich ebenfalls dabei.»

«Sie ist nicht …»

«Valéries Auto wollte nicht anspringen, und so haben wir es heute Morgen zur Werkstatt abgeschleppt. Nicht wahr, Valérie?» Valérie erwiderte nichts. «Sie ist sehr einfallsreich. Ich könnte endlos erzählen. Ihr könnt die Strecke von hier aus problemlos zu Fuß gehen.»

«Okay, danke.» Richard wusste wirklich nicht, was er sagen sollte.

«Wir fahren zum Flughafen.» Clare hatte die Stimme erhoben, als protestierte sie gegen eine Deportation. «Aber, Richard …» Sie beugte sich erneut zu ihm vor. «Das hier ist nicht vorbei. Du musst mich immer noch auszahlen. Und», fügte sie drohend hinzu, «das gilt nur unter der Voraussetzung, dass ich zum Verkauf bereit bin.» Sie machte auf dem Absatz kehrt und marschierte zu ihrem Leihwagen. Sly winkte zum Abschied und stieg nach ihr ein. Alicia blieb noch kurz zurück, umarmte Richard ein weiteres Mal und sagte ihm, dass sie ihn lieb habe und ihn bald anrufen werde.

Die drei brachen auf, und Richard und Valérie sahen sich aus fünf Meter Entfernung an.

«Da fährt Clare.» Richard bemühte sich, so zu klingen, als

erfüllte ihn die Situation mit Zuversicht, aber es kam ihm alles sehr endgültig vor.

Valérie lächelte entschuldigend. «Hast du gut geschlafen?»

«Ha!» Richard lachte glucksend. «So was frage doch normalerweise ich. Sehr gut, danke. Allerdings muss ich sagen, dass deine Methoden ein bisschen brutal sind. War das blaue Auge ebenfalls Absicht, oder war das nur ein glücklicher Zufall?»

«Absicht.»

«Ja. Wie schon gesagt, brutal.»

«Aber effektiv.» Sie machten sich auf den kurzen Weg zur Werkstatt, um Valéries Auto abzuholen. Passepartout lief ein kleines Stück vor ihnen her.

«Dem kann ich nicht widersprechen. Vermutlich werde ich nicht nur an der Cambridge University keinen Kurs über Filmästhetik leiten, wahrscheinlich wird man mir auch per Gerichtsbeschluss den Zutritt zum ganzen Stadtgebiet verbieten.»

«Du hättest es ohnehin grässlich gefunden.»

Er nickte zur Antwort.

Der Wagen erwartete sie bereits, als sie ankamen, und der Mechaniker, der genauso gekleidet war wie beim letzten Mal, mit bis zur Hüfte heruntergerolltem Overall, wischte sich natürlich auch diesmal die Hände an dem unvermeidlichen ölverschmierten Lappen ab. Er nahm Richard beiseite.

«Sie lernen schnell», sagte er. «Die Verbindung des Zündkabels zum Verteiler wurde unterbrochen.»

Richard warf einen Blick auf Valérie, die Passepartout gerade behutsam auf den Rücksitz setzte. Sie konnte zwar nicht gehört haben, was der Mechaniker sagte, doch sie erriet den Inhalt seiner Worte, zuckte mit den Schultern und lächelte wissend. Jedes Mal, wenn Richard das Gefühl hatte, dass die Situation unmöglich noch stärker außer Kontrolle geraten könnte, entglitt ihm das Ruder noch weiter. Er hatte absolut keine Ahnung, was eigentlich vor sich ging.

«Was läuft hier ab?», fragte er gleich darauf, als sie losfuhren.

«Mit dem Wagen?», fragte sie unschuldig. «Ich habe die Zündkabel von der Verteilerkappe gelöst.»

«Aber warum? Ich begreife es nicht.»

«Warum nicht? Manchmal ist es gut, Menschen auf die Probe zu stellen.»

Richard dachte darüber nach. «Nö», sagte er. «Ich begreife es immer noch nicht.»

Sie kicherte. «Beim letzten Mal hast du mir nicht geglaubt, dass mein Auto eine Panne hatte, oder?»

«Na ja …»

«Nein, hast du nicht. Hatte es aber. Es ist ein altes Auto, und so was kommt vor.» Richard fühlte sich ebenfalls wie ein altes Auto. «Aber heute habe ich selbst dahintergesteckt. Ich wollte sehen, ob deine Frau bereit ist, mir zu helfen. Das hat sie getan. Ich glaube, dass sie tatsächlich eine gute Frau ist. Vielleicht nicht für dich, zu ehrgeizig. Aber sie hat ein gutes Herz, und deine Tochter hat ihre Sache gestern ebenfalls ausgezeichnet gemacht.»

Er seufzte. «Kann ich bitte mein Handy wiederhaben?»

«Es liegt in meiner Handtasche.»

Er griff hinein und fand das Gerät. Dass es unter einer kleinen Pistole lag, überraschte ihn weder, noch gab es ihm zu denken. Inzwischen kam ihm so etwas alltäglich vor.

«Na gut.» Er stieß die Luft aus. «Aber was läuft hier ab?»

Valérie runzelte die Stirn. «Das habe ich dir gerade gesagt.»

«Nein. Was *läuft hier ab*? Ich meine, mit alldem hier.» Er breitete die Arme aus, zum Zeichen, dass seine Frage sich sehr wohl auf den existenziellen Sinn des Lebens beziehen konnte, ganz allgemein, oder aber speziell auf drei Morde in einer französischen Kleinstadt.

«Ah», erwiderte sie. «*Das.*» Bei ihr klang es beinahe wie etwas ganz Banales, wie ein Fleck auf einem Couchtisch.

«Ja, *das*!» Allmählich wurde Richard ärgerlich. «Gehen wir davon aus, dass Sébastien Grosmallard Ménard, Tatillon und seinen eigenen Sohn ermordet hat und wir deswegen absolut nichts unternehmen können?» Valérie erwiderte nichts. «Das ist nicht in Ordnung.»

«Ganz meiner Meinung, Richard.» Das klang allerdings sehr unverbindlich.

«Könntest du, äh, könntest du nicht …»

Sie wandte sich ihm mit einem Ruck zu. «Nein, könnte ich nicht! *Wofür* hältst du mich eigentlich?»

«Na ja, ich hab die Pistole in deiner Handtasche gesehen, und …»

«Die dient der Selbstverteidigung.» Ihre Stimme klang ein wenig selbstgerecht.

Sie fuhren eine Weile schweigend weiter.

«Ha!», schnaubte Richard. «Ich könnte mir deine Dienste ohnehin nicht leisten. Ich kann es mir nicht einmal leisten, Clare auszubezahlen und die Pension allein zu übernehmen.» Er schaute aus dem Seitenfenster und jammerte los. «Wie läuft's, Richard? Na ja, ich bin Mitte fünfzig, wurde gerade aus dem Gefängnis entlassen, habe Hühnerkacke auf dem Hemd und kann mir meine Scheidung nicht leisten!»

«Bist du fertig?», fragte Valérie.

Er seufzte erneut. «Ja, tut mir leid. Aber es ist sehr ärgerlich.»

«Die Scheidung?»

«Ja, die auch. Nein, ich meine Grosmallard. Ein übler Bursche und höchstwahrscheinlich ein Mörder, aber anscheinend unantastbar. Aber warte mal einen Moment, wir haben doch das Beweisstück, vor dem alle Angst haben. Das Buch mit den Fotos, das wir bei Tatillon gefunden haben; warum versuchen wir es nicht selbst mit ein bisschen Erpressung und sorgen dafür, dass Grosmallard verhaftet wird?»

Sie dachte kurz darüber nach. «Ich glaube, das würde keinen Unterschied machen, Richard.»

«Aber warum denn nicht?» Er war ehrlich aufgebracht.

«Weil die Leute, die Sébastien Grosmallard beschützen, mit alldem nicht öffentlich in Verbindung gebracht werden wollen. Was, wenn er verhaftet würde? Und dann vor Gericht käme? Denkst du, er würde sich das klaglos gefallen lassen? Nein, er würde der ganzen Welt erzählen, wen er erpresst hat und warum; so arrogant dürfte er wohl sein. Und die Leute würden ihm wahrscheinlich glauben und dann fragen, warum er nicht schon früher verhaftet wurde, sondern tatsächlich frei herumlief und weiter morden konnte. Nein, das geht so nicht.»

Richard sank auf seinem Sitz zusammen. «Mir ist eigentlich nicht einmal klar, aus welchem Grund er gemordet hat, bei keinem seiner Opfer. Fabrice, weil er die Bestellung für den Käse vermasselt hat, Antonin, weil er das Dessert vermasselt hat, und Tatillon, weil er das Dessert nicht mochte? Für eine schickere Art von Nachtisch kommt mir das ein bisschen übertrieben vor, selbst in Frankreich. Ich meine, wir glauben ja nicht einmal, dass er das verdammte Dessert selbst kreiert hat. Die Schöpferin war Angélique, die Selbstmord begangen hat, nachdem sie das Rezept aus seinem Buch herausgerissen und an Garçon geschickt hatte. Und der wusste wahrscheinlich nicht einmal, dass er es besaß.»

Er klappte seine Brieftasche auf und brachte das Rezept zum Vorschein.

«Na ja, diesmal ist keine Butter bei den Zutaten. Sie kommen mir eigentlich stinknormal vor, allerdings ist es eine endlose Liste. So viele unterschiedliche Geschmacksnoten und exakt abgewogene Mengen. Daran denkt man beim Essen eigentlich nie, oder? Vielleicht gibt es eine geheime Zutat, die sie nicht notiert hat?»

Valérie dachte kurz darüber nach. «Du könntest recht haben,

Richard. Jedenfalls ist Sébastien Grosmallard nicht imstande, dieses Dessert nachzuahmen, aus welchem Grund auch immer, und das scheint ihn ganz wahnsinnig zu machen.»

Richard fühlte sich ernüchtert. «Aber es muss doch etwas geben, was wir tun können. Ich meine, *alle* beschützen ihn. Von denen ganz oben bis hinunter zur Polizei und wahrscheinlich sogar die Frau eines seiner Opfer!»

«Meinst du Elisabeth?»

«Ja. Ich begreife sie nicht. Ihr Mann wird ermordet, ihrem Sohn, falls er ihr Sohn war und nicht ihr Liebhaber, widerfährt das Gleiche, aber trotzdem macht sie keinen Wirbel. Warum nicht? Sie schleicht sogar nachts bei Grosmallards Restaurant herum.»

«Vielleicht mussten sie unbeobachtet über Antonin reden.»

«Vielleicht.» Richard war nicht überzeugt.

«Vielleicht konnte sie ihren Mann nicht ausstehen?»

«Eine billige Scheidung, meinst du? Nein. Sie war in dieser Kommune mit dabei, in diesem Wohnwagenlager oder was auch immer es war – sie alle waren mit dabei. Sie kennt also jeden Einzelnen. Dort muss noch etwas anderes vorgefallen sein, worüber niemand reden möchte, und ich glaube, sie hat Angst.»

«Aber wovor?» Diesmal klang Valérie skeptisch.

«Das weiß ich nicht. Es geht um etwas, was damals vorgefallen ist. Die Einzelheiten kenne ich nicht. Ich arbeite daran.»

Valérie parkte den Wagen vor der *boulangerie*.

«Könntest vielleicht du hineingehen?», bat er. «Ich glaube, Jeanine würde es nicht ertragen, den Earl of Grantham unter einer Schicht von Vogelexkrementen zu sehen.»

Sie überließ ihn seinen Gedanken, kehrte aber rasch mit einem Baguette zurück.

Richard sprach weiter. «Weißt du, gestern habe ich sogar überlegt, was wäre, wenn Elisabeth Ménard und Angélique Royer Schwestern gewesen wären?»

«Schwestern?» Valérie nahm diese Mutmaßung ganz entschieden mit Skepsis auf.

«Ja. Vielleicht waren sie Schwestern und haben alles geteilt. Einschließlich Grosmallard. Deshalb beschützt sie ihn: Sie liebt ihn. Vielleicht ist er sogar Hugos Vater. Der arme Fabrice war herzkrank, und manchmal führt das dazu, dass Männer ... na ja, du weißt schon, sie können nicht ... sie funktionieren in der Hosenabteilung nicht richtig.»

«Sie funktionieren nicht in der Hosenabteilung?»

«Ja, du weißt schon! Er brachte es nicht.»

«Was?»

Richard seufzte. «Ich meine, dass er keine Kinder zeugen konnte!»

«Warum sagst du das dann nicht einfach?»

«Keine Ahnung», erklärte er bedachtsam.

«Dann wäre Hugo also ebenfalls Sébastiens Sohn?»

«Ja. Sie haben alles geteilt. Wie Schwestern.»

Den Zündschlüssel schon in der Zündung, dachte sie darüber nach. «Was hat dich auf den Gedanken gebracht?», hakte sie ermutigend nach.

«Na ja, das war Joan Crawford.» Das sagte er so, als wäre es das Offensichtlichste der Welt.

«Deine Henne?»

«Genau. Als du dich gestern mit Clare unterhalten hast, habe ich über das nachgedacht, was du über Männer gesagt hast, und dann musste ich an Schwesternschaft denken und so. Joan Crawford ist mir auf die Schulter gesprungen, und ich dachte über sie und Bette Davis nach ...»

«Bette Davis ist eine Henne?»

«Nein. Ich meine die Schauspielerin. Sie und Joan Crawford, natürlich die Schauspielerin und nicht die Henne, sind zusammen in einem Film aufgetreten. *Was geschah wirklich mit Baby Jane?* 1962, Warner Brothers.»

«Richard.»

«Sorry. Jedenfalls spielen sie Schwestern, hassen sich aber. Bette Davis ist besonders böse, und das ist interessant, weil sie in *Wiegenlied für eine Leiche* nicht böse ist. In *Wiegenlied für eine Leiche* sollte Joan Crawford die Rolle der Bösen übernehmen.» Richard bemerkte den Ausdruck tiefer Verwirrung in Valéries Gesicht und verlor dadurch sein Selbstvertrauen. «Jedenfalls hat sie einen Rückzieher gemacht. Statt ihrer hat Olivia de Havilland die Rolle übernommen.»

«Und?»

«Und dann erinnere ich mich nicht mehr. Ich glaube, meine Fantasie ist ein bisschen mit mir durchgegangen, weil Bette Davis die Rolle gewechselt hat.»

Valérie lächelte ihn an und startete den Motor. «Du hast gut geschlafen, Richard, nicht wahr?»

33

Richard drückte die vierte und letzte Heftzwecke so tief ins Wandbrett, wie es ging, und trat dann zurück, um sein Werk zu bewundern.

«Es hängt schief, Richard», erklärte Valérie unerbittlich. Sie war sogar noch weiter zurückgetreten.

«Es ist ein gedrucktes Plakat am Mitteilungsbrett der Stadt und kein da Vinci im Louvre, verdammt noch mal.»

«Ja, aber wenn man schon etwas macht …»

«Ich denke, Madame hat recht, Richard», schloss sich Noel Mabit aus sicherer Entfernung an.

«Vielleicht hast du ja schief kopiert, Noel!»

Tatsächlich war es so, dass Richard nicht in bester Form war. Seit dem Gespräch über Bette Davis, Sébastien Grosmallard, Joan Crawford und Fabrice Ménard, der es im Bett nicht brachte, hatte er Valérie kaum gesehen. Vierundzwanzig Stunden später war sie mit «einem Plan» wieder aufgetaucht. Dieser Plan war nun im frühen Umsetzungsstadium, doch obgleich Richard offensichtlich eine Funktion im Organisations- und Ausführungskomitee hatte, wusste er nichts über das, was vorgesehen war. Außerdem störte es ihn, dass Noel Mabit, der den Zugang zum Kopiergerät des Rathauses kontrollierte, anscheinend vor ihm informiert worden war.

Richard trat noch ein Stück zurück und musterte sein Werk erneut.

FOOD FESTIVAL!
Schaffen Sie es, die Sternerestaurants zu schlagen?
Machen Sie mit beim Saint-Sauver Dessertwettbewerb
Samstag, 16:45 Uhr, Salle Polyvalente Victor Hugo

Er schüttelte den Kopf. «Ich halte es für eine grässliche Idee», sagte er nachdrücklich.

«Ooh, kann ich da mitmachen?» Jeanine war neben ihm aufgetaucht, ein wenig näher als notwendig.

Richard verzog missbilligend den Mund. «Sollten Sie nicht in der *boulangerie* sein?», fragte er genervt. «Heute ist Markttag, ich dachte, Sie hätten alle Hände voll zu tun.»

«Ich habe Sie gesehen und mich gefragt, was Sie machen.»

«Jeanine, könnten Sie eines davon in der *boulangerie* aufhängen, wären Sie so nett?» Valérie reichte ihr ein Plakat der Größe A3. «Und natürlich sollten Sie mitmachen. Wir müssen diesen Männern zeigen, wo der Hammer hängt!»

Jeanine nahm das Plakat kichernd entgegen. «Das ist eine ausgezeichnete Idee, Valérie!»

Richard hatte keine Ahnung, seit wann sie bei Vornamen angelangt waren, doch Valérie gehörte plötzlich «dazu». Das hatte sie sehr schnell hinbekommen, insbesondere wenn man bedachte, dass sie genau das war, was hier am meisten gehasst wurde, nämlich eine Pariserin im ländlichen Frankreich.

«Valérie?» Aber mit Mabit war es doch gewiss noch nicht so weit gekommen? «Könnte ich auch eines für die Tourist-Info haben?»

«Natürlich, Monsieur Mabit, hier ist eines.» Dieser kleine Wortwechsel munterte Richard enorm auf, und lächelnd verfolgte er, wie ein verletzter Mabit das Plakat verstimmt entgegennahm.

«Wissen Sie, eigentlich hätten Sie beim Komitee um Erlaubnis bitten müssen, bevor Sie eines dieser Dinger aufhängen.»

«Wer sitzt denn im Komitee?», fragte Valérie mit beträchtlicher Geduld.

«Ich», murmelte Mabit.

«Also, Noel.» Valérie sprach mit ihm wie mit einem trotzigen Fünfjährigen. «Darf ich meine Plakate aufhängen?»

Er blickte zu Boden. «Ja, Valérie.»

«Danke. Okay, Richard. Wo kommt das nächste hin?»

Richard blies die Wangen auf. «Bei René wäre es gut, denke ich.»

«Ja, aber das machen wir zuletzt, sonst krieg ich dich da niemals wieder raus.»

Da lag sie vielleicht ganz richtig. «Wie wäre es dann mit der *salle polyvalente* selbst?»

Sie gingen die kurze Strecke zu dem Gebäude, in dem das Ereignis am Samstagabend stattfinden würde. Richard konnte sich allerdings noch immer nicht zusammenreimen, welcher Plan hinter der Aktion steckte. Doch irgendeinen Plan musste es geben, Valérie wollte gewiss nicht einfach nur ihren Wettbewerbsgeist ausleben.

«Das Ganze leuchtet dir nicht ein, Richard, oder?», fragte sie im Gehen.

Er war nicht überrascht, dass sie seine Gedanken kannte; inzwischen erwartete er das geradezu.

«Ja, in der Tat. Ich weiß nicht, was das Ziel der Übung sein soll. Wie wird uns das helfen, Grosmallard auf eine Weise dranzukriegen, dass die Strafverfolgungsbehörden es nicht mehr beiseiteschieben können? Ich kapiere es nicht.»

«Es ist ganz einfach: So wie ich Männer bisher kennengelernt habe» – Richard beschloss klugerweise, sich eines Kommentars zu enthalten – «sind sie vor allem anderen geradezu kindisch wettbewerbsorientiert. Und für berühmte Chefköche gilt das nur umso mehr.»

Er wartete auf eine Fortsetzung der Erklärung, doch es kam

nichts mehr. «Nein, ich kapiere es immer noch nicht. Tut mir leid.»

«Richard. Wenn es einen Wettbewerb über Filmwissen gäbe, und du hättest verloren, weil ein Mitstreitender geschummelt hätte …»

«In einer Filmdatenbank nachgeschaut hätte, meinst du?»

«Genau, wie würdest du dich dann fühlen?»

«Dann wäre ich verdammt wütend.»

«Eben.»

«Aber soweit ich es beurteilen kann, ist Grosmallard immer verdammt wütend – was wird dieses Mal anders sein?» Er entrollte ein Plakat und klebte Blu Tack auf die Ecken.

«Ach, überlass das nur mir. Die Absicht hinter dem Abend ist jedenfalls, ihn mit seinen Verbrechen zu konfrontieren …»

«Mittels Dessert und Patisserie?» Richard war skeptisch.

«Richtig, Richard, mittels Dessert und Patisserie, so gründlich, dass ihm – wie sagt ihr Engländer noch –, dass ihm der Kragen platzt.»

«Ah, du willst, dass er vollkommen ausrastet?» Er befestigte das Plakat an der Glastür. «Also, ich weiß nicht recht. Tja, wir haben wohl nichts Besseres.» Sie machten kehrt und gingen zum Stadtzentrum zurück. «Aber woher weißt du, dass er überhaupt bei dem Wettkampf mitmacht?»

«Wie schon gesagt, der kindische Wettkampfgeist der Männer. Er wird mitmachen, weil Guy Garçon mitmacht.»

«Und wieso glaubst du, dass Guy Garçon mitmachen wird?»

«Ganz einfach. Ich werde ihm sagen, dass Sébastien Grosmallard mitmacht.»

Richard ließ sich das durch den Kopf gehen. «Du spielst da ein sehr gefährliches Spiel, Valérie.»

Sie blieb stehen und wandte sich ihm zu. «*Wir* spielen, Richard, es ist ein gefährliches Spiel, das *wir* spielen. Wir sind jetzt ein Team.»

Er hatte absolut keine Ahnung, wie er diese Feststellung auffassen sollte, spürte aber, dass seine übliche englische Reserviertheit und zurückhaltende Vorsicht in diesem Moment in seinem Inneren in kleine Stücke zerrissen und auf dem Boden verstreut wurden. So wichtig hatte er sich schon seit Jahren nicht mehr gefühlt. Von dem das Selbstbewusstsein fördernden Effekt abgesehen, war es aber auch ziemlich erschreckend.

«Was für ein Dessert wirst du also zubereiten?», fragte er.

«Wieso ich?», fuhr sie ihn an, die heroische Teamgeist-Beschwörung war schon vorbei. «Weil ich eine Frau bin?»

Er setzte zu einer gestotterten Antwort an. «N-nein, i-ich hab nicht … nein.»

Sie grinste breit. «Das war nur ein Scherz, Richard.» Er brach beinahe zusammen. «Ich weiß es noch nicht. Du? Vielleicht einen *Spotted Dick*?» So wie sie ‹*Spotted Dick*› aussprach, könnte sie wahrscheinlich mit den Downloads von Pop-up-Benachrichtigungen ein Vermögen verdienen, und er wäre fast schon wieder zusammengebrochen.

«Ich glaube kaum», antwortete er, um Haltung bemüht. «Martin würde mich bis in alle Ewigkeit damit aufziehen. Dasselbe gilt für Apfel im Schlafrock, süße Sommerrollen, Damencreme oder Eve's Pudding.»

Valérie zuckte zusammen. «Das klingt alles so mächtig.»

«Ist es auch. Vielleicht mache ich ein *Eton Mess*, einen Bread-and-Butter-Pudding oder Kalten Hund.» Angesichts dieser Liste verzog sie das Gesicht. «Und du? Also natürlich nur falls du willst, du musst selbstverständlich nicht, nur für den Fall, dass, weißt du?»

Sie lächelte ihn an. «Du musst mir Angéliques Rezept leihen, bitte.»

«Lass dir von niemandem einreden, du seist nicht ehrgeizig!»

Sie gelangten zum Café des Tasses Cassées, wo sich wie immer an Markttagen die Gäste drängten, während René draußen auf der *terrasse* knurrig bediente.

«René, dürfen wir bei dir ein Plakat ins Fenster hängen, bitte?», fragte Valérie, als kennten sie sich schon seit Jahren.

«Ja, nur zu, Val. Rosé, Richard?»

Richard setzte sich an einen Tisch, der gerade frei geworden war. Bemerkenswert, wie rasch Valérie ihren Platz im Leben der Kleinstadt gefunden hatte. Dabei hatte sie bisher noch nicht einmal ein Haus gekauft, falls sie immer noch diese Absicht hegte. Er beobachtete, wie sie das Plakat von innen ans Hauptfenster klebte. Vielleicht war sie dabei, sich aufs Leben auf dem Land einzulassen, dachte er, aber die aufregende Jagd nach Grosmallard war wohl das, was sie hauptsächlich befeuerte. Es gab ein durchaus ernst zu nehmendes Element der Gefahr, sollte Grosmallard den Verdacht schöpfen, dass sie ihn jagte, doch das schien sie allenfalls anzuspornen. Würde sie hier immer noch glücklich sein, wenn die Spannung verflogen wäre und das Leben wieder zu seiner bukolischen Gemächlichkeit zurückkehrte? Leider konnte er sich das nicht vorstellen. Doch ausnahmsweise einmal um Optimismus bemüht, sagte er sich: *Genieße es, solange es währt.*

René stellte für Richard ein Glas Rosé auf den Tisch und ließ für Valérie, die hinter ihm auftauchte, eine kleine Flasche Perrier zurück.

«Ich nehme an, du machst am Samstag beim Wettbewerb mit, René?»

«Hä? Was für ein Wettbewerb?» Er blickte zum Plakat im Fenster und nickte, bevor er sich ihnen wieder zuwandte. «Das ist ein gefährliches Spiel, wenn ihr mich fragt», sagte er leise. «Solche hochkarätig sensiblen Chefköche entgleisen gern mal, wenn man sie triezt, wisst ihr?» Valérie tat seine Besorgnis mit einer Kopfbewegung ab. «Aber ja, ich bin dabei.»

«Was wirst du zubereiten, René?», fragte Richard, der sich

nun auch zum Duzen entschloss, ehrlich fasziniert von der Frage, was diesem Stier von einem Mann vorschwebte.

«Na ja, im Block A von La Santé war meine Tarte Tatin sehr berühmt.» Die Erinnerung schien ihn beinahe wehmütig zu stimmen.

«La Santé?», fragte Richard.

«Das ist ein großes Gefängnis in Paris», erklärte Valérie.

«Es klingt wie ein Kurort. Moment mal, ihr durftet eure Mahlzeiten selbst zubereiten?»

«Na ja, manchmal schon. Wir mussten. Wenn wir rebellierten und der Block isoliert wurde, mussten wir ja trotzdem essen.»

Das ergab Sinn. «Dann bäckst du also eine Tarte Tatin?»

«Vielleicht. Oder ich entscheide mich für ein Zitronensavarin mit Beeren. Ich muss noch darüber nachdenken.»

«Monsieur!» Ein Gast ein paar Tische weiter versuchte, Renés Aufmerksamkeit auf sich zu lenken.

«Gleich, ich denke gerade nach! Die verdammten Gäste.» Drohend stapfte er davon.

Richard trank einen Schluck von seinem Wein, während Valérie Passepartout etwas Perrier in eine Schale goss. Richard fiel auf, dass er Passepartout in letzter Zeit kaum wahrnahm. Der kleine Hund war so sehr ein Teil von Valérie, dass er kaum von ihr zu trennen war. Inzwischen war er sogar fast so weit, dass er Richard tolerierte, auch wenn er ihn natürlich von Zeit zu Zeit immer noch eifersüchtig ins Auge fasste.

Sie saßen eine Weile schweigend da. Valérie hielt ihr Gesicht der Sonne entgegen, während Richard sich daran erfreute, wie französisch die Szene war. Die Sonne schien, Gläser klingelten, alte Paare, die zufällig anderen alten Paaren begegneten, stießen Rufe der Verwunderung aus und begrüßten sich lauthals, als hätten sie sich schon seit Jahren nicht mehr gesehen, während sie sich tatsächlich zuletzt vor einer Woche begegnet waren, und zwar zu genau der gleichen Uhrzeit auf ebendieser Terrasse. Der Trost, den Richard in einer Welt fand, die sich kaum je veränderte, war einer der Gründe, aus denen er dieses Städtchen so liebte und hierhergezogen war.

«Noch ein Glas, Richard?»

Und das war ein weiterer Grund. Er schloss nun ebenfalls die Augen und sog alles in sich auf.

«Richard, hier ist es so friedlich.»

«Stimmt», seufzte er glücklich. «Abgesehen von Mord, Frauentausch, einem vernichteten kulinarischen Ruf und der Korruption.»

«Na ja, man kann nicht alles haben», erwiderte Valérie verträumt.

«Madame, Monsieur?» Sie waren so entspannt, dass sie gar nicht gemerkt hatten, dass Karine Grosmallard nervös an ihrem Tisch stand. «Kann ich bitte mit Ihnen reden?»

«Ja, natürlich», sagte Valérie und richtete sich auf. «Richard, würdest du bitte einen Stuhl für Karine holen? Ich darf dich doch duzen, oder?»

«Ja, Madame.»

«Und ich heiße Valérie. Und das hier ist natürlich Richard.»

In diesem Moment tauchte Richard mit einem Stuhl auf und stellte ihn unaufdringlich hinter Karine. «Darf ich dir etwas bestellen?», fragte er, als er sich wieder setzte.

«Nein, nein danke.» Irgendetwas machte ihr offensichtlich zu schaffen. Sie spielte mit dem Anhänger an ihrer Halskette, einer Gebetskapsel, wenn Richard sich nicht irrte. Sie fingerte daran herum, als gäbe sie ihr Kraft. Aus der Nähe sah sie jünger aus, als er gedacht hatte. Erschöpft, sogar ausgelaugt, als hätte sie vielleicht zu schnell erwachsen werden müssen. Für die arme junge Frau konnte es nicht leicht gewesen sein, für ihren Vater zu arbeiten, aber wie sie ja selbst gesagt hatte, sie war fest entschlossen, ihn wieder auf der Höhe zu sehen, in die er gehörte.

Selbstverständlich wusste sie nicht, dass ihre Tischgenossen ihrerseits daran arbeiteten, Grosmallard bald dort zu sehen, wo er ihrer Meinung nach hingehörte: im Gefängnis.

«Worum geht es, meine Liebe?» Valérie hatte das Talent, genau im richtigen Moment wie eine Lieblingstante zu klingen.

«Ich habe Ihre Plakate gesehen, Madame …»

«Valérie und du.»

«Valérie. Ich habe eure Plakate gesehen, und ich mache mir wegen meines Vaters Sorgen. Ich glaube nicht, dass er da mitmachen möchte.»

«Oh, ich verstehe.» Valérie warf Richard einen kurzen Blick zu, und er fasste das als Signal auf, sich einzumischen.

«Wie schade», sagte er und spielte dabei mit seinem Glas. «Aber natürlich vollkommen verständlich.» Er hielt inne. «Allerdings spielt es wohl Monsieur Garçon in die Karten …» Er sah, dass Valérie ein Lächeln unterdrückte.

«Monsieur Garçon hat sich beim Wettbewerb angemeldet?» Karine machte ein überraschtes Gesicht.

«Nun ja, er war ja eigentlich seine Idee, erinnern Sie sich? Damals kam es mir fast wie eine Forderung zum Duell vor. Sie wissen schon, heimliche Treffen im Morgengrauen, so etwas.»

Valérie sah ihn an, als wollte sie sagen: *Übertreib es nicht.* «Ich hätte gedacht, dass Ihrem Vater die Idee gefallen würde, Karine. So hat er Gelegenheit, sein berühmtes *parfait de fromage de chèvre de Grosmallard* noch einmal zu präsentieren.» Das sagte sie mit einer Begeisterung, die die beflissene Karine hoffentlich dazu bringen würde, es als Chance zu sehen.

«Ja, falls alles gut geht, Valérie. Falls aber nicht …» Karine ließ den Satz unvollendet, was ihnen Gelegenheit gab, ihre eigenen Schlussfolgerungen zu ziehen.

«Es könnte ihm den Rest geben?», fragte Richard, so sanft er konnte, und Karine antwortete nicht; sie nickte nur.

«Nun», Valérie klang plötzlich sehr lebhaft. «Ich bin mir

sicher, das würde der Richter des Wettbewerbs nicht zulassen.»

Das war für Richard neu. Er hatte eigentlich gar nicht darüber nachgedacht, wer der Richter sein würde, aber halb und halb erwartet, dass Noel Mabit sich in jedem Fall einen Platz in der Jury erschleimen würde.

«Wer urteilt, Madame?», fragte Karine nervös.

«Ja, wer urteilt?» Unwillkürlich entschlüpfte die Frage auch Richards Lippen.

34

In bestimmten Teilen des Loire-Tals gelten beim Thema Pünktlichkeit besondere Regeln. In der Touraine zum Beispiel und definitiv in Tours selbst ist es beinahe unhöflich, pünktlich zu erscheinen. Niemand kommt pünktlich. Tut man es doch, führt man irgendetwas im Schilde und versucht vermutlich, die Gesellschaft, mit der man sich trifft, in diese Sache hineinzuziehen. Louis XVIII. betrachtete Pünktlichkeit allerdings als die «Höflichkeit der Könige», aber er regierte nach der Französischen Revolution und als konstitutioneller Monarch; wahrscheinlich war es die Idee eines Karrierepolitikers, und sie setzte sich nicht durch. Im Loire-Tal ist eine Viertelstunde Verspätung die allgemein akzeptierte Norm fürs Eintreffen, und dieselbe Regel, plus/minus ein paar Minuten, hat seit Menschengedenken im Val de Follet Geltung. Auf dem Plakat für den Dessert-Wettbewerb stand als Anfangszeit 16:45 Uhr, und ab da würden die ersten Leute nach und nach eintrudeln. Das heißt alle außer Richard und Valérie.

Richard hatte sich überlegt, dass alle anderen sich an die Viertelstundenregel halten würden, was hieß, dass das Event um siebzehn Uhr losgehen würde. Valérie wendete darüber hinaus ihre eigene Viertelstundenregel an, um einen großen Auftritt zu haben und gleich im Mittelpunkt der Aufmerksamkeit zu stehen. Das bedeutete, dass sie den Saal beherrschen würde, und dazu war sie insbesondere bei diesem Anlass entschlossen, um ihren Plan, von dem Richard immer noch sehr wenig wusste, wirkungsvoll umzusetzen. Alle gaben ihre Desserts ab, die sie den Regeln gemäß gleich bei der Tür in anonymen weißen Schachteln an Leute vom Personal überreichten. Die Speisen wurden nach unten zu den Kühlschränken getragen, während die Ankömmlinge den Saal betraten. Alle waren gekommen, und Anspannung lag in der Luft. Die Atmosphäre war zwangsläufig geladen: Hier ging es schließlich um einen kulinarischen Wettbewerb, und all die Fernsehsendungen hatten den Ehrgeiz der Leute ins Absurde gesteigert. Außerdem war es ein kulinarischer Wettbewerb in Frankreich, die nationale Ehre stand also auf dem Spiel. Zudem war es ein kulinarischer Wettbewerb, in dem mehr oder weniger talentierte Amateure gegen die Großen der französischen Küche antraten. Es waren Sterneköche involviert. Zuletzt war es ein kulinarischer Wettbewerb, dessen Hauptziel – auch wenn die meisten das noch nicht wussten – darin bestand, einen Mörder öffentlich zu demaskieren. Dergleichen hatte Saint-Sauver wohl noch nie gesehen.

Noel Mabit wuselte herum wie eine im Haus gefangene Fliege, die immer wieder gegen eine Scheibe brummt, doppelt so unruhig wie sonst, weil er wusste, dass er nichts zu melden hatte. Seine Frau war ebenfalls da und saß neben Madame Tablier, die einen großen Federstaubwedel in der Hand hielt. Die beiden beobachteten ihn von ihrem Platz in der Ecke, Verachtung in ihre Gesichter eingemeißelt. Martin und Gennie unterhielten sich munter mit Jeanine. Commissaire LaPierre stand bei der Tür und sah aus wie der Rausschmeißer eines Nachtklubs; auch er wirkte gestresst, weil er wusste, dass die Sache zum größten Teil in Valéries Händen lag, und er keine Ahnung hatte, wie sie ausgehen würde. Richards Gäste, die Fontaines, standen im Partnerlook in schönen, cremefarbenen Anzügen wie Hochzeitsgäste am großen Fenster. Guy Garçon und René DuPont standen hinten an einem Tisch. Garçon hatte das jungenhafte, entspannte Lächeln aufgesetzt, das das Fernsehen so sehr an ihm liebte, während René die finstere Miene zur Schau trug, die ihm im Block A den Respekt aller gesichert hatte und ihn in seinem Café zum Gästeschreck machte. Elisabeth und Hugo Ménard hielten sich auf der einen Seite des Saals auf, Elisabeth auf einem Stuhl, während Hugo ihr die Hand steif auf die Schulter gelegt hatte. Auf der anderen Seite und so weit von den Ménards entfernt, als wollten sie für alle deutlich ausdrücken, dass sie einander im Grunde nie gekannt hatten, befanden sich Karine und Sébastien Grosmallard. Sie lehnte am Fenster und schaute nach draußen, während er auf und ab marschierte, von einer unheimlichen Energie erfüllt wie ein Damm, der vor dem Brechen steht. Selbst die Liebowitz-Brüder waren da, warum, begriff Richard nicht. Sie trugen ihre üblichen schrillen Hemden und kabbelten sich wie die Three Stooges.

Richard wurde von Erregung ergriffen. Vielleicht wusste er nicht, was Valérie wirklich im Schilde führte, aber sie verstand sich jedenfalls darauf, ein Publikum zusammenzutrommeln. Noel Mabit hatte inzwischen die Bühne betreten und schlug mit seinem Hammer auf den Tisch, um die allgemeine Aufmerksamkeit zu bekommen. Das war vollkommen überflüssig, weil im Saal eine solche Anspannung herrschte, dass niemand Lärm machte, aber er tat es trotzdem. Dann tauchte Valérie neben ihm auf, was Richard überraschte, da er gar nicht mitbekommen hatte, dass sie davongeschlüpft war.

«*Mesdames et Messieurs*, äh, danke, dass Sie gekommen sind. Das ist ja eine ziemlich rege Beteiligung. Äh, das alles war Valéries – Madame d'Orçays – Idee, daher wird jetzt Madame die Regeln erklären.»

Valérie trat vor, in ihrem wehenden Sommerkleid mit Blumendruck, das genau über den Knien endete, und Mabit verschwand mit einer absurden Verbeugung im Hintergrund.

«Ganz herzlichen Dank Ihnen allen, dass Sie so zahlreich gekommen sind!», sprudelte Valérie begeistert hervor, ein warmherziges Lächeln im Gesicht. «Ich weiß, dass wir alle dergleichen furchtbar ernst nehmen, aber wir sollten nicht vergessen, dass es sich *tatsächlich* einfach nur um einen unterhaltsamen Abend handelt. Daher also bitte: *keep smiling*. Ein Pressefotograf ist ebenfalls anwesend; wir werden Saint-Sauver einen festen Platz auf der kulinarischen Landkarte sichern!» Sie deutete mit einer Kopfbewegung zum Rand der Bühne, wo schick gekleidete Kellner aufgetaucht waren, jeder mit einem Tablett in Händen, das mit einer Silberglocke abgedeckt war. Elf Stück waren es insgesamt, und die Kellner trugen sie ernst nach vorn und stellten sie auf einen langen Tisch unmittelbar unterhalb der Bühne. «Jedes Dessert wird anonym verkostet – das heißt, keiner weiß, wer was gemacht hat. Am Ende wird unser Richter den Sieger küren.» Richard hatte noch immer keine Ahnung, wer der Richter sein würde. Bei dieser Frage hatte Valérie sich sehr bedeckt gehalten.

«Mabit ist ja wohl nicht der Richter, oder?», rief René von hinten. «Er schuldet mir immer noch Geld für ein paar Drinks!»

Es folgte schwaches Gelächter.

«Nein, Monsieur.» Valérie lächelte. «*Mesdames et Messieurs*, bitte heißen Sie den Richter für den allerersten *Saint-Sauver Prix des Desserts* willkommen, Senator Léopold Royer!»

Karine schnappte nach Luft, und Sébastien setzte sich erschüttert auf den nächsten Stuhl. Auch Elisabeth sah verstört aus, und alle anderen im Saal starrten sich an, denn allmählich dämmerte ihnen, dass dies viel mehr war als ein normaler kulinarischer Wettbewerb.

«Moment mal!» Das war erneut René. «Ich habe zwar großen Respekt vor hohen Autoritäten, aber er ist Sébastien Grosmallards Schwiegervater. Das kann man wohl kaum gerecht nennen.»

Richard wandte sich lieber wieder der Bühne zu, als Renés Blick zu begegnen. Er räumte ein, dass der Mann im Hinblick auf die strenge Einhaltung der Fairness-Regeln richtiglag, doch da Richard schon oft in seinem Restaurant gegessen hatte, glaubte er nicht, dass dieser Punkt wirklich Auswirkungen auf den Platz haben würde, auf dem René schließlich landen würde.

«Also nein, das ist nicht fair», fuhr René fort und löste damit ein allgemeines Murren und Flüstern im Saal aus.

Grosmallard erhob sich. «Sie haben absolut nichts zu befürchten, Monsieur», sagte er dramatisch. «Dieser Herr kann mich auf den Tod nicht ausstehen. Nicht wahr, Papi?» Das letzte Wort sprach er so sarkastisch wie irgend möglich aus.

Während dieses Wortwechsels war Senator Royer langsam nach vorn auf die Bühne geschritten und stand jetzt neben Valérie. Sie wirkten wie ein königliches Paar: der gealterte König und seine jüngere Gemahlin. Er trug einen makellosen blauen Anzug mit einer strahlend sauberen Krawatte, die farblich perfekt passte. Tatsächlich harmonierte sie auch mit dem bläulichen Schimmer seines schütteren, zurückgekämmten Haars, das jenen violettstichigen Grauton aufwies, der bei alten Männern häufig zu sehen ist. Er war hochgewachsen und hatte eine aristokratische Haltung, jedoch leicht gebeugte Schultern, denn sein Hals war so weit vorgeschoben, dass es wohl nicht mehr angenehm sein konnte. Er sah aus wie ein Sumpfvogel, der den Schnabel ins Wasser taucht. Mit der Geste des Politikers, der um Ruhe bittet, hob er beide Hände, doch das war völlig überflüssig.

«Es freut mich, dass ich gebeten wurde, heute Abend hierherzukommen», sagte er. «Und zu Ihrer Beruhigung, Monsieur, kann ich sagen, dass ich ein unparteiisches Urteil garantiere. Ich denke, mein Rekord in Fairness spricht für sich.» Keiner glaubte ihm ein Wort von dem, was er sagte, doch falls es Selbstironie war, war das an seinem Blick nicht zu erkennen, der Richard kalt und hohläugig vorkam. «Ohnehin werden alle Desserts blind verkostet.» Erneut entstand Stille, da die Anspannung unter den Zuschauern wieder wuchs und alle ungeduldig darauf warteten, dass es richtig losging. Mabit durchbrach die Stille, indem er eine Runde Applaus einleitete, und der Senator stakste vorsichtig von der Bühne.

Valérie trat neben Richard. Sie wirkte sehr ruhig. «Alles läuft nach Plan», flüsterte sie.

«Falls nicht, würde ich es auch nicht merken», erwiderte er ein wenig spitz.

«Ach, Richard.» Sie lächelte. «Würdest du das Personal bitten, jetzt den Wein einzuschenken?»

Er tat wie geheißen und achtete darauf, dass jeder ein Glas Wein in der Hand hielt, bevor der Wettbewerb begann. Dann versammelten sich alle erwartungsvoll um das erste Tablett. Die junge Kellnerin hob mit einer schwungvollen Geste die Glocke ab und brachte eine prachtvolle Skulptur einer lokalen Sehenswürdigkeit zum Vorschein, des *Moulin de Follet*. Die Mühlenskulptur bestand ausschließlich aus *macarons*, und die lebhaft bunten Farben ließen sie wie ein dreidimensionales Aquarell wirken.

«Oho», sagte Senator Royer, «was mich betrifft, ist der Wettkampf schon gelaufen! Ich habe eine große Schwäche für den bescheidenen *macaron*.»

Was ist bescheiden an einem macaron?, fragte sich Richard. An einem *macaron* ist überhaupt nichts bescheiden. Senator Royer hatte etwas von Marie Antoinette. Außerdem räumte Richard ihm schlechte Chancen ein, sollte Valéries sorgfältig ausgearbeiteter Plan nur deshalb scheitern, weil Royer eine Vorliebe für Doppeldeckerplätzchen aus Makronenmasse hatte.

«Das Dessert schmeckt köstlich», fuhr Royer fort, «und sieht auch großartig aus.»

Alle wandten sich Jeanine zu, da ihre *macarons* weit und breit berühmt waren, und sie errötete vor Freude.

Die zweite Glocke wurde abgehoben. Es war zwar noch früh im Wettkampf, aber vorläufig konnte man ohne Weiteres sagen, dass Jeanine immer noch an der Spitze verblieb. In einem weißen Auflaufförmchen befand sich etwas, was vermutlich einmal ein Soufflé gewesen war. Leider klaffte ein Loch darin, und das Ganze erinnerte Richard stattdessen eher an den waschledernen Lappen eines Fensterputzers: faltig, schlammbraun und vollkommen in sich zusammengefallen. Ganz ähnlich wie Mabit selbst, dessen entsetzter Schrei ihn als den Urheber anprangerte.

«Ich hab ihm gesagt, er soll eine Tarte Tatin machen», moserte seine Frau in der Ecke, von Madame Tablier mit eifrigem Nicken unterstützt.

«Nummer drei?», fragte der Senator, der es eilig hatte weiterzumachen.

Zumindest für Richard, der den Schöpfer des nächsten Desserts gut kannte, war vollkommen klar, wer die kreative Kraft dahinter war, nämlich Martin Thompson. Es war natürlich ein *Spotted Dick*, allerdings in der Form einer Bûche de Noël als lange Rolle, die Enden abgeschnitten und seitlich an der Basis angesetzt. Er war auf eine Weise verziert, als hätte ein Perverser das Ding für eine Bäckerei auf der raueren Seite des Rotlichtviertels Pigalle entworfen. Als erfahrener Politiker, der er war, kannte Royer die Tücken eines Fotos mit einem solchen Gebilde genau und ging rasch weiter. Richard fing Martins Blick auf.

«Ich hab mich hinreißen lassen, alter Bursche, was soll ich sagen?»

Die nächsten beiden Desserts waren weniger verfänglich, doch keines stellte Jeanines Führungsposition infrage. Das eine war ein Zitronensavarin mit Beeren, den René angekündigt hatte, und das andere ein Clafoutis, den die Fontaines gebracht hatten. Dass er von den Fontaines kam, wusste Richard, weil sie ihn gebeten hatten, die Küche benutzen zu dürfen, und diese noch sauberer hinterlassen hatten, als sie sie vorgefunden hatten. Das hatte Madame Tablier jedoch nicht daran gehindert, noch einmal alles abzuwischen.

Als Nächstes kam Richards Versuch. Er hatte ursprünglich eine Beeren-Pavlova angestrebt, war aber abgelenkt worden, weil er *Das große Fressen* geschaut hatte, einen französischen Spielfilm über eine Gruppe von Freunden, die versuchen, sich zu Tode zu fressen. Der kostete ihn fast für den Rest seines Lebens den Appetit, und so achtete er nicht mehr auf das, was er tat. Letztlich schlug er einfach mit einem Toffee-Hammer auf das Zeug und kreierte sein eigenes *Eton Mess*. Vermutlich war letztere Speise auch auf genau diese Weise erfunden worden: hohe Ideale, durch Abgelenktheit und Unfähigkeit ruiniert. Das Dessert war aber trotzdem hinnehmbar, und Valérie schenkte ihm ein ermutigendes Lächeln. Es entging Richard allerdings nicht, dass bisher keines der Desserts der großen Köche enthüllt worden war. Sie waren schließlich der eigentliche Grund, aus dem sie da waren.

«Nummer sieben!», verkündete Mabit. Inzwischen hatte er sich von seinem Soufflé-Albtraum erholt und wollte unbedingt wieder mitmischen. Der Metalldeckel wurde abgehoben, und darunter kam ein dunkelbrauner Kranzkuchen zum Vorschein; keiner schien zu wissen, was er davon halten sollte.

«Es ist ein Tzimmes-Kuchen.» Morty Liebowitz trat vor.

«He, das soll doch anonym bleiben!», zischte Abe ihm zu.

«Als wenn sie das nicht ohnehin erraten würden», entgegnete Morty. «Tatsächlich ist es ein Eintopf, ein traditioneller jüdischer Möhreneintopf, den jemand zum Rezept für einen süßen Kuchen umgewandelt hat.»

Richard übersetzte für den Senator, der überhaupt nicht begeistert wirkte, aber im Hinblick auf die internationalen Beziehungen trotzdem ein Stück probierte.

«Ich hab's ja gesagt, wir hätten uns für einen Rugelach entscheiden sollen», sagte Abe.

«Nein, ich war für den Rugelach und du für eine Babka», widersprach Hymie.

«Ach was.» Morty zuckte mit den Schultern. «Es spielt sowieso keine Rolle.»

Nun blieben nur noch vier Bewerber übrig, und Richard kam allmählich der Verdacht, dass die Reihenfolge der Präsentation nicht so zufällig war wie angekündigt. Tatsächlich bemerkte er, dass Valérie sich ein wenig anspannte, als Mabit großartig erklärte: «Nummer acht!»

Die Silberglocke wurde rasch gelüftet, und wer sich an Grosmallards Eröffnungsabend erinnerte, sog verblüfft die Luft ein. Da waren die Himbeertarte, das eiförmige Parfait und der verstörend rote Handabdruck. Das Dessert sah jedoch nicht ganz so elegant aus, wie Richard es in Erinnerung hatte; der Handabdruck war leicht verschmiert, und der Teigdeckel der Tarte zerbröselte. Er bemerkte, dass Grosmallard und Garçon gespannt verfolgten, wie Royer einen Löffel voll probierte.

«Wieder der vegane Käse», spie Grosmallard hervor. «Sie sehen ja, die Desserts stehen auf gekühlten Tabletts, aber dennoch verliert das Parfait seine Festigkeit.»

«Na ja, jetzt jedenfalls sehen Sie es», scherzte Garçon und trat schnell zurück, um einem eventuellen Hieb Grosmallards zu entgehen.

«Ich denke, der vegane Käse macht es besser», erklärte Hugo von oben herab. «Und massenhaft Pariser Restaurants haben meine Käse bereits bestellt.»

«Nummer neun!» Mabit beschloss, am besten weiterzumachen.

«Das sieht schon besser aus!», feierte Garçon das neue Dessert. Eine Himbeertarte mit Ziegenkäseparfait auf einer blutroten Hand. Unter den Zuschauern entstand Geflüster, und Richard bemerkte, wie Valérie dem Commissaire, der hinten stand, unauffällig zunickte. «Richtiger Ziegenkäse», fügte Garçon hinzu, ohne das Gemurmel hinter sich zu bemerken. «Oh, das richtet sich nicht gegen Sie», wandte er sich an die Ménards. Royer nahm einen sauberen Löffel, probierte das Parfait und nickte beeindruckt.

Grosmallard beugte sich vor. «Wie ich sehe, haben Sie die Kapuzinerkresse durch Veilchen ersetzt. Völlig unnötig!», erklärte er.

Senator Royer bekam nun endlich das Gefühl, dass hier etwas Grundlegenderes ablief als nur ein kulinarischer Wettbewerb. Man hatte ihm den Ausflug als gute PR-Maßnahme für Stimmen vom Land angedient, verbunden mit einer kostenlosen Mahlzeit und einer Gelegenheit, seinem unglaublich egozentrischen Schwiegersohn eins auszuwischen. Jetzt aber wirkte er, als ob er einfach nur wegwollte, und zwar schnell.

«Das nächste!», sagte er, ohne auf Mabit zu warten. Die Glocke wurde abgehoben. «Soll das ein Scherz sein?», fragte er, als auf dem Teller darunter eine Himbeertarte, ein Ziegenkäseparfait und eine blutrote Hand zum Vorschein kamen, diesmal allerdings mit Kapuzinerkresseblättern.

«Nein!», schrie Grosmallard, praktisch mit Schaum vor dem Mund. «Das ist kein Scherz! Dies hier ist mein Dessert. Es ist mein Rezept. Ich bin das Original.» Er blickte sich im Saal um. «Auf ihre Weise sind diese Leute alle Hochstapler!» Als Methode, sich bei den Einheimischen beliebt zu machen, ließ das etwas zu wünschen übrig.

Royer wirkte ebenfalls schmerzlich berührt und legte den Löffel beinahe betrübt weg. «Das hier schmeckt wunderbar», sagte er traurig.

«Hat es daran je einen Zweifel gegeben?» Grosmallard triumphierte, und er war nicht der Mann, es zu verbergen.

«Nun, ein Dessert ist noch übrig.» Was Regeln betraf, war Mabit pingelig, und obgleich alle den Eindruck hatten, dass der Wettbewerb gelaufen war, hatte er die Pflicht, ihn ordnungsgemäß zu Ende zu bringen. «Nummer elf», sagte er mit wenig Begeisterung.

Die Kellnerin lüftete die Glocke, und die Zuschauer schnappten nach Luft. Neben einer perfekten Himbeer-Rote-Beete-Tarte, die behutsam mit Teilen von Kapuzinerkresseblüten geschmückt war, lag ein glänzendes, marmorglattes Ziegenkäseparfait, das trotz der Wartezeit seine Festigkeit nicht verloren hatte. Und darunter befand sich ein blutroter Handabdruck. Doch er unterschied sich von den anderen Handabdrücken. Jene wirkten kühner, aggressiver oder sogar maskulin. Dieser Handabdruck dagegen war zierlicher, eleganter und hatte etwas Feminines.

Alle waren verstummt. Grosmallard wurde so bleich wie sein Kochkittel, und Karine, die selbst zutiefst bestürzt war, musste ihn beinahe stützen. Royer sah so aus, als würde er gleich weinen, und bat um einen Stuhl. «Madame d'Orçay. Ich denke, Sie haben gewonnen.» Er klang besiegt, dabei hatte er noch nicht einmal gekostet.

«Nein», widersprach Valérie leise. «Nicht ich.» Damit öffnete sie den Umschlag, der neben dem letzten Teller lag. Sie nahm die darin liegende Karte heraus und hob sie hoch, damit alle sehen konnten, wer das Dessert gemacht hatte.

Angélique Royer, stand darauf, und Sébastien Grosmallard brach schluchzend zusammen.

35

Karine schien hin- und hergerissen, wen sie trösten sollte: den schluchzenden, stammelnden Sébastien, der sich auf einen Stuhl hatte fallen lassen, oder den würdigeren alten Royer, der auf seine Weise genauso gebrochen aussah. Interessanterweise entschied sie sich für Letzteren. Sonst wagte keiner sich zu rühren, geschweige denn zu gehen, und es sagte auch keiner ein Wort. Richard hatte das Gefühl, dass Valéries Plan zwar die erwünschte Wirkung auf den mächtigen Chefkoch gehabt haben mochte – nämlich ihn zu brechen –, dass Grosmallard aber zu weggetreten wirkte, um seine Schuld verständlich gestehen zu können. Natürlich mochte es auch Schauspielerei sein, aber das glaubte Richard nicht.

Madame Mabit rührte sich als Erste wieder. Sie entschied, dass es jetzt reichte und dass anscheinend nichts mehr passieren würde, griff in ihre riesige Handtasche und holte ihr Strickzeug hervor. Man sollte nie eine Gelegenheit versäumen; das entsprach nicht ihrer Natur. Valérie selbst wirkte extrem gelassen.

«Ich entschuldige mich für das Theater», begann sie in dem Wissen, dass sie aller Ohren hatte, sobald sie den Mund öffnete.

«War das wirklich unbedingt nötig?» Karines Augen loderten, und Richard konnte sich nicht entscheiden, ob sie recht hatte oder nicht. Sie saß zwischen den schiffbrüchigen Resten ihrer Familie, zwei Männern, die gewissermaßen an einem Luxus-Dessert zerbrochen waren, und das kam ja noch zum Mord an ihrem Bruder und dem vorangegangenen Selbstmord ihrer Mutter hinzu. Sie war wohl gerade nicht die glücklichste aller Frauen, dachte Richard. Nein, wirklich nicht.

«Leider habe ich keine andere Möglichkeit gesehen. Sie selbst waren besorgt wegen der Wirkung, die der Anlass auf Ihren Vater haben könnte … Der Zweck hat also die Mittel geheiligt.»

«Sie sind ein böser Mensch!», schrie Karine, was Madame Mabit so erschreckte, dass sie eine Masche fallen ließ und fluchte.

«Wir werden sehen», war Valéries geheimnisvolle Antwort.

Senator Royer legte den Kopf zurück und holte tief Atem; langsam schloss er die Augen. «Wie lange wissen Sie schon darüber Bescheid, Madame?» Er sprach sehr leise.

«Ah.» Valérie weitete neckisch die Augen. «Das hängt davon ab, was sie unter *darüber* verstehen.»

«Müssen wir diese Spielchen spielen?», fragte der alte Herr müde.

«Ich spiele nicht, Monsieur le Sénateur, ganz im Gegenteil.» Sie drehte sich um und lächelte aus irgendeinem Grund Richard an, was ihm den verstörenden Gedanken eingab, dass er mehr über das wissen sollte, was vor sich ging, als tatsächlich der Fall war. «Die Spielchen gehen schon lang genug, viel zu lang», fuhr sie fort. «Deshalb haben wir jetzt drei oder vielleicht sogar vier Morde.»

«Vier Morde?» Richard bedauerte sofort, dass er die Worte als Frage ausgesprochen hatte, und wiederholte sie noch einmal, diesmal als Feststellung. «Vier Morde.»

Alle redeten durcheinander los. Noel Mabit wurde kreidebleich, und um zu zeigen, wie aufgebracht er über all das war, setzte er sich sogar neben seine Frau. Sie konzentrierte sich auf ihr Strickzeug, während Madame Tablier, die auf ihrer anderen Seite saß, weise nickte, als hätte sie das alles schon längst gewusst. Die Fontaines machten ein Gesicht, als wollten sie sagen, dass vier Morde ein ziemliches Schlamassel waren, die Liebowitz-Brüder kauten Kaugummi, da das, was den Saal so aufregte, vermutlich einfach einem ganz normalen Tag in New Jersey entsprach, und René DuPont zuckte mit den Schultern. Guy Garçon verlor einen Moment lang seinen munteren, jungenhaften Charme, die Ménards schauten so gequält wie üblich, und der Commissaire fing Richards Blick ein, als wollte er stumm fragen, ob Valérie tatsächlich irgendetwas auf der Spur war oder vielmehr den Verstand verloren oder sich verrechnet hatte. Martin und Gennie hatten jeder ein sehr englisches, starres Lächeln im Gesicht, bis Martin ganz vernünftig sagte: «Hier wird es einem niemals langweilig, oder?»

Der einzige Anwesende, der, von Valérie abgesehen, nicht überrascht wirkte, war Senator Royer. Sein Schwiegersohn rang noch immer mit irgendwelchen inneren Qualen und wirkte auf den ersten Blick nicht so, als würde er sich jemals wieder davon erholen. Karine hatte den Kopf gesenkt und machte einen zutiefst erschütterten Eindruck.

«Noch einmal, Madame», sagte der Senator schließlich. «Ich frage noch einmal: Wie lange wissen Sie schon darüber Bescheid?»

Sie näherte sich ihm und stellte sich neben Richard. «Ich kann nicht den ganzen Ruhm für mich beanspruchen. Richard war der Erste, der auf die, nun, nennen wir es in Ermangelung eines besseren Wortes *Unfähigkeit* Ihres Schwiegersohnes hingewiesen hat.» Alle sahen Richard an.

«Stimmt», antwortete er, klang dabei aber weder sonderlich überzeugt noch überzeugend.

«Was für eine Unfähigkeit?» Das kam von dem frustriert dreinblickenden Commissaire, der zu Richards Erleichterung sogar noch weniger zu wissen schien als er selbst.

«Sébastien Grosmallard leidet unter einer Art olfaktorischen Störung. Er kann weder etwas riechen noch etwas schmecken», erklärte sie. «Und das ist schon seit Jahren so.» Als Grosmallard seinen Namen hörte, blickte er endlich auf, sagte aber nichts.

«Das ist einer der Gründe, aus denen er es nie mehr geschafft hat, das Dessert zu kopieren, dem er *seinen* Ruf verdankte; diese komplizierte Mischung zarter, sanfter Geschmacksnoten überforderte ihn vollkommen.»

«Und die anderen?»

«Was?» Die Unterbrechung verärgerte Valérie ein wenig.

«Sie sagten, *einer* der Gründe. Es gab also noch andere?»

«Oh ja. Einen weiteren Hauptgrund.» Sie steigerte die Wirkung ihrer nächsten Worte mit einer Pause. «Er hatte einfach nicht das Talent.»

Alle im Saal waren wie vor den Kopf geschlagen. Richard erkannte jedoch die Gelegenheit, nun auch etwas zu sagen und sich mit dem zu Wort zu melden, was er tatsächlich wusste.

«Es war gar nicht sein Dessert», erklärte er schlicht. «Angélique hat das Dessert erfunden, das seinen Ruhm begründete; das stand in so einer Art Rezeptbuch von ihm. *Dessert par Angélique* – er hat versucht, es erneut zu kreieren. Es war von Anfang an nicht sein Rezept, aber als Mann» – er nickte Valérie zu – «in einer Männerwelt hat er sich die Feder an den Hut gesteckt. Das Dessert wurde zum Synonym für seinen großen Erfolg.» Valérie lächelte Richard ermutigend an. «Die arme Angélique hat seine Arroganz nicht ertragen», fuhr er fort, «und hat sich das Leben genommen. Aber vorher hat sie noch das Originalrezept aus seinem Notizbuch gerissen, womit es für ihn noch schwerer wurde, das Dessert erneut herzustellen. Vermutlich quält ihn das enorm. Es hat ihn in den Wahnsinn getrieben.»

«Und was ist dann mit den Morden?» Der Commissaire hatte einen skeptischen Ausdruck im Gesicht, und das nahm Richard etwas den Wind aus den Segeln.

«Na, das ist doch offensichtlich», fuhr er auf. «Fabrice Ménard und Antonin haben am Eröffnungsabend das Dessert vermasselt, und Auguste Tatillon hatte es in aller Öffentlichkeit auf seinen Ruf abgesehen. Grosmallard hat sich tatsächlich für unantastbar gehalten.»

Alle starrten ihn an, und ihre Mienen reichten von Respekt und Anbetung – Jeanine – über pure Gleichgültigkeit – das New-Jersey-Kontingent – bis zu Verwirrung und Überraschung bei Valérie. Richard setzte sich triumphierend hin und schoss gleich darauf wieder hoch, um seinen Erklärungen noch etwas hinzuzufügen. «Und die Erpressung», sagte er großartig, «hat alle seine Restaurants finanziert. Billig sind sie nicht, die Restaurants.» Damit setzte er sich wieder.

«Erpressung», wiederholte der Senator wissend. «Wenn ich fragen darf, wer verfügt jetzt über diese Dokumente?»

Richard zog es vor, zu dieser Frage zu schweigen, da es so wirkte, als würden die Liebowitz-Brüder dabei hellhörig.

«Die Dokumente liegen in einem Bankschließfach in Paris.» Valérie war die Ruhe in Person. «Das Schließfach lautet nicht auf meinen Namen, und keiner wird es anrühren» – Royer wollte sie unterbrechen – «vorausgesetzt, dass Gerechtigkeit geschieht.» Sie sah Grosmallard an.

Senator Royer nickte bedächtig. «Sie haben mein Wort», sagte er leise und betrachtete Sébastien Grosmallard mit Verachtung. Der saß immer noch auf seinem Stuhl und murrte vor sich hin. «Ich fürchte allerdings, dass ihn nun nur noch eine höhere Macht richten kann.»

«Ha!», entschlüpfte es Richard unwillkürlich. «John Gielgud, *Mord an der Themse*, 1978!» Für diese Bemerkung erntete er einen bösen Blick des Senators, der keinen Zweifel ließ, dass er dem Politiker den großartigen Abgang verdorben hatte.

«Commissaire LaPierre, Sie müssen ihn wegbringen», sagte Royer und stand steifbeinig auf. «Komm, mein Kind.» Er streckte die Hand nach Karine aus.

Richard spürte, wie ihm jemand auf die Schulter klopfte.

Martin stand hinter ihm. «Gut gemacht, alter Junge, das war eine ziemliche Show!»

«Sie waren so tapfer!», bewunderte ihn Jeanine, und Gennie stimmte ein.

«Na ja, wisst ihr …»

«Senator?» Es war Valérie, die bei der Tür stand. «Sie haben zugestimmt, dass Gerechtigkeit geschieht.»

«Das habe ich, Madame», antwortete Royer gereizt, denn er war nicht daran gewöhnt, dass sein Wort infrage gestellt wurde. «Ich habe mein Versprechen gegeben.»

Richard wusste nicht, worauf Valérie hinauswollte, doch ihm war klar, dass das Versprechen eines Politikers so haltbar war wie ein Eis am Stiel im Sommer. Man legte ihn besser darauf fest, bevor er nichts mehr davon wissen wollte.

«Dann sind wir hier noch nicht fertig, oder?»

Der alte Mann machte plötzlich eine finstere Miene. «Muss das sein, Madame?» Er deutete mit dem Kopf auf Sébastien. «Ist das wirklich nötig?»

«Ja, das ist es.» Richard hatte sie noch nie so ernst erlebt.

Alle setzten sich wieder hin, und Valérie ergriff das Wort und schritt beim Gehen durch den Mittelgang nach vorn.

«Wie schon gesagt, Richard hat den ersten Hinweis gefunden», begann sie und lächelte ihn an. Erneut hatte er das Gefühl, dass er trotz all dieses Schulterklopfens nicht *wirklich* wusste, was los war.

«Richard erzählte mir von einem Abend, an dem er und seine reizende Familie im *Les Gens Qui Mangent* essen gingen. Dort flirtete Monsieur Grosmallard mit Richards Frau und machte ihr sogar ein Kompliment zu ihrem Parfüm. Allerdings …»

«Allerdings hatte sie gar keines aufgelegt!», sagte Richard aufgeregt.

«Genau. Das kam mir eigenartig vor.»

«Na ja, sie bekommt davon einen Ausschlag.»

«Oh, das verstehe ich», warf Gennie ein.

«Nein.» In Valéries Stimme vernahm man eine winzige Andeutung von Ungeduld. «Es kam mir eigenartig vor, dass er sich so etwas ausdenkt. Die meisten Frauen legen Parfüm auf; daher fliegt so eine Lüge nicht auf. Aber warum tut man so was? Doch nur um zu kaschieren, dass man den Geruchssinn verloren hat.»

«Daher ist ihm das Dessert ohne meine arme Tochter nicht mehr gelungen, und er hat nicht bemerkt, dass er statt Ziegenkäse einen veganen Ersatz bekommen hatte. Das hatten wir bereits, Madame. Die olfaktorische Störung, ja.»

«Wir sind der Sache noch nicht richtig auf den Grund gegangen, Senator. Sébastien Grosmallard hat selbst dafür gesorgt, dass er einen Käseersatz bekam!»

Erneut unterblieb eine Reaktion des Chefkochs, doch alle anderen brachen in überraschtes Geflüster aus.

«Warum denn das, Madame, das ergibt keinen Sinn!» Das war der Commissaire.

«Weil es der klügste Ausweg war. Da er das Dessert nicht perfekt zubereiten konnte, wollte er es lieber absichtlich schlecht machen, damit er die Schuld an seinem Scheitern Saboteuren in die Schuhe schieben konnte.»

«Warum hat er dieses Dessert dann überhaupt zubereitet?» Guy Garçon machte eine triftige Bemerkung, nachdem er fast den ganzen Abend geschwiegen hatte.

«Wegen Auguste Tatillon. Karine wollte bei dem von ihr angestrebten Comeback ihres Vaters so viel Öffentlichkeit wie möglich. Das bedeutete, dass Tatillon kommen musste, und damit war auch Sébastiens Markenzeichen gesetzt, sein charakteristisches Dessert. Ihm blieb keine andere Wahl.»

«Ich habe das für ihn organisiert», sagte Karine leise, einen mitleidigen Ausdruck im Gesicht.

«Wenn er aber das mit dem veganen Käse so geplant hat, warum hat er dann Ménard ermordet? Sie steckten da zusammen drin!» Die Worte des Commissaires trafen bei den Versammelten einen Nerv, und alle redeten wieder los.

«Mein Vater steckte mit überhaupt niemandem irgendwo drin!» Hugo Ménard stand wütend auf, während Elisabeth an seinem Ärmel zupfte, einen Ausdruck im Gesicht, als wollte sie sagen, das alles spiele keine Rolle mehr.

Valérie wartete ab, bis sich alle ein wenig beruhigt hatten. «Nein, er nicht, Monsieur. Den Käse für die Bestellung haben Sie selbst an Monsieur Grosmallard geliefert. Den veganen Käse.» Hugo setzte sich. «Ihr Vater hat sie davor gewarnt, sich auf Monsieur Grosmallards Plan einzulassen, aber Sie haben eine Chance gewittert, die neue Ménard-Käsesorte bekannt zu machen.»

«Mein Vater war altmodisch.» Hugo schüttelte den Kopf. «Ich dachte, dann wäre er stolz auf mich.»

«Nun ...» Der Commissaire klang erschöpft. «Ich verstehe nicht recht. Wollen Sie damit sagen, Madame, Fabrice Ménard, das erste Opfer, sei von Sébastien Grosmallard ermordet worden, weil er den veganen Käse *nicht* geliefert hat? Das dürfte keine Rolle gespielt haben, da sein Sohn es ja getan hat. Ihre Behauptung ergibt keinen Sinn.»

«Oh, aber Commissaire, Fabrice Ménard war nicht das erste Opfer. Das erste Opfer war Angélique Royer.»

36

Es dauerte eine Weile, bis der Tumult sich wieder legte, und ein ungutes Schweigen senkte sich über den Saal. Karine ergriff das Wort. «Meine Mutter hat sich selbst getötet», zischte sie wie eine Schlange, die gleich zustoßen wird.

«Mord, Selbstmord. Das kann fast das Gleiche sein, wissen Sie?» Valéries gelangweilte Antwort kam im Saal möglicherweise schlecht an, denn ihr kalter, nüchterner Tonfall nahm keine Rücksicht auf die Gefühle der Versammelten. Da war jetzt wohl ein Gaumenreiniger nötig, dachte Richard.

«Ich glaube, Madame d'Orçay meint es genauso wie Alec Guinness in *Eine Leiche zum Dessert*, 1976. Ich gebe es in meinen eigenen Worten wieder: ‹Sie hat sich selbst ermordet, es war kein Suizid, sie hat sich gehasst.›» Die Worte hatten die gewünschte Wirkung, die Leute von Valéries scheinbarer Kälte abzulenken, doch nur weil sie jetzt Richard ansahen und sich fragten, ob er inzwischen genauso verrückt war wie der verdammte Sébastien Grosmallard.

«Nein, Richard. Das hatte ich nicht gemeint», sagte Valérie.

«Oh.»

«Ich meine, dass Ihre Mutter, Karine, vielleicht Suizid begangen hat oder vielleicht ermordet wurde. Aber wenn man von anderen zum Suizid getrieben wird, dann ist das Mord, oder?»

Commissaire LaPierre, der nach Richards letztem Beitrag zum Filmwissen noch immer nicht den Blick von ihm gewandt hatte, stand kurz vor der Explosion. «Jetzt behaupten Sie also,

Sébastien Grosmallard habe seine Frau ermordet oder vielleicht auch nicht. Das Gesetz verlangt ein wenig mehr Präzision, Madame.»

Richard bemerkte das kalte Lächeln, mit dem Senator Royer registrierte, dass Valérie anscheinend die Kontrolle über das Geschehen verlor.

«Ich stimme Ihnen zu, Commissaire LaPierre», entgegnete Valérie genauso förmlich, wie er begonnen hatte. *Es muss eine sehr eigenartige Ehe gewesen sein*, dachte Richard. «Und um Ihren Wunsch zu erfüllen, müssen wir ein Stück in die Vergangenheit zurückkehren. Etwa fünfundzwanzig Jahre und zum Lac des Petites Îles.» Sie machte eine rhetorische Pause. Royers Gesichtsfarbe veränderte sich nicht, doch sein Unterkiefer wirkte jetzt definitiv angespannt. Elisabeth Ménard begann, leise zu weinen, doch Hugo reagierte nicht verärgert, wie es sonst seine Art war, sondern setzte sich neben sie und legte den Arm um sie. «Ich verstehe Ihren Schmerz, Madame Ménard. Es tut mir wirklich leid, dass es ans Tageslicht muss», sagte Valérie.

«Wovon reden sie jetzt?», fragte Madame Mabit ungeduldig über das Klicken ihrer Stricknadeln hinweg.

«Vom Lac des Petites Îles», antwortete Madame Tablier in einem Tonfall, der andeutete, dass die Geschichte gleich noch pikanter werden würde. «Sodom *und* Gomorrha!»

«Madame, ich glaube wirklich, dass wir in der Gegenwart bleiben sollten …»

«Nehmen Sie es mir nicht übel, Senator, aber es ist klar, dass Sie das sagen», entgegnete Valérie.

Er quittierte ihre Worte mit einem vernichtenden Blick.

«Das Lager oder die Kommune oder was auch immer es war, gewann hier in Saint-Sauver fast einen mythischen Status. So etwas ward hier nie zuvor gesehen und danach auch nicht mehr. Aber was war es eigentlich?»

«Sodom!», rief Madame Tablier.

«Und Gomorrha!» Madame Mabit vervollständigte die Bibelstelle.

«Waren Sie denn da, *Mesdames*?» Sie wartete auf eine Antwort, doch es kam keine. «Nein. Es war das in dieser Hinsicht Übliche. Ein Ort, an dem junge Leute sich frei fühlen konnten, ja, an dem sie sich vielleicht auch zu sehr gehen lassen und das Gesetz ein wenig brechen konnten. Aber sie konnten frei sein, bevor es Zeit fürs *Leben* war, fürs wirkliche Erwachsenenleben.» Richard spürte deutlich, dass dies ein Thema war, das sie mit Leidenschaft betrachtete. «Was für Schaden richten solche jungen Menschen *normalerweise* schon an? Keinen großen. Hier war es jedoch anders.» Sie kniete sich zu Elisabeth Ménard. «Nicht wahr, Madame?»

Die Antwort war ein stummes Nicken.

«Vergessen wir einmal, wer sonst noch da war. Für uns geht es um zwei junge Paare. Fabrice Ménard und seine junge Frau Elisabeth und Sébastien Grosmallard mit Angélique Royer. Angélique war anders als die anderen: Sie kam aus einer reichen Familie und hatte Geld, eine monatliche finanzielle Unterstützung, von der sie alle lebten. Und sie taten das, was junge Menschen tun. Sie amüsierten sich. Dann wurden beide Frauen schwanger.»

Elisabeth schluchzte lauter.

«Beide von Sébastien Grosmallard.»

Hugo senkte den Kopf und umarmte seine Mutter fester.

«Fabrice Ménard hatte einen angeborenen Herzfehler und konnte keine Kinder zeugen. Auch das hat wieder Richard herausgefunden.»

«Fabrice hat keinen hochgekriegt?» Martin beugte sich von hinten zu Richard vor, doch Richard verdrehte nur die Augen.

«Ein ehrgeiziger Politiker namens Léopold Royer war nicht gewillt hinzunehmen, dass seine Karriere dadurch Schaden erleiden könnte. So besuchte er das Lager heimlich und verlangte, dass es geschlossen würde. Das Schlimmste war, dass seine Tochter Angélique nur eine Tochter geboren hatte, die andere Frau aber, Elisabeth, Zwillingssöhne.»

Royer vergrub den Kopf in den Händen.

«In jener Nacht wurde ein entsetzlicher Handel geschlossen. Ein Handel, für den wir wohl jetzt den Preis bezahlen.»

Im Saal musste man das erst einmal verdauen, und Valérie gestattete es mit einer theatralischen Geste. Richard selbst war recht zufrieden mit sich, da ihm klar wurde, dass sein Gelaber über den Rollentausch von Bette Davis und Joan Crawford, über den Film, in dem sie Schwestern waren, und über den anderen Film, in dem die Gute plötzlich die Böse war, vielleicht der Schlüssel gewesen war, der Valérie ihren Gedankengang erschlossen hatte.

«Royer bot den Ménards genug Geld, um ihr Geschäft aufzubauen, und nahm Fabrice und Elisabeth im Austausch dafür einen der Jungen weg, den älteren der Zwillinge. Den nötigte er nun seiner Tochter und seinem Schwiegersohn auf. Und das alles nur, weil er einen Jungen wollte, einen Enkel, einen künftigen Schützling. Ein Mädchen war ihm nicht gut genug!» Sie holte tief Luft, um sich zu beruhigen. «Weder Elisabeth noch Angélique haben sich jemals richtig davon erholt. Das Wohnwagenlager wurde aufgelöst, Geld floss, um eine schillernde Karriere auf Sébastiens angeblichem Genie zu begründen, und so wurde die Saat für eine Familientragödie gelegt.»

«Aber warum sollte Sébastien Angélique Royer ermordet haben?» Der Commissaire klang jetzt schon weniger skeptisch.

«Weil sie versucht hat, ihn zu ermorden.» Valérie deutete auf Grosmallard. «Diese Anosmie, der Verlust des Geruchs- oder Geschmackssinns oder was auch immer er hat, entwickelte sich nur allmählich. Angélique hat ihn vergiftet. Vermutlich hat sie ein Schwermetall wie Kadmium oder Thalium verwendet; die haben solche Nebenwirkungen. Schließlich hätte das

Mittel zum Tod geführt. Doch als ihr klar wurde, dass durch die Vergiftung all seine kulinarische Begabung verloren ging, falls er jemals welche besessen hat, und zwar langsam … wurde sie zu ihrer Folter- und Zerstörungsmethode. Sie kreierte das Rezept, nutzte die Verbindungen ihres Vaters und Tatillon, um das Dessert an die große Glocke zu hängen, und damit war für Grosmallard eine glänzende Zukunft gesichert. Doch nur dann, nur dann, wenn Angélique ihm mit ihrem kulinarischen Talent zur Seite stand.»

Grosmallard saß noch immer in der Ecke und wimmerte. Es war schwer zu sagen, ob er Valéries Worte tatsächlich aufnahm, und keiner wollte ihm nahe genug kommen, um das ernsthaft zu überprüfen.

«Ich weiß nicht», fuhr Valérie langsam fort, «ob Angélique zum Selbstmord getrieben wurde oder ob Sébastien ihr Vorgehen herausfand und sie zwang, ihr eigenes Gift zu schlucken, oder ob vielleicht sogar Senator Royer seine eigene Tochter ermordet hat, weil sie Grosmallards Restaurant ruinierte.»

«Madame!» Senator Royer sprang auf. «Das reicht jetzt. Dass ich meine eigene Tochter getötet haben soll, weil sie das Restaurant ihres Mannes zerstörte, ist eine infame Unterstellung. Sie ist absurd. Sie gehen zu weit!»

«Oh nein, Senator», schoss Valérie zurück, und die Leute reagierten wie Zuschauer bei einem Tennismatch und wandten den Kopf zur anderen Seite. «Sie ruinierte nämlich auch das sehr lukrative Nebengeschäft: Erpressung!»

Der Senator setzte sich wieder.

«Grosmallards Restaurant war bald sehr angesagt und sehr beliebt, und nicht nur wegen des Essens. Sondern auch wegen des Hinterzimmers, oder war es vielmehr ein Zimmer im Obergeschoss? Das spielt keine Rolle. Mächtige Menschen nutzten es, und dann, Senator, benutzten Sie diese Menschen. Sie ließen es so aussehen, als wäre Grosmallard der Erpresser, aber tatsächlich steckten Sie dahinter. Ich weiß nicht, ob Sie Angélique ermordet haben; vielleicht hegte sie den Plan, Sie bloßzustellen. So oder so, benutzt haben Sie sie in jedem Fall.»

Der alte Mann blickte sich im Saal um. Sollte er Mitgefühl oder sogar einen Rest von Respekt für seine hohe Position erwartet haben, hatte er sich geirrt. «Sie haben keine Beweise, Madame.»

«Für Angéliques Tod, nein. Aber ich weiß, wo sich die Erpressungsunterlagen befinden, und Sie wollen gewiss nicht, dass ich an die anderen dort genannten Personen herantrete, oder?»

Der Commissaire hüstelte nervös. «Ich muss mich an die Beweise halten, Madame, und das bedeutet, dass ich nun erst einmal Sébastien Grosmallard verhaften muss.»

An diesem Punkt angelangt, wusste keiner, was zu tun war. War die Sache überhaupt vorbei? Richard biss sich auf die Lippen, um nicht damit herauszuplatzen, dass es für diese Situation auch ein Filmbeispiel gab. Einen Raum zu vermieten, damit Höhergestellte sich in außerehelichen Beziehungen vergnügen konnten, erinnerte an Billy Wilders Komödie *Das Apartment*. Nur war Jack Lemmon ein zu netter Kerl, um Fotos zu schießen.

Richard beschloss, einen Strich unter das Ganze zu ziehen. «Wir sind also wieder zurück auf Anfang. Grosmallard hat Fabrice und Antonin ermordet, weil sie sein Dessert vermurkst hatten, obgleich er das Dessert ja selbst vermurkst hat. Er wusste, dass man ihn wegen der Morde nicht belangen würde. Und er hat Tatillon ermordet, weil der kurz davorstand, die Geschichte öffentlich zu machen.»

Die meisten Leute schienen mit diesen Schlussfolgerungen zufrieden zu sein. Sie standen auf und reckten und streckten sich, alle außer Grosmallard und Royer.

Richard hatte allerdings immer noch Fragen. «Aber wie hat

Tatillon die Erpressungsunterlagen in die Hände bekommen?»
Alle verharrten plötzlich und dachten über diesen Punkt nach.

«Also», begann Valérie, und alle setzten sich wieder. «Grosmallard hat sie ihm gegeben.»

Die Reaktion erfolgte unmittelbar. Es war wie kurz vor dem Ende eines Pferderennens, wenn alle gleichzeitig losschreien, doch hier schrien die Leute wild durcheinander. Der Commissaire versuchte, die Menge zu beruhigen. Noel Mabit schlug sogar mit seinem Hammer gegen die Wand, jedoch ohne große Wirkung.

«Das ergibt keinen Sinn, Madame!» Es war der Commissaire, der seine Frage als Erster anbringen konnte. «Warum sollte er ihm die Unterlagen geben, ihn dann ermorden, die Unterlagen aber nicht zurückholen?»

«Da hat der Commissaire recht», sagte Martin. «Es sei denn, man könnte sich in Frankreich vor Gericht auf Geistesgestörtheit und Dummheit berufen.»

Valérie lächelte, doch Richard war derjenige, der sprach. «Sébastien Grosmallard hat Auguste Tatillon gar nicht ermordet», sagte er.

Wieder brach die Hölle los. Doch diesmal ergriff Madame Mabit den Hammer ihres Mannes und schlug damit kräftiger zu, worauf der Saal sofort zur Ordnung zurückfand. Der Commissaire setzte sich kopfschüttelnd.

«Der Fehler liegt in unserer Annahme, das Motiv sei Sébastien Grosmallards monströses Ego gewesen. Fabrice und Antonin wurden ermordet. Warum? Wir dachten, weil er Sündenböcke gebraucht hätte, um seinen Mangel an Talent zu kaschieren. Tatillon wurde ermordet. Warum? Nun, wir glaubten, weil er es gewagt hätte, das Talent des großen Grosmallard infrage zu stellen.» Einige Leute sahen sich nach Grosmallard um; jetzt war kein Ego mehr übrig, nur noch eine leere Hülle. «Ich stimme zu, das Ego dieses Mannes war monströs und destruktiv. Der geniale Chefkoch muss ein Mann sein, so sein Credo, und ein Mann muss einen Sohn haben – in diesem Punkt war er mit Royer eins.»

«Typisch», warf Madame Tablier ein.

«Ganz meiner Meinung, Madame Tablier. Aber das hier, nein, das war das Werk einer Frau. Eine Mutter gibt ihr Kind auf, und dieses Kind ist eine ständige Erinnerung an ihren Schmerz. Jemand anders steht dicht davor, es herauszufinden …»

Alle Blicke wandten sich Elisabeth Ménard zu, die plötzlich ganz verängstigt wirkte. «Nein!», schrie sie, und ihr Sohn hielt sie sogar noch fester im Arm.

«Keine Bewegung!» Die Worte wurden ganz ruhig gesprochen, jedoch laut genug, um den Saal erneut zum Schweigen zu bringen. Alle Augen wandten sich der Sprecherin zu, die Valéries Hals in ihre Armbeuge eingeklemmt hatte und mit einer von Madame Mabits spitzen Stricknadeln nach ihrer Kehle zielte. «Ich werde nicht zögern, Sie zu töten. Das dürften Sie inzwischen wissen.» Karine Grosmallard meinte das, was sie sagte, ganz entschieden ernst.

Im Saal verfolgten alle das Schauspiel bestürzt, gefesselt von der Erkenntnis, dass Karine hinter den Ereignissen gesteckt hatte – dass diese scheinbar so treusorgende Tochter, die die Marke Grosmallard immer eisern verteidigt hatte, für deren spektakulären Sturz verantwortlich war. Richard, der sich mit den anderen auf einer Wellenlänge befand, fragte sich allerdings gleichzeitig, wieso Valérie es zugelassen hatte, dass Karine sich auf diese Weise an sie heranschlich. Denn normalerweise war Valérie so geschmeidig wie ein Leopard und hatte die Dinge genauso fest im Griff wie der Drehbuchautor eines Films.

«He, das ist meine Stricknadel!», schrie Madame Mabit empört. «Du» – sie versetzte ihrem Mann einen Knuff – «los, hol sie zurück.»

«Bleiben Sie, wo Sie sind!», rief Karine, und Mabit, der die

Alternative ohnehin nie wirklich erwogen hatte, tat wie geheißen. Er erhob sogar die Hände über den Kopf und warf dabei ein Wollknäuel weg, als wäre es eine gezündete Handgranate. Das Knäuel landete auf der anderen Seite des Mittelgangs, wo Richard sich hingesetzt hatte und sich fragte, was er als Nächstes tun sollte.

«Karine, bitte.» Senator Royer war mit ausgebreiteten Armen aufgestanden und flehte seine Enkeltochter an. «Genug.»

Sie lachte ihn bösartig aus. «Schaut nur, wie schwach ihr seid, ihr alle. Mein Vater, ein gebrochener Mann. Du selbst bettelst mich an. Ihr alle habt mein Leben zerstört! Der schwache Ménard hat seinen Sohn aufgegeben, damit dieser *meinen* Platz einnehmen konnte. Antonin war ein schwacher kleiner Junge, der nie erwachsen geworden ist. Auguste Tatillon war ein weiterer schwacher, eitler Mann. Und ihr alle wurdet von meiner Mutter gelenkt und im Geist verfolgt, der einzigen mächtigen Person in dieser Familie.» Sie stieß erneut ein hohles Lachen aus. «Und dann war auch noch eine Frau nötig, um hinter die ganze Sache zu kommen!»

«Ohne Richards Hilfe hätte ich es nicht geschafft.»

Richard war eigentlich immer scharf auf ein bisschen Lob, aber jetzt kam es ihm nicht wie der richtige Moment vor, und so mied er den Blickkontakt sowohl mit Karine als auch mit Valérie und hob stattdessen das Wollknäuel auf.

Valérie wirkte allerdings immer noch entspannt. «Das alles war sehr raffiniert eingefädelt, Karine», fuhr sie fort, als wäre es eine Plauderei bei einer Tasse Kaffee. «Sie haben Ihren Vater überredet, das Restaurant mit dem Geld und seinen Kontakten aus dem Erpressungsgeschäft aufzubauen. Sie hatten die Absicht, den Namen Grosmallard wieder an den obersten Wipfel des kulinarischen Baums zu hängen. Dann wollten sie den Baum schütteln und zusehen, wie er aus noch größerer Höhe herabstürzte als zuvor. Zunächst haben Sie Ménard ermordet, um den Verdacht auf Ihren Vater zu lenken, und für alle Fälle noch einen halbherzigen Abschiedsbrief in der gefälschten Handschrift Ihres Vaters dazugelegt. Und schon beginnt der Baum zu wackeln. Dann haben Sie Antonin ermordet, während Sie vorgaben, in Paris zu sein. Der Baum hätte noch mehr ins Wanken geraten sollen, doch das geschah nicht. Die Leiche war entfernt worden. Die Investoren haben Leute bezahlt, um ihre Investition zu schützen und eine Enthüllung der Erpressungsunterlagen zu verhindern. *Bonsoir*, meine Herren.»

Die Liebowitz-Brüder murmelten etwas; vermutlich hätten sie sich gern darüber gezankt, wer Schuld am Auffliegen ihrer Tarnung hatte, hielten es aber für den falschen Moment. «Ma'am», mehr sagte Morty nicht.

«Sie haben die Leiche fortgeschafft, da sie annahmen, Grosmallard hätte Antonin ermordet, also der Mann, in den Ihr Kunde investiert hatte», fuhr Valérie fort. «Sie, Karine, hatten außerdem ein Notizbuch in die Küche gelegt, in dem die Zahlungen aufgeführt waren, doch das hat Richard gefunden. He, machen Sie doch nicht ein solches Gesicht, Commissaire.» Sie wandte sich wieder Karine zu. «Dann haben Sie Tatillon ermordet und die Erpressungsunterlagen so ausgelegt, dass sie gefunden werden mussten.»

Karine stritt nichts von alledem ab, sondern sah vielmehr so aus, als ginge sie eine innere Checkliste durch, um sicherzustellen, dass auch nichts ausgelassen wurde.

«Karine.» Der Senator sprach, er stand noch immer. «Ich kann dich nicht länger beschützen. Das muss jetzt aufhören.»

«Sie haben sie niemals beschützt, Monsieur. Und ich habe sogar das Gefühl, dass Sie die ganze Zeit Bescheid wussten.»

Mit einem überraschenden Satz schnellte sich der Senator drohend vorwärts und wollte sich mit einem mörderischen Blick auf Valérie stürzen. Richard sprang auf, um sich ihm in den Weg zu stellen, und dabei zog er an dem Wollknäuel, das sich um die Stuhlbeine verheddert hatte. Der Senator fiel stolpernd in Richards Arme, während Valérie die Ablenkung nutzte, um die Stricknadel an ihrer Kehle zur Seite zu schlagen, Karine an Halskette und Kragen packte, sie über ihre Schulter warf und dabei den alten Mann und Richard umstieß wie Kegel. Valérie behielt die zerrissene Kette in der Hand und öffnete sofort die Gebetskapsel. Sie entrollte ein kleines Stück Papier. Es enthielt das ursprüngliche *dessert pour Sébastien.*

Die Flügeltür flog krachend auf und überraschte die Liebowitzens und Commissaire LaPierre, die noch immer in einem Schockzustand sprungbereit verharrten. Die Zuschauermenge drehte sich um, einen fragenden Ausdruck im Gesicht.

«Sind Sie immer noch nicht fertig?» Selbst für einen Hausmeister wirkte Monsieur Clavet ausgesprochen aufgebracht. «In zwanzig Minuten geht hier ein Zumba-Training los.»

37

Richard und Valérie saßen mit Martin und Gennie in einer Art gemütlichen Blase an einem Tisch am Rand der Terrasse des Café de Tasses Cassées. Sie waren beide von den Ereignissen des Abends erschöpft, und das galt insbesondere für Valérie, die den ganzen Ablauf kontrolliert hatte wie eine Zirkusdirektorin oder die Dirigentin eines Orchesters. Ihr Plan, in den sie niemanden vollständig eingeweiht hatte, schien wie am Schnürchen geklappt zu haben, und jetzt hatte sie die Augen geschlossen und genoss im Verein mit ihrem geliebten Passepartout die letzten Strahlen der Abendsonne. Der Commissaire und seine Leute befassten sich mit dem, was aus Karines Geständnis und Royers Verstrickung folgte. Diese beiden und Grosmallard waren abgeführt worden. Die Liebowitz-Brüder waren spurlos verschwunden. Guy Garçon nannte sein Restaurant jetzt ein Pop-up-Lokal, was bedeutete, dass er nicht die Absicht hatte, noch lange zu bleiben. Jeanine war mit Vorbereitungen für den Sonntagsverkauf beschäftigt. Und die Ménards, Elisabeth und Hugo, waren nach Hause gegangen, um ihren Kummer und ihre veganen Milchprodukte zu verarbeiten.

«Ich meine, ich verstehe es ja.» Martin aß ein Löffelchen von dem Rest der Himbeer-Rote-Beete-Tarte, die vor ihnen auf dem Tisch stand, und Gennie, die neben ihm saß, trank einen Schluck Gin Tonic. «Das ist lecker, aber ist es wirklich vier Morde wert? Es kommt mir wie ein Overkill vor.»

«Ach, Martin!»

«Was denn? Oh! Ha! Das sollte kein Wortspiel sein.»

Richard blickte lächelnd auf den verschmierten Teller. «Ich glaube, es ging nicht um das Dessert an sich, sondern um das, wofür es stand. Macht und die richtige Position und all das.»

«Ah, na gut.» Martin klang noch immer nicht überzeugt. «Na ja, ich habe zu meiner Zeit einige teure Törtchen vernascht ...»

«Das reicht, Martin.» Gennie unterbrach ihn energisch und unterband das Trommelfeuer an Zweideutigkeiten, das Martin gewiss im Sinn hatte. «Hast du diese Tarte wirklich selbst gebacken, Valérie? Du hast deine Berufung verfehlt ...»

Valérie setzte sich aufrechter hin und nahm einen Schluck von ihrem Drink. «Oh nein. Ich habe sie von einer Patisserie in Montmartre liefern lassen. Das sind wunderbare Bäcker, daher wusste ich, dass sie es schaffen.»

«Na ja, genau das irritiert mich ja so.» Martin hatte noch mehr Fragen, die der Klärung bedurften. «Wenn das Rezept sich so einfach kopieren lässt, worum ging es dann überhaupt bei dem ganzen Theater?»

Richard beschloss, es zu erklären. «Es ging darum, dass Grosmallard von Anfang an unfähig war, dass er von Beginn an ein falscher Fuffziger war. Wenn du so willst, war er praktisch eine Fassade für Royers Erpressungsgeschäft, und als er dann auch noch langsam vergiftet wurde, kam das zu seinem Mangel an Talent hinzu. Es hat ihn wahnsinnig gemacht.» Er hielt kurz inne. «Und in gewisser Weise führte Karine das Werk ihrer Mutter fort und quälte den Mann, der ihre Mutter auf die eine oder andere Weise auf dem Gewissen hatte.»

«Und schon der Geschmack hat ihn ausrasten lassen?»

«Oh nein», sagte Richard. «Es war jener letzte Touch, der all den anderen Chefköchen entgangen war. Sie hatten immer ihren eigenen Handabdruck auf dem Teller hinterlassen. Doch das Rezept war von einer Frau erfunden worden; als Grosmallard das Dessert zum ersten Mal sah, stammte der Abdruck von einer weiblichen Hand, die sichtlich einen Ehering getragen hatte. So hat Angélique ihm die Nachspeise wohl zum ersten Mal präsentiert. Inzwischen beruht der Abdruck wohl auf einer Schablone, doch zum ersten Mal stammte er von ihrer eigenen Hand. Und das hat Grosmallard schließlich gebrochen.»

«Ihr seid scharfsinnig, ihr beiden! Ihr solltet Detektive werden.» Gennie strahlte sie an.

Valérie lächelte Richard an. Er empfand die Idee als durchaus verführerisch. Valérie wäre sowohl das Muskelpaket als auch das Gehirn dahinter, während er selbst wie ein *idiot savant* mit seinen Faseleien übers Kino geniale Geistesblitze provozieren und außerdem eine auf Krämpfen beruhende Kampfkunst entwickeln würde.

«Und vermutlich werden sie die ganze Härte des Gesetzes zu spüren bekommen. Vorbei ist es mit den Freunden in hoher Position.»

Das ließ bei Richard etwas anklingen, und er nahm sich vor, Valérie später danach zu fragen.

«Okay, *Mesdames et Messieurs*, hier ist Champagner!» René ließ den Korken knallen und schenkte fünf Gläser ein. «*Santé*», sagte er und hob sein Glas.

«Das Gesöff ist gut, René, wo hast du es her?», fragte Richard, der den Geschmack wiedererkannte.

«Ah.» René lächelte. «Von demselben Ort, der heute für den Gästeansturm auf mein Lokal gesorgt hat.» Die anderen sahen ihn verständnislos an. «Von Grosmallards Restaurant. Als vorhin alles zu Ende war, bin ich hingefahren und habe einen Zettel an die Tür geheftet. «Endgültig geschlossen. Ihrer Reservierung wird im Café des Tasses Cassées entsprochen.» Außerdem habe ich mir von dort ein paar Vorräte ausgeborgt.» Er leerte sein Glas. «Na ja, er braucht sie nicht mehr, oder? Genau, und jetzt mach ich besser weiter. Ich hatte noch nie so viel zu tun; dieser Mabit geht Rémi in der Küche zur Hand, während die Mesdames Mabit und Tablier mir beim Servieren helfen.» Damit eilte er davon.

«Ich weiß nicht, ob die Idee des Gästeservice einen solchen dreizinkigen Angriff überstehen wird.» Richard dachte laut nach. «Viele von diesen Leuten erwarten Michelin-Sterne und Service vom Feinsten. Stattdessen bekommen sie Rémis Omeletts, die mit einer Drohung vor ihnen auf den Tisch geknallt werden.»

«Hören Sie, wenn Sie nicht mehr essen, müssen Sie gehen.» Madame Tablier war aufgetaucht und nahm ihre Rolle wie immer sehr ernst.

Sie erhoben sich, verabschiedeten sich voneinander, und Richard, Valérie und Passepartout kehrten langsam über den Platz zu Valéries Wagen zurück.

«Was denkst du, Richard?»

Er ließ sich mit seiner Antwort kurz Zeit. «Ich glaube, du hast dem Moderator von *Freunde in hoher Position* Daumenschrauben angelegt, diesem Potineaux. Deshalb bist du nach Paris gefahren. Irgendwie wusstest du, dass er in die Sache verstrickt war. Nun, woher magst du das wohl gewusst haben?»

Sie wandte sich ihm zu. «Richard, Journalisten enthüllen niemals ihre Quellen.»

«Du bist keine Journalistin.»

«Manchmal eben doch, wenn ich eine Deckgeschichte brauche. Aber darauf wollte ich mit meiner Frage nicht hinaus. Ich wollte wissen, was du über das denkst, was Gennie gesagt hat.»

«Ihr Vorschlag, wir sollten Detektive werden? Privatermittler?»

«Ja.»

«Erst möchte ich noch eine andere Antwort von dir. Hast du Olivia de Havilland wirklich gekannt? Ich hatte den Eindruck, dass du sie auf Grosmallards Foto nicht erkannt hast.»

Sie waren bei Valéries Wagen angekommen, und sie beugte

sich vor, um Passepartout auf die Rückbank zu setzen. Dann sah sie Richard an. «Die Antwort wird dir nicht gefallen, Richard.»

Er war geknickt: Hatte er es doch gewusst. Er hatte gewusst, dass sie ihn angelogen hatte. «Tja», sagte er, unfähig, seine Enttäuschung zu verbergen.

«Die Antwort, Richard, lautet, dass ich sie tatsächlich gekannt habe. Ich habe mir das Foto nicht richtig angeschaut, und sie war darauf so schick aufgemacht, wahrscheinlich für die Presse? Ich kannte sie einfach nur als Nachbarin.»

Das munterte ihn auf der Stelle auf. «Wirklich?»

«Ja.» Dann machte sie ein schuldbewusstes Gesicht. «Aber ich wusste nicht, *wer* sie war. Sie war eine kleine alte Dame, mehr nicht.»

Er dachte kurz darüber nach und kam zu dem Schluss, dass es so sogar noch reizvoller war. «Tja, in dem Fall bleibt mir wohl keine andere Wahl, oder? Ich muss schon deshalb in deine Detektei einsteigen, um deine schockierenden Wissenslücken zu füllen.» Sie lächelte und küsste ihn auf die Wange. «Oh, Moment mal, das geht ja gar nicht. Ich muss hier vermutlich alles verkaufen, um meine Scheidung zu finanzieren und Clare auszuzahlen.»

«Ach, mach dir deswegen mal keine Sorgen, Richard», sagte sie lässig. «Wie sich gezeigt hat, bezahlt die neue Regierung von South Sudediland ihre Rechnungen sehr schnell.»

Beide stiegen ein. «Hatte ich mir doch gedacht, dass du das warst. Der gute alte General Winston Cash, nicht wahr? Ich werde auf ihn anstoßen.» Tatsächlich aber fragte er sich bang, ob er der Arbeit in dieser Branche und insbesondere Valéries gefährlichem Lebensstil wirklich gewachsen war. Sie drehte den Schlüssel in der Zündung. Nichts geschah. «Vielleicht musst du außerdem noch ein neues Auto kaufen», sagte er, als sie es erneut mit demselben Erfolg versuchte. Sie drehte den Schlüssel immer wieder, aber der Wagen sprang nicht an.

«Es hilft nichts, Richard, du musst aussteigen und ihn anschieben.»

«Schieben? Ich?»

«Na ja, mit meinen Absätzen kann ich das wohl kaum übernehmen.»

Er stieg verdrossen aus und schlug die Tür hinter sich zu. Inzwischen hegte er ernsthafte Zweifel bezüglich der künftigen gemeinsamen Unternehmung. Nach kräftigem Schieben und einigen gemurmelten Flüchen erwachte der Wagen stotternd zum Leben und hoppelte wie ein Känguru die Straße entlang.

Richard warf sich schnaufend auf den Beifahrersitz. «Anschnallen, Richard», sagte Valérie. Ihre Stimme klang freudig erregt. «Es wird eine holprige Fahrt.»

Ihm sollte es recht sein. Er war dabei.

Dank

Erneut gilt mein aufrichtiger Dank meiner Familie – Natalie, Samuel, Maurice und Thérence –, die auf dieser Achterbahn mitfahren, meistens die Hände um den Sicherheitsbügel gekrallt. Wir lachen miteinander und lieben uns, und viel mehr braucht es nicht auf der Welt.

Allen, die diesen Traum hier wahr werden lassen, sage ich einen von Herzen kommenden Dank – meinem Agenten Bill Goodall und allen bei Farago Books: Pete Duncan, Rob Wilding, Matt Casbourne und außerdem Abbie Headon, weil sie immer da ist. Ein *grand merci* geht an Christelle Couchoux, die mir immer dann, wenn es mir zu peinlich war, meine Familie zu fragen, bei Details der französischen Sprache geholfen hat.

Ohne die oben Genannten wäre nichts von alldem möglich gewesen, aber auch nicht ohne die wunderbaren Käseproduzenten hier im Loire-Tal. Wie Monty Python einmal gesagt hat: «Gesegnet sind die Käsemacher.»